海晏河清

天谢 著

青荷怜争碧
宿雨不堪袅
岂知荷待雨
终年唯一期

图书在版编目（CIP）数据

海晏河清 / 天谢著 . -- 北京 ： 北京燕山出版社，
2022.4

ISBN 978-7-5402-6445-1

Ⅰ．①海… Ⅱ．①天… Ⅲ．①长篇小说－中国－当代
Ⅳ．① I247.5

中国版本图书馆 CIP 数据核字（2022）第 024077 号

海晏河清

作　　者：天 谢
出 品 人：余 言
责任编辑：李 涛　王月佳
特约编辑：赵 迎
封面设计：黄 梅
出版发行：北京燕山出版社有限公司
地　　址：北京市丰台区东铁匠营苇子坑 138 号 C 座
邮政编码：100079
电　　话：（010）65240430
印　　刷：长沙鸿发印务实业有限公司
开　　本：710mm×1000mm　1/16
印　　张：20
字　　数：350 千字
版　　次：2022 年 4 月第 1 版
印　　次：2022 年 4 月第 1 次印刷
书　　号：ISBN 978-7-5402-6445-1
定　　价：49.80 元

一日看尽长安花

目 录

CONTENTS

目
CONTENTS
录

第一章　新科进士苏晏

风声呼啸如群兽怒吼，雨点噼里啪啦地打在玻璃窗上。风劲极强，但雨势不算大，随着风一阵疾、一阵缓的。

街道上几乎没有行人，偶尔一两辆车顶风冒雨地赶路。其中一辆越野车比较倒霉，被倒伏的行道树枝干砸坏了后引擎盖，却也不敢停留片刻。

电视屏幕上播报着台风"海王"的最新动向，主持人呼吁市民尽量不要外出，同时注意收好阳台的物品，避免高空坠物。

苏彦关掉电视，带上车钥匙和厚雨衣，准备出门。不过他没敢带伞，因为刚才新闻里有个打伞的行人，连人带伞被风吹出去好几米远。

苏彦等电梯时，对门的阿姨刚好探出头来放垃圾袋。阿姨看见他一愣，而后说道："哎呀，这么大的台风，你还敢出门？赶紧在家躲着。"

苏彦笑了笑："郭阿姨，我去单位值班。"

"太没人性了，这种天气叫人去值班……还机关单位呢，怕东西被吹坏，就不怕把职工吹没了？"对门阿姨很是替他抱不平。

"没办法，单位得遵守制度，也不是特意叫我去的——今天是周末，刚好轮到我。"苏彦顺道拎走了她搁在鞋柜旁的垃圾袋，"反正我要出去，顺道帮你丢吧。"

对门阿姨谢了一声，在电梯门关闭前又叮嘱了一句："路上小心啊！"

苏彦趿着一双不怕浸水的洞洞鞋，身披雨衣出了楼道口，先把郭阿姨的垃圾丢进分类箱，再去小区地下停车场取车。他家离地下停车场有三栋楼的距离。

风势刚才小了一阵，这会儿又猛地刮起来，大粒雨点砸在身上有点儿疼，像被一群熊孩子用弹珠围攻一样。苏彦低头避开被吹斜的绿化树，快步往前走。路过第三栋楼时，忽然看见一个五六岁大的小女孩，正拿着剪掉半截后剩下的塑料瓶底接雨点玩。

楼道口的台阶上方有玻璃顶棚，小女孩接不到雨点，便往外跑了几步，两手抱着半截塑料瓶顶在头上。

苏彦看她有点儿眼熟，但不知道是谁家的，只知道她是经常在小区里扎堆玩的小孩中的一个。她小小年纪没什么人管，有时天黑了还在扒沙坑。

他隔着绿化带对小女孩叫了声："那谁家的小孩——快回去，台风天不要在外面玩，很危险的！"

小女孩把瓶子拿下来看了看，见没装满，于是用袖子擦擦脸上雨水，继续顶着。

苏彦怀疑风太大，孩子没听清他的喊声，便跨过绿化带跑到小女孩面前，弯腰说了句："几零几的？叔叔送你回——"

话音未落，上空响起一声惊慌的尖叫："啊——"

苏彦猛地抬头，从十几层楼的阳台上掉下一个圆形的东西，被风吹得有些斜，眼看就要砸在他的面前。

电光石火之间，他脑子里只有两个闪念——花盆！小孩！几乎是下意识地，他往前扑倒了小女孩。

"咚"的一声响，是盆底砸在后脑勺上的声音，紧接着"啪"的一声响，花盆摔在砖地上，四分五裂。

真疼啊！意识消失的那一刻，苏彦想。

苏晏像被硬物重击似的，在床板上猛地弹跳了一下，紧接着又是惊厥般接连几下抽搐。他的意识仿佛被一种看不见的力量从极深的水底一层一层地往上拉拽，过程缓慢而艰难，如冲破重重黏稠的膜。

我要醒了！之前的果然全是梦境……脑中无数念头闪过，他抓住了其中最安全的一个。

可是这个梦太真切了，脑中传来剧烈的抽痛感，像是有人在他的颅骨内塞进了一颗快速搏动的心脏。苏晏双眼紧闭，用掌根紧紧按压着两侧太阳穴，似乎这样就能阻止不断膨胀的心脏从颅骨里跳出来。

苏晏不断告诉自己：只是做了个太过逼真的噩梦……

抽痛感逐渐减轻，苏晏艰难地睁开了眼。

梦境与现实重叠的部分正在被抽离，他的视线模糊了好几秒，随后逐渐清晰——

这里不是医院，而是悦归客栈的"地"字号客房。

房门外响起一串急促而杂沓的脚步声，夹着嘈嘈人语由远及近而来："……就是前面那间，这会儿人怕是已经不行了。坊长，您可得替小人说句公道话，悦归客栈开了这许多年，从来老实经营，几曾做过不法之事？对面那家客栈却为了抢生意，故意将谣言传得有鼻子有眼，说小人不给那学子请大夫，延误其病情是想谋财害命。天在上！造谣诬陷是要遭五雷劈的……"

客房门被一把推开，七八个大汉呼啦一下冲进来，直奔床榻。

苏晏正处于头疼未消与记忆混乱的状态中，听见动静，坐起身，撩开覆面长发，朝倒抽一口气的众人阴森森地说道："单位有没有买工伤保险？还有，我这算见义勇为吗？"

"啊——"客栈掌柜与店小二惊得连连后退，兵马司的铺兵也差点拔出腰刀。

苏晏神色茫然地望着他们。

掌柜一拍大腿，叫道："造化！苏公子竟然醒了！"

坊长皱眉道："什么单位，什么保险？他满嘴胡话的说什么呢？"

"这是烧糊涂了，烧糊涂了。"掌柜见人没死，松了口气，"小二，还不快去请大夫！"

铺兵小头目按刀上前一步，目露警惕："烦请这位公子自报家门，出示路引，我等好核验身份。"

苏晏坐在床沿，如梦初醒般眨了眨眼，慢慢抬手作揖，正色道："苏晏，字清河，榕州府知府苏可仁之子，年十六。"

他叫苏晏，苏清河，十岁便考上秀才，三年前中了举人，是乡人争相传颂的神童。

今年六月中旬，他拜别父母，带着行李与两名家仆、一名书童，从东南边域的榕州翻山越岭，渡河过桥，长途跋涉两个半月，方才抵达京师，入住客栈，等待来年二月的会试。

赶考途中，两名家仆因为山路塌方与漕河翻船相继折损，仅剩的一名书童因为患了热疾，入京七日便不治身亡，还把他也传染了。

尽管请了郎中医治，但他的病情仍时好时差，高热反复不退，甚至今夜他已陷入弥留状态。

在这场极漫长且真切的梦境中，他体验了一段全新的人生。

这段人生开启在匪夷所思的五百年后，持续了整整二十四年。

他清晰地记得二十四年里的每分每秒——从呱呱坠地的婴孩，到背着书包心不甘情不愿去上补习班的少年，到踩着录取线考入重点高校文史类专业的大学生，再到毕业后顺利考取编制、走上工作岗位的大好青年……直至为了救一个小女孩，被从天而降的花盆砸扁了脑袋。

他究竟是赴考学子苏晏，还是五百年后的苏彦？

庄生晓梦迷蝴蝶，是耶非耶两不知。

回想两世人生，他忽而觉得梦中的记忆反而更有真实感，此间的记忆则如前尘旧梦一般，笼罩了一层朦胧雾气，须得吃力地拨开云雾，才得以看清。

好在抵京之后的事他还是记得的。

他昏昏沉沉卧床好些日子，掌柜看他病得不轻，就请了大夫。结果，大夫把完脉连连摇头，说是可以准备后事了。

一个连从仆都死了的异地学子，哪个去给他料理后事？说是什么知府之子，谁知道是不是真的！掌柜生怕被死人的晦气坏了客栈风水，可若是帮忙收殓下葬吧，又担心被误会成谋财害命，于是去请了坊长与兵马司的差爷过来，既是报官核验死者身份，亦是对死者所遗财物做个见证。

没想苏晏跟诈尸似的陡然转醒，把在场众人吓了一大跳。

核验完路引后，坊长与铺兵们对待苏晏的态度客气了许多，几乎算是恭敬了。

虽说在这显贵云集的京城，区区一个偏远地方的知府之子不算什么，但毕竟也是官宦子弟，况且苏晏这么年轻就考上举人，来年会试有希望金榜题名，先打好关系自然有百利而无一害。

苏晏应付完满嘴客套的官差，由着赶来的大夫给他把脉、开药方，又取了几块碎银委托客栈掌柜去抓药、煎药，总算是把屋里的人都打发走了。

他又躺回被窝闭上眼睛，试图再次回到五百年后的生活中，然而翻来覆去还是睡不着，好不容易打了个浅浅的盹儿却未入梦，而是被灵台中一道闪念惊醒——

回不去了！梦境如前世，身殒即终焉，他再也回不去了！

他只能背负着属于苏彦的光怪陆离的未来和无人知晓的人生，以苏晏的身份在这个朝代继续生存。

苏晏猛地掀开被子，起身趿鞋大步走到书桌旁，点亮油灯，翻起了桌面上的四书五经。

果然，曾经烂熟于胸的圣人经典和了如指掌的八股技巧，在他脑中变得模模糊糊，犹如过眼云烟。

他绞尽脑汁去回忆，脑海中许多文字你挤我碰，迸出来的却是——

奇变偶不变，符号看象限。

一价氢氯钾钠银，二价氧钙钡镁锌。

文学活动应由世界、作者、作品、读者四个要素构成。

只要思想不滑坡，办法总比困难多。

……

这还考什么科举啊，就算进了贡院考场也只能交白卷。苏晏沉痛地用双手覆住了脸。

要不卷铺盖回家吧，再怎么着，爹娘也不会不管我，总得给我一口饭吃。

苏晏眼前浮现起苏知府那张严厉板正的老脸。

临行前，苏知府对跪在祠堂牌位前的他教训道："寒窗苦读十年，为的就是一朝金榜题名，光耀门楣！此番进京赴考，依你的学问定然不至于落榜。倘若失利，必是因你杂念丛生，被京城的花花绿绿迷了心窍！你若名落孙山，就不必再回来了，回来也是丢我的老脸。你便在京城再苦读三年，何时考中进士，何时再回来！"

母亲林氏听得眼泪汪汪，上前劝解："晏儿再怎么聪颖也才十六岁，能一举考上秀才与举人，已经是出类拔萃了！那些考了多少年的鸿儒都不能保证一定能中进士，你非得逼他连中三元？你我夫妻只有这一个独子，老爷何苦对他如此严厉……"

苏知府拍案："宝剑锋从磨砺出，梅花香自苦寒来！你一个妇人，不懂就少插嘴！"

苏晏只得向祖宗牌位与父母叩拜，回答："父亲一番苦心，孩儿必不辜负父亲厚望，明年必定金榜题名，以报父母养育之恩！"

苏晏回想起自己下过的军令状，如果他连会试都没参加，就这么灰溜溜地回乡，爹能用手腕粗的家法棍把他从家门口一路打到番船浦码头去。

考是不会考的，回又不敢回去……苏晏无奈地翻动厚厚的四书五经，琢磨着能不能在会试之前，用三四个月的时间把这些重新背下来。

他随意翻开其中一页，见每行文字旁边皆有密密麻麻的注解，不禁头昏眼花。他竭力定下心去读，繁体字倒是会认，可那些佶屈聱牙的语句，怎么也记不住……

如今他的脑子里只剩下大学期间读的几本古文论、古文选，顶多诌两句平仄不和谐的诗，搁五百年后勉强算半个文学青年，可是放在这个时代，他简直就是一个文盲！

　　会考是什么？那可是全国高级知识分子精英选拔赛呀。就算他考前恶补几个月，跟那些自幼读经典、写八股的举人们也没法儿比呀。

　　学霸一夜之间变学渣，简直惨绝人寰。

　　苏晏绝望之下，抄起桌面上的紫砂笔搁就往墙壁上砸，发出"咚"的一声响。

　　"咚"的一声响，像邻室有人将什么硬物砸在了墙壁上。

　　两名家丁打扮的壮汉不约而同地转头望向发声处，继而对视了一眼。

　　被五花大绑的年轻女子趁机挣扎起来，嘴里发出"呜呜"声，试图顶开塞嘴的布团。

　　一个大麻袋直接将她从头到脚套了进去。

　　其中一名家丁将麻袋扛在肩头，打开窗户，踩着窗棂纵身跳出去。另一名家丁将地面上一具被活活勒死的男子尸体装入麻袋，紧接着也跳出了窗。

　　客栈后方的小巷中停了一辆马车，家丁将两个麻袋塞进车厢，马车骨碌碌地行驶起来。

　　路过通惠河边时，车厢的门霍然打开，又很快关闭，装尸体的麻袋被直接踹下河，在夜色中溅起一大团水花，很快就沉底了。

　　马车继续从崇北坊朝东北方向行驶，来到了靠近皇城的南薰坊，在一座宏阔大宅的侧门边停下来。

　　两名家丁抬着不断扭动的麻袋下了车，身影很快消失在半开的侧门内。

　　麻袋终于被扯掉，麻绳也被两名家丁解开，女子大口喘着气，玉钗掉了，发髻也散了，秀丽的脸蛋上满是泪水，缩在墙角边哭边叫："官人……官人救我……"

　　家丁甲笑嘻嘻地团着麻绳："你家官人正在河底喂鱼，可救不了你。"

　　家丁乙道："旧的不去，新的不来，放心，今夜保你有一个新官人。"

　　家丁甲道："只不知你这新娘子能'新'多久。看在这副花容月貌的分儿上，哥哥好心提醒你一句，哭得越惨，死得越早，赶紧把眼泪擦擦啊。"

　　女子又惊又惧，想到丧夫之痛，哭成了个泪人。

　　两名家丁摇摇头，无所谓地"啧"了一声，转身离开了这个红绡粉帐装饰的艳房。

　　年轻女子确定他们走远了，跌跌撞撞地冲过去开门。谁料她手指刚触到门框，房门就被人从外推开了。

一个富家翁打扮的五旬老者出现在门口，生得三白眼、窄印堂，鼻梁骨从中间凸起个骨节，颌下留了三寸山羊胡须。

女子险些撞进他怀里，惊叫一声，连连向后退缩。

这人反手关紧房门，一边朝她步步走去，一边笑道："小娘子，你等的新郎官来了……"

更漏将残，夜色逐渐褪尽。拂晓时分，艳房紧闭的房门"嘎吱"一声开启。

山羊胡老者走出门，理了理衣襟与腰带，哼着小曲儿穿过走廊。

几名家丁鱼贯走入他身后半敞的房门，动作熟稔地收拾残局。四周地板上散落着药瓶、蜡烛、刺鞭、角先生等器具。床榻上，昨夜被掳来的那名女子遍体鳞伤，死状凄惨。家丁们面不改色地将白布罩在女子身上，用苇席裹着抬走了。

山羊胡老者穿过月洞门，走到前院时，面上凶淫之态收敛，便有了几分威严庄正的模样。

前院靠近大门处，空地上用砖石围出了两亩土地。肥沃的黑土间，金灿灿的麦与黍均已结穗，谷穗沉甸甸地弯着腰，随时等待被收割。

山羊胡老者从旁边的婢女手中接过水桶，拎着半桶水走上畦垄，用瓢舀水，细致地浇灌着这些业已成熟的庄稼。

锦袍、金玉带与农具、庄稼地，本该格格不入的事物在这座富丽堂皇的府邸前院凑在了一处，显得有些荒谬。

山羊胡老者浇完半桶水，直起腰吩咐道："明日择一吉时，于大门外行秋报之祀，向路人分发黍酒，就说这是五谷先生秋收后给百姓的回礼。"

婢女软软地应诺一声，接过木桶退下。

山羊胡老者抚摸着麦穗，望向大开的门户。

门楣上，"奉安侯府"四个字漆以金粉，在京城的秋阳下闪着光。

悦归客栈的大堂内，掌柜的正在怒骂小二："人呢？两个大活人，连房钱都还没结清，就这么从眼皮子底下溜了，你们竟然没察觉？"

小二讷讷道："那对小夫妻看着挺老实，谁知半夜跑了，小的们也想不到啊……"

老板娘打圆场道："好啦，好啦，别发火了。那两人逃走时连行李都没顾上拿，想来也不是什么正经夫妻，八成是偷情私奔的，唯恐被家人追上，于是半夜爬窗跑了。算我们倒霉，就拿落下的行李抵房钱罢。"

掌柜的"呸"了一声："都是些破烂衣裳，谁稀罕！"

楼梯"嘎吱嘎吱"响，苏晏从二楼客房下来，一路打着呵欠，眼底泛青。

掌柜的笑道："哎呀，苏公子，你这病好得可真快。不过脸色看着显疲，可是被褥不舒帖？小店若有哪里不妥帖，还请公子尽管提，小人这便叫小二去置办。"

苏晏摆手道："无需麻烦，不干被褥的事，是我背了一夜的书。"

掌柜的闻言，脸色越发敬佩："苏公子年纪轻轻就这般勤学，彻夜苦读，年后定能金榜题名，高中状元！"

苏晏微微苦笑了一下，拖着疲倦的步子走出客栈大门。

阳光照在他的雪青色深衣、小银冠与腰系的青玉佩上，他长长地吐了口浊气，朝天展开双臂："子啊，带我走吧……"

他背了一整夜的八股文要义，什么"两扇立格，每扇四股"，什么"以古人之词，代圣贤立言"，结果发现这种比样板戏还要空洞迂腐的文体，完全无从下笔啊！

苏晏对着自己发出了灵魂拷问："我一个好端端的官二代，为什么非要当学霸？当个纨绔子弟，不香吗？"

五个月后。

碧柳拂轩、红杏窥墙的一处院落，初春的晴光早已从明瓦花格木窗间透进，洒在房内一床拱起的红绫被上。

鼓囊囊的被子蠕动几下，半颗乱蓬蓬的脑袋钻出来。白皙手臂从被底探出，在床头胡乱摸索，抓住了一只西洋珐琅画银怀表。

幽静的房中，随即响起年轻男子的惨叫声："完蛋，睡过头了！"

京师名妓阮红蕉捧着一个铜脸盆，推门进来："公子莫慌，看天色辰时未过，应该赶得及。就算真迟了一刻半刻，门口那些兵差认钱不认人的，打点些也便进去了。"

苏晏边匆忙着衣边道："我的好姑娘，你当这是赶集呀！三年一度的会考，全国举子云集京师，贡院乃科举重地，兵丁层层把守，哪是花点钱便可以进去的？"

阮红蕉放下脸盆，坐在桌边，只手托香腮，咻咻笑道："进不去才好，公子龙章凤姿、满腹珠玑，若是考中三甲，只怕被皇上选去做了驸马，奴家可舍不得。最好考不中，留在京师再等三年，让奴家天天陪着你。"

苏晏拢好发髻，戴上软巾，随便擦了把脸，笑骂："敢咒少爷考不中，回来拧你的乌鸦嘴！"说完，拎起桌上包裹冲出门了。

阮红蕉在他身后娇笑："郎君慢走，奴家的嘴儿等着你回来拧。"

出了胭脂胡同，苏晏跑得脚下生风，心底好笑又无奈，什么满腹珠玑，"满腹猪鸡"差不多。背诵经典还好说，可八股文仿佛与他天生有仇，这几个月他无论怎么补，就是没法写出一篇合格的八股文，还指望榜上有名？只希望阅卷官看他的卷子时别吐血就好。

说来他自己都已对会试彻底死心，觉得反正考不上，不如趁此多领略一番京城的风土人情。听士子们说起色艺双绝的花魁阮红蕉，他好奇之下前去捧场，没想与这姑娘聊得还挺投契，便做了个对歌听曲的常客，有时嫌客栈嘈杂，便留宿在楚馆雅阁。鸨母遣红蕉姑娘来陪夜，他也不要，花儿拿来看，可比拿来摘有意思，一旦落英满地，红颜知己的感觉就变味了。

如此半年来流连温柔乡，险些错过了会试日期。

可是不去考又不行，他那知府老爹是个墨守成规的老古板，若是被他爹知道他因为睡过头误了时辰，连贡院的门都没进去，回家后非把他的腿打断不可。

刚拐过街角，面前倏地闪出一个人影，苏晏一惊之下收不住，当头撞了上去。

石板路面上一阵"哐啷"作响，杂什物件滚得满地都是。苏晏跌在那人身上压个正着，肋下被撞得生疼，却因为方才狂奔得有些脱力，一时手脚酸软爬不起来。

当了肉垫的那人更惨，后脑勺磕在石板上，"咚"的一声响，疼得龇牙咧嘴。撞人者却不及时起身，自顾瘫在他身上喘气。那人顿时怒从心头起，厉喝道："还不给我滚开！"

旁边扑上来几个随从，忙不迭地把苏晏拉扯起来。

苏晏缓过气儿来，定睛一看，被撞倒在地的是个十三四岁的小公子。对方着八吉祥装花罗窄袖袍，外套朱红色无袖对襟罩甲，头上戴了一个夸檐帽儿，顶缀一颗小巧玲珑的红宝石，生得浓眉俊目，鼻直隆准，一身利落的戎装打扮，更是透出一股英气。

只见这小公子双眉倒竖，怒气冲冲地朝他喝道："瞎了你的眼睛！这么大个人没看到？急火火赶着去投胎还是怎地？"

对方站起来矮了苏晏半个头，正处在变声期的嗓音粗糙难听，眉目间却已满是飞扬跋扈之色。苏晏猜测大概是哪个官宦大家的子弟，加上确实是自己的不对，便客客气气地作揖赔礼："在下赶着去参加会考，不慎冲撞了公子，实在是对不住。不知公子是否受伤？"

小公子脸色略微缓和，冷哼一声："就凭你这手无缚鸡之力的蔫书生，也能撞伤我？"

苏晏松了口气，拱手道："公子安然无事就好，在下赶着去贡院，实在不敢再耽搁时间。公子宽宏大量，在下在此谢过，告辞了。"说罢挟起包裹，拔腿就跑。

那小公子愣了愣，方才戳着他的背影叫："什么宽宏大量，我什么时候让你走了？你给我站住！哎——"

苏晏哪里肯站住，只当没听见。好在贡院大门就在前方不远处，他就像一只投林的夜鸟"嗖"一下钻了进去。

那小公子看着满地的破瓷片、碎茶饼，气得牙根发痒，捞起西洋怀表一看，珐琅表面裂成好几瓣，连指针都不动了，怒道："这厮溜得倒快，合着我挑了半天都白挑了！"

一个随从凑过来道："小爷息怒，要不咱几个进去，把那不长眼睛的小子揪出来？"

小公子满面怒容，听了他的话反而冷静下来，道："春闱大事，礼部在里面祭天地、拜孔圣，几个内阁大学士也都在贡院里，弄出什么响动来不好。"他一双黑白分明的眼珠子转了转，唤道："成胜。"

"老奴在。"

"你去贡院里打探一下这小子姓甚名谁？想金榜题名？爷叫他名落孙山，灰溜溜卷包袱走人！"

"老奴这就去办，您放心吧。"

小公子重重哼了一声，余怒未消，转头见地面上鸟笼的拴钩散了架，笼门半合半敞，刚买的那只虎皮大鹦鹉探头探脑地伸出喙子来，急忙扯着嗓叫道："哎，我的鹦哥儿要跑了，快给我逮住它——"

鹦鹉被他的叫声一吓，梗着脖子，扑棱着翅膀直冲云霄。

苏晏在他的单人考室——号房里咬着笔杆儿叹气。

所谓号房，其实就跟牢房没啥两样，长五尺、宽四尺、高八尺，像火柴盒，躺直了脚都伸不开。

考生们只被允许带文具和灯具，每人配发三根蜡烛，一个个被搜了身后进入号房，大锁"咔嚓"一上，成龙成蛇就在这孤灯萤火的方寸之间了。

但条件艰苦还不是大问题，让苏晏真正头疼的是必考项目，他的宿敌……八股文。

四书五经翻来覆去就那么几本，题目必须从里面出，出题的大学士们热衷于挖偏门、掏墙角，抽筋剥皮地截出一句半句来作为考题。

就比如苏晏笔下的这张卷子，题目就叫"所恶执一者，为其贼道也"。

所幸这几个月的恶补还算有效，他记得这一句貌似出自《孟子·尽心章句上》，貌似是孟子对杨子"为我"与墨子"兼爱"的不爽抨击，貌似是体现了执中而变通的中庸思想。

但问题是，八股文格式规定死板，让人犹如戴着镣铐起舞。破题、承题、起讲、入手，前面这几个环节都是套话、废话，还规定了起首字眼；后面的起股、中股、后股、束股才是正式议论。在这四股中，每股又都有两股排比对偶的文字，也就是所谓的骈文，所以合称"八股"。

天可怜见，大病一场后的苏晏因为无法完美兼容两个人生的记忆，直接跌落到学渣境界，连诗词都对不工整，哪里会写什么骈文。笔杆儿都快咬烂了，一个字也没憋出来。

虽说他对自己的会考期待值并不高，但是就这样交白卷上去，实在是太丢脸。

痛定思痛之后，苏晏灵光一闪，想出一个不知是不是馊主意的主意来。

他决定用议论文写法来写这篇"贼道"。只要论点鲜明，论证严密，适当地引用名人名言，用文言文体来写，也就差不多了，要是搁高考卷子里，指不定还是篇满分作文呢。

只要站对立场，没有写出什么惊世骇俗的颠覆封建统治的言论，应该不会被拉去砍头吧？苏晏心里盘算着，奋笔疾书起来。

"榕州举子苏晏，表字清河……"翰林院侍讲学士兼詹事府少詹事刘韦议从尚未密封的一大沓考生卷子中抽出一张，用指头小心捏了递过去，"就是这张。"

成胜笑眯眯地啜了口茶："刘学士，咱家是粗人，斗大的字儿识不得几个，这举子写的文章嘛，还是应该您来评阅，看看够不够得上龙门的门槛儿。"

刘韦议扫了一眼，连个字影都没看清楚，就随手搁在桌边，道："此卷文辞拙劣，立意浅薄，乃是下下之卷。公公放心，下官一定会秉公处理，断然不会将此等学业不精的士子录为贡生。"

成胜满意地点点头："刘学士办事严谨，咱家当然放心。小爷还等着回话呢，咱家就先走一步了。"

刘韦议拱手道："公公慢走。"

看着成胜迈着鸭公步一摇一摆地出了门，刘韦议才拂了拂衣袖，暗自叹了一口气。

虽说他是正四品少詹事、翰林院侍讲学士，平日里辅助太子学业，可是在成胜这个六品宦官面前，他却要毕恭毕敬，不敢有半点怠慢。为什么？人家是太子身边的人，照顾东宫的饮食起居，陪伴太子玩乐，亲近程度绝非他这个小小侍讲比得上的。

当今天子厚爱储君那是有目共睹的，若是这班内臣有事没事地在太子耳边说上几句，太子又在皇帝面前不经意地一提，只怕他头上乌纱不保。

区区一个举子而已，他犯不着为了这么个人去违抗太子的旨意。

苏晏啊苏晏，要怪就怪你自己，龙门还没跃进就得罪了太子爷，你这是咎由自取，可怨不得本官。

刘韦议主意已定，执笔点了朱砂，正准备将册子上的名字划去，窗外却传来一声高亢清亮的喊声："圣上驾临贡院，众臣接驾。"

毕竟是违规操作，刘韦议心里有愧呀，手一抖，毛笔落在地上，在砖面上点出几簇处子落红似的痕迹来。

他扶了扶冠帽，眼角瞥见一袭赭黄色的袍裾进入房门，连忙行大礼跪拜，额头抵着指尖道："臣刘韦议叩见吾皇万岁。"

景隆帝走至公堂，负手笑道："起来，起来，这不是宫里，旁边又没有言官，你用不着这么拘礼。"

刘韦议起身垂手而立，偷眼看到皇帝今天穿的是盘领宽袖常服，前后及两肩各镶金织盘龙补子，头戴双龙抢珠乌纱翼善冠，眉目间神色舒朗，看起来心情不错，肚里便先吃了一颗定心丸。

景隆帝环视了一圈，道："怎么空荡荡的就你一人？"

刘韦议恭声道："启禀陛下，方学士在阁里理卷；赵学士听说号房里渗水，过去视察了；林学士说是……说是……"

"说是什么？"

"说是肠胃不适，出恭去了。"

景隆帝笑了笑，坐在黄花梨螭纹圈椅上，随手从桌边拈起一张考生的卷子："林学士想必是昨夜跟人争画舫不慎落湖，受了寒气。"

他说得漫不经心，刘韦议背上却冷汗直淌，中单濡湿。

锦衣卫果然是无孔不入，令人毛骨悚然。他方才的举动，会不会也被这帮人瞧见了？这个念头在心底闪过，刘韦议身躯一晃，腿肚子直抽筋，好似站都站不稳了。

幸亏皇帝正低头看卷子，没有注意到他煞白的脸色，只是两道修长的眉峰慢慢扬了起来。

"……这就是本届举子的试卷？"皇帝面色微沉，一拍桌沿，"这写的什么乱七八糟的东西！"

刘韦议吓得一激灵，忙探过头去看，好死不死正是被他随手放在桌沿的苏晏的卷子，顿时噤若寒蝉。

景隆帝吐了一口气，用指尖戳着卷子："这人连八股格式都弄不清楚，怎么通过院试和乡试的？又是怎么当上举人的？"

他把卷子往桌上一摔："朕最看不得的就是文武官员徇私舞弊，罔顾国法！你自己看看，就是这样满纸墨瘠，也能一路考上京师来，到底是什么人放他通行无阻？！"

这罪名可就大了，欺君罔上，掉脑袋的大罪！

刘韦议的腿脚反而不抖了。

有道是"豺狼当道，焉问狐狸"，有这些犯大罪的官员顶着雷霆之怒，他那一点小手脚算什么，毛毛雨都沾不到。

他当下心中大定，附声道："皇爷圣明，臣方才阅卷，看这个榕州举子满纸胡说八道，玷污圣贤，心中激愤不已，正准备给他评个下下之卷。"

景隆帝道："何止是下下，当逐出科场，永不录用！"

刘韦议一听圣上口谕，正中下怀，方欲领旨，一个阴柔的声音响起："皇爷，您看这几句，奴婢觉得颇有意思……"

原来是随侍在景隆帝身后的司礼监掌印太监蓝喜。他本是榕州人，十五岁随流民迁徙进京，衣食无靠，不得不净身入宫做了内侍。

闽人乡土观念颇重，这太监蓝喜虽说在朝中免不了假公济私、贪墨受贿，捞了大笔横财，却还舍得差人每年回故土捐赠一些钱帛，建个义祠、施点粥粮什么的，倒也有不少乡人对他感恩戴德。

此番他一听是同乡，心中便偏袒了几分，再看卷子上署名苏晏表字清河，念头急转：苏清河，这名字有些耳熟……莫不是榕州知府苏可仁的独子？他家与咱家祖上还有些交情，好歹也得帮上一帮。

景隆帝对这个随侍太监有些宽厚倚重，闻言便又拿回卷子，见其中几句确实端方工丽，笔力不俗，细品之下还有几分警醒世人的哲理意味，微微颔首道："'江山代有才人出，各领风骚数百年。'不错，此句气魄非凡……"

"'乃知云变雨，不必到层霄。只在百丈间，即化甘澍膏。'这几句含义颇深，借物喻理，正是执中之道……嗯，此人还是有几分才华的，只是过于随性放肆，不循定理，恐非栋梁之材。"

景隆帝若是知道他唯独欣赏的这几句，便是苏晏"引用名人名言"的部分，不晓得会做何感想。

蓝喜一听有戏，趁热打铁道："皇爷，奴婢虽只粗通文墨，倒也听民间传闻，说这苏晏是个神童，六岁能吟诗作对，七岁背熟四书五经，十岁便写得一手锦绣文章，怎么会连八股格式都不通晓呢？极有可能是他怀才于胸，又担心不被慧眼识中，才出此奇招标新立异，好吸引圣上注意。此举虽然欠妥，但念及年少轻狂，奴婢觉得不宜强力打压，折了好苗子。"

蓝公公的"神童之说"倒也不是空穴来风，苏晏在闽中确实颇有才名，只不过如今瓶子虽在，里头的墨水却已换成糨糊了。

景隆帝想了想，觉得有些道理，颔首道："少年人行事难免不够稳重，轻狂佻脱，恃才放旷，还须多磨砺磨砺，才堪担大任。"

蓝喜忙道："皇爷英明神武，真是慧眼识珠玉。"

"那就暂且收入贡生，殿试时朕亲自考他，看看是不是徒有虚名。"景隆帝抖了抖卷子，起身道，"朕要回宫去瞧瞧太子，这里就由你们几个学士处理吧，可别因小失大，耽误了春闱选士。"

蓝喜迤迤然跟在后面，临走时得意地睨了刘韦议一眼。

刘学士气结：这个该杀的权阉，欺人太甚！

"怀才于胸，又担心不被慧眼识中"是什么意思，分明就是指他们这些翰林院学士不是伯乐，不识千里马，这简直就是当面进谗！偏偏圣上对这个权阉的话总听在耳中，久而久之，必然对文官们心生不满。

内侍擅权专断，连圣上口谕都能劝回，总有一天要成为朝廷的大祸害！他回头得赶紧去拜访吏部尚书、内阁大学士李乘风李大人，联合一干文臣共谋除奸之计，不能再容这班阉党继续骄横跋扈了。

他这边气得直咬牙，殊不知蓝公公那厢想的也跟他差不多：这批腐儒酸丁，整日里看咱家不顺眼，朝上朝下叽叽喳喳地没完没了，饶舌雀鸟似的惹人厌烦；还有那些言官，连天子都敢弹劾挖苦。总有一天，咱家要把他们的鸟毛拔光，大锅放水炖喽，看谁还敢叫板。

蓝喜帮苏晏说话，可不仅仅是因为同乡之谊，而是心中另有打算：若是能够拉拢苏晏，让他以进士身份进入文官派系做伏线，倒也不失为一步好棋。

至于片刻间在祸兮福兮中走了一圈的苏晏，浑然不知自己成了权力争夺战的一个导火索。

他现在正满心快活地钻回胭脂胡同，去听名妓阮红蕉的一曲《唾檀郎》。

暮色甫临，华灯初上，都城隍庙上人头攒动。

三里许的大街，两侧摊贩熙攘，商品琳琅，极是热闹。人群间还掺杂着不少碧眼胡商，一副腰缠万贯的模样，列肆高谈。

苏晏负手，与三五名举子在街道上漫行，听他们一路上经史子集滔滔不绝，觉得乏味至极，一面频频点头作附和状，一面拿眼睛四处乱瞄摊市上新奇的玩意儿。

本朝风气开放，不少民间妇女着了鲜艳的月华裙、水田衣，扣上合身的比甲出来逛庙会，满街凤钗摇动，颇有情致。

苏晏东张西望，渐渐落在了后头，身边只剩了个同乡举子黄徵。

黄徵自觉上榜有望，总想打探别人考得如何，见苏晏落单便开始套话："此番春闱选士，清河兄高才，定然榜上有名。"

苏晏想起那篇伪八股就心虚，干笑两声："哪里哪里，小弟才疏学浅，只恐名在孙山之后。会考才子济济不下万人，贡生却只取三百，好比千军万马过独木桥，小弟自知桥窄难过，正准备收拾包袱回家去。"

黄徵压根不信，嘴里却道："唉，我也考得不好，正有此打算。归乡之途千里迢迢，清河兄若不嫌弃，不如你我同行，路上也有个照应……"

苏晏与他同窗数年，最烦他口不应心，想找个借口甩了他独自逛街。忽然余光瞥见旁边一个人影，灵机一动，叫起来："哎，那个谁——对，就是你。上次不慎撞倒了公子，礼节不周，在下心中愧疚，今日特来赔罪。"

苏晏又转头对黄徵笑了笑："语堂兄，真是不巧，小弟正好有点私事处理，我们改日再聊。"

看着黄徵终于识趣离开，苏晏拔腿就走。身后一个粗糙的少年声音喝道："你，给我站住！"

苏晏挠了挠头发，暗叹冤家路窄，无奈地驻足转身。

面前正是那个眼睛长到头顶上的小公子，他依旧一身戎装短打，腰间束的锦帛换成了羊脂白玉革带，比那日更添了几分华贵。只是那一脸傲慢的神情，让苏晏恨不得一脚丫蹬到他鼻子上。

小公子也在上上下下地打量苏晏。

那日苏晏跑得气喘如牛，他又摔得头昏脑涨，压根就没看清楚这瘦书生生得什么模样。

如今一番细看，只见这人着一袭石青色深衣，宽袖缂缘，腰系绿丝绦，前襟垂一枚青玉透雕荷叶佩，衬得身形似烟柳垂新绿，姿态如明霞流云。

这番风骨，本该让人想起《诗三百》中的"有匪君子，如切如磋，如琢如磨"，但那一双正不悦眯起的凤眼，灯下看去幽光流转，显得过于佻巧，好像那副温良君子的模样全然是装出来的一般。

他心底怒气升起，重重哼了一声："不是说要给本公子赔罪，你跑什么？"

苏晏叹了一口气："不跑行吗？只怕见一次便要被揪住赔一次罪，就算在下恶贯满盈，也没有那么多的罪可赔呀。"

小公子嘴角轻扬，心道这人说话还挺有趣，怒气略消，想了想，问："你方才说，会考就像千军万马过独木桥？"

苏晏莫名其妙地答道："正是。"这个比喻不是挺普通的吗，年年高考都这么说。

小公子颔首："倒是贴切得很。"忽然不怀好意地看了他一眼，继续道，"全天下的士子们都拼了命地往这座桥上挤，我瞧你瘦得一把骨头，只怕挤不过人家，要摔下桥去。"

苏晏不以为然地嘿嘿一笑："非也，非也，我为何要去挤？"

小公子眉一挑："你不想做官？"

"做官有什么好？做文官吧，鸡毛蒜皮写奏章，起早贪黑去站朝；做武官吧，征战厮杀血光飘，一个上场一个倒。"

苏晏被挑起了谈兴，一路指手画脚地扯淡下去："官卑职小的，见了上司便要点头哈腰送礼包；位高权重的，又要提防抹了皇帝的面子死得早。清官捉襟见肘囊中瘪，贪官提心吊胆怕挨刀……"

小公子眉峰越挑越高，终于忍不住道："照你这么说，什么官都当不得了？不做官，那你想做什么？"

苏晏笑得眉眼弯弯，像是要流出一泓春水："但丁嘛，就想做个纨绔子弟、花花大少，出门带一班狗腿子，走马呼犬，斗鸡打鸟，没事调戏调戏良家妇女，岂不乐得自在逍遥？"

小公子愕然，伸手指他，气得声音有些发抖："你……你个没出息的……"

苏晏大笑："开个玩笑而已，你倒当真了。"

他大马金刀地拍了拍对方的肩膀："小鬼，你我相识一场，也算有缘。过些天我便要回乡去了，日后天南地北的基本上也见不着面了，送东西给你留作纪念，就当是在下的赔礼吧。"说罢昂头负手，潇潇洒洒地走了。

小公子望着苏晏的背影怔了怔，低头看手中的物件，原来是一块银怀表。珐琅表面下镶了幅西洋油画，画上是一个衣裳半裸的番邦丰腴女子，挺着肥白双乳，怀里抱着一个光着身子的男娃娃。他不由得嫩脸微红，暗骂一声"淫秽"，扬手便要丢掉，转念想了想，又觉得有些不舍，最终还是揣进怀里了。

他转头吩咐道："成胜。"

一个人影钻到他身侧，恭恭敬敬地道："老奴在。"

"上次叫你办的事如何了？"

成胜满脸堆笑："您交代的事，老奴哪儿敢怠慢？自然是办得圆圆满满，滴水不漏。"

那小公子面上掠过一丝阴霾，磨了磨牙："就算不中进士，我也有法子把你弄到朝中来。哼，你不想做官，爷就偏要让你做，看你跑到哪里逍遥自在去！"

"什么？出贡了？"苏晏牙关一松，一块皮酥肉嫩的烧鹅片"啪"地掉在桌面上。

这简直出乎意料了。就那篇连他自己都汗颜不已的伪文言文，居然还能获得阅卷官的青睐，过了会考这一关？那人是眼瞎吗？

报喜的小厮一脸谄笑，点头哈腰地道："恭喜公子爷，您现在是贡生了，待到下月初过了殿试，那就是进士，金榜题名呐。"

苏晏脑中发蒙，还没转过弯，随手掏了一把铜钱打发他下去后，在屋子里踱来踱去地整理思路。

皇帝亲自主持的殿试啊，旁边侍立的都是大家鸿儒、饱学之士，就像一面面明晃晃的照妖镜，自己这点微末取巧之技，还不给照得原形毕露？

出乖弄丑也就罢了，万一触怒天子，直接拖出午门"咔嚓"了，他找谁喊冤去？苏晏越想越觉得悲从中来。

踱了小半个时辰，仍然一筹莫展，他心一横、脚一跺，暗道：顶多一缕幽魂飘地府，半碗孟婆汤从头喝过，有什么好怕的！

这么一想，心境豁然开朗，苏晏气定神闲地坐回桌边，重新喝起他的小酒来。

三月初一。

苏晏跟着一干殿试贡生，踏着猩红的地毯进入皇宫奉天殿。

皇宫有外朝与内廷之分，奉天殿作为外朝的三主殿之一，雕梁画栋、碧瓦朱甍，一派辉煌壮丽。此时殿中，深处龙座高踞，四周众官肃立，皇权威严彰显无疑，令人不敢平视。

苏晏微垂着头，眼观鼻、鼻观心，站在队尾。

他做了最坏的打算，抱着事不关己、冷眼旁观的态度。

倒是那些满心忧虑、唯恐天威难测的贡士们，紧张得连大气都不敢喘一口。

正式殿试前的仪式繁杂，礼官满口"之乎者也"，苏晏听得昏昏欲睡，眼前一片朦胧。正犯迷糊，他突然听见正前方一道声音——"榕州贡士苏晏，是哪一个？"

苏晏的第一反应：有人在叫我的名字。第二反应：程序不对呀，不是说先笔试，然后才面试的吗？第三反应：声音从上方传来，好像是……当朝皇帝？

他登时打了个激灵，头脑乍然清醒，连忙出列跪倒在地，双掌贴着地毯，额头压着指尖，提起一口丹田气："贡士苏晏叩见吾皇万岁。"

"平身。"

"谢陛下。"

景隆帝居高临下，只见苏晏身形挺拔，姿态优雅，低眉敛目而立，颇有谦谦君子温润如玉之风，心中便有了几分喜欢，道："抬起头来。"

苏晏听到皇帝叫他抬头，便毫不客气地仰起脸，好奇地端详起龙椅上的天子。

面前这位景隆帝，年约三十五，五官清俊，神色恬淡，只在目中偶尔掠过一线精光时，才显现出不怒自威的凛然之气。

苏晏又将目光转到他身边着朱红皮弁服的少年，这一看之下，惊得险些叫出声——

可不是那个在大街上被他撞倒的小鬼？那人正朝他挤眉弄眼，得意扬扬地看他的窘态。

原来他便是当朝太子朱贺霖。

景隆帝见苏晏虽生得好容貌，目光却未免过于放肆，有失臣子之礼，眉头微皱，龙心不悦。太子见状，偷偷扯他的衣袖，递了个讨好的眼神。

他用薄责而宠溺的目光看了太子一眼，对苏晏沉声道："朕听闻你博洽多识，贤能兼备，是闽中有名的才子。"

苏晏听得暗自脸红："臣才疏学浅，有负才子之名，实乃士友们戏言谬赞。"

景隆帝见他言语谦逊，微微颔首："君子当敬而无失，恭而有礼，少年轻狂之态实不足取。"

他略一沉吟："此番殿试，便考'儒策治民'，苏晏，你可先论。"

苏晏顿时蒙了，满头雾水。

因为抱着"大不了再写篇议论文"的想法，他事先根本就没有去研究殿试考的策论是什么东西，更没料到笔试忽然变成了口试，被打个措手不及。

他一面出冷汗，一面纳闷：这殿试考题未免太不雅了，连"如厕之名"都可以拿出来考，这叫我论什么啊，如厕礼仪？如厕方式？

眼见时间分秒过去，满朝望向他的目光中已有诧异和不耐之色，再拖延下去恐怕不妙，苏晏忽然急中生智，道："陛下，臣有一个对子，正应此题，不过……臣不敢说。"

景隆帝道："说。恕你无罪。"

苏晏等的就是这句，当下气蕴丹田，沉沉稳稳地道："臣这副对子，上联是'纵然英雄豪杰，无不屈膝低头'，下联是'任尔贞节烈妇，也必解带宽衣'，横批'五谷轮回'。"

此对一出，满堂呆若木鸡，空气像是凝固了一般，整个大殿阒然无声。

苏晏转头扫了一眼两侧官员脸上愕室之色，自觉好像说错了什么，有些心虚地缩回脖子。

站在丹墀阶下的奉安侯卫浚一张老脸瞬间铁青，又由青转红，由红涨紫，额上青筋暴起，颔下三寸山羊胡狂抖不止。

原来，这奉安侯是贵妃卫氏的亲叔父。

卫氏出身外戚，论辈分还是太后的外甥女，两年前入的宫。

虽说本朝自开国以来，为防外戚专权，后宫妃嫔多是从民间秀女中选出，历任皇后均出身低微，娘家人自然也翻不起什么大波浪，但如今卫贵妃圣眷正浓，又有太后这尊大佛护着，自然非同一般，连带着她的一兄一叔也飞黄腾达，封侯封伯。

卫贵妃的亲兄长——宁伯卫阙，性格敦厚，行事还算低调。这个叔父奉安侯卫浚却很有些为老不修，平日里巧取豪夺、广占私田不说，见到貌美的民妇便要强索为妾。

那些妇人，有的贞洁刚烈，当着丈夫的面一头磕死在门柱上；也有的被玩腻后被逐回家去，受不得人言指戳含恨悬梁。奉安候的行为弄得民怨沸腾，却因他身居高位，有司衙门就算接到状子也不敢查办，只能默许，最后不了了之。

偏偏此人马不知脸长，极喜沽名钓誉，在人来人往的侯府前院植了两亩黍、稷、菽、麦、稻，自号"五谷先生"，以博拜访之人称赞他躬耕垄亩，亲民爱民。

今日在朝堂之上，御驾之前，百官众目睽睽，一个小小的贡士居然敢公然出言讥讽，指斥他欺压良民、逼奸节妇。

卫浚登时挂不住老脸，勃然大怒，指着苏晏的鼻子骂道："竖子猖狂已极！天子座前，竟敢胡言乱语，有污圣听，简直是目无君上，大逆不道！"

苏晏被这飞来横骂一砸，还没有反应过来，一个须发皆白的老文官大步出列，冷笑道："苏贡士并未指名道姓，奉安侯何必做贼心虚！圣人云'有君子之道四焉：其行正也恭，其事上也敬，其养民也惠，其使民也义。'你横行霸道是为不恭，瞒天蔽日是为不敬，残民害理是为不惠，蠹国梗政是为不义，还有什么脸皮在朝堂上叫嚣旁人大逆不道！"

卫浚一看，又是这吏部尚书、内阁大学士李乘风！此人仗着自己是两朝元老、文臣领首，经常在朝堂上高谈雄辩，多次对他抨击弹劾。登时，新仇旧恨涌上卫浚心头。

卫浚也顾不得苏晏了，朝李乘风破口大骂："老匹夫，安敢辱骂国戚？全然视天子威仪于无物，其心可诛！"

李乘风大怒，还击道："乱臣贼子，倚仗权势欺公罔法，跋扈朝堂，老夫第一个饶不得你！"说着，将手中捧的朝笏朝他猛地掷去。

卫浚一时不防，肩膀被砸个正着，暴怒之下扑过去推打。

李乘风亦不甘示弱，老拳飞出。

只见两个年过半百的朝廷重臣，像街头地痞似的相互殴打。旁边众臣瞠目结舌者有之，拖拽劝架者有之，惊慌避让、唯恐殃及池鱼者亦有之。

苏晏瞪圆了双眼，心底大呼，太神奇了，太彪悍了！原来这才是大铭朝堂的真面目，板砖与拳头齐飞，唾沫共虚汗一色。

殊不知像这样的全武行，可是几十年也难得见上一回。

李尚书毕竟人老体衰，脚一软，被奉安侯推倒在丹墀边上，恰巧将铜鹤细细的颈子撞得断成两截，便顺手操起酷似武汉鸭脖的那一头，用力朝奉安侯掷去。

奉安侯一矮身，躲了过去。

苏晏正好处于他后方，猝然见暗器兜面飞来，慌乱中两腿一绊，四仰八叉摔在御座前的台阶上，抬头正好对上景隆帝青寒如铁的脸。

一俯一仰，四目相对。一阵冷风飕飕地吹过苏晏的后颈……

铜鹤头落在了皇帝脚边，骨碌碌地滚动……

景隆帝重重一拍龙椅扶手，霍然起身，厉声道："你们好大的胆！"

这声厉喝如雷霆震怒，整个大殿骤然安静，李、卫二臣保持着扯打的姿势僵在那里。

苏晏惊得忘记动弹，见太子拼命朝他使眼色、努嘴巴，几乎要挪过来用脚尖踹他了，才意识到自己正待在一个不该待的地方，忙从御阶上爬起来，抖了抖衣袍，躲进人群里。

景隆帝颊上肌肉微微抽动："身为臣子，御前如此失礼，你们眼中还有朕这个皇帝吗？来人，将此二人一并押入刑部大牢，听候处置！"

说罢，景隆帝怫然甩袖而去，丢下一句："殿试延期，择日另行，退朝！"

官员和贡士们窃窃私语，摇头叹息地退去。

苏晏慢腾腾尾随在后，没想到自己就这么莫名其妙地逃过一劫，像看了本情节跌宕起伏的话本，猜中了故事的开头，却没有猜中故事的结局。

他正浮想联翩，忽然一个着葵花团领衫的内侍从后面追上来，对他道："苏贡士，太子殿下召你前去华盖殿觐见。"

那个小鬼找他？该不会是要秋后算总账吧？

苏晏心怀忐忑，随内侍来到华盖殿，刚走近槅扇门，便听得殿内一个少年声音狂笑不止，少年断断续续地道："您是没看清奉安侯的脸色，可好笑了，像头尥蹶子的老公骡……还有李太傅那一跤跌得，出殿时扶着腰直哼哼。这下父皇的耳边至少能清净半个月……"

另一个温和贵气的声音道："胡闹，李尚书是内阁首辅，又是太子太傅，哪有学生取笑老师的道理。"

苏晏听得一怔，心道不是太子要见他吗，怎么皇帝也在？景隆帝方才在大殿之上还勃然震怒，转眼间与太子谈话就温声细语了。看来这个据说一出生就被封为储君的朱贺霖，着实很受他老爹的宠爱。

来不及多想，旁边的内侍便已高声禀告。皇帝一声"宣"，苏晏只得硬着头皮进了殿门，叩头行礼。

景隆帝面沉如水，也不开口，只拿一双狭长眼睛凉凉地看着他。

如当头洒下一场峭寒秋雨，苏晏霎时汗毛尽竖，皇帝这眼神也太瘆人了！难道他在什么地方又触怒了天威？连皇亲国戚、内阁大臣都被丢进大牢，他一个微不足道的贡士，不知道会被如何处置。

他正想得脊背生凉，景隆帝忽然淡淡道："苏晏，你好大的本事，一个对子就搅得朝堂波翻浪涌，果然是不鸣则已，一鸣惊人。"

苏晏连忙自澄清白："臣只是就题论题，一心只想答好策论，绝无抨击朝臣之意，就算借臣一百个胆儿也不敢，陛下明鉴啊！"

景隆帝端了茶，用盖子慢慢抹了抹杯沿，道："用不着诚惶诚恐，虽然你行事莽撞轻狂，但毕竟怀清正纲纪之心，朕也不想太过苛责，只略施薄惩，以戒来日。你自己下去领二十廷杖吧。"

廷杖！苏晏一听，腿就软了。

这可不是他家老头子用荆条抽几下那么简单，是被一群如狼似虎的锦衣卫剥光了衣服，拿着海碗粗的大木棍打屁股，一杖下去就是皮开肉绽，认真打的话，三四十杖就可以把人打死。二十杖，还不给打个半死？

他脸色发白，脑子里飞速盘算自己究竟要如何反应，才能让皇帝收回成命，放过他一马。坊间传闻都说圣上脾气不错，与前朝几位皇帝比起来，对大臣还算温和宽容。但从目前情况看，好像又与传闻不符……

就在苏晏苦苦思索自救之策，旁边的侍卫蓄势待发，只等皇帝一声令下就过来拖人的时候，太子朱贺霖终于忍不住跳出来，瞪圆了眼睛："父皇，使不得！他一介文弱书生，哪禁得起二十杖？只怕要当场毙命。到时儿臣再去哪里找个可意的侍读？"

景隆帝没好声气地斥责："放肆！金口玉言，也由得你在一旁搅扰？莫不是想抗旨？"

朱贺霖虽有些恃宠而骄，却非不达时务之人，一见情势不对，立刻换了副撒娇讨好的口吻："儿臣只是担心，杖毙臣子恐有损父皇仁德之名，不如记下这二十杖，来日若敢再犯，两罪并罚可好？"

景隆帝沉吟片刻，对苏晏意味深长道："此番是太子为你说情，朕才饶你一次。记下的二十廷杖，你且记在心里，日后谨慎从事，不可再肆意妄为，否则前罪并罚。"

苏晏一听不用挨那可怕的大棍子了，很是松了口气，连忙谢恩。

这时，一个内侍匆匆入殿，禀道："皇爷，贵妃娘娘不知为何哀泣不止，宫人们怕动了胎气，已去太医院请许、林两位太医了。"

景隆帝眉头微皱，有些无奈地对太子道："朕去一趟永宁宫，余事你自理吧。"

朱贺霖恭敬送走皇帝，回头见苏晏还跪在那里，嘻嘻笑道："还跪着做什么，起来起来，不就二十杖子，瞧把你给吓得。"

苏晏苦笑，敢情这位小爷是没挨过廷杖，也没见过那些挨杖后的臣子的模样。那何止是皮开肉绽，打得肌肉坏死、鲜血溅出数尺远的都有。挨不过三五十杖、当场气绝的也不在少数。就他这小身子骨，恐怕连二十下都撑不到。

腹诽归腹诽，面对当朝太子还是收敛点好。苏晏依言起了身，规规矩矩地低头而立。

朱贺霖看他温驯的样子，全然不见当初灵动神采，心中得意的同时，不知为何又浮起一丝不快，拉下脸："贡生苏晏，跪下听旨。"

刚叫站起来又叫跪，这不是故意折腾人吗？苏晏一愣，立马反应过来，这小鬼是在拿他开涮呢！

人在屋檐下，不得不低头，我忍！苏晏一撩袍子，又跪了下去。

小太子装模作样地咳了两声，示意旁边的内侍开始读圣旨。

苏晏竖起耳朵，除了最前面那句耳熟能详的"奉天承运皇帝，诏曰"，接下来就是大段艰涩的文言文，听得他云里雾里，好在关键几句还是听得懂的——"贡生苏晏，发迹贤科，聪敏忠正，宜加恩命，特赐尔为司经局洗马兼太子侍读，勉修厥职，毋忝朕命。"

"太子侍读"好理解，另一个"司经局洗马"也不知是什么职位，听起来有点儿耳熟……

朱贺霖见他面露难色，拽过圣旨就往他手里塞，恶狠狠道："还不快领旨谢恩！你那是什么表情，做本太子的侍读很委屈吗？哼，就算殿试三甲，也不过去翰林院做个七品编修，你一跃而上便是从五品，居然还给我摆一张臭脸！"

苏晏无奈地接旨，摇摇晃晃爬起来，揉着膝盖嘀咕："太子洗马我知道，司经局洗马又是什么鬼。"

小太子耳朵尖得很，听见大不敬的"什么鬼"，浓眉一挑："你连这都不知道？司经局隶属詹事府，洗马一职负责管理宫中四库图籍，今后东宫书册统统交给你打理了，记得定期帮我写窗课上交父皇。那一堆孔孟之道看得我头疼，偏偏每个太傅都奉之如金科玉律，恨不得连吃饭、如厕都要学学圣人是怎么做的。"

看来就算贵为太子，也跟那些厌学贪玩的学生没什么两样，这个年纪的男孩子，又有几个是打心眼儿里勤奋好学的呢？

苏晏亲切感顿生，不禁失笑道："殿下虽万金之躯，却天天被关在这戒律森严的深宫中，若不找些娱乐消遣，一定憋闷得很。"

朱贺霖两眼发亮，一把抓住他的手腕，动情地道："还是清河理解我的心意啊！

李太傅下了大狱，我本以为自己会快活几日，没想到父皇刚刚又安排了内阁学士、礼部尚书严兴暂代，他讲课枯燥乏味尤胜前者，我可要受苦了。"又凑近低声道，"今日我就说要与苏侍读清点查阅书籍，把那个严老头打发走。东宫里刚进了些西洋来的新奇玩意儿，走，同去看看。"

苏晏想要抽出手来，却被太子抓得紧紧的，雷厉风行地拖着往端本宫去了。

端本宫为太子所居宫殿，位于紫禁城东侧，所以又称东宫。

朱贺霖得了一个新玩伴，满怀兴奋，也不坐辇，就这样拽着苏晏一路疾走，直奔东宫。

他自幼酷爱骑射，还跟着几个武艺高强的侍卫学了点拳脚功夫，这一点路程自然不在话下。可怜苏晏，在当苏彦时还算是一个运动健将，如今的身躯却是不济，到了东宫已是气喘吁吁，好一会儿才缓过劲儿来。

朱贺霖兴致勃勃地叫宫人抬来一个半人高的物件，献宝似的摆在矮几上给苏晏看。

"这是西夷进贡来的奇物，叫自鸣钟，针随晷刻自转，准点而鸣，报时比漏壶准多了。"

苏晏不以为意，不就是大个点的座钟，也就刚传入中原时比较稀罕，被时人当作西洋珍玩。

待他仔细一看，发现原先的想法过于简单了——这哪里是一座钟，分明是一座制作得极其精妙的城堡，房屋、街道、喷泉、园林……连遍布其中的小人都惟妙惟肖。

此时恰好到了准点，城堡最高处的钟楼上，一个镀金小人忽然动了起来，将铜钟敲得"嗡嗡"作响，随之整个寂静城堡像是从诅咒中被唤醒，广场上的喷泉开始流淌，花木婆娑摇曳，吟游诗人将短笛举到嘴边，撑着洋伞、提着蕾丝裙摆的贵妇人在街上行走，甚至还有牵着狗的宪兵慢慢踱步。

苏晏惊讶地看着这座由无数齿轮操纵的大型活动机关，不得不赞叹数百年前的西方人对精密仪器的制作能力。

朱贺霖见他面露诧色，暗自得意，指着其中一个站立不动的少女，道："本来这个小人儿听到钟声便会跳舞，也不知是哪处坏了。"

苏晏颇感兴趣地挽起宽袖，伸手拈起少女的裙子："或许是轮轴润滑不足，卡住了，我瞧瞧。"

他见太子不拘小节，说话又随意，左右没人的时候干脆也不称"臣"了，还是用"我"比较习惯。

朱贺霖见那异国少女人偶蓬圆的裙裾内，双股雪白逼真，薄薄的粉色亵裤看得一清二楚，不由两颊微热，尴尬地别过脸去，又忍不住转眼偷看。

本朝民风虽开放，皇宫中对未成年皇子管教却甚严，唯恐太早接触男欢女爱，坏了心性。朱贺霖虽未曾近过女色，却正是青春懵懂年纪，越是不让知晓，就越觉得好奇，满足好奇心之余，又生出了"非礼勿视"的羞耻感。

"果然是卡住了，链条压得有点儿变形，等会儿刮干净灰垢，再上点儿油……"

苏晏的声音使得朱贺霖顿时清醒。他不免有些恼羞成怒，粗声粗气地道："你会？那你来修，修不好拿你是问！"

苏晏斜睨太子："我若是修好了又当如何？你敢不敢跟我作赌？"

朱贺霖果然被激得下颌一抬："赌就赌！你要是能修好，这座钟就赏你了！"

苏晏嘿嘿一笑，小样儿，你输定了。

他当下找来干净的狼毫圭笔、细铁钩、尖嘴钳子，拿茶油代替机油，动作利落地开工。没两下，又嫌常服袖子宽大累赘，挽了还老往下掉，干脆整个挽起来别在肩头，露出两条瘦白胳膊。

朱贺霖半蹲在一旁看苏晏修理，只觉这个新伴读有趣是有趣，可就是太文弱了。他自幼尚武，忍不住嫌弃对方：细胳膊细腿的，怕是连把刀都拎不起来，没出息。

"成了！"苏晏丢了工具，拍了拍手上的灰。

朱贺霖半信半疑地哼了一声，把指针拨到准点。高处的镀金小人又开始敲钟，整个城堡跃然而动，那个站在喷泉旁边的少女慢慢弯了弯腰，旋转着跳起舞来。

苏晏解释道："刚上的油，动作有些生涩，过会儿就好。"

"嘿，真修好了！"

见朱贺霖乐不可支地趴在上面摆弄，苏晏不禁失笑，小鬼毕竟是小鬼，顿时起了逗弄他的念头："臣既然修好了这座钟，殿下应该不会忘了刚才的赌约吧？"

朱贺霖这才想起来，看看眼前巧夺天工的珍玩，有些不舍，转头又看看苏晏一本正经的神情，犹豫片刻，咬了咬牙："这本是父皇送我的……大丈夫一诺千金，如今就赏你了。"

太子舍得给，苏晏还不敢收呢。莫说小鬼送得肉痛，就说这皇帝御赐之物，宫廷自有记录，若是损毁了，可是掉脑袋的大罪，他没事扛这么个危险品回去干吗，供起来拜吗？

苏晏于是笑道："臣谢殿下赏赐。不过，鄙宅陋小，只怕没有地方摆放，还是放在东宫里比较稳妥，求殿下恩准。"

太子所赐，若是直接谢绝便犯了藐上之罪，为了小鬼的面子问题，他可是给足了台阶。

朱贺霖微怔，随即咧嘴大笑，亲亲热热地揽住苏晏的肩背："准了，准了，清河，今后你就好好跟着小爷，小爷绝不会亏待你。"

苏晏一边谢恩，一边暗忖，自古伴君如伴虎，你现在说得好听，又不给写字据，万一将来哪天翻脸不认账，把我给咔嚓了，我去找哪个管理部门投诉？宫廷凶险，官场诡谲，既然无意中蹚进了这潭浑水，我还是得多琢磨琢磨自保之道……

朱贺霖见他若有所思，挑眉道："在忧虑方才殿上之事？你放心，父皇今日没有罚你，日后就不会再提，只要你不犯什么大错，本太子都给你担着。"

苏晏想了想，眉头微蹙："那奉安侯似乎对我有所误会，只怕日后相见难免尴尬。"

他说得轻描淡写，朱贺霖长居宫廷，又岂会不知他话中深意，当即冷笑一声："不就是个宫妃外戚吗？平日里趾高气扬，看了就不顺眼。敢动我的人，看他有没有那个胆！"

有了太子撑腰，苏晏的胆气顿时壮了不少，心想在自己站稳脚跟之前，还是得牢牢抱紧这棵高度还有所欠缺的小树才行。

第二章　太子朱贺霖

"呵……"新上任的太子侍读苏晏用宽大的衣袖遮住口鼻，偷偷打个哈欠，顺便挪了挪开始僵化的腰椎。

这几日他早出晚归，白天到文华殿陪读，下了学又被太子拉去东宫闲聊玩耍。太子时常留他用晚膳，拖到宫门下钥之前才放他回去。他夜里不时溜去胭脂胡同，吃酒听歌看舞，到后半夜方才歇息，次日难免就有些精神不济。

堂上的严大学士还在滔滔不绝地讲读四书五经，一个时辰下来，居然连一杯水都没喝，实乃爱岗敬业之楷模。

想起朱贺霖的评价，苏晏不禁叹了一口气，严大学士的课不是枯燥乏味，是极其枯燥乏味。一般是他读一句圣人之言，其他人跟着读五遍或十遍，几乎没有注释讲解，完全是"读书百遍，其义自见"的忠实拥护者。

苏晏用指尖捏了捏鼻梁，扫视一圈，只见七八个翰林院侍读正襟危坐，目不斜视，还有两三个侍讲正埋头苦写，估计正在准备下一场的讲座内容。

而"万绿丛中一点红"的太子殿下，正微侧着头，用手指支着额角，做出一副沉思者的姿态，眼珠子却不安分地滴溜溜直转。

见苏晏目光往这里瞥来，太子眼中乍然一亮，朝他挑眉耸鼻，用夸张的口型无声地说话。

苏晏仔细分辨，好像说的是"下午想法子溜出宫去玩"，然后立马摇头。

虽说之前两次都是在宫外闹市见到朱贺霖，可该有的常识他还是有的——太子微服出宫，万一被皇帝知道，太子顶多挨两句训斥，陪同人员可就倒霉了，一个"怂恿皇子冶游"或是"规劝不力"的罪名砸下来，轻则杖责，重则掉脑袋。他要是答应了，不是没事找事吗？

朱贺霖见他摇头，脸色顿时一沉，龇着白牙做了一个威胁的神情。

苏晏与他处得有几分熟了，这种程度的怒气值并不放在心上，懒洋洋地拿白眼望向屋顶。

朱贺霖气得直磨牙，额上青筋都凸出来了，恨不得扑过来把不听话的伴读掐个半死，不料被严大学士察觉，点名提问。

幸亏朱贺霖性格机敏，文章学得也不差，孔子孟子地胡扯一段就过关了，只是脸色变得越发难看，恶狠狠地瞪着苏晏，活像要把他撕碎吞进肚去。

苏晏暗暗叹气，想到今后除了陪读、陪玩，还要负责哄太子高兴，顿时觉得自己朝皇家专职保姆的道路又前进了一大步。于是只得朝朱贺霖笑了笑以示讨饶，张口无声地道："昨日我在市集新买了箱皮影，下午叫人演给你看。"

朱贺霖本来气得快要七窍生烟，一听有新皮影看，怒气消了一半。他倨傲地抬起下巴，嘴角往下压了压，表示"本太子勉强恩准你的请求"，可惜由于面容尚带几分稚气，显得气势不足。

小孩子还挺好哄。苏晏忍不住露出戏谑的笑意，斜了他一眼后转开脸去。

于是乎，认为自己被轻视了的太子殿下整个上午都处于一种烦闷暴躁的状态中，好不容易挨到下学出了文华殿，便面色不善地朝苏晏逼近。

苏晏见他一脸不悦，估摸是小霸王脾气又上来了，正盘算着怎么灭火，忽然一个内侍气喘吁吁地快步走来，禀道："小爷，皇爷召您即刻去乾清宫。"

及时雨啊。苏晏松了一口气，巴望着赶快出宫，免得被这颗不定时炸弹波及。

朱贺霖像是猜到他心中所想，两步跨到跟前，凶巴巴地截他："老老实实待在东宫等我回来，要是敢擅自出宫，看小爷怎么收拾你！"

于是，苏晏只好在端本宫枯坐了半个时辰。

实在百无聊赖，他看窗外阳光正好，心念一动，想到花圃柳塘边逛逛，也算是赏景踏青，便交代了宫人几句，独自出了东宫。

皇宫园子果然花开烂漫，姹紫嫣红。苏晏信步缓行，嗅着拂面微风中夹杂的木叶清香，很是惬意。

心神一松，困意便涌了上来，见四下无人，他找了一处干净阴凉的树丛钻进去，躺在松软的绿茵地上，揪了根新嫩草叶叼在嘴里，没多久就迷迷糊糊地睡着了。

不知过了多久，一阵脚步声与说话声隔着树丛传过来，把他吵醒了。

苏晏伸了一个懒腰，那股慵惫劲儿似乎还未褪尽，干脆就瘫在草地上，准备等人走了再出来。

不料那脚步声恰恰就在树丛外停了下来。

一位男子说道："蓝喜，那是什么花儿？开得不错。"

这声音有些耳熟，好像是……皇帝？苏晏一个激灵，像当头被泼了一盆凉水，困意骤然全消，"噌"的一下从草地上弹坐起来。

另一个细柔的声音道："回皇爷，那是爪哇国进贡的胡姬花，开得确实好看，粉粉紫紫，蝴蝶儿似的。"

景隆帝又道："回头给东宫送几株去，就说是朕对太子勤于学业的奖赏。这孩子喜欢稀罕玩意儿，就是没常性，喜新厌旧的。"

蓝喜应承一声，又道："对了，方才都察院与六科给事中送了奏本过来，奴婢见皇爷正跟小爷说话呢，就给搁在案上了。"

"无妨，朕知道那些言官要说什么，不就是替李乘风求情么。朕关了他几日了？"

"有五日了。"

"差不多该放出来了，否则纠劾的奏疏又要像雹子似的砸到朕这儿来，烦不胜烦呐。"

"不知奉安侯是不是……"

"一并放了，省得贵妃一见朕就哭闹。不过这卫浚素有恶行，不能便宜了他，罚他半年俸禄，在府中禁足两个月反躬自省，写一份罪己书。"

蓝喜恭声道："还是皇爷高明，一道'外戚乱法，直言勿讳'的口谕，就使得李阁老最近可了劲儿地给奉安侯找碴儿，终于把他激得暴起。御前殴逐可是大罪，贵妃娘娘求情免罪还来不及，断不敢再去打扰太后她老人家的清净，为奉安侯讨要实权了。"

景隆帝轻笑一声："这满朝上下，只有你最理解朕心，你说朕该如何奖赏你？"

蓝喜的声音顿时带上了一丝轻颤："奴婢不敢要奖赏，只求一辈子为皇爷打杂跑腿，做个鞠躬尽瘁的马前卒。"

景隆帝淡淡道："你跟随朕多年，那点小心思朕怎么会不清楚。只要你不结党营私、阳奉阴违，聪明伶俐点儿未尝不是好事。"

蓝喜忙道："奴婢日后一定更加谨言慎行。"

苏晏屏住呼吸，听得颈后凉风飕飕。原来金銮殿上这场大戏，景隆帝才是幕后导演，满朝文武包括卫贵妃都乖乖做了他的演员，恐怕连领衔主演的老尚书李秉风也被蒙在鼓里，正在大牢里后悔把皇帝的玩笑话当了真呢。

表面上看，是两边各打五十大板，实际在这场文官与外戚的争斗中，后者有名无权，吃的亏比较大。

而那个端坐九重、手持天平的统治者，冷眼看朝中几拨势力你来我往、明争暗斗，时不时往分量不足的那一端托盘上增加点筹码，好维持整个大局的稳定平衡。

不知道自己这个路人甲是否也被一并计算在内，或者说，景隆帝那时看他的眼神，其实是在评估他有没有做一枚小秤砣的资格？

这么一想，苏晏更是冷汗渗出，一心只求尽快离开这个危险之地，若是被皇帝发现他听壁脚，估计连解释的机会都不会给，直接推出午门交待了。

真是怕什么来什么，他本想蹑手蹑脚地离开，却不料衣摆被一根小枝挂住，树丛轻微地晃动了一下。景隆帝立即沉声道："什么人？"

苏晏被他这一声唬得四肢冰冷，心下暗叫小命休矣！

茂密的树丛已被一只手拨开，露出的小半张脸上，一双乌黑精亮的眼睛在看清他时猝然惊愕，眼底幽光飞掠，很快又消失在树丛后面。

"皇爷，是一只大白猫，'嗖'的一下就跑了。许是哪位娘娘养的，回头奴婢叫人逮了送到后宫去。"

景隆帝"嗯"了一声。

苏晏听到两人的脚步声慢慢远去，背靠着树干深深吐了几口气，这才发觉里衣一片湿冷。

景隆帝身边那个叫蓝喜的太监，与他素昧平生，为何要冒着欺君之罪为他遮掩？

他百思不得其解，想到最后摇了摇头，不管那么多了，下次有机会碰面时，可要好好感谢一番，毕竟欠了人家一个大人情。

抬头看日已偏西，苏晏忽然想到太子叫他在东宫等着，那个小鬼回来见不到人，八成又要发一场脾气，便急匆匆朝东宫走去。

进了端本宫，朱贺霖果然端着一张锅底脸坐在靠背圈椅上，见他进来，也不等他行礼，上前一把揪住，怒道："不是叫你老实在东宫待着吗？你敢抗旨？"

"臣哪儿敢啊？"苏晏赔笑道，"只是方才坐得有些闷了，看到园子里春光正好，便出去透透气，不料走迷了路，白白兜了好几圈。"

朱贺霖脸色缓和不少，松开他的衣襟："逛个园子也会迷路，笨死你算了，下回记住叫富宝跟着。对了，你不是说买了一箱皮影？走，让他们演演去。"

没走几步，他忽然停住，端详着苏晏："你很热吗，怎么额上全是汗？"

苏晏伸手一抹，满指濡湿，有些恍惚地道："是有点儿热……"

"春寒未退，怎么会热？"

朱贺霖皱了皱眉，见他两颊散出病态的嫣红，呼吸也有些粗重，便用手指碰了碰他的额头，随即叫起来："好烫！"转头朝内侍喝道，"站在这儿干吗？还不快去叫太医！"

苏晏被他的破锣嗓子一吼，原本就昏沉沉的脑袋开始钝痛，勉强笑道："没事，大概着了点风寒，不要紧。"

朱贺霖瞪了他一眼，叫人将他扶到铺了鹅溪绢的紫檀藤心罗汉榻上，自己顺势坐在榻边，看宫女绞了手巾给他擦汗。

"上午还好好的，怎么会着了风寒？"

苏晏想了想，可能是躺草地上睡觉没有加盖，又被景隆帝吓出一身冷汗才着了凉，却不敢照实说，只道："我也不清楚，许是昨夜就寝时风邪入侵，如今才发作出来。"

朱贺霖轻哼一声："你家里是饿着你还是冻着你了，身子骨这么弱。"

苏晏郁闷地想：爹娘给的，又不是我愿意。

朱贺霖见他垂眉敛目不语，以为他难受得说不出话，扭头道："叫个太医要那么久？成胜，你去催催，让他们快点儿给我滚过来！"

没多时，一个挎着药箱的老太医颤颤儿地跑进来，朝太子行礼。

朱贺霖不耐烦地挥了挥手："免了，免了，林太医，赶紧看病。"

林太医一把老骨头都快跑散了，在太子咄咄逼人的目光下大气都不敢喘，连忙把脉开方，交代宫人即刻去抓药煎煮，然后禀道："殿下，苏侍读偶染风寒，并无大碍。只是他后天元气不足，脉象略显孱弱，日后须得用些温和滋补的药，缓进慢服，固本培元，方能身强体健。"

苏晏撇了撇嘴角：什么元气，看不见摸不着的东西，谁知道它足不足？这副身体就是太缺乏锻炼，看来以后得制定一个健身计划，生命在于运动。

太子却深以为然，交代以后每日准备补药，熬好了送到东宫来。

打发走了林太医，天色已经擦黑，宫里灯火尽燃，苏晏忽然想到宫禁时间要到了，忙道："殿下，宫门要下钥了，臣得赶紧出去。"

朱贺霖在榻边挪了挪，觉得地方宽敞，干脆脱了青缎面牛皮靴子，把腿也盘上来："不许出去。冷风一吹，小病也成大病了，干脆你今晚就留宿东宫，我叫人去跟父皇禀告一声。"

苏晏犹豫了一下："外臣留宿宫中，恐怕不妥，平白惹人非议。"

朱贺霖道："有什么不妥的，我这端本宫在外朝，又不在内廷。那些内阁大臣还时常留宿文渊阁议事呢，父皇一向体恤臣子，若知道你身染寒症，必会恩准。再说你是太子侍读，留在东宫陪伴也算顺理成章，我倒要看看哪个给脸不要脸的敢非议。"

苏晏还想再说什么，旁边的宫女捧了碗松子菱芡枣实粥过来，他这才想起已至晚膳时分，自己这一病，连带着太子也未进水米，心下不免有些歉疚。

"殿下自去用膳，臣已无大碍。"

朱贺霖笑嘻嘻地道："无妨，我也吃一碗。"

他挥手叫宫女同样盛了一碗，也不要人服侍，就这么盘腿坐在榻上，用两手端了碗，边吹边吃。

苏晏怀疑太子的这副市井做派是因为经常微服闲逛沾染来的。那些学士看不过眼，总是苦口婆心地规劝"储君之仪"，弄得朱贺霖烦不胜烦。但苏晏认为接地气挺好，从不劝朱贺霖讲斯文。

也许正是这个原因，太子觉得与他相处最为轻松，做什么事都要拉上他。

喝完粥，灌下一大碗奇苦无比的烫热药汁，苏晏发了一身汗。

朱贺霖满意地拍了拍被面："好好睡一觉。明儿好了，陪我出宫去玩儿。"

都这样了还要拉他出宫？苏晏看着眉开眼笑的小太子，将脑袋深深埋进了棉被中。

这一觉，苏晏睡得浑浑噩噩，在梦中一会儿被大皇帝拿堂柱粗的廷杖打屁股，一会儿被小太子绑在床头灌开水，真是苦不堪言，大叫一声后惊醒。

看窗外天色已亮，苏晏软手软脚地爬起来，觉得烧退得差不多了，头脑也清爽了不少，只是出了一身大汗，黏糊糊很不舒服。

内侍听到叫声，赶忙过来问他有何吩咐。

苏晏问道："现在是什么时辰？"

"辰时刚过。小爷半个时辰前已去文华殿读书，交代奴婢们不可吵醒苏大人。"

苏晏心想反正也赶不上早读，干脆翘课一天，反正有太子罩着，便吩咐："备水，我要沐浴更衣。"

在浴池里泡了半个多时辰，精神也恢复了六七分，苏晏披散着一头湿发，懒懒散散地走出内室。

他换了干净的中单，穿上重新熨过的白鹇补子常服，无意间在腰际摸了摸，赫然发现那块从不离身的青玉透雕荷叶佩不见了！

在换下来的旧衣里翻找了半晌，又叫了内侍来询问，依旧一无所获。苏晏仔细回忆昨日种种，觉得可能遗落在睡了一觉的那片草地上，他记得衣摆好像被挂了一下，或许就是那时缠进了树枝里。

那块荷叶玉佩是他娘亲所送，玉质青透温润、雕工精细倒在其次，主要是上面刻着"清河"二字。若是被哪个眼皮子浅的内侍与宫女拾去也就罢了，万一落在有心人手里，往景隆帝手上一送，那自己偷听皇帝壁脚的事岂不是要曝光？

苏晏越想越觉得不安，匆匆挽好头发离开东宫，一心只想赶在被人发现之前找到那块要命的玉佩。

将那片草地方圆一丈都细细搜过之后，苏晏终于死心了，他意识到，玉佩真的不翼而飞。别无他法，只得暗念一句"船到桥头自然直"，负手慢吞吞地往回走。

路过文华殿外，苏晏犹豫了一下，还是决定先回东宫。

正在此时，一队人马从文华殿门口转出，前面是扈行的锦衣卫大汉将军，中间黄罗伞盖下一个八人抬的肩辇，后面还跟着不少内侍，直朝这边来。

他当即反应过来是皇帝銮驾，连忙避到旁边。

苏晏低头跪地，巴望着銮驾尽快过去，没料到肩辇过去两丈后又退回来，在他身边蓦然停住，上方一个声音道："苏晏？"

苏晏只得回道："臣苏晏叩见吾皇万岁。"

景隆帝问："你不是病了吗？怎么还在这儿转悠？"

苏晏字斟句酌："臣昨夜吃了太医开的药已有好转，今日自觉无碍，正想着到文华殿陪伴太子读书，以尽职守。"

景隆帝道："难得你有这份勤勉之心，不过今日讲学将毕，你也不必进去了，随驾去御书房侍候吧。"

苏晏心底"咯噔"一下，立刻悬起了十五个吊桶，皇帝怎么会突然命他随侍，莫非那块玉佩真落在了皇帝手里？

他大着胆子抬眼窥视，见景隆帝面上温和，又觉得自己有些草木皆兵，便放下心，拱手道："臣遵旨。"

御书房里早已燃了龙涎香，等候皇帝早朝归来。

景隆帝一进门，皱了皱眉："把香撤了，味儿太冲，闻着心堵。"

两旁内侍连忙上前撤走鎏金兽爨足香炉，又用雉羽宫扇驱散余味。

不多时，房内一片清爽，景隆帝这才踱到宝座坐下，随手拿起案几上的奏本翻看。司礼监内侍随即捧上朱砂、砚台，静候皇帝批红。

苏晏垂手而立，不敢发出半点声响。许久之后，他忍不住窥了一眼上座，见景隆帝正姿态端雅地批阅奏本，似乎早把他忘到九霄云外去了。

他悄悄扭了扭发酸的脚掌，心中郁闷：莫名其妙被叫来御书房，又把他晾在这里，真当他是大型观赏性盆栽吗？偏偏自己不能先出声，只能等皇帝想起还有他这么个人来。这些君臣之礼、繁文缛节，实在是麻烦透顶。

他正腹诽，那厢皇帝陛下忽然抬起头。

景隆帝环视四周，目光落在那个被他遗忘了的臣子身上，道："苏晏，你过来。"

苏晏被突如其来的点名惊得一愣，下意识地往前挪了两步。

"再近一些。"

苏晏磨磨蹭蹭地又挪近两步。

景隆帝见他如同受惊小兽般畏缩不前，好气又好笑。

天子呼传，近身侍奉，多少臣子求也求不来的殊荣，偏偏此人一副提心吊胆、不甘不愿的样子，倒像是舍身饲虎一般。

景隆帝当下脸一沉，道："怎么，朕叫你靠近些，你不乐意？"

苏晏见龙颜不悦，只得再凑近些，挨着金丝楠螭凤纹翘头案站好。

景隆帝问道："今年多大了？"

"回皇爷，臣再过三个月就满十七了。"

景隆帝"嗯"了一声："未及弱冠便已考至贡士，也算是才智出众了。"说着从案边拣起一本奏本，递给他道，"你看看，有何想法？"

苏晏囫囵吞枣地看完了兵部左侍郎于彻之的奏本，大概明白了这位老兄在晦涩的修辞语后面想要表达的意思，简单来说就是：如今虽然世道清明，天下太平，但隐患仍在暗中滋生——北漠诸部正蠢蠢欲动，侵扰边陲，劫掠百姓；闪锡、何南、珊东等地都在闹马贼，袭击州县，杀官夺粮。我的军队分身乏术，总不能几个州府跑着打吧，陛下您看是不是再给拨点人马和粮饷？

这可是军国大事，居然来问他一个小小的洗马？苏晏一时不知如何开口，担心万一说错，小命不保。

"有何想法？"皇帝又催问了一遍。

苏晏犹豫片刻，决定还是先试探试探口风："于侍郎请求调动京操班军与京军三大营，分别围剿马贼、征讨北漠，投入的兵力十分浩大，恐非易事。"

景隆帝沉吟道："的确不易。三大营虽兵精将锐，却担负着守卫京城的重任，若大部出动，必成空巢之势，反倒给了北漠可乘之机。"

苏晏闻言心中一定，既然景隆帝并不趋向于大兴兵戈，那他的建议应该就不会触怒天颜，当即鼓足胆量说："皇爷，臣方才看了奏本，确实心有所感，但恐微言误国。"

景隆帝道："你尽管直言，朕自会辨明优劣。"

苏晏稍微整理一下思路，不疾不徐地道："自显祖皇帝前后四次亲征北漠，坝额湖一役使得北成元气大伤，数十年内再无重振声势之望。而成主塔儿合刺一死，北成更是四分五裂，碎成达延、宛郁、息往流、窝叶等大大小小十几个部落，陷入连绵内讧中。按理说，目前他们不可能有实力大举入侵中原，因此袭扰边陲的应该只是几个流窜的部落。

"这些游牧部落世代逐水草而徙，不事稼穑，除羊马牲畜之外别无他物，日子过得颇辛苦，见到中原物产丰饶便生侵占之心。

"北征后我国取消了通贡互市，他们无法通过交易渠道获得生活必需品，只有劫掠边关，一处地方得手后短时间内又流窜到另一处，令人防不胜防。

"就算派遣大队人马征讨，他们往北漠腹地一缩，我军因天气严寒、补给困难等原因也很难持久作战。"

景隆帝皱了皱眉："照你这么说，我大铭对这些北蛮子就毫无办法了？"

"并非毫无办法。成主死后，北漠各部纷纷争夺黄金家族的宗主权，都认为自己才是正支，对其他部落的仇视程度甚至超过了对打败他们的大铭。这就好比……"

苏晏小心翼翼地看了一眼景隆帝，接着道："好比嫡妻死后，几个小妾明里暗里地争正房之位，这时只要族中长老出面，表示愿意将其中一人扶正，这些小妾必然打破头也要斗个你死我活。"

景隆帝忍不住嘴角扬起："这比方虽然粗俗，不过，倒也贴切……你的意思是说，我大铭可以选择扶持其中的一个部落，借此打压其他部落？"

苏晏道："不论扶持哪个部落，都是养虎为患。皇爷知道乡下老农为何把胡萝卜吊在驴头前面？因为驴子为了吃食，就会拼命往前跑，去够那根永远也够不着的胡萝卜。我们要做的，就是给北漠诸部一根胡萝卜。"

景隆帝微笑道："依卿之见，这根胡萝卜该如何给？"

苏晏道："可派特使前去密访诸部首领，先把诱饵抛下去，而后发表声明承认某个部落的宗主地位，册封他个不花钱的草原王啊可汗啊之类，允诺免除朝贡，开通边关互市，交易商品。对方为了维护权位与利益，就必须要收服其余部落，而其余部落眼红不甘，亦会尽力相抗，我们只需坐观终局。"

景隆帝微微摇头："朝贡不但是为了扬我天朝上国之威，更是限制臣属国过分壮大的必要之法，轻易免除未免太过宽纵。"

苏晏眯起眼，浮出个可以称得上狡猾的浅笑："皇爷，有句话叫'羊毛出在羊身上'。既然彼族非与我国交易不可，我们可以借战后民劳财困、成本增加之名，上调进口关税呀。"

"上调进口关税？"景隆帝咀嚼着这个新奇字眼，"有点儿意思……"

苏晏见皇帝点头，胆气更壮："这个幸运中选的部落，既不可以太弱——太弱就没有牵制大局的能力，很快就被其他部落摆平了；又不可以太强——太强则会迅速吸纳诸部，百川汇海必成大患。咱就得给他们掂量着，该压制的压制，该提拔的提拔，必要时也可以换个小妾做正房嘛——"

正口若悬河的苏晏突然醒悟过来。

这不正是景隆帝在朝堂中惯用的手段吗？他居然在关公门前耍大刀，若是犯了皇帝的忌讳，岂不是耗子舔猫鼻——找死！当即戛然而止，懊恼地咬咬牙，不安地偷看了一眼景隆帝的神情。

只见当朝天子正一脸似笑非笑地望着他，目光中流露几许哂谑，并无愠怒之色，苏晏心中一块石头这才落了地。

同样是执掌生杀大权的皇族，他对太子朱贺霖全无敬畏之心，谈笑轻松自如，有时甚至会生出戏弄对方的念头。而对景隆帝，他却好像老鼠见了猫，靠得近点都觉得脖子后面直冒寒气，莫非真是天生八字不合？

景隆帝侧头以手支颐，摆出一副好整以暇的姿态，语调慢悠悠："接着说说马贼之患。"

苏晏深吸了一口气，内乱的问题要比外患敏感得多，也尖锐得多，若是由着性子肆意而谈，只怕这回真的凶多吉少。

他仔细思索片刻，方道："臣认为，老百姓是天底下最容易满足的人，他们只求安安稳稳地过小日子，日劳夜息、生儿育女，只要有一口饭吃，有一片瓦遮身，有一件衣服蔽体，不被逼到绝路，是不会起兵叛乱的。"

景隆帝果然面色一寒："卿此言，是指责朕将那些百姓逼到了绝路，不得不揭竿而起了？"

苏晏跪倒在地："臣非此意。将百姓逼到绝路的，不是一心牵挂国计民生的皇爷，而是地方上的那些贪官污吏！

"黄河灾涝，下游两年荒歉，朝廷命各州县拨粮放赈，以纾民困，本是皇恩浩荡。可这些钱粮经过层层克扣，又有多少真正到了灾民手上？口腹不饱，人心思变，那些聚啸山林的贼匪便乘机招揽百姓，扩充人马，杀官抢粮，四处劫掠。

"若是派精兵围剿，自然可以将这些乌合之众歼灭，但此法只能治标，不能治本。只要肃清朝野、整顿吏治，让百姓安居乐业，不受饥寒剥削之苦，天下贼祸便可消除大半，剩下一些不受教化的流寇也翻不起什么波浪了。"

景隆帝听了，暗然不语，半晌才开口："贪官污吏要严惩，贼匪草寇亦不可轻饶，若不即刻派兵剿灭，只会滋扰民生，为祸一方。你所言虽入情入理，却得日后徐徐图之，非眼下所能见效。"

苏晏暗暗叹了一口气，恭声道："皇爷考虑周全，臣所不及。不过，这贼寇也分个三六九等，若能区别对待，或许可以事半功倍。"

景隆帝挑眉："哦，怎么个三六九等？"

"这第一等，多是难民灾民，盲目流窜，打家劫舍，一旦大兵临逼，便溃如散沙。对这些人，皇爷不妨仁心宽宥，以粮食、田地抚之，他们便可变回安分守己的良民。"

景隆帝微微颔首。

苏晏又道："这第二等，就是所谓的绿林好汉、江湖侠士。他们打着杀贪官、除恶霸、劫富济贫的口号，倒也博得了不少民心。皇爷不妨先兵后礼，威慑之后再行镇抚，以功名利禄诱之，便可招安。这些人也算是有些本事的，将来有需要时可编入军中，投放到边关，又是一支生力人马。"

景隆帝沉吟着又点了点头。

"这第三等，是真正的不轨之徒，山大王当得不满足，便痴心妄想着袭京师、入皇廷，风水轮流坐。在他们身边，往往有所谓的神使、异人辅佐，以邪教妖言煽动人心，愚弄百姓。对待此类贼寇，只一个字——"

苏晏忽然抬头，眼中放出一道冷光，话音铿然掷地："杀。且要斩草除根，令死灰再不复燃！"

片刻沉寂后，景隆帝舒了口长气，缓缓起身："朕之前只当你是个风流才子，看来是小瞧你了。"

苏晏忙拜伏："臣惶恐。"

"无须惶恐。你年纪尚幼，眼光与见解却有独到之处，且在朝中好好磨炼阅历，日后朕还有用到你的地方。"

"愿为陛下效犬马之劳。"

景隆帝拍拍他的肩膀，微露欣慰之色。

出了御书房，苏晏看窗外日已过午，忽然想起差不多到了太子下学的时间，连忙辞了帮他整装的内侍，匆匆走出殿门。

刚一拐角，险些撞上一个人，他定睛一看，是一个中年内侍，一张鹅蛋脸，疏眉朗目颇为清秀，着墨绿单蟒袍，腰系鸾带，头戴乌纱描金帽，看冠服品阶应该是一位太监。

那太监笑吟吟地朝他拱了拱手："险些撞到苏侍读，得罪，得罪。"

苏晏觉得他的声音有些耳熟，仔细一回想，失声道："蓝公公？"

蓝喜意味深长地笑道："原来苏侍读还记得与咱家的半面之缘。"

苏晏拱手："何止记得，昨日幸得公公好心搭救，在下感激不尽。"

蓝喜做了个收声的手势，压低嗓音："这里人来人往，不甚方便，咱们换个地方说话。"

两人沿步廊走了一段，拐进一间空荡荡的廊庑。蓝喜打量了一番苏晏，方才道："苏相公长得不像令尊，倒有几分像令祖父。"

苏晏有些吃惊："蓝公公认识家祖与家父？"

蓝喜道："何止认识，你叔公与我父亲乃是契兄弟，论辈分，我托大叫你声贤侄如何？"

原来不止老乡，还有这层关系……苏晏施了礼，谦逊地叫了声："小侄见过世叔。"

蓝喜扶起他的手臂，笑道："贤侄不必多礼。此事你我二人心知肚明即可，在外人面前，须只装作不认识才好。皇爷一向忌讳内臣与外臣亲近，若是知道你我这层关系，日后用人时必有顾忌。贤侄怀才抱器，前途不可估量，断不可因为一时疏忽耽误在小事上。"

苏晏很佩服这太监的谨慎老辣，点头道："小侄记住了。世叔是圣上身边近侍，凡事先知先觉，今后若是山雨欲来，还望世叔先给小侄吹点雨前风，多多提点。"

蓝喜道："那是自然，咱家在宫中就你这么个亲戚，不照顾着你照顾谁呀。刚才御书房的事我听说了，看来皇爷挺喜欢你，只要你把太子哄好了，遇事机灵点儿，咱家在侍奉时瞅准机会多提起几次，皇爷自然会看你更重。"

苏晏连连摆手："可别，我也不知道为什么，看见皇爷就发怵，腿肚子都抽筋。反正我也没打算往上爬，还是敬而远之为好，免得哪天不小心触怒天颜，把之前欠的廷杖一并打回来。"

蓝喜一副恨铁不成钢的神情："糊涂！当官哪有不憋足了劲往上爬的？你不往上爬，就要做别人踩脚的凳子。朝廷里多的是磨牙嚼骨的恶狼猛虎、杀人不见血的阴谋诡计，到时候别说你乌纱不保，连身家性命也要搭进去！既然在朝为官，就要步步往上爬，一直爬到一人之下、万人之上的位置，直至大权在握，位极人臣！"

苏晏被他说得有些一愣。

蓝喜又道："你知道什么是为官之道？咱家在宫中待了二十多年，看清看透，只得出四个字——揣摩圣意。

"那些官位、权力哪里来？还不都是皇爷给的。皇爷一句话可以把你捧上天，也可以让你摔下地，若是不懂讨皇爷欢心，任你才高八十斗、八百斗也枉然。

"咱家进宫的时候，只是个最卑下的火者，整日含辛茹苦，夹缝里求生，从监丞一路爬到如今这司礼监掌印太监的位置。天子的圣旨与敕令，哪一份不是咱家亲手给盖的玉玺？那些文官武官见了咱家，哪一个不是满脸堆笑、客客气气？若不是靠着这四字真言，哪有今日的风光！"

苏晏听得咋舌，活生生的官场厚黑学呀，由一代大太监现身说法，煽动性与说服力兼具，要是一心为官的人听了保证热血沸腾。

可惜他苏晏胸无大志，人生观"佛系"得很，如今只想当个吃喝玩乐的纨绔子弟。

偏偏天不遂人愿，他阴错阳差地一脚踏进了官场这趟浑水，从那时起就没过过一天安生日子。伺候完小的，现在又要来伺候大的，还得时刻担心脖子上的那一颗长得够不够牢，何苦来哉！不如随波逐流，安安稳稳地当个不大不小的官就好。

不过心里虽不以为意，但为了避免麻烦，苏晏还是摆出一副受教的表情："世叔一番教诲真令小侄茅塞顿开，今后定加倍努力，不敢辜负世叔的期待。"

蓝喜面泛笑意，颔首道："孺子可教。"

苏晏忽然记起什么似的，叫起来："啊，太子快要下学了，怕是要差使我，我得回东宫去。"

蓝喜忙道："小爷性情骄纵，喜怒无常，可不比皇爷待人宽和，你别耽搁时间，快去伺候吧。"

苏晏心中暗道：我跟你看法正相反，小鬼容易对付，一只张牙舞爪的猫而已，大的那个才是成了精的老虎，面上虽然温和，内中实在是深不可测，以后还是能躲多远躲多远的好。

"那小侄就告辞了。"他拱了拱手，刚走几步，又转过身来，"对了，小侄昨日不慎丢失了一枚荷叶玉佩，不知世叔可有在园子里见到？"

蓝喜摇头："未曾见到。快去吧，别惹小爷发脾气。"

苏晏有些失望地应了一声，迈出了廊庑。

刚到端本宫门口，苏晏便拉住内侍富宝询问，得知太子还未从文华殿回来，心道不在也好，省得花口舌解释去御书房侍驾的事。

他匆匆进入殿中，想了想，脱去一身冠服倚在罗汉榻上，重新把被子掩好。

旁边的熏笼里燃着安息香，轻烟氤氲之下，苏晏也有些迷糊起来，半合着眼，似睡非睡。

不知过了多久，忽然觉得面前有股气息贴得极近，眼皮上一阵飞絮拂羽般的轻痒。

苏晏猛地睁眼。

近在咫尺的那张脸孔"呀"的一声往后弹开，倒像是被他吓了一跳。

望着嘿嘿干笑的太子，苏晏无奈地挑了挑眉毛："殿下又在玩什么花样？"

朱贺霖有些尴尬，又有些得意地把藏在身后的左手拿出来，原来是两根细细的象牙牙签。

"方才我发现清河的睫毛又长又翘，就想试着放根挑牙上去，看看能不能托得住……"

苏晏朝屋顶直翻白眼，磨着后槽牙道："殿下还真闲得慌！"

朱贺霖不满地撇了撇嘴角："还不都是因为你。说好了出宫去玩的，回来看见你还是病恹恹地躺在床上，没劲儿！"

苏晏叹了一口气："臣病体不宜伴驾，殿下何不自己找些消遣，或是另叫人陪你出宫？"

小太子沉着脸，粗声粗气地道："射柳、蹴鞠、马球，这些我都玩腻了，再说就你这身子骨，也没法陪我玩。所以就想拉你出宫逛逛集市，偏你又推三阻四，真没意思。"

苏晏听他抱怨的语气中隐隐透着股委屈的意味，想想这小鬼也蛮辛苦的，不过十三四岁，就被套上了一国储君的枷锁，举手投足、一言一行都有多少双眼睛盯着。

礼官、言官整天把祖制、圣贤挂在嘴边，还有那些太子太傅与侍讲也逼着他学这学那，稍有松懈就找皇帝打小报告，他还不如普通百姓过得自在些。

苏晏当下心一软，便道："殿下若真觉得无聊，不如我们来下棋，如何？"

"下棋？"朱贺霖有些意兴阑珊地道，"围棋还是象棋？"

苏晏微微一笑："都不是，是西洋棋。"

朱贺霖眼中发亮："西洋棋？西洋人也下棋？他们的棋子跟咱们一样吗？"

"呃，不太一样。"苏晏开始比画着解释西洋棋的棋具、规则和走子方法。

朱贺霖听得兴致盎然，命宫人取纸笔来，照他的描述画出样子，再交给宫中的木匠即刻制作。

不到一个时辰，一副黄杨木制成的棋具便端了上来。苏晏一看，还挺像那么回事儿，只不过王着冕服，后戴凤冠，棋盘边上的英文字母则入乡随俗地变成了天干地支，整个一中西合璧。

朱贺霖搬了张紫檀云纹炕桌搁在罗汉床上，将棋盘放在上面，靴子一脱，盘腿而坐，捋起袖子："来来，咱俩交几手。"

苏晏挑了先手，一边行棋，一边指导太子布局与基本战术，接连几盘都杀得对方丢盔卸甲，很有欺凌弱小的快感。赢到第十盘时，他终于忍不住得意忘形地大笑："将！你可怜的王又要驾鹤西归了。"

朱贺霖气得面色涨红，怪叫道："你那个明明是小卒，怎么会突然变为王后？"

苏晏斜睨他："我没跟你说过吗，当兵子走到对方棋盘的底线时，便可升级王后。"

朱贺霖一把抓起边上的一个闲散主教："那我的相也要升为后。"

苏晏急忙拦住："兵的升变是一种特殊着法，你那分明是耍赖，不合规则嘛！"

朱贺霖反手按住他的手背，用力压在棋盘上，眉梢扬起，目光锋锐而桀骜。

"规则？谁定的规则？我是王，我指哪个是后，哪个便是后，谁敢拦我，我就杀谁！"

苏晏有些愕然地望着他那稚气尚存却英华勃发的面容，忽然生出了一丝隐隐的不安——老虎再小，毕竟还是老虎。太子虽然年幼，却早已习惯了至高尊荣赋予他的生杀大权，自己过于放肆逾矩的行为，是否会为将来埋下祸根？

这么一想，苏晏心下顿觉兴味索然，唇角挂起习惯性的轻浅笑意："殿下说得是，莫说棋子，天下芸芸众生皆是陛下与您的臣民，生死还不都在殿下一念之间？"

朱贺霖听得很是受用，可不知为何，对方嘴角边的笑容却令他觉得有些不舒服。意识到苏晏的右手还被摁在棋盘上不敢挣脱，他缓缓撤回掌力。

苏晏微笑："殿下玩累了吧，要不要歇息一下？"

朱贺霖抿了抿唇角，闷声道："除了父皇，这宫里没有人下棋赢过我。我知道他们不是赢不了，而是不敢赢，就连输也要想方设法输得不露痕迹。可是清河，你却一连赢了我十盘，一点儿面子都不给。"

苏晏暗叹了一口气，推开棋盘，俯身道："臣无礼冒犯，请殿下责罚。"

朱贺霖垂眼见他规规矩矩地跪拜，看不清神情，只一个乌黑的后脑勺伏在面前，忽然鬼使神差地想，今后若是连苏晏都变得卑恭唯诺，成为无数后脑勺中面目不辨的一颗，又该是怎样的情形？

这么一想，朱贺霖竟生出几分懊恼，屈起指节一个爆栗凿在苏晏的额角："起来！我又没怪你，瞎跪什么？以后不许动不动就下跪请罪！"

苏晏"咝"地抽了一口冷气，伸手一摸，额上肿起个小鼓包，登时心中怒起：你以为我喜欢跪？在这世上只有爹妈才是我甘心跪的，你个小屁孩算老几，得意什么？老子还不伺候了！

他当即猛地抬头起身，正对上太子变幻不定的脸色，雄赳赳、气昂昂道："那我以后就不跪了，这可是你自己说的！"

朱贺霖一怔，神色有些尴尬："这个……在父皇与百官面前还是要做做样子的。"又看了一眼苏晏，飞快地接着道，"其他时候就免了吧，我也不喜欢看你跪着说话。"

已经做好获罪准备的苏晏大感意外。这个太子，不知道该说他是不摆架子、平易近人呢，还是恣肆妄为？

朱贺霖见苏晏一脸窘色，好似被噎得说不出话，嬉笑着又戳了戳他的脑门："傻了？也罢，下了这么久的棋，你大概也累了，歇息吧，养好病陪我出宫去玩。"

这小鬼对玩乐还真是执着啊。苏晏心中暗叹，只得盘算着下次多做点准备，以防万一。否则，就算太子不砍他脑袋，皇帝也会饶不了他。

喝了两三天药，苏晏感觉好得差不多了，见太子又蠢蠢欲动，想偷偷出宫玩耍，连读书听讲时都有些坐立不安，心道不妙。

午时一下学，他趁太傅检查太子窗课之际，施展尿遁法便要寻隙开溜。

太子哪里肯放人，早就命宫人候在殿外专门堵他。

眼见在劫难逃，一个内侍忽然过来传圣上口谕，命苏晏到御书房见驾。

苏晏顿时如释重负，第一次觉得皇帝的召见实在是太善解人意了，忙不迭地随那个内侍前去，气得朱贺霖追出殿来直跳脚。

景隆帝原本只是批阅奏本时见阁臣们意见不一，想起苏晏颇有见解，便想叫他来说说看法。不料他来了之后一反以前畏避之态，一副巴不得在圣驾边上多待片刻的模样，诧异之余心生慰悦，干脆就留他随侍，直至申时过后才放他回去。

苏晏出了御书房，便叫人传禀太子，说是天色已晚，宫门即将下钥，赶不及回东宫。自己则直奔午门外，逃之夭夭了。

如此几日后，太子在文华殿一见到他，只差没有两眼冒火、口鼻喷烟，等不及下学便气势汹汹地过来问罪："好你个苏清河，竟然敢躲我，还拿父皇当挡箭牌。别忘了你是本太子的侍读，别给我三心二意！想攀高枝儿，当心我拔光了你的麻雀毛，让你一辈子只能在地上蹦跶！"

苏晏一脸"冤枉啊，我身不由己"的表情，愁眉苦脸地道："太子殿下明鉴啊，实是皇爷近来分外关心殿下的学业，才不时召臣前去询问。臣这颗脑袋又不是韭菜，割了一茬长一茬，哪敢违抗圣命。"

太子眉头一皱："父皇问我的学业？不会又要考试了吧……不对啊，若只问学业，怎么会留你那么久？最近你待在御书房的时间可比在东宫多多了，苏清河，你给我说清楚，你每日早出晚归，到底在御书房做什么？"

还能做什么，文秘兼倒茶小弟呗！苏晏悻悻地暗想，面上露出无奈之色，干笑道："皇爷操劳国事，日理万机，臣这等微不足道之人哪敢在皇爷忙碌时打扰，因而在房中干站一两个时辰也是常有的……不过这也是好事，臣自觉最近静心养气的本领提升不少，脚力也见长了，哈……哈……"

太子被他这么一说，倒也不好意思再责备，缓了怒色道："如此我便去跟父皇说一声，不要你随侍了，省得成天魂不守舍的。"

苏晏道："只要殿下肯安心待在宫里，我这魂儿自然就定了。"

太子白他一眼："知道你是一个胆小怕事的主，下次出宫不带你总行了吧。"

苏晏目的达成，嘿嘿一笑。

太子这才转怒为喜，拖着他往东宫去："饿了，陪我用膳。"

翌日，苏晏正在东宫整理书册，忽见内侍前来传旨。

原来那场因朝堂混战而耽误了不少时日的殿试终于传胪，皇帝于礼部设恩荣宴，礼部重臣、翰林院学士、新科进士皆奉诏列席，苏晏排了个二甲第七名，自然也有他的一份。

披上大红宫袍，圆顶乌纱帽翅插了彩花，一殿新科进士望阙舞拜、山呼万岁后，皇帝便宣布赐宴。

珍馐美馔如流水般上来，进士们纷纷举杯对皇帝歌功颂德、献诗献画，一心展露才华，以博圣悦。

太子在皇帝左侧落座，目光在一片行恭言敬的红色人影中穿梭，却见苏晏躲在众人后面，嘴里嚼着凤鹅肉，筷上夹着玉丝肚肺，眼睛还盯着盘羊肉水晶角儿，正吃得不亦乐乎。

太子当即横眉怒目，又朝龙座方向扬了扬下巴，示意苏晏也学学那些进士，去天子面前好好表现一番。

苏晏不以为意地一笑，埋头只管吃。

太子脸色越发难看，狠狠瞥了他一眼，别过头去，眼不见为净。

苏晏当他小孩子脾气，并未太在意，正咬着箸头，无意间瞥见右侧上位一人，着宝蓝色盘领窄袖常服，金织蟠龙栩栩盘蜷其上，似要裂帛脱困而去。

这男子约莫二十八岁，眉目间与皇帝颇为相似，又仿佛更标致几分，只一派疏慵姿态，手指绕在琉璃酒盏上，懒洋洋地眯眼看他。

苏晏见男子容貌装扮，猜测大概是亲王之流，恭谨地低了低头，把触在一起的目光移开去。

高踞龙座上的景隆帝今日心情不错，对敬酒的进士们称赞了几句。

礼部侍郎周川笑道："仰圣上天恩，春闱进贤拔能，一堂济济皆是朝廷栋梁之材。今日琼林宴，臣提议不如让一甲进士各自口占一绝，以添意趣。"

景隆帝道："周侍郎出的好主意。这诗题谁出？"

周川拱手道："自然是陛下。"

"你们落得轻松，倒把麻烦事都推到朕身上。"皇帝笑着点了点案几，"朕也懒得想了，就以诸卿面前的菜肴为题吧。"

新科状元崔锦屏自然拔了头筹。他出身朔北，肤色微黧，眉目浓郁，顾盼间似要飞出一股勃勃的英气。

扫了一眼面前的莼菜脍鲜鲈，他不假思索地吟道："紫气东来落碧池，雨侵菌苔色无失。微君之故何留盼——"

方略作停顿，进士中有人问："鱼呢？"引得数声闷笑。

崔锦屏也不恼，侧过脸盯了发问的那人一眼，朗声道："龙跃金鳞会有时。"

众人一愣，纷纷对这个傲气四溢的青年露出赞赏之色。

皇帝笑了笑，道："鱼化龙，好志向，做得好。"

周川捻须笑而不语：此子虽有鸿志，却未免锋芒毕露，将来怕要惹祸上身。

榜眼叶东楼乃江南人氏，被钟灵毓秀的水土养得眉目如画，神情中总带着一丝不谙世事般的温柔腼腆。他低头看一盘用红杏点缀的金丝酥雀，轻声吟道："黄雀戏穿丝柳绿，粉蝶羞许点枝红。闲愁只在青山外，独倚危楼最上层。"

景隆帝点头："工丽秀巧，一派春意缱绻，好。"

崔锦屏接口道："只是失之于柔媚，未免有些小家子气。"

景隆帝看了他一眼，淡淡道："探花也聊作一首，应应景。"

被皇帝点到名，探花云洗清冷自若的神色才有了些微动，望着一盘鸳鸯湖醉蟹，沉吟片刻后开口，声音如破冰春河般清冽动人："青袖云帆醉指东，风波桂棹自从容。孤鸿一唳惊寒去，冷月千江照影空。"

景隆帝微叹了一口气："有遗俗绝尘之姿，飘然仙去之气，意境是好，可总归太孤清了。"

云洗粹白的面容仿若冰雪，渗着半透明的凉意，慢慢伏了身："臣不才，扫了陛下的兴致。"

景隆帝宽厚地挥挥手："不怪你。"

殿中一时肃寂，空气中似乎也添了一股凉意，弥漫出一层孤清寥落。

苏晏斟酒的声音便显得分外扎耳。

景隆帝向远处望了望，扬声道："苏晏。"

苏晏霍然一震，忙放下酒壶："臣在。"

"素闻你才高识远，有八闽冠秀之称，今日士林才子都在此处，你也不要只顾喝酒，同作一绝如何？"

苏晏心下大声叫惨，这不是哪壶不开提哪壶吗？就算他把唐诗宋词翻个遍，也找不出一首可以遮人耳目的呀。

"诸位同仁七步之才，臣比之不及，怕贻笑大方，还是藏拙为好。"

景隆帝轻笑一声："苏进士过谦了。"

苏晏急忙把求助的目光投向太子，不料连他也一脸期待地望着自己，顿时觉得天昏地暗。

面对无数灼灼目光，苏晏硬着头皮做出一副深思熟虑的模样，忽然道："有了。"

景隆帝嘴边微微浮起笑意，苏晏拖长声调吟道："琼林宴罢逢杜甫——"

满堂乍然错愕，众人面面相觑，只怀疑耳朵听错。

"自言曾受李白侮。"

皇帝嘴边微笑变作抽搐，众人面庞陡然扭曲。有人忍不住"扑哧"一下笑出声来，更多的人想笑却不敢笑，憋得面红耳赤。

苏晏夸张地叹了一口气："问我缘何亦瘦生，同为席上作诗苦。"

一时咳嗽声四起，最后皇帝先忍不住，顿时满堂前仰后合，哄笑成一团。

景隆帝拿龙袖死死掩面，半晌才喘着气道："好个苏清河，连李杜都要戏弄……打得好，诗仙、诗圣都曾打过油，后世才子如何打不得……"

内阁首辅李乘风用扇子点着苏晏，啼笑皆非："小子不成气候！"

身旁二三进士调谑地拍着苏晏的肩背，大笑："绝句！绝句！清河兄高才！"

唯有朱贺霖茫然四顾，不知为何众人反应如此强烈。一个翰林院学士见状，附在他耳边低低说了几句典故。

原来这打油诗虽上不得台面，却也被不少诗家拿来做戏耍，就连诗仙李白与诗圣杜甫，打起油来也毫不含糊。因李白沉迷于炼丹术，杜甫特意打油一首规劝："秋来相顾尚飘蓬，未就丹砂愧葛洪。痛饮狂歌空度日，飞扬跋扈为谁雄。"而李白亦不甘落后，遂打油一首《戏赠杜甫》回敬："饭颗山头逢杜甫，顶戴笠子日卓午。借问别来太瘦生，总为以前作诗苦。"

太子笑得连连拍案："所以他这是自诩与杜甫同病相怜，都是被作诗给苦瘦的？尽扯淡！我看他是太过贫嘴，贫瘦的。"

眼见冷清的气氛顷刻活络起来，景隆帝笑着饮了两杯，便携同太子回宫。銮驾走后，众人才把吊着的心胆安回原处，放开肚子吃酒。

苏晏逃过一劫，又白吃了皇帝一顿大餐，心满意足地步出偏殿，到园子里吹风散酒气。

园子花木繁茂，亭榭错落点缀其中，虽谈不上峥嵘大气，倒也曲径通幽。

苏晏沿着碎石小路信步漫游，暮春的风中已有依稀暖意，令人四肢百骸慵懒丛生。他不禁伸了一个长长的懒腰，忽然听见假山深幽处似有人窃窃私语，因隔得远了听不真切。

听壁脚这种事还是少做为好，苏晏转身欲走，却听到一线陡然拔高的声音："……好说歹说，你怎么这般不听劝？"

另一个声音轻柔含糊，隐约道："……难道要我以死明志？"

"不必多言，我最见不得人拿死来说事……"

苏晏微微哂笑，管他痴男怨女还是欢喜冤家，事不关己，拂了拂衣袖，掉头而去。

走了百步，后侧一个男子声音清晰地传来："苏清河——"

却是一把极好的嗓子。那声音浑厚宽广，低沉处带着轻微的震鸣，送入耳中仿佛隆冬午后乍现的暖阳，令人沉醉之前冷不丁先打个哆嗦，全身孔窍都熨开了。

苏晏打了一个激灵，慢慢回头，一袭金织蟠龙的宝蓝色袍服闯入眼帘，正是恩荣宴坐于上位右侧的那男子。

不知他到底是亲王还是郡王，或是其他什么皇亲国戚，苏晏只得含糊其词地行礼："苏晏参见千岁爷。"

蓝袍男子上前两步，托肘扶起他，顺势握住："不必多礼，我是豫王。"

苏晏不自然地扭动一下，抽出手臂："原来是豫王殿下，恕下官眼拙。久闻王爷盛名，今日一见，真是高山仰止。"

豫王笑道："当真？"

"一字不虚。"

苏晏暗道：朱栩竟，你当然出名，出了名的花花太岁，尤其在士林间的风评简直臭大街了，人皆言"豫王嬉靡好色"，可不是我诽谤你。

"清河，"豫王自来熟地唤道，"殿试一事，朝内外早有风闻，难得你立身耿正，冰清玉洁，孤王可是神交已久了。"

苏晏因为"冰清玉洁"四字，抖落一身鸡皮疙瘩，强笑道："王爷过誉了，下官受之有愧。"

"这些客套话就免了，我有心与清河结交为友，多相往来，不知你意下如何？"

"王爷哪里的话，能得到王爷提携，是下官天大的荣幸。"苏晏陪着豫王哈哈两声，心里大赞自己脸皮功的修炼更上一层楼。

豫王越发笑得抒怀，一只手也不知不觉揽了过来。

恰好这时一个宫里的青衣小侍快步跑来，见到苏晏后两眼一亮，气喘吁吁道："苏大人在这儿呐，可叫小的好找。"

苏晏借机退后两步，感激地看着他："原来是富宝公公，不知找我何事？"

"小爷正在大发脾气呢，说是要把那些西洋棋、皮影、马吊什么的都砸了，现在东宫人心惶惶的，小的只好自作主张来请苏大人去一趟。"

"好哇，你们怕挨刀，倒叫我去挡头阵。"

富宝觍着脸笑："还不是因为苏大人慈眉善目，小爷见到您，什么火气都消了。"

苏晏转头："王爷，您看这……"

"无妨，清河是太子侍读，理当先奉东宫的差事。日后若是得空，不妨多来王府走动走动。"

"那下官就先告退了。"

苏晏刚迈了两步，就听背后叫了一声："等等。"无奈转回身。

豫王倾身凑到苏晏耳畔，轻声道："奉安侯这段日子领旨面壁，侯府偏门却照样车来马往，白日黑夜的什么人都有，清河可得仔细了。"

苏晏心底"咯噔"一下，来不及细想，拱手道："多谢王爷提点，下官铭记于心。"

豫王笑吟吟地捏了捏他的手："你有心就好。"

苏晏被捏得额角青筋直跳，严重怀疑这个风评极差的王爷是不是另有什么不良癖好。

回宫的路上，他突然间暴起，一脚踢折了路边手臂粗细的一棵幼柳。

富宝吓了一大跳，嗫嚅道："苏大人……"

苏晏朝他安慰地笑了笑："出口恶气而已，没事了。"

刚进东宫，一道黑影挟利风扑面而来，苏晏大惊之下把头一偏，便听得耳后一声尖刺脆响，顿时牙酸，生生打了个激灵。

茶壶摔作粉碎，朱贺霖这才惊觉险些出事，三两步跃过来："有没有砸到？"

苏晏摇着头笑："幸亏小爷手下留情，臣侥幸脱靶。"

朱贺霖横眉挑眼地看他一阵，忽然就泄了气，瓮声道："你来做什么？"

"臣盘算了一下，那些旧东西小爷应该玩腻了，正想着再换批新鲜玩意儿，就到东宫来收拾收拾。"

朱贺霖抿紧嘴唇，看苏晏差使宫人把皮影、空竹之类的搬来搬去，一样样装进箱子，终于忍不住道："别折腾了，不关那些的事。"

苏晏寻来新茶壶，倒了杯清茶递过去："怎么回事？"

朱贺霖挥退左右内侍，低声道："我去找父皇说你的事，反被狠狠训斥了一顿。父皇骂我读书不勤，整日只知嬉戏玩乐，还说以后你下午都在御书房当差，不许再陪我胡闹。"

苏晏暗叹口气，温声道："殿下当知爱之深，责之切，皇上是为了殿下能更好地种学绩文，修身养性，将来做个盛世明君。"

朱贺霖怔松了一会儿，慢慢道："我知道。可你若不在东宫，我便觉得这殿里空空冷冷，忍不住想啸叫，待久了像要发狂。"

苏晏微怔，忽然笑起来："说什么傻话。你是当朝太子、国之储君，以后要面对的多着呢，总不能事事都如意。就算是皇爷，也有许多身不由己的时候，只是你没看到罢了。"

朱贺霖沉默半晌，低声说道："天子家，百姓家，各有各的难处。"

"你知道就好。"苏晏一口气喝光杯中茶，"好啦，别没精打采耷拉着，殿下忘了自己才十三岁，装什么老成持重。"

"十四岁。"太子重重咬着字眼。

苏晏笑："一样是小鬼。"

太子不服："你才比我大三岁，装什么老气横秋。"

"我比你大多了。"苏晏慢慢望向窗外。

宫墙上那方天空一碧如洗，蓝得人眼睛生痛，苏晏用力盯着，只觉无数色彩斑斓的碎片从那上面分离，浮光掠影般逐渐远去不见。

时至今日，他才真真切切地感受到什么叫恍如隔世，什么叫前尘了。

这几日苏晏下了学，只雇辆马车在街头巷尾奔波，寻找一处合适地方。

原来日前景隆帝无意间问起，才知道他在京城僦居，便道居无定所总不是办法，赐他二百两银子置买宅第。

苏晏谢了恩，暗道一声惭愧——自赴京赶考至今，他入夜大半是盘桓在秦楼楚馆，哪里还记得这些事。

他挑来拣去，在东城黄华坊定了一处三进的院落，虽谈不上轩敞堂皇，但胜在清幽雅致，尤其是临街一面粉墙丝柳，桃杏尤繁，很是惹人喜爱。教坊司离此不远，风中隐约飘过悠柔丝竹，更是合了他的心意。

他没带多少行李，仓促搬进新居，见房子久无人气，四下难免积些残花败叶、蛛网燕泥，总得买两三个仆役小厮打理才是。

这年头买个寻常小厮也就二两银子左右，苏晏挑了两个看上去干净伶俐的少年，又雇了厨子和洗扫仆妇，让他们先回去整理宅院，自己则上街找了家酒楼喝茶。

太白楼上，凭窗而坐，一江霞波、半城春色尽收眼底，苏晏啜饮着雨前龙井，满足地叹了一口气。

忽然听见楼梯上脚步杂沓，小二赔笑道："客官，楼上临窗雅座确实已有人了，要不换个地方？"

一个男子声音响起："不换，不换，你不是说只一人？待我上去瞧瞧，倘非浊俗难近之辈，凑合搭个桌也无妨。"

苏晏听这声音有点耳熟，转头去看上楼的青年，正是认识的，起身作揖道："原来是新科状元郎，失礼，失礼。"

崔锦屏在贡试时便与他混了个脸熟，笑道："清河兄这套礼数只合做给外人看，什么状元不状元的，折了你我的交情。"

苏晏望着他意气飞扬的面孔，微微一笑："那是，那是，若不嫌弃，我请屏山兄喝茶。"

崔锦屏大方落座："清河兄如今位居从五品，又是太子跟前的红人，听说连圣上也对你青睐有加，这般客气，倒叫我这个从六品的翰林院修撰无地自容了。"

苏晏摆手："切莫这么说，小弟只是侥幸走了点福运，平日里为太子爷研墨，跑跑腿，当个闲差，混口俸禄而已。不比屏山兄胸怀大志，才华横溢，翰林院又是极清贵的去处，日后定然平步青云，前途不可限量啊。"

崔锦屏眼中掠过睥睨之色，口中微叹："我虽有心报国，无奈身居偏隅，只得做个文笔小吏。"

苏晏为他续了一杯茶，道："我家乡有句老话，叫'当官没工夫，全靠天线粗'，虽然有些偏颇，却不无道理。屏山兄可知道这天线是什么？"

"天线……"崔锦屏新奇地嚼着这两个字。

苏晏一脸神秘地抬头看。

崔锦屏茫然抬头，见屋顶一根粗大的脊檩岿然横架，旁边许多椽子接头触尾，累累拼缀其上，忽然福至心灵，双眼一亮道："我明白了！"

"屏山兄冰雪聪明。前几日我在文华殿，见翰林院侍讲学士魏少卿誊了你的策论品读，多有赞词。魏学士乃是吏部李尚书的门生，若能得到他举荐，事便可成。"

崔锦屏难掩跃跃之色，拱手道："多谢清河兄指点，此事若成，我必衔环相报。"

苏晏佯作不悦："什么报不报的，折了你我的交情。"

崔锦屏仰天大笑："清河兄快人快语，正与我意气相投。得此一友，快哉！"

苏晏捧着茶杯只是微笑。

崔锦屏笑声渐歇，像是忽然想起什么不齿之事，撇了撇嘴角道："我就想，那叶东楼何以一夜之间跃居正五品户部郎中，原来是因为做了豫王世子的西席。"

苏晏不解道：“这也无可厚非，屏山兄为何不屑？”

崔锦屏冷笑道：“豫王世子才岁许，路还走不稳当，要西席来做什么？”

苏晏愣了愣：“你是说他和豫王……”他忽然回忆起恩荣宴那日，遇上豫王之前，偶然听见后园假山内有两人私语，想来便是豫王和叶东楼了。

“豫王什么秉性，谁人不知？听说朝内貌美的年轻官员，十有六七都是与他做过知己的。”崔锦屏道。

苏晏打了一个寒战，手背上被捏过的地方又麻又刺地痒起来，恨不得立即拿皂角水洗涮一通。

崔锦屏不欲多谈此事，扬声道：“小二，有什么酒菜添上来。”

这顿酒喝到月上柳梢，苏晏辞别崔锦屏，沿澄清街慢慢往回走。

他刚登上一座石桥，夜风吹来，酒气上涌，脚下一个趔趄，抱住了石雕栏杆，心里恹烦欲呕，便把头探出桥面。

粼粼波光倒映一弯残月，吴钩般现出霜雪的颜色，孤悬浮寄地荡漾着，更显得与阴影处界线分明。

在那幽暗的水面上，亦有两点星子似的荧光——不是星子，是一双精光的眼睛！

苏晏猛地捂住嘴，“噔噔”倒退几步，后背紧贴在栏杆上，冷汗暴出。

一队人马飙风般驰驱而来。杏色麒麟服在松明火光中熠熠生辉，缇骑们腰间佩戴三尺四寸长的绣春刀，刀鞘击在马鞍上，如戛玉锵金，铿然作响。

为首一人勒住缰辔，厉声问道：“书生，你可见到什么可疑人物？”

苏晏佝着身子倚在桥栏边，一时说不出话，只是缓缓摇头。

问话那人不满地冷哼一声，用马鞭兀然拨起苏晏的脸。

火光照亮的瞬间，周围众人只觉一张玉白面容犹如月下明珠，光彩照人。

为首那人盯着苏晏的眼睛看了许久，方才道：“锦衣卫奉命缉盗拿奸，倘若有人知情不报，一并治罪。”

苏晏见此人体态剽悍，神情威严，眉宇间压不住的戾气，仿佛一柄在血火中反复锻炼过的利刃，不由心生戒备，做出酒醉慵困的样子：“小生一路走来，只见风花雪月，不见什么可疑人物。”

那锦衣卫首领翻身下马，捏住他的下颌冷笑：“真的没瞧见？只怕是蓄意隐瞒。现在不说，待到下了诏狱，刑械一动，自然什么都说了。”

苏晏在心里“呸”了一声，早听说过锦衣卫嚣张，没想到嚣张成这样，冤假错案也不是这么明目张胆地办吧，难怪在话本里总当反派。

他不怒反笑："大人真冤枉我了，小生说的句句属实。更何况酒困路长惟欲睡，哪里还有精神四处张望？"

锦衣卫首领面色缓和了些，目光却越发灼亮慑人，说道："既然如此，且随我回去吃碗醒酒汤。"

一片哄笑中，众缇骑纷纷露出不怀好意的神情。

苏晏面不改色，口角犹带三分笑意，轻声道："多谢千户大人美意，只是一番来去颇为耗时，怕赶不及明日太子殿下的早课，皇爷知道了要责罚我。"

他声音细微，只堪让对方一人听清。

那千户被蜂蜇似的抽回手："你是……"

苏晏微微颔首，语气一脉诚挚："千户大人护卫皇城责任重大，遇事多加盘问也是应当。今夜只是一场误会，在下酒醉失言，大人切莫放在心上，只当全无此事就好。"

千户脸色微变，那双惯于狠戾的眼中竟流露出一丝感激。他忽然抱了抱拳，低声道："多谢。"

"不谢。"苏晏满脸真诚地看着他道，"相逢即是有缘，在下只想结善缘。广交良友，与人为善不好吗？"

锦衣卫千户飞身上马，呼喝："走！"

一干缇骑不知所以，有人多嘴道："大人，真不拷问拷问这小子？"

话音未落，他却被锦衣卫千户狠狠一鞭抽在身上，不敢再吭声。

立时人马扬尘而去，转眼不见。

苏晏长长舒了一口气："看来我的脸皮真要练到厚而无形的地步了，也不知算不算好事。"

他揉了揉仍在隐隐作痛的太阳穴，举步下桥，忽然觉得遗忘了什么，回头往桥洞阴影深处望去，却是黑黝黝的，不见半点儿光。

犹豫半晌，他脱去外衫，蹚进冰凉的河水中，摸到一人，半扶半拖地将人弄上岸。

那人一身劲装，黑巾蒙面，四肢僵冷，双目紧闭，好似昏死了一般。

苏晏剥去黑巾，只见那人满脸是血，勉强能看出五官的轮廓以及青白如死人的唇色，伸指往鼻端探去，感受到了游丝般的气息，忙拉开湿冷的衣襟，按压他胸口。

那人突然如垂死的鱼般猛地一颤，五指箍住苏晏的手腕，目中射出一道光，右手剑锋架上苏晏的肩膀。

苏晏轻易挣开他无力的手指，撇嘴道："老子冒着被锦衣卫抓走拷问的风险出手相救，你却拿剑指我。好啊，你就给我使劲地回光返照，一会儿挂了就把你丢进河里喂王八。"

那人极力睁开的双目中怒色涌动，手臂颓然落地，这回是真的昏死过去了。

第三章　景隆帝朱槿隍

"苏晏！"

耳边一声闷雷贯顶，苏晏霎时惊醒，脱口而出："到！"待看清皇帝沉沉的脸色，冷汗顿出，忙跪在皇帝脚边道，"臣罪该万死。"

景隆帝低头看他天青色常服，瘦伶伶的背上一道脊线，银钗花束带扣住的腰身只堪合握，越发显得文弱可怜，微叹了一口气说道："你若困乏，便下去歇息罢。"

出于同情心，苏晏很难对倒在面前的人见死不救，再加上先入为主地给锦衣卫扣上"惯办冤假错案"的帽子，怀疑这个追捕另有隐情，值得探查一番。于是他昨夜湿淋淋地将那黑衣人运回家，差人去请大夫来诊治，接着烧水更衣，敷药包扎，又把火炕烧旺，驱除那人体内寒气。纵有小厮打下手，他也忙活了大半夜才稳住了对方的气息，使其性命无虞。

他一宿未眠，酒气不曾发尽，又浸了凉水，次日便觉得脚下有些虚浮乏力，过了午更是头脑昏沉，浑身倦怠，在御书房伺候时竟然迷糊起来。

皇帝虽不计较，苏晏却不敢放肆，顿首道："臣一时恍惚，御前失仪，以后不敢了，望陛下恕罪。"

景隆帝看了看他："罢了，你到边上去，把内阁的票拟归理一下，誊清楚。"

苏晏领了旨，坐到下首的案几边上。

过了小半个时辰，皇帝忽然觉得边上无半点声息，侧头一看，只见苏晏伏在案几上睡着了，悬垂的右手犹拈着一支紫毫笔，水竹笔管将指尖映得青透如玉。

随侍太监蓝喜连忙上前："皇爷，奴婢去叫醒他。"

皇帝宽容地道："算了，还是一个半大孩子，由他睡吧。"

苏晏醒来时，胳膊在案几上压得发麻，疼得"咝咝"直抽气。御书房内却不见皇帝，只两三内侍在掸拭书册，一问之下才知道皇帝一个时辰前忽然摆驾东宫，蓝喜也一并跟去了。

这下苏晏倒犹豫起来，究竟是要赶去东宫谢罪呢，还是留在书房等皇帝回来？正在踌躇间，听见门外一串沉重的脚步声。

皇帝甩帘进来，满面阴霾，额角青筋暗伏，见到苏晏立在案前，目中划过一道厉光，吩咐左右："你们都出去。"

内侍顷刻退得一干二净，苏晏看皇帝脸色阴沉地踱过来，觉得要发生不祥之事，惴惴不安地行礼："臣叩见陛下。"

皇帝并未让他起身，负着手问："苏侍读，太子近来学业如何？"

苏晏小心谨慎地回答："殿下敏而好学，常向臣索要四库书籍翻阅，至于学业精进如何，臣不敢妄议，理当由众位大学士评点。"

皇帝淡淡道："太子平常都向你要了什么书？"

苏晏道："多是《孝经注疏》《稽古录》之类。"

皇帝冷笑："只这些？没有《春闺风月》吗？"

苏晏愕然，却见皇帝从衣袖里抽出一本册子，"啪"地摔在他面前。

他伸手一翻，竟然是本春宫图，首幅便是一对男女交口接舌，曲髀叠抱，卧于林下花床，旁边还题了首艳词。

苏晏看得汗流浃背，失声叫："皇爷，臣不明白。"

皇帝只是冷笑："你不明白，却叫太子明白！你平日里弄些皮影空竹、马吊卢雉之类的教太子玩耍，朕睁只眼闭只眼权当不知，如今竟狗胆包天，拿这等秽亵之物败坏太子心性，其罪当诛！"

苏晏手足冰冷，骇到极处反而冷静下来，直起腰道："皇爷突然摆驾东宫，又突然搜了本图册出来，可是因为有人检举此事？此人用意何在？"

皇帝不料他出此言语，顿了一顿："都察院与六科给事中肩负纠察百官之责，弹劾弊害理所应当。"

"我若有心煽惑太子，且知事败必祸，定然隐秘行事，将此淫秽之物千匿万藏。东宫出入的唯有内使宫人，言官乃外臣，又是如何得知帷幄之间？"

皇帝愣住，又道："或有宫人泄之。"

苏晏道："皇爷为何不反过来想想，或有人欲泄先潜，构陷东宫？"

皇帝身躯一震，低头去看苏晏，只见他神色平静，眼神清澈，一时竟说不出话。

苏晏切切顿首："臣微鄙，死不足惜，可太子殿下洁身自爱，岂能任由有心之人玷污？万望皇爷明察秋毫。"

皇帝沉默半晌，慢慢道："真不是你做的？"

苏晏只仰着头，直直望着他，一声不吭。

皇帝看着他的眼睛，目光一点点缓和下来："朕会清查此事。"

苏晏道："谢圣上明辨。"

皇帝转头望向窗外。重重琉璃屋脊在余晖中煌煌生光，更衬得虬檐斗拱下晦暗不明，一派铁灰之色，像是有股阴冷之气要从宫殿深处渗透出来。

他回过头时，脸色已变得十分难看，高声唤："蓝喜！"

蓝喜从门外躬着腰进来："奴婢在。"

皇帝冷冷道："传朕口谕，太子侍读苏晏玩怠废学，辅佐太子读书不力，有忝其职，令杖责三十。因前罪并罚，加二十。"

苏晏大惊失色，拽着皇帝的袍角哀求："皇爷——"

景隆帝转过脸，任由他牵扯，沉声道："拖出去。"

苏晏推开内侍的扶挟，面色苍白地起身出去。

皇帝坐下来，只盯着窗外步廊不作声，手指慢慢摩挲着光滑的案角。房中一时静寂无比，似乎能听见风过檐牙的声音，冷得令人心寒。

蓝喜犹豫再三，轻声道："皇爷，天色变了，怕是要下雨，是不是先回乾清宫去？"

皇帝摇了摇头："起风了，看你穿得单薄，下去添一件衣裳吧。"

时已四月，虽然变天，却不觉冷，蓝喜微征之后，忽然醍醐灌顶，躬身谢恩。他匆匆退出御书房，拐过走廊叫："多桂儿，快去拿一件棉衬来！不，拿两件，要厚的！"

多桂儿愣头愣脑地问："天又不冷，爷爷要棉衬做什么？"

蓝喜踹了他一脚："毛崽子，啰唆什么，叫你去就快去！"

苏晏被一干宫中侍卫押着前往午门，刚拐过乾清宫，便见旮旯里一个熟悉的身影慌促促向东奔走。他心念一动，高声叫道："富宝！"

那个小内侍转过身来张望，果然是富宝。

苏晏对侍卫拱手道："各位大哥，这是侍奉东宫的小公公，且容我跟他说两句。"

他在东宫与御书房来去半个多月，侍卫们也多是见过他的，这点面子还给得起，便道："要快。"

富宝跌跌撞撞跑过来，苏晏在他耳边细声问："太子命你出来打探风声？"

富宝只管点头。

"你听好，此事切莫报与殿下知道，你回去只说皇爷将我训斥了一顿便是。"

富宝急道："可小爷——"

苏晏截住话头，厉声道："小爷是什么脾气你不知道？受了这般屈辱，怕是要直接冲撞圣驾。皇爷本就窝了一肚子火，你想害死你家主子吗？"

富宝打了个寒噤，惊慌地看着他。

苏晏笑了一下："莫要慌，按我说的做，便是太子殿下日后知道也无事了。"

富宝看他两臂绳索，带着哭腔道："小爷与苏大人都是冤枉的，皇爷……"

苏晏想起皇帝听完他的辩解沉吟时令人莫测的神色，隐隐觉得此事没这么简单，这顿廷杖也未必全是因怒而罚。他自认倒霉地叹了口气："皇爷自然有皇爷的想法，你我都猜不得。"

侍卫低低催促了一声，苏晏又道："切记、切记。"然后转身去了。

富宝伫立在潮湿的风中，忽然觉得脖子一凉，原来是大颗的雨点从天而降，渐渐变成垂地银帘，连人影也看不清了。

午门前的广场，百名校尉衣甲鲜明，手持木棍，威风凛凛地分列两旁。

西墀下竖了幢幡伞盖遮雨，左侧数十个宦官，为首的是司礼监少监姚顺。锦衣卫指挥使冯去恶端坐右侧，身后立着二十多名手下。

苏晏见这杀气腾腾的阵势，心中发毛，再想到书上记载那些挨了廷杖的大臣，卧床数月乃愈算是运气好的，若监刑官有心重罚，便是非死即残，脸上越发白得没有半点人色。

两旁校尉上来剥去他的官服，按在地上。苏晏一身素白中单被雨水浇得透湿，纤瘦身形在凉风中微微颤抖，宛如即将消散的云岫一般，连押解他过来的侍卫脸上也露出了不忍之色。

姚顺用杯盖推了推茶沫，眼皮抬也不抬："搁棍。"

一个尖利如绞弦的声音却隔空传来："慢着——"

姚顺回头一看，起身躬了躬，满脸堆笑："蓝公公怎么来了？下这么大的雨。"

"咱当差的哪有挑晴拣雨的命，姚公公不也一样辛苦？"

"那是，那是。不知蓝公公此番是奉了什么差事？"

蓝喜从打伞的多桂儿手上接过棉衬，笑眯眯地道："也没什么，皇爷见风凉，着咱家下去添件衣裳。"

姚顺看了看那两件冬衣似的厚棉衬，又扭头看看趴在地上等待受刑的犯官，脸色微变，忙道："蓝公公放心，皇爷的意思我懂得。"

他朝一旁的内侍丢了个眼风，立即有人拿了棉衬上前，塞进苏晏的中单里，登时腰下鼓囊囊地隆起来，像一大块移了形的元宝。

蓝喜满意地点点头去了。

姚顺重新坐下。准备行刑的校尉照惯例看他脚尖，不料既不开也不闭，倒像剪子一样往内交叉，一时猜不透密旨，不知如何下棍。

姚顺慢悠悠地拖了声"打——"。校尉心中顿时明朗：不是"着实打"，也不是"用心打"，圣意定然是从轻，便抬了抬棍子，一杖打下。

苏晏正合目咬牙，这一杖下来，却没有想象中的剧痛，又挨了几杖，也只跟他老爹拿扫帚柄抽差不多，嘴上"哎哟"地叫着，心头大为庆幸。

锦衣卫指挥使冯去恶的脸色逐渐阴沉。

按规矩，十棍换一人。冯去恶朝身旁的一个小旗使个眼色。那小旗立即心领神会地上场，接过木棍，在空中抡了个半圆，带着呼啸的风声抽下来。

剧痛直蹿向四肢百骸，苏晏只觉头皮炸裂，天灵盖都要被掀开，一声刺心切骨的惨号冲出口。

不给他半点儿喘息的机会，下一杖又重重挥下。他像条生生投入煎锅的活鲤鱼，抽搐的身躯几乎要蹦跃，却被两头的校尉死死摁住手脚。

待到第三下打完，血水竟渗出了两层棉衬，将中单染得赤红。

那小旗拼尽全力打了七八下，微微喘了口气，肩井穴猝然一下刺痛，如钢针入髓，手上劲力陡消，杖子戛然落地。

一粒细小的珍珠从他衣上掉落下来，在地面弹跳着滚入水洼中，与雨珠浑然一色，竟无人看清。

冯去恶面上浮起怒色，旁边一人俯身："小旗力有不逮，让卑职接替行刑吧。"

冯去恶转头看了一眼，见是千户沈柒。此人心性枭骜，手段狠辣，人称"催命七郎"，平日颇得他重用，便微一点头，低声道："务必打死。"

沈柒"诺"了一声，走到场中接过杖子，只一下便打得折成两截，皱眉喝道："换杖！"

立刻有几个校尉上来，拿了杖子任他挑选。

苏晏满口是血，痛得浑浑噩噩，感觉魂飞魄散。一个细微声音在他耳边忽然响起："忍一忍。"

苏晏一惊，忽觉这声音有几分耳熟，极力抬眼，只看见杏色衣摆上一圈麒麟踏云，绣春刀窄而弯的刀鞘正沥沥地滴着水。

不容他细想，杖子已随风下来。

苏晏瞑目待死，皮开肉绽的地方火辣辣地痛着，新的杖子叠在上面，不知是不是因为痛到极处，反而没有了撕筋断脉的感觉，不禁怀疑已经被打到肌肉坏死，心下又惊又悒，一下子昏厥过去。

姚顺本漫不经心地啜着茶，忽见高举猛落的杖子威势惊人，行刑的锦衣卫面色阴鸷、下手如风，只惊得茶盏"砰"一声坠地。他扯过一个内侍急道："快去跟冯大人说，打得太狠了，要出事！"

冯去恶听了传话，只掸掸衣袖，朝姚顺露出一个冷笑。

姚顺霎时感觉冰雪倾顶，想到蓝喜离去时看他的眼神，恍悟此番是两相争斗，自己夹在中间身不由己，顿时手足颤抖，面如死灰。

五十杖毕，沈柒丢了棍子，走到冯去恶身边，低声禀道："完了。"也不知是说刑用完了，还是人也完了。

冯去恶冷眼看了看场中那道寂然无息的人影，道："走。"

一伙锦衣卫顷刻间走得干干净净，姚顺上气不接下气地抽喘，只用手指拼命点着场中人影，眼见就要背过气去。心腹内侍急忙过去，心惊胆战地探了探鼻息，猛回头叫道："活的！还有气！"

姚顺绷紧的心弦一松，吐出口浊气，瘫软在扶手椅上。

苏晏气若游丝地呻吟一声，幽然转醒，鼻间嗅到一股浓烈的药味。

他俯卧榻上，茫然四顾，才动了动僵硬的身躯，顿觉疼痛难耐，忍不住叫出声。

一个眉清目秀的青衣少年推门而入，手上端着盆热水，一脸欣喜："大人终于醒了！"

苏晏定睛一看，是他新收的小厮，本名得顺，他给改了名字叫苏小北。

原来自己已回到家中。

"小北，我睡了多久？"

苏小北绞了毛巾为他擦汗，嘴里絮絮叨叨："大人昏过去已足足两日。日前宫里的太监们用软榻把您抬回来，您已不省人事了，可叫小人吓个半死！好在他们已经请大夫治过伤、敷了药，说是万幸没伤到筋骨，卧床静养个把月就会好起来。"

苏晏叹了一口气："我知道此番皮肉要受苦，却没料到如此凶险，差点儿丢了小命。"

苏小北道："大人是大难不死，必有后福，眼下安心养病最要紧。"说着揭开薄被，轻轻褪去苏晏的衣裤，想为他涂抹药膏，却见原本雪白的皮肉上乌乌紫紫，一道道渗着血水的豁口触目惊心，不由得抽着气，抖瑟得下不了手。

苏晏勉强扯出笑意："我这挨了打的都没抖，你抖什么？该怎么擦怎么擦。"

苏小北嘴角用力一抿，正要说话，门口闯进来一个青衣小厮，劈头嚷嚷："北哥，外面有个叫富宝的，急着要见大人。我瞧他阴阳怪气、不男不女——"蓦然发现苏晏已经醒来，吓得把头一低，嗫嚅道，"大人……"

苏小北低声骂："你个慌脚鸡，成天咋咋呼呼，多会儿惹出事来，要你好看！"

苏晏道："算了，算了。小京，你去把那人请进来。"

苏小京应了一声，风风火火地去了。

苏小北道："大人，我们这些下人若是不晓事，您该管就狠狠管，像他那样在别的府里，少说也得掌嘴。"

苏晏道："那是别人府里，我家就没这规矩。反正我也不大管事，你又能干，以后就给我当个管家吧。"

苏小北看了他一眼，拉好薄被，咕哝道："大人说笑，哪有我这么年轻的管家。"

说话间，门外转进一人，正是太子近侍富宝，身穿便服，一见苏晏便红了眼圈："苏大人，还好你没事，小爷差点儿把小的皮都剥了……"

苏晏示意苏小北出去，才轻声问："殿下没事吧？"

"小爷被禁足东宫，昨日才听说的，硬是要冲出宫来。小的斗胆把苏大人当时说的话又说了一遍，总算劝住了小爷。小爷差小的带了药过来看大人。"富宝从怀中掏出十几个瓶瓶罐罐，堆在桌上。

苏晏失笑："我的屁股有多大，要这么多药？"

富宝"哧"地笑了一声："您没见小爷急的那样，朝太医又吼又叫，凶神恶煞的——"惊觉失言，忙捂住嘴。

苏晏叹道："皇爷这回是真动了怒，殿下怕是要熬一熬。我这里至少个把月动不得，你回去劝殿下静心养性，把那些玩耍的东西都收了，好好读书，就说是我求他的。"

富宝连连应承，又听他道"再近一些，我还有话嘱咐你"，心下一动，附耳过去。苏晏用极细的声音道："你此番回东宫，悄悄查一下前几天哪些人来过——不论是针工局、尚膳司还是别的什么宫里的，查清楚后递个消息给我。倘若以后再有人来东宫办差，你要死死跟住那人，别放那人单独行事。"

富宝愣住，忽然打个寒噤："小的知道了，苏大人放心。"

苏晏见他心思机敏，微微一笑，又说了几句不打紧的闲话，就让他回宫去了。

苏晏静静想了一会儿，唤苏小北进来上药。衣裳才拉开，又有探病的人来访，原来是新科状元崔锦屏。

苏晏把他请进屋来，强打精神聊了几句。崔锦屏嘘寒问暖地安慰了一阵，留下一瓶药膏后走了。

苏晏乏倦地吐了一口气，没承想人情世故也这么耗神，困意正上了头，陆续又有两三拨人送药来。

待到风平浪静，他累得眼皮都睁不开，吩咐苏小北："药就先不上了，让我睡会儿，再有人上门，你且收了东西，帮我挡回去。"

苏小北"诺"了声，苏晏便沉沉入睡。

也不知过了多久，苏晏隐约听得廊下有人轻唤："大人，大人……"

苏晏被吵醒，怒从心头起，憋着口气喝道："叫什么叫！不就一个打烂的屁股，有什么好看的，人人都要来看！叫那些人都给我走！"

外头安静了片刻，房门被悄然推开，苏晏只把脸埋在被中昏沉沉。一个浑厚声音道："发这么大的火，连孤王也要赶走？"

苏晏霍然惊醒，抬头一看，豫王朱栩竟坐在桌边，手里把玩着桌面上的药瓶子，似笑非笑地看着他。

"下官失礼，望王爷恕罪。"苏晏挣扎着要起身。

豫王上前两步拦住："别动，小心伤口。"顺势坐到了床边。

苏晏疲竭地喘了一口气，干脆趴在枕上不动了。

豫王见他连嘴唇都褪了血色，叹气："这么个香培玉琢的人物，皇兄也下得了手，真真心疼死人。若是放在孤王身边，那可是一个指头都不敢怠慢的。"

苏晏听得一阵恶寒，几欲作呕，强笑道："王爷取笑了。下官忝职，有负圣望，皇爷饶我一命，只略施惩戒，已是天恩浩荡。"

豫王倾身过来："皇兄惩戒你，你倒知道感恩，孤王怜惜你，你怎么就不知感恩了呢？"

苏晏往壁里瑟缩，咬牙道："王爷爱护，下官铭记在心，待下官伤势略有好转，定到王爷府上登门拜谢。"

豫王满意地笑了笑，伸手去掀他被子："让本王瞧瞧，伤成什么样儿了。"

苏晏大惊，揪紧被角："王爷不可！"

"怎么？"

"贱躯污秽，不敢污王爷尊目。"

"无妨，孤王又不是没见过伤口，只是想看看你伤势如何，才安得下心。"

苏晏伤重体弱，哪里争得过他，没两下便被扯去薄被，一时羞愤交加，脸埋在褥子中，牙关紧咬，死死遏制住想跳起来痛殴他的冲动。

豫王掀开小衣，见到斑驳交错的狰狞伤口，也忍不住抽了一口气，从怀中掏出一个竹罐："孤王这里有滇南密药，对治疗外伤有奇效。"说着以棉棒挑了胶状药膏，涂抹在他身上。

苏晏初时只觉毒辣辣的生疼，顷刻间感觉一股清凉沁入肌理，伤口痛感立减，连头脑也似乎清爽了许多，果然是疗伤灵药。

"献药的南蛮子说，此药可使刀棒伤口恢复如初，不留半点儿疤痕。若真如他所言，那孤王真要替清河感到庆幸了。"

苏晏终于忍无可忍地说道："下官并非女子，何必在乎皮相？倘若有日投笔从戎，于战场上挥戈返日，渫血满袖，一身疤痕才是男儿本色。"

豫王愣怔一下，忽地大笑："原以为苏清河八面玲珑，如今看来却是外柔内刚，是孤王错认。"

苏晏暗骂：要早知道你是个吃硬不吃软的主，找机会揍你一顿就老实了！

豫王一改轻浮调子，语气恳切地道："本王素来佩服有骨气的文人。之前以为你是东宫幸臣，故意一番戏弄，如今确是真心想要结交为友，还望清河不计前嫌。"

苏晏看了看豫王脸上神情，难辨真伪。他先前听了崔状元所言，对这位浪荡王爷不仅毫无信任与好感，简直视如洪水猛兽。

但既然对方示好，无论有何居心，自己也没必要平白得罪一位亲王。他虚与委蛇地回答："王爷言重，下官何德何能，竟得王爷以友相待，愿为君子之交。"

豫王笑了笑："那就好。"他起身整了整衣襟，将那罐药膏留在床边，"你也累了，且歇着，本王改日再来看你。"

苏晏望着他背影离去，左思右想，总觉得这个豫王有些古怪。

倘若对方真如传闻所言，是个嬉糜好色的废物，为何又要将奉安侯府的隐秘透露给他？倒像是有意提点一般。

可若对方没做过那些龌龊事，朝野上下一边倒的恶评又从何而来？

豫王究竟是不是个金玉其外，败絮其中的绣花枕头？太子遭人构陷之事，他又是否知情？

这些疑点，苏晏琢磨归琢磨，倒未必十分上心。目前迫在眉睫的是，他无意间得罪了奉安侯，对方位高权重，若是蓄意报复，弄死他一个小小侍读就跟踩死蚂蚁差不多。

是了，蓝喜说得有道理，不往上爬，就要做别人的垫脚凳，手上无权，便无自保之道。既然在朝为臣，就要做个有分量的权臣，否则下次再遇凶险，也不知身后有没有为我收骨之人！

苏彦决心已定，长长舒了口气，忽然觉得未来的道路并没有意想中那么渺茫，就连精神也抖擞了起来。

此时，苏小北一脸忐忑地进了门，低声道："大人，我见门口那么多兵差，又听说是王爷，就没敢拦着……"

苏晏对他笑了笑："不怪你，就算是我，也没那胆子拦他。"

苏小北显得有些羞愧，又有些庆幸："还好——"

苏晏打断他的话："对了，我救回来的那人呢？"

苏小北愣了愣："日前大人去做事的时候，他还昏迷着，这两日都忙着照顾大人，也没人去看他，不知是死是活。"

苏晏一听坏了，万一把人救回来又给渴死饿死，这叫什么话，忙道："你快去厢房看看，换换药，喂喂水，要是还昏迷着，赶紧去请个大夫。"

蓝喜迈着小碎步进入御书房的殿门，朝正在批阅奏本的景隆帝行礼道："皇爷，苏侍郎醒了！奴婢遣人问过给他看诊的大夫，说幸亏没伤到筋骨，好好调理一阵子应无大碍。"

景隆帝搁笔，撩起眼皮看他："朕开始觉得你是不是老糊涂了。"

蓝喜吓得跪地："奴婢的确老糊涂哇，虽加了衣，却没料到那姚顺有那么大的胆子，敢阳奉阴违……"

"真是姚顺？"

"……"

"你不敢说。"景隆帝忽然淡淡一笑，"连你都不敢说的名字，是其人，还是其背后之人。"

蓝喜见了这缕笑意，忽然就有了底气，说道："冯去恶，冯指挥使。是他要求换行刑者、换杖子，打的不仅是苏侍读，更是东宫的脸面。此事如何收场，奴婢愚钝，求皇爷示下。"

皇帝沉吟片刻，重又提笔，垂目批红："既然人没出事，就先这样罢。至于东宫的脸面，偶尔打一打，能叫那没心没肺的长点记性，叫别有用心的得意忘形，也没什么不好。"

得意忘形？蓝喜琢磨出圣意内的一点玄机，低低地"咳"了声。

"平身罢。"

蓝喜站起身，又道："小爷给苏侍读赐了药。有几个官员去探望，听说豫王也去了。"

"他是去自讨没趣的，可不是所有士子都吃他那一套。"皇帝用朱砂笔在奏本上圈了个某地出某祥瑞的喜报，批了"荒唐"二字，"不过苏晏才刚入仕，乱花迷眼之间能否正心定性，再观察观察也无妨。"

古人云，雪夜闭门读禁书，乃人生一大乐事。

如今正值暮春，无雪可赏，但压箱底的小黄书还是应有尽有的。

苏晏百无聊赖地趴在床榻上，拿了本带插图的《如意君传》翻看。苏小北轻声敲了敲门，进屋道："大人，那人醒了，只是还动弹不得。"

苏晏把书册一扣便要下床，不料扯动伤口，低叫一声："我倒忘了，自个儿也是个重伤员。罢了，你去问问那人姓甚名谁，是做什么的。"

"小人曾问过，他只一个字不答。多说几句，便要瞪人，眼里好似有把刀子，骇得苏小京脸盆也打翻了。"

苏晏摸着下巴想了想："这人倒是有点意思……干脆你在我屋里再摆张榻，把他挪过来，我跟他说话。"

苏小北吓一跳："可使不得，小人看他生得矫健，右手虎口有茧，又带着把切金断玉的宝剑，肯定是个练武之人，若是他想对大人不利……"

苏晏笑道："他都伤成那德行了，还能怎样？再说，我是他的救命恩人，他再怎么样也不至于恩将仇报。家里就你们两个打理着，先把他挪过来，也省得两头奔跑照顾。等过几天他能动弹了，你们再把他搬回去。"

苏小北见劝不动他，只好下去搬了张六足折叠藤榻搁在角落里，又和苏小京合力把人抬了过来。

苏晏一看，那人浑身捆着纱布，闭眼直挺挺躺着，倒有七分像刚出土的活尸，"哧"地笑起来。

那人睁开双目，慢慢转过头，看了他一眼。

苏晏只觉两道寒光从那人乌黑眸子深处射出，寒意沁骨，不由得打了个哆嗦。他定了定神，挥手让苏小北、苏小京退下。

室中顿时静谧无声，烛火的晕光凝固了似的，焰尖拉出一条长长的细刃般的灰烟。

"你是死士，或是杀手。"

那人微微一震，不禁转眼去看对面那个披着瓦蓝色深衣，俯卧在榻上的少年。

隔着晕黄火光，少年口角含笑，乍看上去不过是个俊俏士子，再仔细看他眼中，又似乎隐着一抹深幽的意境，不像他这个年纪该有的。

少年噙着薄笑，安然道："你想知道我是如何认出来的？"

仿佛被他嘴角一丝浑然天成的笑意牵引，那人沉声道："如何？"

"因为你身上有股洗不去的杀气，就像一柄归不了鞘的利剑。"

那人沉默良久。

烛焰忽然些微跳跃起来，似有阵霜风拂过，灯花发出几声"毕剥"的轻响。

他眼中恨意翻涌，冷冷道："剑未饮血，不能归鞘！"

"或许不是不能，而是不甘。看在我从锦衣卫手里救了你的分儿上，能否告知尊名？"

那人垂下眼睑，慢慢道："吴名。"

少年笑了笑，并不点破这个显而易见的化名，只道："我叫苏晏，你可唤我表字，清河。"

吴名猛地转过头来："你是苏晏？那个在金銮殿上冒死直谏，弹劾狗官卫浚的新科进士苏晏？"

苏晏愕然。该怎么向所有人解释，那其实是个阴错阳差的误会？

吴名挣了挣，似乎要从层层纱布中直起身来，最终还是颓然倾倒，喑哑着嗓子道：

"苏大人仗义执言，虽未能铲除卫浚那老贼，也算是为受害百姓出了口恶气。"

"听你所言，像是与那卫浚有仇。"

吴名咬牙："血仇不共戴天！"

"可否说与我知？"

"我自小父母双亡，只一个亲姐姐，含辛茹苦抚养我长大，后来嫁与京城里的私塾先生为妻。姐姐得遇良人，我才放心孤身浪迹江湖，做些拿钱卖命的行当。

"谁料今年元夜逛灯会，姐姐被那老贼看上，强买未遂，便捏了个理由将姐夫下狱。她为救丈夫，只得忍辱含垢进了侯府，还隐瞒不说，唯恐连累我。

"不久后，得知姐夫在狱中不堪折磨而死，我姐姐悔恨交加，怀揣剪子想要为夫报仇，却被老贼察觉，一根衣带将她活活勒死，更将尸体暴于荒野，任由野狗啃噬……"

"等我赶去给姐姐收尸时，甚至找不到一根完整的骨头！"怨气与杀气几欲破胸而出，吴名直直望向屋顶，眼角竟滚下一滴血泪。

苏晏怆然无语。

放在书册中，或许这只是个时过境迁、失去颜色的故事，可亲自听来，却有一种说不出的无奈悲凉。

这个时代里，无法掌握自己命运的人实在太多太多，他们的悲辛与劳苦，鲜血与白骨，聚沙成塔，成为历史的一部分。

许久的缄默后，苏晏缓缓问："那夜你是否去了奉安侯府行刺？"

"是。只恨老贼走了狗运，身边又有个绝顶高手护卫，致使我功败垂成。"

"我昏迷这两日，估计奉安侯遇刺的消息已在京城中传得沸沸扬扬。锦衣卫出动缉捕，只怕你寸步难行，干脆就在我家里养伤，待到警戒略松，我助你逃出城去。"

吴名决然道："仇人未死，我出城做甚！待我伤好，势必再入仇门，叫他血溅三尺！"

苏晏皱眉："卫浚吃过一次亏，府中戒备必然万分森严，你再去岂不是自绝生路？"

吴名冷冷道："我还有旁的路可走吗？"

"复仇的方式有很多，不独以命换命一种。"

"我是个杀手，也只会这一种。"

苏晏道："我因为殿试之事开罪卫浚，此番险些殒命，料想与他脱不了干系，难道我就甘心束手待毙？我虽官微言轻，但想要扳倒他未必没有机会，只是眼下时机未到。"

吴名不答，一动不动似已睡熟。

苏晏叹了一口气，只得作罢。

"砰！"茶杯重重砸在地面，名贵的前朝汝瓷四分五裂。

"废物！全是废物！连个刺客都抓不着，我养着这批光会吃饭的守卫有何用，还不如养一窝狗！"

奉安侯卫浚怒不可遏地咆哮，牵动刚包扎好的伤口，疼得捂腰跌坐回床榻，气喘吁吁："还有北镇抚司的那些锦衣卫，平日里自吹自擂，说京城的一草一木都在他们的掌控之下，可到关键时刻——"

"侯爷呀！"旁边的心腹管家许庸连忙打断，紧张地做了个"隔墙有耳"的手势。

卫浚正在气头上，口不择言，被这么一提醒，登时想起冯去恶那张神厌鬼避的脸，以及诏狱深处经年不散的哀号声，心生忌惮，把后半句话硬生生吞了回去。

许庸劝慰道："侯爷莫急。指挥使既然答应了此事，就不会轻易罢休，否则北镇抚司的颜面何存？那刺客身手了得，缉捕起来也不是一天两天的事，兴许再过几日就抓到了。"

卫浚咬牙切齿："等抓到，本侯爷亲手剥了他的皮！"

"不过是个亡命之徒，哪值得侯爷弄脏金贵的手？届时锦衣卫的诏狱定会让他生不如死。"

"还有那个老而不死的李乘风！仗着两朝元老的身份屡屡欺辱我，甚至还敢在御前动手，真是气煞人！这棵老树根深叶茂，现时撼动不得，锯他几根枝干，让他疼上一疼，总能办到吧？"

卫浚余怒未消地问许庸："他门下弟子——国子监祭酒卓岐，仍纵容监生四下诽谤本侯，冯去恶那边还没有拿下吗？"

许庸答："小的问过了，冯指挥使说，已交由得力干将去办，国子监祭酒毕竟也是个从四品，须做得滴水不漏才好。要不，他那边小的再打点打点？"

卫浚一挥手："打点什么！上次娘娘说情之恩，他还没还上呢！我有这闲钱，不如去打点蓝喜。"

"蓝喜身为掌印太监，整日在皇爷跟前伺候，随便说几句话，哪怕皇爷不在意，时间长了，多多少少能听进去点什么。我看他和李乘风为首的文官也不对眼，面上揣着和气，背地里还不知怎么互相使绊子呢。若是能把他拉到咱们这条船上，那就稳了！"

许庸连连点头称是。

卫浚余怒未消地问："娘娘那边怎么样，什么时候生？"

"太医说，还得两个多月。"

"卫家列祖列宗保佑啊，定要一举得男！"

皇城正门承天门附近，千步廊西侧，北镇抚司如一头猛虎巍然盘踞，毗邻五军都督府，与东侧六部隔街相望，坐落于权力核心之地。

手下一名小旗奉命前来时，锦衣卫千户沈柴正将一纸密报在烛火上点燃，迅速烧成灰烬。

灰烬在指间捻成粉末，沈柴漫不经心地吹了口气，问道："国子监司业于涌之子于成家中，可有安插暗哨？"

小旗跪地回禀："有两个长随，平日里与西市的混混往来，也受过些好处。"

沈柴吩咐："你换上便装，去暗会此二人，叫他们窃取主人家的书信手迹来。"

小旗心领神会，奉命去了，不过一两个时辰，便拿了叠纸稿回来。

沈柴一张张翻阅，多是家书，间或几页小令涂鸦，待看到其中一句"斜月梧桐井，波光跃上朱堇墙"，发出一声令人胆寒的轻笑："便是在这里了。"

他取笔在"堇"字旁边添了个"木"，而后写了张禀帖，告于成一个"不避圣讳，谤讪君上"，使人投递与锦衣卫指挥使冯去恶。

原来景隆帝名朱槿隆，时人为避君讳，"槿、隆"二字是决不能用的，须得改字、空字。即便一定要用，也得缺笔。因而"朱槿花"只敢写作"朱堇花"，或是用别称"佛桑花"代替。如不慎犯讳，大则下狱，小亦杖责。

未几禀帖传回来，果然批了个"捕"字。沈柴当即点了二十来个缇骑，呼啸驰骋去到于府，拿麻绳将于成捆回，枷了三木，直接下到狱中。

披枷带锁的于成没了世家子弟的光鲜，涕泣交加地喊"冤枉"。

"好大一棵木，没的冤了你？"沈柴抖着他的文稿，阴沉道，"还不只是犯讳。'波光跃上'，那佛桑花便在下了，天子乃万乘之尊，至高无上，这写的不是谤君却是什么！看来不动刑械，你便不识得君威。"

要知锦衣狱刑戮之严峻，天下闻名，断脊、钩背、剥皮、抽肠……名目数十种，光听名就叫人心胆俱裂，吓得于成三魂七魄全飞，磕头如捣蒜。

沈柴不屑一顾地锁了牢门，回到堂上。

不多时，国子监司业于涌连朝服也来不及脱，急匆匆赶来。

文字狱这种事可大可小，端看经手的人怎么处理。于司业相信有钱能使鬼推磨，识时务地带了两大箱金银和宝钞，来赎儿子。

可惜，这次的锦衣千户却不循常理，钱不收，人也不放，明摆着要置他儿子于死地。

若是寻常诉讼，哪怕人命官司，于司业也能卖情面、托关系，周旋一二。可这犯讳谤君的罪名，谁敢碰手？万一捅上去便是个判斩的死罪，恐还要株连亲族。

迫于无奈，堂堂正六品文官，给他们既忌惮又不齿的鹰犬下了跪，苦苦哀求。

沈柒冷不丁道："卓岐一死，祭酒之职空缺，你这个司业是不是就该顺理成章顶上？"

于涌震惊："你、你是说……"

沈柒俯身，用刀鞘末梢轻轻拍了拍他的脸："儿子的命和上司的命，孰轻孰重？"

于涌声音颤抖："卓祭酒于我有知遇之恩……"

"所以你大义灭亲时，证词才更加有力。"沈柒笑了，如寒刃上映出一抹腥冷血色，"你不做，有的是人抢着做。要么还是回家，等着给儿子收尸吧。"

于涌呆滞片刻，神情痛苦挣扎，最后伏地大哭。

卧床休养月余，苏晏身上的杖伤渐次好转，日常行止已无大碍。豫王送的滇药十分管用，残留的疤痕变得浅淡，再过一阵子想必就完全消了。

吴名的伤比他重得多，但因体质强韧又身负内功，痊愈速度比他快，十余日吴名便可下床走动，自个儿把碍事的纱布拆了。

苏晏这下才看清，对方是个二十出头的青年，身形劲瘦，个头不算高，五官端正，目光却凛冽，像黑暗中蓄势待发的尖刺，又像沸腾后归于死寂的沼泽，使其称不上英俊的长相极具辨识度。

吴名沉默寡言，除了同室的那天夜里向他吐露过行刺内情，一天说不上五句话。吃饭、用药、打坐、睡觉，日常行为规律且枯燥，只求用最快的时间养好伤，手刃杀亲仇人，犹如被刻骨之恨画地为牢的囚徒。

同样在养伤的苏晏闲着无聊，忍不住想逗他说话。

"你真是个杀手？杀个人得付多少银子，雇主如何联系到你？"

"你们杀手有没有组织或者帮会，比方说青衣楼啊、幽灵山庄啊……"

"江湖上有没有十大杀手排行榜？你排第几位？"

"你的武器就是剑吗？应该还有后手和底牌吧，什么诡异兵器或者师门秘术之类？"

"哎，说句话嘛！只要你每天陪我聊会儿天，这段时间的房钱、诊金就全免了。"

吴名知道苏晏只是拿他消遣时间，满足自己的好奇心，并不是真想打探他的隐私与安身立命的手段，又是站在奉安侯敌对的一面，故而格外容忍，没拔剑让其闭嘴。

吴名被缠得不行了，就"嗯嗯"地敷衍两声。

每个男人心中都有个武侠梦，苏晏又不知足地追问："你身手如何，能否教我几招？就那种不需要内力、关键时刻又能伤敌于无形的招数……"

吴名无奈地开口："有。"

"真有啊？！"苏晏大喜，"是什么招数，教教我！"

"叫'白日做梦'。"

苏晏："……"

好吧，不积跬步，无以至千里，道理他都懂。就他如今这副身子骨，每日能坚持跑跑步，打打五禽戏，就已经够不容易的了，先把体质练上去再说吧。

吴名见苏晏露出沮丧之色，觉得有点对不住恩公。

本来江湖杀手这一行，忌讳与朝廷有瓜葛，不过苏晏虽有官身，却与那些高高在上的官老爷不同，他敢为了黎民百姓发声，于御前仗义执言而不惜得罪权贵。如此高洁品行，着实令人敬佩！可惜是个一点自保之力都没有的文弱书生，家里又穷，身边只两个年幼小厮，卫老贼若是要报复他，随便派个壮汉来都能把他撂倒。

"你出拳打我。"吴名忽然道。

"什么？"

"或者来勒我脖颈。"

"啊！"苏晏反应过来，这是要教他厉害的招数了，连忙右手握拳，全力击向对方。

吴名右手一伸，拦截住他的手腕，左手在肘下随时备出。在苏晏出第二拳时，吴名左手陡然向前，由上向下，朝外分拨他的小臂，右手停于左肘下以作保护。随即提左膝掀脚，踢击他右肋。

为避免肋骨被踹，苏晏下意识地向后撤步，吴名则抓住时机，迅速以另一条腿踢他的档部。好在只是演示，足尖在他下身前堪堪停住。

苏晏在这瞬间生出剧痛的错觉，全身汗毛直竖，"噔噔噔"后退好几步，差点没忍住去捂裤裆。

"看清楚了，这招叫'叶里藏花鸳鸯腿'，毫无武功基础之人也可施展。"吴名收回腿，冷硬地道，"练好了，一脚能废掉对方的子孙根，然后你就跑吧。"

苏晏咋舌："好凶残！"

吴名道："你要记住，这两记连环腿须得紧密使出，不可间歇，否则非但不能奏效，反受其害。平日里对着木桩或树干好好练习。"

苏晏连连点头。虽说这招有些阴毒，与他想象中的武功偏差有点大，但也是蛮实用的一招嘛。毕竟自己是零基础，练好了，能在关键时刻攻其不备，应急脱身。

"还能再教一招吗？"他贪心不足地问。

"贪多嚼不烂。"吴名直截了当地拒绝，"我要练剑了，大人请自便。"

苏晏舍不得走，狡黠笑道："那你练呗，我就在旁边看看，不碍事。反正即使你练个百八十遍的，我也学不会，就不必担心我偷艺了。"

吴名吃着他的饭，住着他的房子，倒也没脸赶他走，只得默许。

如此又过了数日。苏晏晨起去吴名房间喊他用早膳时，发现房内空无一人，桌面留了张短笺，上面用歪歪扭扭的字迹写着"青山不改，绿水长流"。

苏小北内外找不见人，心有不甘地埋怨："这人好没情理！大人救他性命，又收留他养伤，他却不辞而别，一个谢字也没有！"

苏晏独自用过早膳，整理官服准备入宫，闻言不以为意地笑了笑："有些人的'谢'字是不会放在嘴边的，你就别瞎操心了。"

辰时入宫面圣谢恩，内侍告知苏晏，皇帝正在奉天门听政。他只好候立在不久前挨过一顿苦刑的午门外，无聊地看皇城侍卫一队队走来走去，站得久了，脚掌心隐隐抽痛。

两个内侍垂首笼袖，脚步匆促地从侧门出来。苏晏没大在意，正埋头跟自己硬撅撅的官靴底子过不去。他旁边有人慢声细气地道："苏大人，上头有旨意，请随我来。"

苏晏抬头一看，那两个内侍正站在面前，说话的约有五十岁，有些发福，是个陌生面孔。他小心地道："公公，这上头指的是……"

那内侍有些谄媚地笑了笑："大人随我来就知道了。"

苏晏迅速掂量了一下，既然有旨意，许是皇帝要私下见他，便跟着去了。

过庑门，转墙根，却进了个满是花木山石的偏僻院子，他觉得有些蹊跷，问前面的两人："公公，可否告知去往何处？"

先前说话的内侍道："大人无须多问，很快便见分晓。"

苏晏疑窦顿生，停下脚步："皇宫禁地，不敢轻涉，公公若不说清楚，我还是回午门去候君。"

"都走到这儿了，想回头也不成。"那个一直低头不语的小内侍忽然道。

苏晏听他音色明朗，带着几分少年人特有的清亮，却也是个耳生的，退了几步，警惕道："你们是谁？想做什么？"

那个小内侍慢慢转身，抬起脸，冲他龇牙咧嘴地一笑。

苏晏失声道："小鬼？"

太子朱贺霖登时竖眉瞠目："你才是小鬼！再听到你这么叫，就罚你去校场跑十圈！"

苏晏连忙赔笑："殿下，太子殿下，是臣失言。多日不见，殿下可安好？"

朱贺霖嘴角一抖，眼圈也跟着红了，别过脸吩咐成胜："你先退下。"

僻静的假山旁只余两人，朱贺霖紧紧盯着苏晏，目光亮得惊人，唇角抑制不住地轻颤。他浑身肌肉一紧，眼看就要飞扑过来，却在最后一刻控制住了劲头，只用双手抓住苏晏的肩臂，用力握了握，喉头有些发紧。

"清河，你……你瘦了。"

苏晏忽然觉得鼻子有点泛酸，掩饰似的微笑："殿下也瘦了，不过倒长高了不少，嗓音也好听多了，有如雏凤清鸣。"

朱贺霖挑着眉："这是什么话，难道我以前的声音就那么难听？"

"难不难听臣不敢评议，不过也好有一比。"

"好比什么？"

苏晏一本正经地道："好比公鸭争食。"

朱贺霖一拳捶在他肩上，笑骂："好你个苏清河，太子爷都敢取笑，那五十杖怎没把你的利嘴给打秃了！"

苏晏一副好了伤疤忘了疼的模样："自然是因为臣皮糙肉厚，区区五十杖不在话下。"

朱贺霖却沉默了，半晌才道："伤势如何？"

"只是些皮肉伤，已无大碍，殿下不用挂心。"

"我怎么可能不挂心？"太子突然暴躁起来，"当初那二十杖我都没舍得让你挨，如今整整五十杖！你身子文弱，万一打出个三长两短……"

他跺着脚狠狠转了两圈。

苏晏笑容顿敛，轻声道："我知道殿下对我好，心疼我这五十杖挨得冤，但殿下切不可为与臣子的一点私交而触怒皇爷。殿下乃是一国储君，身份尊贵，目光应该投向更远处。皇爷如今春秋鼎盛，殿下还可以放任游玩之心，可将来倘若有日，江山重担压在殿下肩上，到那时……殿下做好准备了吗？"

太子瞪圆了眼睛，双拳紧握，宣誓般重重地道："我会做个好皇帝！清河，你信不信，将来，我会成为盛世明君！"

有志若此，又能听谏言，便是可贵。苏晏躬身深深一揖："臣信！臣一定会竭尽所能，辅佐殿下，助殿下实现宏图大志。"

朱贺霖扶住他的手肘："清河，只要有你在我身边，我便充满了力量与斗志，仿佛浑身有使不完的劲。"

苏晏失笑："说得好像我是兴奋剂一样。"

"什么记？"

"不，没什么。"苏晏忽然想起什么，"对了，这一个多月来，东宫可有什么事？"

"没什么事，我被父皇禁足，除了文华殿，哪儿都不能去，只得乖乖在东宫读书。不过……"朱贺霖深深皱起了眉，"父皇以前隔三岔五地总会来东宫，有时还给我送礼物，可近来他好像对我疏远了不少，也不常来看我了，倒是经常待在卫贵妃那里。"

他忧虑地抬头望向苏晏，眼睛里有种急切寻找慰藉似的光芒："清河，你说父皇是不是对我失望，所以才——"

苏晏第一次在这个飞扬骄狷的少年脸上看到了惶惑不安的神情。

苏晏打断他的话："皇爷对殿下的厚爱与器重是有目共睹的，哪怕一时气恼也是因为深怀期许，殿下万不可胡思乱想，自乱阵脚。再说卫贵妃即将临盆，皇爷对她多照顾些也在情理之中。"

朱贺霖咬了咬下唇，神色平复了许多，低声道："我只是想起小时候，父皇总是把我抱在怀里写字，带我去南海子骑马、射猎，在我搬去端本宫之前，他每夜临睡前都要来看看我，可如今……"

"如今太子殿下长大了，需要一个独立发展的空间，皇爷知道幼鹰是不能总捂在鸟巢里的。"

十四岁的太子凝思片刻，眉宇间慢慢放出光彩来，如旭日初升般夺人双目。他像个有豪情壮志，又有灵心慧性的成熟男子一般微笑起来："你说得对，总有一日，我是要一飞冲天的。"

成胜从假山小径转出来，细声禀道："小爷，御门听政已毕，龙辇将返，您看是不是先回东宫，免得生出什么事端。"

太子有些不舍地看了看苏晏。

苏晏忙拱手道："殿下请回吧，臣还要去乾清宫面圣，回头逮着空了就去东宫。"

太子这才露出笑意，头也不回地离去了。

苏晏望着他的背影，神色逐渐凝重起来，一边往回走，一边陷入沉思。

皇帝对有人构陷东宫一事似乎有所警觉，可又为何按兵不动，甚至还有意疏远太子，莫非真对太子产生了不满？可他们父子之情亲厚，应该不会为了这些小事生出隔阂，除非其中还有不为人知的隐情……

他不由得苦笑了一下：从第一次见到景隆帝开始，这个恬淡、心思深沉的帝王究竟在想什么，始终是猜不透啊。

"臣苏晏叩见吾皇万岁。"

景隆帝放下手中的奏本，默然看着面前叩拜的太子侍读。

苏晏伏在地上，如芒在背，度秒如年，仿佛过了良久才听到一声"平身"，已是汗湿手心，规规矩矩地起身立在边上。

"伤势如何？"

"多谢皇爷垂悯，臣已无碍，可以执事了。"

皇帝又问了几句，见他答得柔顺恭谨，正是官员们日里拿来应付他的那些套话，乏味至极，顿时心下索然。

窗外几缕晴光从格子里透进，游丝般若断若续，似乎也被这幽深的殿阙吸去了生命力。

皇帝忽然道："苏晏，陪朕到园子里走走。"

五月天渐热起来，太液池中的芰荷已生得田田如盖，花苞却还是不起眼的粉簇簇几枝。夜里下过一场大雨，出水略高的荷叶被打得翻过去，露出背面纤细而单薄的脉络。

景隆帝若有所思地望着一池翠盖，低吟："青荷怜净碧，宿雨不堪袭……"

苏晏在他身后听得真切，默念了几遍，难解其中真味。皇帝却淡淡问道："苏晏，你说荷叶心中可有怨？"

苏晏立刻答："应是无怨。"

"为何？"

"和风细雨固然滋养，但若无骤风急雨的磨炼，又如何能长成这般亭亭直立。"

皇帝看着他明润的神色："既然无怨，又为何背上面下，不复常态？"

苏晏恍然，讪笑道："或许是因为敬畏天威，干脆就这么趴着，等下次风雨来时正好再翻回去。"

皇帝哑然失笑，指着他的鼻子："但见一张贫嘴，哪有半分畏心。且待下次风雨，管教你再打翻回去！"

苏晏哀叫一声，只差没扑过去抱住龙腿："皇爷可别吓唬臣，臣是真怕了！"

皇帝笑吟吟地看他讨饶，分外抒怀。

君臣二人沿池畔随意走了一会儿，皇帝方才端容道："北边之事，已有些许眉目了。"

苏晏一怔："北边……北漠？"

皇帝颔首："可还记得你当初'小妾扶正'一说？"

苏晏笑道："皇爷看中了哪一房？"

皇帝半嗔半笑地看了他一眼："昔年北成兵败，逃窜至宛郁一部的属地时，宛郁首领乘机杀死前北成主及太子，谋夺了汗位。

"后来达延本部重新夺回汗位，与宛郁、息往流、窝叶等部数十年争斗不休，彼此都消耗了大量战力。

"而今朕派密使访问诸部，宛郁反应尤为热切，祗受平宁王赐号，说只要我朝支持他部统一草原，愿自去北成帝号，改称宛郁可汗。"

苏晏道："宛郁看起来确是个合适的选择，不过，他应该不会如此轻易缔盟，想必是提出了什么条件吧？"

皇帝沉声道："不错，现任宛郁首领虎阔力为其长子昆勒求婚，要朕将皇室公主嫁予，以示双方长期结好。"

苏晏心里咯噔一下，很想抓住龙袖大叫——"绝对不可以！不要忘了你朝祖训啊！"

但他面上却不露声色，出言试探："历朝历代，天朝公主远嫁北蛮，不论于国于君都是大事，不可轻许。"

景隆帝目中掠过寒光，断然道："岂止'不可轻许'，是'绝无可能'！莫忘了我大铭祖训——不和亲，不赔款，不割地，不纳贡，天子守国门，君王死社稷！"

他这番话一反素来淡泊平和的语调，说得掷地有声，充满金戈铁马之气，险些把苏晏听了个热泪盈眶：老子终于亲眼见证了史上最慷慨激昂的王朝宣言！要是再加个最霸气的"虽远必诛"，人生就算圆满了！

苏晏低头掩饰激动的神色，清了清嗓子："史上汉家和亲，多因胡虏劲悍，以锐师侵疆犯境，双方拉锯之下战事惨烈，不堪经年，才相约谈和，拟以联姻暂息边尘，终非久安之道。而今我朝民殷国富，彼族兵力消耄，陛下坚拒联姻，对方也无可奈何。就算心生猜疑又如何，开通互市的甜头还不够他们尝的吗？竟厚着脸皮觊觎公主殿下，简直癞蛤蟆想吃天鹅肉！"

景隆帝几乎被他逗笑："于公，有祖训。于私，朕的三个女儿中，柔裕已有婚配；柔嘉、柔熙年方十岁，尚且年幼天真。朕怎么舍得将她们嫁去荒远的北蛮？日后最好在京城挑两个乘龙快婿。"说着正色看他，"苏晏，你可知何为'榜下捉婿'？"

苏晏一听，升职决心登时又有些动摇：如果有机会，尚个公主也不错呀！反正自己年龄尚小，等个十年八年也不成问题。日后顶着驸马头衔，啥正事不用干，俸禄照领，算不算把纨绔给坐实了？

皇帝仿佛猜中他的心思，微哂："做了驸马，在朝堂中便只能任虚职，真以为朕会放任你偷懒耍滑？想得倒美！"

苏晏心知被捉弄了，忙道："公主金枝玉叶，臣并无高攀之意。本就该留着有用之躯，为陛下当牛做马。"

"当牛做马就算了，说得朕多么亏待臣子似的。你呀，这是拐着弯儿地骂朕刻薄寡恩？"

苏晏知道这是玩笑话，连声说"不敢"。

景隆帝不以为意地摆摆手，继续沿池畔拂柳而行。

苏晏见他神色平静，正盘算着该怎么旁敲侧击地问一问东宫之事时，皇帝开口道："苏晏，朕欲将你调任吏部郎中，你意下如何？"

苏晏一惊，霎时心念百转，躬身道："皇爷厚爱，臣感激不尽。食君之禄，担君之忧，臣无论身居何职，都一样会为皇爷分忧解难。只是臣日前刚犯错领责，皇爷非但不贬黜，反升迁提拔，且不论朝臣们如何议论，臣自身亦愧怍至极，实在不敢厚着脸皮上任，还请皇爷容臣先戴罪立功。"

皇帝沉静片刻，忽然轻笑一声："苏晏，你辞谢不受，莫非是为继续侍奉东宫？"

苏晏怃然叩首："臣是为皇爷的威信。"

皇帝拈起一枝鲜绿柔韧的柳条在指间揉折，慢慢道："无须惶恐，你不愿升官，难道朕还强逼不成？只望有朝一日，你还记得今日对朕说这番话时的心境。"

"臣定当谨遵圣谕。"

"好了，起来吧，以后没事少在朕面前跪来跪去。每次看到你背上一把瘦骨，朕都想治你家厨子的罪。"

苏晏起身赔笑："皇爷万乘之尊，哪会跟个仆役过不去。臣自小是怎么都吃不胖的体质，倒让皇爷瞧着硌硬了。"

皇帝微皱了眉："哪有好端端的人吃不胖的？回头叫御医给你开个方子调理调理。"

苏晏心下叫苦，迭声道："吃得胖吃得胖，臣回家便叫厨子准备一日五餐，外加点心夜宵，保证一个月胖上三斤，不，五斤。"

皇帝哂然："朕一番好意，到你嘴里怎么说得像喂猪……也罢，既然你立了军令状，届时若未添三五斤，朕可要罚你。"

苏晏一脸啼笑皆非："臣领旨。"

景隆帝笑着转身回殿。

苏晏随行其后，见皇帝行止间身姿舒展，仿佛心情不错，顿时舒了口气。

他已下定决心，要成为有力自保的权臣。宦途险阻，越发要走得既大胆又谨慎，时刻权衡利弊，进退得宜。

此番推辞升迁，虽损失了个进入要害部门的机会，却得到了皇帝的信任，由此亦可看出太子圣宠不减，这步棋算是走对了。

回到乾清宫，苏晏见时已近午，便躬身告退。皇帝本欲赐膳，见他去意切切，像心有所挂，也就作罢。

苏晏退出殿门，方走到庭下，只见数十名内使宫人簇拥着一顶红绡金罗绘云凤纹的步辇徐步而来，知道是后妃凤驾，连忙避到边上。

凤驾停在阶下，宫人扶着个孕珠女子小心地下了辇。

苏晏想起太子曾提起过的身怀六甲的卫贵妃，好奇地窥觑一眼。只见她身着嫣红织金缠枝牡丹妆花绣的夹衣，金丝鬏髻上斜插桃心簪，水色裙襕随步款摆，摇曳生姿，的确是个极娇艳的稀世美人，一时心旌飘荡，忍不住又多看了几眼。

不料被随侍的宫人瞧见，对卫贵妃低语了两句。

卫贵妃停住莲步："什么人如此大胆，叫他过来。"

苏晏霎时清醒，暗叹美色误人，不得不上前行礼："下官苏晏叩见娘娘千岁。"

"苏，晏。"卫贵妃慢慢咬着这两字，眼中深意萦回，忽然浅浅笑道，"原来是苏侍读，皇爷提起过你的名字，说你是个人才，今日一看，果然相貌出众。"

"相貌出众"的意思是……除了好看一无是处？骂他是个花瓶？

苏晏琢磨着卫贵妃话中似刺非刺的味儿，做出一副受教的模样："娘娘过誉了，朝中英才济济，下官不过一点蛰萤，不敢自恃。"

"倒像个晓事的。"卫贵妃轻抚着隆起的腹部，"萤烛末光，装于囊中，于案几之上读读书倒还可以，若妄想为日月增辉，岂不好笑？"

苏晏低头："多谢娘娘训示，下官省悟。"

卫贵妃纤指虚虚一抬，宫人即将手伸过搭扶，撇开苏晏步上了殿前玉阶。

苏晏孤零零在庭中站了一会儿，忽然笑了笑，转身朝端本宫走去。

从来娇花多带刺，卫贵妃这一番下马威倒也在他意料之中。

她不提殿试得罪奉安侯一事，却警告他不要妄图攀龙附凤，看来是把他划入太子一党。这么说来，好像隐隐嗅到一股宫闱内惯有的气味了。

之前东宫莫名出现的《春闺风月》，怕是也跟这股子气味脱不了干系。

卫贵妃这是笃定肚子里是个儿子，还是自信能独占帝心、左右圣意？

不管怎样，宫中最凶险的斗争莫过于争储。苏晏暗暗绷紧了神经，再次告诫自己，任何时候都不能掉以轻心。

第四章　锦衣卫千户沈柒

　　詹事府，苏晏抱着一摞授课学士要的书册，走过回廊。假山根下，几个通事舍人凑在一堆窃窃私语，闲话隔着通透的回廊飘到他耳畔，想听不见都难。

　　"都听说了吗，国子监出事了……"

　　"卓祭酒好大的胆子，怎敢做出这等不法之事！结党营私，收受贿赂，连属下司业都看不过去，出首弹劾。"

　　"要说卓祭酒官阶不高，出身却清贵——当年的殿试榜首啊，又是李阁老的门生。若是阁老出面力保，也许会大事化小。"

　　"也不知此案主审是刑部还是大理寺。都察院左右御史都是他的同年，想是要避嫌。"

　　"可这刑部侍郎也是李阁老的门生啊，难道要尚书亲审？"

　　"所以呀，这主审还是给了大理寺和北镇抚司。听说眼下卓祭酒就被关在锦衣卫的诏狱里。"

　　"锦衣卫？这下卓祭酒可有苦头吃了。"

　　一伙人啧啧摇着头，将他人的悲喜祸福作为茶余饭后的谈资。其中一个眼尖的，见回廊上有人影，忙朝同伴使眼色，各自转身佯作路过。

苏晏目不斜视地走过去，权当没看见。

这种晦气的八卦消息听听也就罢了，搅和进去绝对没好事。再说，国子监的主官出了事，与他这个管理宫中四库图籍的有什么关系？

结果，关系就在当晚"啪"地打了一下他的脸。

他竟然忘了，自己走的是科举出仕之路，自然也是有恩师、有同窗、有关系网的。而且这些关系还很被时人看重，事师如事父，叛师就是大逆不道，严重违背普世价值观，会受到文人士子与社会群众的集体唾弃，仕途也就基本算走到尽头了。

苏晏的启蒙恩师是个颇有名望的饱学之士，十年前游历闽中时，被苏知府诚心厚礼请来为自家犬子开蒙，名唤……卓岐，卓安行。

后来卓岐回京升了官，苏晏考中秀才，另拜名师。所谓一日为师，终身为父，置之不理是要被人戳脊梁骨的。当晚几个蒙学同窗和国子监的监生就找上门来，希望他这位官场新秀能在太子或是皇帝面前替卓祭酒说个情、出点力。

"下官刚挨了一顿廷杖，路还走不利索呢。"苏晏赶在见客前用姜汁抹出一脸病容，弱柳扶风地叹道，"这要是再去皇爷面前碍眼，只怕适得其反，连累了老师。"

"清河何出此言！我等言官，当以规谏天子、左右言路为己任，廷杖乃是荣耀，何足惧哉！"

大兄弟，你是言官我不是啊，我只是个陪读（玩）的！苏晏无声吐槽。

"可不是！得知你前阵子挨了五十杖，大家羡慕不已，都说若是打不死，就是响当当的资历，人人说起都要夸你一声'介直敢言''清流风骨'，是午门前挨过廷杖的；若是打死了，那就更是舍生取义、青史留名了。"

苏晏瞠目结舌，心里骂道：你们这群不挨打就不舒服的贱坯子！

"实在不行，也该向陛下或殿下讨个恩典，去诏狱中探视一番。学生探望老师，总是天经地义的事。"

"极是极是，我等白日里便去过，刚进门就被锦衣卫赶出来，这才来找你帮忙。"

"清河兄，恩师有难，你该不会独善其身，坐视不理吧？"

帽子一顶一顶扣过来，苏晏怀疑自己要是再说半个"不"字，明天朝堂上就会有奏本弹劾他"不尊师道，德行有亏"了。

他只得勉强应承："明天我便向东宫讨个恩典，去诏狱探视恩师。"

一干同学和监生这才心满意足地告辞了。

翌日，苏晏在东宫提起此事，朱贺霖一口就答应了，还给了他一块能够随意出入诏狱的腰牌。

因为去年那场大病，苏晏丢失了十年寒窗苦读来的满腹经纶，连带读书生涯中的人事也有些模糊了。他对这位启蒙老师没啥印象和感情，实在不愿蹚这浑水，打算就是瞧一瞧，送点衣物、食水，也算是尽了微薄之力。

结果刚走下诏狱的甬道，他就后悔了。

甬道阴森逼仄、潮湿寒冷，充斥着挥之不去的血腥气息，不知何处传来的惨烈哀号声，怨魂泣夜一般，若有若无地萦绕身旁。

苏晏不禁打了个寒战。

随同的锦衣卫校尉帮他提着食盒和一包衣物，习以为常地笑道："苏侍读，这边请。犯官就关押在最内的那间，由千户大人亲自审问。本来按规矩，过堂前谁也不能探视，但您拿着太子爷的牌子，自然是百无禁忌。"

苏晏颔首不语，倒不是摆架子，只是觉得一张口，这满狱血腥气就能灌进嘴里去。

他跟着这校尉来到深处那间牢房，一转过石壁，进入牢门，刑架上一个血糊糊的人影就映入眼帘，吓了他一个猝不及防，"噔噔"后退好几步。

后背撞上个坚实的胸膛，对方岿然不动，他自个儿险些崴了脚，站稳后，下意识地伸手去摸撞疼的肩膀。

手腕被人一把攥住。

苏晏受惊转身，只见一名英俊剽悍的锦衣卫就站在身后，冷冷地盯着他看。

这人有点儿眼熟……苏晏觉得对方目光如刀，不是大砍刀，而是异常锋利小巧的手术刀，看人仿佛解剖尸体，刁钻毒辣。

性命受到了威胁，他警惕地想抽身，对方却牢牢抓着他的手腕，手劲大得惊人。

"苏大人可是忘了卑职？"

对方一开口，苏晏就想起和状元崔锦屏喝醉酒那夜，澄清街石桥上，险些被缉捕吴名的锦衣卫绑去拷问的事儿了。

原来是那个拿马鞭戳他脸的锦衣千户。

"鄙姓沈，沈柒。苏大人可以唤我沈七郎。"

对方一口一个"卑职""大人"，语气里却毫无恭敬之意，更像是戏谑。

记得当夜一干缇骑叫他"千户"，若是正千户，就是正五品，品阶比自己这个从五品的洗马还要高半级。虽说锦衣卫官衔的含金量不如文官，起码也算平级吧。如此做派，打的又是什么主意？

苏晏干笑一声："不敢当不敢当，千户大人还是先松个手，咱们有话好好说。"

沈柒将手指一根根松开，毫无诚意地道："卑职不慎弄脏了苏大人，真是对不住。"

苏晏连忙低头看手腕。

手腕上一圈暗红色的血迹，还散发着热意，是从沈柒手上沾染到的。他忍不住回头瞧了眼吊在刑架上的卓祭酒——胸腹一片血肉模糊，根根肋骨依稀可见。

这刑上得也太凶残了！沈柒故意抹在他身上的，想必是卓祭酒的血吧……苏晏登时感到惊心与反胃。

"哦，想必苏大人是来看望恩师的，果然师徒情深。可莫要怪卑职下手太重，我也是奉命行事。"

苏晏的视线从不省人事的"恩师"身上移开，只想胡乱说两句场面话赶紧逃走。

沈柒一抬染血的手指，引路的校尉心领神会，当即放下食盒和包袱，离开牢房。

"隔壁屋子有水，还请苏大人随卑职前去清洗。"

"无……无妨，袖子一遮就看不见了，我回去再洗。"苏晏嗅到危险的气息，脚向牢门挪动。

"苏大人不必客气，既然来到锦衣卫诏狱，总该让卑职尽一尽地主之谊。"沈柒不由分说搭上苏晏的肩头，血手印染在秋香色常服上，分外刺眼。他不怀好意地"啧"了一声，"自从卓岐犯法下了诏狱，无人敢来探望，唯独苏大人勇气过人，莫非与这案子有什么牵扯？"

这是要攀咬他！果然锦衣卫都是一群吃人不吐骨头的豺狼虎豹！苏晏踩到陷阱似的跳起来，往牢门外跑。

沈柒屈臂勒住他的脖颈，毫不费力地将人拽到几丈外的一间刑室。

短短数秒，苏晏已经深刻感受到彼此体能和武力上的天壤之别，心道这下要完！真要逼他彻底撕破脸皮，以命相搏？

他可是拿了太子的腰牌过来的，倘若在诏狱里有个三长两短，沈柒定然难逃干系。为了害他，连前途与性命都不要了，这人真这么蠢的话，又是怎么当上千户的？

莫非沈柒是受人指使，背后的指使者并不忌惮太子，或者说，要利用他来炮制冤案，对付太子？

那个指使者是谁？是来午门监督行刑的锦衣卫指挥使吗？他打听过，那人名叫冯去恶，但他确定自己与对方素未谋面，无仇无怨。

还是朝堂上被他公然得罪了的奉安侯卫浚？

苏晏紧张之余，满心疑惑，并没有叫喊踢打。

沈柒将他挟持到一口大缸前，手一松，还真的只是用木勺舀水，给他净手，顺道把自己的血手也洗干净。

苏晏意识到这是个极其恶劣的玩笑，暗中磨着后槽牙，讪笑道："千户大人可吓我一跳。"

"有趣吗？"沈柒用干棉巾擦拭双手，"苏大人的反应却是我所见之人中最淡定的。寻常人就算不乱喊乱叫，也必奋力挣扎。"

因为挣扎也没用啊，武力值根本不在一个级别好吗？至于叫喊，更是白费力气，万一换来一句俗套的"叫吧，叫破喉咙也没人来救你"，还不是自己倒霉。

苏晏揪着肩头的血手印擦，可越擦越糊，血迹由巴掌大变成了蒲扇大。腥气扑鼻，他嫌弃地皱眉。

沈柒早已习惯血腥味，觉得读书人的洁癖有点好笑，说道："要不直接脱掉，要不就忍一忍。"

苏晏怔住。

"忍一忍"，这三个字有点耳熟……

屁股上的旧伤依稀刺痛起来，他恍然叫道："啊！你是那个廷杖行刑的！"

沈柒嗤笑："才想起来？当日若非我暗中出手，换下那名小旗，你十有八九要毙命于杖下。"

为了这事，他挨了指挥使冯去恶一通训斥，好不容易才使对方相信苏晏死里逃生是个走狗屎运的意外，而非他沈柒手下留情。

至于幕后内情，他暂时还没想明白：苏晏只是个刚入仕的少年，官微言轻，不过得了点天子青睐，指挥使为何无缘无故要借机下杀手？还是奉了哪方的授意？

救命之恩哪！苏晏很是感激，幸亏自己之前长袖善舞地——不，是宽容大度地给对方留面子，才有了关键时刻的投桃报李。正所谓做人留一线，日后好相见。

"大恩不言谢，千户大人若有需要，清河定当鼎力相助。你我结个善缘，日后也好相互帮衬……"

"我帮你这一次，可不是为了结什么善缘。"沈柒打断他的话。

"啊？那么千户大人是为了……"

沈柒道："让你欠我一个人情。等我有需要时，你得舍命来还。"

人情就这么大大方方地欠着，万一他赖账不还呢？再说，"你得舍命来还"这种蛮横不讲理的语气，不怕激起他的逆反心理？

"我虽非言而无信之人，可也不喜被谁勒令。千户大人这么说，就不担心我把这份人情丢到脑后，甚至对你怀恨在心吗？"

"无妨，我可以寻个机会杀了你，再把这人情拿回来便是。倘若你的死还能为我附带些好处，岂不是更合算？"

苏晏越发觉得这个锦衣卫千户不仅心狠手辣，还有点心理不正常。

沈柒盯着他，忽然扯动嘴角笑起来："卑职开个玩笑，苏大人怎么当真了呢？"

君有疾在脑，不必治了！

苏晏一句话都不想再跟他说，挂上了春风拂面般的职业笑容："哈哈，千户大人真是风趣得很。下官倒是想与千户大人多聊一会儿，可还要赶回宫陪太子殿下写窗课，不好盘桓太久，这便告辞了。"

他拱手转身，沈柒在他背后说道："苏大人这身怕是不好出门，卑职取件新衣来？"

苏晏虽不想再与这位沈千户打交道，但也不想穿着一身血衣上街，只好捏着鼻子接受了这份不知又需要什么回报的好意，换上一件新衣，蔫不唧地走出锦衣卫诏狱。

食水、衣物留了下来，至于卓祭酒被折磨成什么样，他一个过江的泥菩萨也管不了那许多。

沈柒倒是没再对犯官动用大刑，不过心里清楚，卓岐必死无疑，即便于涌良心发现，在堂审时翻供也无济于事。

锦衣卫指挥使冯去恶决意要杀的人，还从来没有杀不成的。

——也包括苏晏。

目前看来，他救下苏晏一命所带来的麻烦，要比能得到的好处大得多，这种赔本的买卖，他还是第一次做。

沈柒用掌心摩挲绣春刀的刀柄，金属花钉硌着他千锤百炼的手。他的眼神因陷入久远的回忆而显得有些恍惚。

苏晏，字清河，十六岁零九个月，榕州人士，榕州知府苏可仁与其正妻林氏的独子……他派锦衣卫暗探把苏晏的身世查了个底朝天，没有任何蹊跷之处。

他不相信鬼神之说，更不相信什么轮回转世——况且年龄也对不上。

可对方的五官轮廓，尤其是一双眼睛在火光照耀下透出的神采，灵动有神，与他刻骨记忆中的稚嫩小脸惊人相似……那张脸若是再大个七八岁，可不活脱脱就是苏晏这般模样？

就连名字也似冥冥中的巧合。沈晏、苏晏……沈柒紧握刀柄，陷入了深深的迷惘中。

苏晏出了北镇抚司，当即回了趟家，吩咐小厮烧水，在浴桶里把自己好好洗刷干净。

洗了小半个时辰，他在身上嗅来嗅去，确认彻底闻不到血腥味了，方才起身穿衣。

阴森的诏狱、血肉模糊的受刑者与阴晴不定的沈千户，都让他饱受精神折磨，可他还得回东宫报到，伺候精力旺盛的半大小子，只得穿戴齐楚，打起精神进宫。

朱贺霖等他等得心急，远远见了就三步并作两步奔过来："你可算回来了。听说诏狱那鬼地方又潮又冷，晦气得很，你别待太久，当心染了风寒。"

苏晏道："无妨，也没待多久。殿下今儿窗课写完了吗？"

朱贺霖逃避学业话题："那个卓岐若是真犯了大罪，你还是少见他为妙。"

"臣知道。殿下今儿窗课写完了吗？"

朱贺霖见逃不过，只得垂头丧气地去书房，老老实实开始写窗课。

小内侍富宝在桌旁研墨伺候，见苏晏在帘子外朝他招手，又做了个噤声的手势，便悄悄地走出去。

"富宝公公，上个月请你查的那事，可有结果？"苏晏低声问。

富宝沮丧答："查了，内官监的采买，尚膳监的小灶厨子，还有尚衣监来量体裁新衣的……林林总总大几十人，查也查不过来。"

苏晏想了想，又问："有其他宫里来传信的吗？"

"除了皇爷那边，哦，还有太后那边，就没有其他宫的了。"

也对，无论是后宫设局，还是与宫外有牵连，怎么也不会动用本宫之人。藏叶于林，确实不好查。只能提高警惕，加强防备，将来若还有这种事发生，须得当下拿住，才好追查幕后黑手。

苏晏谆谆叮嘱富宝，话还没说完，司礼监太监蓝喜身边的小内侍多桂儿匆匆赶到东宫，说皇爷在御书房召见苏侍读。

苏晏只好和太子打了声招呼，随多桂儿前往御书房。

景隆帝罕见地没有在批奏本，而是挥毫泼墨，画一幅写意山水。

苏晏行了礼，乖乖站在一旁，等候皇帝发落。

棉与茧制成的高丽贡纸坚韧如帛，整幅画的构架已布置其上，皇帝正用焦墨渴笔，分出树木和山石。

苏晏屏息等待片刻，天子头也不抬地问道："去诏狱了？"

他下意识"嗯"了一声，发现太随意，赶紧补充："回皇爷，午前确是去了趟诏狱，刚回来。"

"去看望你的启蒙老师？"

"是。"

皇帝笔尖停顿，抬起深邃狭长的双眼看他："卓祭酒之事，你怎么看？"

苏晏的头皮顿时麻了一下。

——这是道送命题啊！

卓岐被控的罪行是结党营私，收受贿赂。后者真假先不提，光前者，就已是不能触碰的官场忌讳。

结"党"的这个党，叫西野党，由一帮志同道合的鸿儒名士与被贬官员聚集而成，在朝野上下影响甚广。他们讽议朝政，评论官吏，辱骂权阉，渐渐由学术团体变成了政治派系，形成了一个旋涡似的舆论中心。

卓岐虽未明确表示支持，却与其中一些党人有私交。

国子监司业于涌正是抓住了这个把柄，在弹劾奏章中骂卓岐培植党羽，事君不忠。

阁老李乘风虽相信自己的门生并不是西野党人，却也难以在堂审前将他彻底撇清，才不得不忍痛看着他下诏狱。

眼下，如果苏晏替老师求情，就是罔顾国法；如果不替老师求情，就是不仁不义；如果推脱不谈，则是胆小怕事——怎么说，都是错。

皇帝持笔的手稳稳悬停，很有耐心地看他。

刹那间，苏晏脑中转过七八个念头，权衡利弊得失，思索最稳妥的答案。脑海的画面最终定格在一本老少皆知的经典名著上。

苏晏缓缓下跪，膝行向前，牵住皇帝的衣袂，将头深深埋了下去。

景隆帝心生疑惑，忽然听见了低低的哽咽声。

哽咽声又变成了啜泣声，悲伤且隐忍，仿佛蕴含着当事人难以排遣的内心痛楚，闻之令人心酸。

皇帝整个儿愣住了。

他搁下毛笔，向后坐在金丝楠木雕花圈椅上。苏晏趁机又膝行两步，将脸埋在皇帝膝盖上，哭得愁肠百结，哭得杜鹃啼血。

景隆帝只觉一股湿意渗透布料，烫热得很，就像贺霖小时候趴在他膝头，哭着问"是不是只有我没有亲娘"时，沾在他衣袍间的热度。

景隆帝知道苏晏这是害怕了。苏晏怕自己一言答错，又是皮开肉烂的五十廷杖，甚至是要命。或许不只是害怕，还有委屈，明明此事与他毫无干系，却要承受诛心的猜疑与考验。

尽管害怕又委屈，却仍想向敬畏的天子讨求一点怜悯。

这份求怜之意，不仅是臣子对君王的忠心，还是怀有孺慕之思的晚辈，向着长辈恳求信任与庇佑。

景隆帝在错愕中生出了些许怜惜，觉得自己对这个太子属意的年轻官员逼得太紧，防得太深了。他还只是个不到十七岁的少年，比贺霖大不了几岁呢！

"好了好了，起来吧。"皇帝说道。

苏晏暗暗盘算了一下，火候还没到，于是继续抱着龙腿哭，一个字不说，只是哭，身体难以抑制地抽搐。

景隆帝默默叹气，哄小孩似的，轻轻拍了拍苏晏的脑袋。

"朕知道卓岐之事与你无关，你去诏狱探望他，也只是为了全昔日的师生之义。"

苏晏这才止了哭，擦拭脸颊上泪水，惭愧至极地道："臣一时失态，求皇爷恕罪。"

"可你今日做错了一件事，知道是什么？"

苏晏仔细想了想，恍然道："臣不该用东宫的腰牌，去叩开诏狱大门。"

皇帝微微颔首："孺子可教。你既已晓得其中利害，朕就原谅你这一次。"

从谆谆教诲的老父亲心态中脱身，深沉的秉性又回到体内，景隆帝起身提起了毛笔，继续画他修身养性的山水图。

"皇爷？"苏晏还跪在地上，未奉圣谕不敢起身。

皇帝笔下勾线，泰然道："后日便是端午，百官休假。东苑有射柳之戏，射中者得赏赐，你可要去显显身手？"

苏晏也听说端午节放假，本打算去金水河上看划龙舟，如今一听朝廷搞团建，还是在赫赫有名的皇家园林，当即改变主意，不去看常规活动了，就去东苑。

"臣愿意随行，不过骑射之术臣并不擅长，可否只是瞧个热闹，上场就免了吧。"

苏晏自幼被父母摁头读书，大多时间是耗在圣贤书上，骑马还算利索，射箭却几乎没接触过，让他上场的话，估计能拿脱靶冠军。

皇帝道："君子六艺，射御占其二，不可不学。你若不会，朕可以差人教你。"

苏晏只好谢恩。

"去吧，陪太子读书去，别在朕面前碍眼了。"皇帝下了逐客令。

苏晏这才松口气，规规矩矩地行礼告退。

出了御书房，被风一吹，他才发觉后背濡湿。天儿是真热起来了，殿里有点闷，自己又大哭一场，出了一背的汗。

回想刚才的一幕，确定表演没有任何破绽后，苏晏感慨："我可真不要脸啊！"

他第一次发现原来自己这么能哭，就像刘玄德愧对杀妻待客的刘安时那么能哭，感激刘表托孤时那么能哭，连累数十万追随他的百姓时那么能哭，依照孔明之计欺骗孙夫人时那么能哭，做戏给鲁肃看时那么能哭，思念结拜兄弟、于梦中再次诀别时那么能哭……其中真真假假、深深浅浅，恐怕就算是当事人自己，也很难分辨得那么清楚吧！

自嘲归自嘲，他心中到底有点烦躁，似乎是因为天气，又似乎不是。

景隆帝城府深、思虑重，不乏绝大多数帝王会有的疑心病，并非只有史书上记载的"帝性宽仁"的一面，这个自打他偷听过皇帝的壁脚就知道了。所以在侍君时，他一直战战兢兢，始终绷着根弦，等弦松了，才觉出累来。

他相信方才的问话并非皇帝怀疑他与卓祭酒、西野党有什么牵连，毕竟他年纪尚小，为官才三个月，派锦衣卫随便查查，背景单纯得还写不满一页纸，所以，更大可能是习惯性地敲打，就像皇帝平日里对其他官员那样。

皇帝这是想告诉他，无论什么党派、什么人脉，在对圣上的忠贞面前，什么都不是。用调任吏部试探他，用榜下捉婿试探他，又用一道送命题试探他，无非就是想知道，他苏晏在才能之外，最重要的政治立场有没有站歪。

然而，他要是真的当场指天誓日，大表忠心，皇帝十有八九反而不信了——所谓过犹不及。

也算是他急智，用了这不成招数的招数，杜鹃啼血的一顿哭，才蒙混过关。

皇帝究竟对他有几分信任，又有几分垂青，苏晏心里没数，只能走一步看一步。

但他心里到底还是委屈：我每天除了睡觉吃饭，其他时间基本被你们父子俩霸占了，叫干什么就干什么，每天拣好听的话说，挨了打也不心怀怨恨，还尽力为你们出谋划策——像我这么好的臣子，打着灯笼都找不着，你们居然不懂珍惜！迟早有天叫你们后悔……好吧，叫你们后悔什么的，也不过是想想而已。

身在这个时代，皇帝对他是一言定生死的绝对存在，而他对皇帝而言，只是满朝文武百官中毫不起眼的一个。

万人之上的内阁首辅尚且因为皇帝一句话就坐了牢，雷霆雨露皆是天恩，他连委屈的资格都没有。

此刻他只想回府沐浴更衣，眼见日头西斜，便不想去东宫侍奉，着小内侍去禀报太子一声，怏怏地出了宫。

他回到家，泡在浴桶里。苏小北烧完最后一锅热水，来给他擦背，轻声问："大人心里不痛快？"

苏晏懒洋洋趴在桶沿："有什么不痛快的？在外人看来，我这太子侍读左右逢源，痛快得很。"

"今日大人自打从宫中回来，眼里一点笑意都没有，可是累了？"

"人不累，心累。太子一天见不着我就发脾气，皇爷恨不得将我做成个盆栽种在御书房。你没听这几天詹事府的闲言碎语怎么说，说我直谏是假，媚上才是真。"

"他们那是嫉妒大人得宠。倘若给他们当御书房盆栽的机会，一个个的还不得乐疯了，撅着腚都要爬进盆去！就是因为眼红，才嚼舌根、冒酸水，这种人就跟沟里蚊蝇似的，不配让大人瞥一眼、听一声。"

苏晏轻笑："这我当然知道，不过还是要感谢你的安慰。"

苏小北不自在地垂下眼皮："大人怎么老对我们这些下人道谢，小的实在不习惯，总觉得心虚……"

苏晏道："心虚什么，把腰杆给我挺起来。都是爹娘生养，谁又比谁高贵？扒了那层权势、地位的皮子，还不都一样是个人。"

"不一样。"苏小北眼眶泛红，要哭不哭地道，"黄河下游发大水，冲毁田地屋舍，我们一家四口不得不逃荒来京城。半路上，妹妹饿死，被父亲拿去和人家交易了一袋糙米，我们才挨过寸草不生的荒地。好容易进入东昌府，又遭马贼劫掠，我母亲被抓走，生死不知。到京城，父亲只剩下一口气，没奈何又把我卖给人牙子。人牙子看我生得有几分端正，本想把我卖进长春院做个最低等的小倌儿，要不是大人将我买下，如今我怕是早已成了一堆烂骨头。你说，像我们这样的，一身皮肉血，也能吃，也能卖，怎么还能称得上是个人呢！"

苏晏听得恻隐之心大动，叹气道："这两年天灾人祸，日子是不好过，但总会好起来的。"

"是吗？还要等多久？"

"不久了。"

国难与河患往往同作。黄河孕育文明，却又变迁无常。溃决改道带来的灾难，总归会被时间与人治一次次抹平，荒土上会再次萌发青苗。

"往事已矣不可追，别想了。"苏晏起身穿衣，"用晚膳吧，我好饿。"

苏小北擦了擦泪，强笑道："都备好了，就等大人传唤呢。"

"对了，咱们是不是该买点粽叶、糯米、花生之类，也包些粽子应应节？哦，还有咸蛋和火腿，甜粽、咸粽都好吃。"

"买是都买了，明日便叫厨娘包好。"

"吃现成的？那多没意思，咱们自己包，试试看。"

苏小北为难道："我和小京手艺不行，怕包成个棍子。"

苏晏笑："包成棍子也无妨啊，玩玩儿嘛。"

次日一早，主仆三人便在院中摆弄起来，在擦得干干净净的石桌上放好一干食材，边说笑边包粽子，没多久就成就了一桌"妖魔鬼怪"，模样只有更丑，没有最丑。

苏晏刚想拆了重新包，听见院外有人敲着门高声询问。

苏小京去开门，呼啦啦涌进来好几个拿着礼盒、礼包的仆役，把两张石桌都摆满了货。

"这是豫王殿下送给苏大人的节礼，还请大人笑纳。"为首的锦衣管事说完，大约觉得礼贤下士给足了面子，也没等苏晏回话，扬长走了。

"不想笑纳，拒绝行不行啊？"苏晏无奈地吐槽，随手打开一个礼盒，里面是十二枚包装精美的粽子，材料极考究，用的都是上好的贡米和果脯，还有滇西进贡的鹤庆火腿，热气腾腾，清香扑鼻。

"啊！"苏小京惊叹，"这是什么粽子，这么香！是不是只有皇宫里才能吃到？"

苏晏顺手丢了两个给他："是啊，随便吃。"

苏小北瞧瞧自己包的粽子，越发觉得不能入眼，沮丧道："先前包的这些，我都收到厨房去，明日给上门洒扫的仆妇们吃。"

苏晏阻止："别，咱们第一次包粽子，辛辛苦苦的劳动成果，我可得好好品尝。"

于是苏小北就把苏大人包的那串"妖魔鬼怪"单独拎出来，放在另一个锅里煮。煮着煮着，就煮没了。

"没了是什么意思？"苏晏睁大了眼睛问。

"就是……小的中途去后巷货郎担，买了罐槐花蜜，回来一掀锅盖，就没了。"没能管好家，连串粽子都会被偷，苏小北对此很是羞愧。

苏晏摆摆手："许是后门没关，谁家小崽子闻到味儿，溜进来拿走了。小孩子都嘴馋，没事，反正也没包好。咱们就吃礼盒里的吧，特供食品呢，不吃白不吃。"

北镇抚司的诏狱里，端午晴朗的阳光照不进分毫，常年一派幽深阴冷。

沈柒向后倚坐圈椅，笔直有力的双腿悠闲地架在桌面，手里拎的一串熟粽子荡来荡去。粽子依稀还有些热气，就是形状丑得简直玷污屈子。

他似笑非笑地翻看片刻，拆开其中一个，蘸着桌面小瓷碟里的绵糖，咬了一口。

"丑归丑，味道还算差强人意。"千户点评道。

几口吃完，他歪头看吊在刑架上蓬头垢面的卓岐，举起另一个晃了晃："卓大人也吃个粽子，应应节如何？"

卓岐面色如纸，干裂嘴唇上满是血污，声音嘶哑吃力："水……给我水……"

沈柒慢慢拆着丝线，将箬竹叶一张张剥开，露出内中又黏又甜的糯米，起身走到卓岐身边。

"卓大人，说句实在话，你这么硬扛着，毫无意义。你说你没有贪污受贿，捐监多批的名额怎么算？所有捐米都上缴朝廷了吗，就没克扣部分填充小金库？若依太祖例，合六十两银即判剥皮揎草，没冤了你吧？你说没有结党营私，与那些西野党人的私信往来又怎么算，信中就没有'世胄蹑高位，英俊沉下僚'的怨望之言？就不曾痛骂过权宦和锦衣卫？"

卓岐气若游丝，神志几近崩溃，只是念叨着"水"。

沈柒冷笑："我说你们这些读书人呐，浑身上下长着嘴，逮谁骂谁，还欺软怕硬。武死战，文死谏，你要是敢像兵部左侍郎于彻之于大人那般，挨了三十廷杖依然面不改色，当众逼得皇爷收回成命，我倒敬你是条汉子。可你敢吗？也就拿我们这些替皇爷当差办事的出气。

"没错，我们是鹰犬，是爪牙，可你也不看看，那是谁的鹰犬爪牙？把我们这些爪牙都拔了削了，疼的又是谁？满朝文臣，一个个顶着清流的名号，究竟有几个是真正为国为民？五个？十个？还不都是攥着自己的利益和名誉拼命往上爬，为了争夺话语权、操控国策，屡屡搬出礼仪制度挟持上意，甚至毫不顾及天子的颜面。

"'陛下，罪己诏写了么？没写？那臣代陛下写。'

"'陛下，臣要辞官。可你若是准许我辞官，名声可就更臭了。'

"这种场面，我当锦衣卫十年，见得多了。爪牙犹利，尚且如此，若是再让你们把爪牙拔了，天威何在？"

"所以，想清楚你罪在哪儿了吗？"沈柒将剥好的粽子送进卓岐嘴里，一点点往里塞，"这可是你的得意弟子亲手包的。吃完了，就在认罪状上画押吧。指挥使大人答应画押后免你一死，不会食言。"

卓岐咽喉里仿佛被塞进火炭，混沌不堪的脑海中，蓦然挣出一丝清明。

多日酷刑折磨，几乎挫灭了他的理念心志，他在求生欲望和舍生取义中来回摇摆，几度生出签字画押的念头。

尽管那份认罪状上，揭发了他的恩师李乘风李阁老。

在听了沈柒一番"爪牙论"后，他更是心如死灰，只差点个头了。

谁料语末一句"这是你的得意弟子亲手包的"，仿佛劈开他的天灵盖，兜头泼下一盆冰雪——

苏晏！

在他身陷囹圄的这段日子，人人唯恐殃及池鱼，不敢来探监。弟子、门生中，唯独这个十六岁的少年，带着衣物与食水，进入不见天日的诏狱。

那时他神志模糊，隐约见苏晏外衣肩头一片血迹，随后被这心狠手辣的千户硬拖出去，也不知受了什么刑，遭了多少罪。

他只不过是在苏晏年方六岁时教了两三年蒙学而已，对方就能为报师恩，这般视死如归。

而自己呢，承蒙李阁老悉心教诲多年，竟还如此心志不坚、贪生怕死，连个未及弱冠的少年都不如！

卓祭酒羞愧难当，宁愿一死。

他艰难嚼着满口糯米，说道："我要在公堂上……当众画押……不在这腌臜牢狱里……认罪。"

沈柒搓掉指间黏腻，示意手下给他喂水。

半个时辰后，堂审开始。

沈柒没有随冯去恶上公堂，找了个由头告退，在房间里剥粽子。甜粽子吃完，又吃咸粽子，一边嫌丑，一边当饭吃。

没过多久，手下一名心腹小旗敲门进来，向他耳语几句。

沈柒的脸色阴沉下来。

卓岐死了。在公堂之上，众目睽睽，他面对胡乱揭发的认罪状，咬断舌根，将口中热血喷洒在状纸上——

欲问何罪，且看我一腔碧血。

沈柒动动手指，示意小旗退下，心底仔细琢磨这突发之事带来的影响。

揭发李乘风是行不通了，如此一来，不让奉安侯太过如愿，以免越发仗势凌人。

人死案结，卓岐再也牵扯不了旁人，包括他的老师，自然也包括他的学生弟子。

总而言之，死得好。

沈柒快意地勾起嘴角，端详剩下的最后一个粽子，越看越觉得像个惟妙惟肖的扫把精。

"嘘，别被人看见，我好不容易从厨房偷来的……可是我没藏好，都压扁了。"

"没事的七哥，反正一样能吃。"

"不一样，娘说过粽子就该有粽子的样子，皮是君子竹，心是清白米，形状锐直而不圆滑，就像屈子那样。"

"那，要不把线拆了？我再包一次。"

"你会包吗？"

"当然会，我的手可比你巧多了。"

"小九，你这到底包了个什么……扫把精吗？"

从未被时光消磨的儿时记忆，仿佛暮鼓的残音余响，记在心底深处的最后一线天光中。沈千户最终没舍得吃那个酷似扫把精的粽子，郑重地将它揣进怀里。

公堂上，大理寺卿和北镇抚司的头头们很有些头疼。

卓祭酒死得不仅突然，而且颇具悲壮意味，传扬出去，再被人添油加醋一番，怕是要和"比干剖心""伍子胥挖眼"一同成为经典，而那并不是他们乐见的舆论走向。

此事该不该上报？何时报？怎么报？

围绕这三个核心问题，锦衣卫指挥使和大理寺卿展开了唇枪舌剑的比拼，场面很快呈现一边倒的局势，强势嚣张的锦衣卫大获全胜。

冯去恶道："明日便是端午节，谁也不准扰了皇爷过节的心情。一切晦气事宜，都等节后再报，先把卓岐的尸首冻上。在座诸位，嘴都给我把紧点，谁要敢擅自奏报，卓岐的今日，便是他的明日！"

五月初五，皇宫内节日气息浓厚，宫眷、内臣们穿起了艾虎补子蟒衣，各殿殿门两旁安放菖蒲艾盆，门上悬挂着执剑除毒的天师像吊屏，如同过年时的门神，要悬挂一个月才会撤掉。

皇帝赏赐大臣们端午节礼，苏晏也领到一份，包括竹骨纸面宫扇一把、虎头须五色彩绦一条、五色线缠绕的彩杖两根、画着虎和毒虫的艾虎纸两幅。

没什么贵重物，就是表示雨露均沾，讨个彩头。

倒是太子亲手捣鼓了一碗加蒜过水面，非得让他吃，说是辟邪。

太子从小衣来伸手，厨艺可想而知，苏晏拗不过拳拳盛意，只得捏着鼻子吃了，还要违心夸奖色香味俱全。

朱贺霖肘尖支着桌沿，双手托腮看他吃面，十分开心。

"待会儿去东苑击球射柳，你也下场，让我瞧瞧你的身手。"

苏晏喝了一口茶，压住蒜面味儿："我有什么身手可言？可别取笑我了。"

朱贺霖自夸道："那就让你瞧瞧小爷的身手。去年端午射柳，我可是夺了头魁的，被父皇大大嘉赏了一番。"

"那就祝小爷今年再夺桂冠，我在场下摇旗助威便好。"

"桂冠是什么？"

"就是月桂枝条编织的花冠，给夺魁者戴的。这是西域番邦的风俗。"

在随侍太子坐马车去东苑的路上，苏晏闲着无事，就把阿波罗追求达芙妮的月桂神话说了一遍。

朱贺霖听完，不可思议道："达芙妮是不是傻？区区一个河神的女儿，被英俊强壮又神力滔天的太阳神看中，居然宁可变作月桂树，也不嫁给他？"

"可她有选择嫁不嫁人的自由呀。换而言之，就是我朝女子，即使被天子追求，也该有拒绝的权利。"苏晏努力向小太子解释什么叫尊重个人意愿。

"追求？"朱贺霖嗤笑，"那叫恩典。天子看中哪个女子，要纳她为妃，那是她几辈子修来的福气。胆敢说半个'不'字，就不怕以抗旨论罪，被判个满门抄斩？！"

与帝王家谈自由意志，傻的是我……苏晏敷衍地拱了拱手："殿下所言极是。"

"啧，可我怎么觉着，你心里很是不以为然？"朱贺霖倾斜上身凑近，想看清他的脸色，"而且我发现，你闹情绪时就会改口叫'殿下'，怎么着，想疏远小爷？"

马车一个大的颠簸，苏晏向对面栽去，牙齿重重磕到了太子的下巴。

太子捂住下巴，"嗷"一下痛呼出声。

马车旁的锦衣卫缇骑立刻隔窗叩问："殿下可有事？"

朱贺霖哽塞答："无事。"

苏晏愧疚地拉开他的手，查看伤口："还好还好，只磕破个小口子，流了点血。"

朱贺霖恼火："本太子万金之躯，什么叫'只磕破个小口子'？快拿镜子来让我瞧瞧！"

苏晏在车厢置物盒里找到一面西洋教士进贡的玻璃镜，巴掌大小，清晰度很高，递给他。

朱贺霖心疼地瞧着下颌处的血口子："被父皇看见，又该说我顽劣不稳重了。"

苏晏心虚地往臂弯里一趴："臣晕车……哎呀，头好晕。"

东苑作为受历代帝王青睐的皇家园林，建造得清幽雅致。

殿宇辉煌，亭轩遍布，园中奇石森耸，环植花卉，又引泉为方池，池上玉龙吐水如瀑，巧夺天工。

射柳场的位置在西面的龙德殿前，邻着一条环碧河，早已被先行的卫队布置齐整，将许多鸽子和更小的雀鸟装在葫芦及木盒中，悬挂在飘飘荡荡的柳条上，箭矢射去，若能盒开鸽飞又不伤到禽鸟，便计一胜。

按惯例，皇子、诸王及大臣们都得下场，依次击射，开盒最多者胜出。

皇帝的金銮则安置在场边方台上的亭子里。苏晏随太子前去叩见时，景隆帝已携卫贵妃落座了。

卫贵妃已怀胎九月，再一个月便要生产，皇帝本想留她在宫中养胎，但贵妃非要跟来，说宫中憋闷，想出来散散心。太医也说临盆妇人最好多走动走动，将来生产时能顺利些。

皇帝只好应允，给她加了一倍的服侍宫人。

太子见完礼起身，皇帝皱眉："怎么磕破了脸，又是去哪里贪玩胡闹受的伤？"

太子尴尬地抹了抹脸，把黑锅捏着鼻子背了，到底没出卖伴读。苏晏在他身后忍笑。

景隆帝警告似的瞥了苏晏一眼，淡淡道："坐下，赐酒。"

酒是应节的菖蒲酒，里面放了朱砂与雄黄，苏晏喝得直吐舌头，又不得不一饮而尽。

朱贺霖记恨他磕破自己的下巴，让自己在父皇面前丢脸，又给他倒了一大杯，盯着他喝完，方才得意扬扬地下场。

朱贺霖虽年少，气力却不小，又好动喜武，射技经过名师调教，准头惊人。骑马劲射，接连十五盒不曾失手，雀鸟扑棱棱飞成一片。

末了他回过头，炫耀似的朝苏晏眨了眨眼。

苏晏酒劲上头，看他有点儿重影。

不只是场上的太子，还有豫王，包括一干皇亲国戚和朝廷重臣，他看着都有些轮廓发虚。

景隆帝留意到他潮红的脸颊和迷茫眼神，笑道："这才两杯，苏侍读的酒量未免太浅了。"

苏晏很想回答皇帝，他晕车，之前还吃了一碗半生不熟的过水面，反胃得厉害，否则绝不止这点酒量，可惜说不出话，只能摆摆手以示不胜酒力。

卫贵妃拈起桌案上一朵应节的石榴花，涂着蔻丹的纤指在花瓣上反复揉捏，最后将花朵搓磨成一团红泥，丢弃于地。她漫不经心地说道："不如让苏侍读下场射柳，活动筋骨，酒气也便散了。"

不等皇帝发话，她便示意身旁宫人，将苏晏扶下了亭子。

被河边凉风一吹，苏晏的酒意倒真消退了几分。旁边一名校尉递上弓箭，他接过来，站立着弯弓搭弦，瞄准了半晌，又向目标挪近几步，方才一箭射出。

箭矢歪歪扭扭飞出去，眼见要落向河面，不知怎么，莫名其妙地就射中了柳树上悬挂最低、个头最大的木盒。

负责登记的校尉高声叫："中啦！"片刻后，又叫，"怎么没有鸽子飞出？"

他爬上树，打开木盒，愕然拿出一只中箭身亡的鸽子。

周围一片哄笑声。

卫贵妃举袖娇笑："别人射盒，他射盒中鸟，一箭穿心，也算另一种好准头。"

苏晏尴尬道："我再试试。"又陆续射出两箭。

一箭一条鸟命，死状之惨，令人不忍目睹。

景隆帝无奈道："你这是射柳还是杀生？还是回位罢，要什么赏赐，朕给你便是了。"

"臣是真不会射箭。"苏晏撂下弓箭，走到亭子前向皇帝告罪。

景隆帝道："看你方才引弓的姿势就知道了。趁今日高手云集，你挑一个做师父，朕命他将你教会为止。"

"儿臣教他！"朱贺霖立刻叫道。

皇帝瞪了他一眼，嫌他身为太子却有失矜持。一道低沉浑厚的声音笑道："臣弟毛遂自荐。先前恩荣宴时，臣弟与苏侍读谈诗论道，颇为投缘。此番再共同切磋射术，也算效了一段伯牙子期的佳话。"

苏晏一听这华丽的低音，当即警惕地退了一步："别介，下官与豫王殿下不熟，真谈不上什么知音。"

豫王被他当众打脸也不恼，厚着脸皮答："清河可是担心外臣与皇亲有过从，引人猜忌，所以才撇清关系？放心，皇兄胸怀广博，宽厚仁和，必不会因此怪罪于你。"

他转头望向皇帝："臣弟说得对吧，皇兄？"

皇帝面色清淡，语调平静："四弟说得不错。既然如此，朕便将苏侍读交与你半日，看究竟能学到几分。"

豫王随意地朝他拱了拱手，一臂挽着弓箭，一臂揽着苏晏的胳膊，口中说着："殿后林子清静，正适合练射。"拽住一脸不情愿的苏晏，朝场外去了。

龙德殿后往西有片林子，不像别处那样人工雕琢，而是草叶蓊郁，古木参天，显得野趣横生。

林子深处隐约可见一座竹园精舍的檐角，屋顶用茅草覆盖，四围编竹篱，篱下皆蔬茹匏瓜之类。乃是设计建造时刻意为之，让天潢贵胄们也能享受到田园情趣。

苏晏此刻正站在林中一片稍开阔的空地，左手挽弓，右手拉弦，背后站着个尽职尽责的豫王殿下。

"王爷不言语指教便可。"苏晏满怀戒备地道。

豫王身材高大，肩宽腿长，闻言轻笑一声，不退反进，一手按他肩头，一手抬他腕下。

豫王用脚尖顶了顶他的腿弯："双腿再分开些，着力点落在两足之间。"

"身端体直，用力平和。勿弯腰——"

腰肋被狠狠一掐。

"勿挺胸——"

胸膛又被用力一拍。

这哪里是学箭，分明是故意报复！苏晏忍无可忍地松开弓弦，手肘猛地向后顶："起开！我不学了！"

"皇兄命你随我学射，清河莫不是想抗旨？"豫王将本就低沉浑厚的声线压得更低，竟带出一种烫金似的华丽感。

魔音灌耳般，苏彦打了个巨大的寒战。

"勿缩颈——"

苏晏腹内忽然波翻浪涌，一阵剧烈绞痛。

半生不熟的蒜泥过一遍水，与朱砂、雄黄、菖蒲酒实在难以苟合，像被强行按头拜堂的冤家仇敌，终于拍案而起，在他胃内大打出手。

他甚至连捂嘴都来不及，"哕"一下就吐在了豫王的绛紫色外袍上。酸臭污物顿时把织金蟠龙糊成了一团黏答答的大蜥蜴，沥沥地往下淌着黄水与一坨坨未消化的面疙瘩。

苏晏猛地推开豫王，踉踉跄跄冲出几步，手扶树干，继续吐，满地狼藉。

豫王一脸错愕地低头看自己的衣袍，酸臭味扑鼻，不由得也想吐……

苏晏吐空了胃，难受地抽着气声，满眼生理性泪水。胃酸腐蚀着咽喉和口腔，灼痛不已，他迫不及待想找水漱口。

豫王咬牙忍住反胃欲呕的冲动，瞪向苏晏，一脸想杀人的表情，额角青筋毕露。

就在此时，不知哪处传来一阵轻微的窸窣声，像有人小心翼翼地踩在草叶上靠近的声响。

苏晏忙着咳出嘴里残余的胃酸，并未听见。

豫王听见了却不转头去看，面上怒容迅速隐没，又浮现出平日里浪荡疏慵之色。他上前勾住苏晏的肩膀，扬声道："孤王也没对你用多大的劲儿，怎么就哭了呢？好啦好啦，不学就不学了呗，那边有水，带你去洗把脸。"

说着，便把苏晏往竹园精舍的方向搂去。

精舍的屋前确实有水源，泉水由一节节竹筒引入石槽，又向低处流淌进另一节竹筒，做成类似惊鹿模样的水器，颇有几分意趣。

苏晏用手舀水，痛痛快快洗漱一番，又喝了几口清甜泉水，方才减轻了喉咙里的烧灼感。

豫王被自己身上呕吐物的臭味熏得差点憋过气去，当即扒了外袍丢弃在台阶旁，又脱下中单，用干净的部分沾着泉水擦拭胸腹。

苏晏头一抬，正对着豫王赤裸健壮的半身，赫然见其前胸后背有不少陈年旧疤，纵横交错，像是锐器伤。其中一道最为凶险的在心口附近，许是因为敷过极好的金疮药，遗痕浅淡，但仍能看出当初狰狞的形状。

这道心口疤，与背部另一道略短的疤痕处在前后对应的位置，看起来像是贯穿伤。问题是，一个在京城养尊处优的亲王，身上为何有这么多旧伤？

苏晏正纳闷，豫王一边推门进屋，一边说道："屋内柜子里常备有衣物，劳烦清河为孤王更衣。"

苏晏可以给太子那个小鬼当保姆，却不想服侍一个大男人穿衣，边努力挣出手腕，边胡说八道："下官从小衣来伸手，连鞋带都不会系，更别说帮人更衣了，还望王爷海涵。"

鞋……哪来的带？豫王不解地挑眉。

精舍的木门被猛地推开，一个人影出现在门口。苏晏转头看，竟是个始料未及之人。

出现在门口的，是与苏晏同科的榜眼叶东楼，新任的户部郎中，豫王世子的西席。

叶东楼手扶门框，脚步虚软，似乎已负担不起身体的重量，秀气眉目间一片愤恨凄苦。

苏晏瞧这哥们的神态，再看看自己和豫王，觉得哪儿不对劲。

豫王从容地问："你怎么来了？"

叶东楼强忍悲愤："下官不期而至，坏了王爷的好事，这便向王爷请罪。"

"东楼言重了。"

"王爷可还记得自己说过的——人生在世，得一知己足矣，若是两心相知，纵只听泉赏月、抚琴对歌，亦是人间极乐事。言犹在耳，为何转眼就……"

叶东楼伤不伤心苏晏也管不着，无端把他这个局外人给搅和进来，苏晏觉得既荒谬又可笑。

豫王温声道："东楼何出此言？孤王对你可是仁至义尽。你看，你一说翰林院编修过于清闲无趣，孤王就给你谋了个户部郎中的职位，难道还不够看重你？"

"王爷知道我求的不是那些！"

"可你'不求的那些'，早就在孤王面前说出口了。东楼啊东楼，做人不可如此贪心，既要情义又要权势，有了权势，又想独占利益。"

叶东楼脸色极为难堪："我不是……王爷你信我……"

豫王嘴角挂起若有若无的哂笑："别闹了。出门洗个脸，然后回射柳场去。"

叶东楼不住地摇头。

豫王眉头微皱，牵起几许不耐烦之意，从袖中拔出一柄精致锋利的鱼肠短剑。

叶东楼遽然一震，被吓住了。

豫王却将短剑的剑柄塞入他的手中，箍着他的手掌，剑刃朝向自己："想要约束孤王，只一个办法，杀了我便是，不必作此苦情姿态。"

叶东楼手上挣扎着，想要松开这烫手的凶器，却被豫王死死摁住。他吓得语无伦次："东楼并无此意……王爷我错了，求王爷原谅我这一回……"

豫王这才松手，安抚地拍了拍他的肩膀："回去吧，别让同僚四处寻你。还有这柄鱼肠剑，乃是出自铸剑大师之手，是孤王珍爱之物，如今就赠予你防身，算是知交一场的纪念。"

叶东楼茫然垂手，捏着剑柄，失魂落魄地挪动脚步，走出门去。

豫王眯着眼看他离开院子，朝龙德殿方向去了，方才转身去内室的柜子里取新衣。

这一场看得苏晏直咋舌：无论这两人之间是真心结交，还是各取所需，豫王这种管杀不管埋的行为，恐怕只有一个字能形容——渣。

可惜再怎么渣，也是个挟权倚势的当朝王爷、天子胞弟，谁治得了他？

惹不起，躲得起。

待到豫王穿戴完毕出来，屋内早已空无一人。精舍篱门大敞，苏晏早就悄悄地溜走了。

豫王嗤笑一声："倒是机灵得很。不过无妨，这个不肯配合，总还有下一个。"

苏晏一路小跑出了林子，觉得身上的曳撒宽里宽裆直漏风。

他低头一看，腰带竟然不见了。也不知是吐完后被豫王拽去精舍路上挣丢的，还是方才穿过林子时被树枝挂掉了。

曳撒虽便于行动，少了腰带却好似一条窄袖百褶长裙，他不得不用双手拢住腰身，快步朝龙德殿的后殿跑，巴望着能碰上个内侍宫女，差他们帮忙找根新腰带。

他埋头疾走，几步跨上后殿台阶。牛皮长靴与麒麟踏云纹样的衣摆映入眼帘时，他收势不及，险些撞上来人。

苏晏抬脸一看，却是个相见不如不见的头疼人物。

对方正挡着前路，他躲闪也不是，转身也不是，只得尴尬一笑。

"怎么，这才过了两日，苏大人就不认识卑职了？真是贵人多忘事啊。"沈柒身着蓝缎平金绣曳撒，腰束银带，一双鹰眼盯着他，眉间似有戾气浮动。

苏晏干笑两声："千户大人言重。只是不知千户大人也随君伴驾来这东苑，一时没反应过来。"

沈柒将手中握的绣春刀的刀柄在苏晏的腰侧不轻不重地拍了拍，意有所指："苏大人奉旨学射，怎么把腰带给学丢了？可要卑职帮忙找找？"

这锦衣卫头子还真是无孔不入！苏晏不露声色地说道："想是在林子里学射时，被树枝钩落了，草深叶密不好找。不过是条腰带，再寻一根替换便是，微末小事，就不劳千户大人费心了。倒是千户大人，不去射柳场上替你们北镇抚司争光夺魁，到这后殿来做什么？"

"此处不是说话的地方，且随我来。"沈柒说着，示意苏晏跟上，拐进步廊侧边一间偏僻的廊庑。

苏晏见沈柒举动神秘，正要发问，沈柒关上房门，竖起食指，"嘘"了一声，示意他听隔壁屋子的动静。

苏晏靠近墙面，好奇地侧耳倾听，男女翻云覆雨的声响冷不丁撞了他一耳朵。男子听声音年纪颇大，污言秽语说个不停，女子只是低声啜泣，间或发出几声痛楚的呻吟，不住哀哀告饶。

这男的……声音似乎有点耳熟？苏晏一时想不起，但可以肯定是近几个月听过的。

他在记忆中快速回溯，忽然茅塞顿开，低声道："是奉安侯卫浚！"

沈柒点头："奉安侯奉旨在府中禁足两月，才刚被放出来，卫贵妃便向圣上讨了恩典，允许他来东苑参加射柳之戏。"

苏晏怒道："老流氓，好了伤疤忘了疼，竟还敢奸淫东苑的宫女，这可是犯了死罪！怎么，皇爷命你来拿他？"

沈柒似笑非笑："苏大人真是良善之辈。可惜要让你失望了，指挥使冯大人命我来暗中保护奉安侯，回头我便要将这宫女处理干净，以免授人以柄。"

苏晏知道这锦衣卫千户不是好人，心思缜密，手段毒辣，但没料到坏得如此坦坦荡荡，在他面前也毫不避讳。

沈柒见他眉头紧皱，却又强忍着不说话，微嘲道："卑职还以为，苏大人会心生不忍，为这无辜的宫女求情。"

苏晏心想，就知道套在这里等着我呢！我如果开口求情，这家伙搞不好来一个"你求我呀，你求我我就不杀她"，然后趁火打劫，让他又欠下一个舍命来还的人情。

哼，老子怎么能让你如愿。

苏晏当即一巴掌重重拍上墙壁，"砰砰"两声闷响。隔间之人像是吓了一跳，声音骤然消失。

沈柒赶忙抓住他的手腕阻止，苏晏随即一脚踢上墙面，发出更大的响动。隔间立刻传来低声咒骂与窸窸窣窣穿衣服的声音。

"你好大胆。就不怕被奉安侯发现，新仇旧恨一起算？"沈柒压低嗓音说道。

苏晏掌心生疼，有点后悔太用力，龇牙强笑："你说我要是出去堵他的门，然后站在走廊朝殿前大喊一声'有人逼奸宫女啦'！侍卫闻声赶来需要多久？就不知道隔壁窗户有多大，奉安侯能不能钻得出去。"

沈柒有些意外："胡闹！你不在乎那小宫女的性命，难道连自己的仕途也不要了？"

苏晏微微冷笑："她如今还能活吗？不是被你们杀人灭口，就是羞愤难当自尽，我把这事喊破，惊动天听，或许她还有一线生机。至于仕途，爱要不要吧！"

他甩袖就要冲出门，被沈柒死死拽住。

"你这是在逼我！"沈柒蓦然反应过来。

苏晏向来八面玲珑，说起场面话来滴水不漏，又擅长逢场作戏，哪里是这样莽撞的行事风格？分明是仗着两人还有那么点交情，用这一招来欲擒故纵罢了。

当他沈柒是什么人，能由着你搓圆捏扁？他很想诮笑道，那苏大人就闹吧，闹到最后一发不可收拾，看谁要吃大亏！

手下却仿佛不受这念头控制，紧紧扣着苏晏的腕子不放。

"我这是在撇清你。"苏晏转身注视他，"我知道你奉命去杀一个柔弱无辜的小姑娘，心底未必好受。手上沾染的鲜血多了，渐渐便以为自己麻木不在乎了，但一个人独处之时，午夜梦回之时，追忆往事之时，那种滋味犹如钢刀刮骨。我不希望你因为今日之事，再多添一刀。"

沈柒怔住了。

他当上锦衣卫十年，手下冤魂怨鬼无数，更有被折磨得人不人鬼不鬼的。有人骂他是夜叉罗刹，天生心肠狠毒；有人畏他如豺狼毒蛇，给他起个诨号叫"催命七郎"。

对此他从未在意，甚至渐渐觉得自己就该是夜叉罗刹，以旁人的忌惮与畏怖为食，才能刀枪不入。只有踩着堆成山的尸骸，才能爬到安枕无忧的峰顶。

如今却有个相识未深的少年，毫无惧色地注视他，语带怜惜地对他说知道那滋味有如钢刀刮骨，不希望他再多添一刀。

他发出令人不寒而栗的冷笑，想说：我只用钢刀刮过活人的肋骨，却不知被刮是什么滋味。这道刑叫作"弹琵琶"，刀尖拨骨，其声铿铿，煞是悦耳，苏大人可愿一听？

然而后一刻，却发现冷笑声与血腥话语，全被封在胸口一股涌动的情绪之下，如神器镇妖邪，竟不能渗出丝毫。

这股情绪，他以为早在十三年前就随着娘、八妹和九弟一起埋葬了。

"你可相信轮回转世，或者投舍还魂？"沈柒忽然开口问。

苏晏脱口道："我打小就不信邪。不是，怎么突然问这个？"

"你……是你父母亲生的？"

苏晏被问得莫名其妙："不然呢，难道是他们从垃圾堆捡的？"

"十三年前你在何处、做何事，还有印象吗？"

"有，作为一个早慧的神童，我在家一边吃着奶，一边背唐诗三百首——我说千户大人，你究竟想打听什么？"

沈柒面色阴沉，不再发问，随后摘下自己腰间的钑花银带，丢给苏晏："你我品阶相当，束带样式相同，暂时借你用。"

"你自己呢？"

"我还有备用的。"

苏晏道了声谢，把腰带系上。

这么一耽搁，隔壁的老流氓怕已经跑了，也不知那宫女怎样。

苏晏神色一动，沈柒便猜到他所想："放心，我不杀她。对上报个死讯，暗中放回民间，随便她要死要活。"

苏晏问："冯去恶这是铁了心要与卫浚同流合污？他图个什么？锦衣卫乃是天子手中亲持的一柄利刃，任何人妄图染指，都会被视为犯上。他不好好去抱皇帝的大腿，反倒和外戚勾勾搭搭，也不怕触了逆鳞？"

沈柒道："如今朝中几拨大的势力，文臣、外戚、宦官与锦衣卫，此消彼长，犬牙交错。皇爷今日重用文臣，打压外戚，明日又抬举宦官，钳制锦衣卫，无人可以永葆荣华，独善其身。如此一来，各势力之间只能临时结盟。"

"这种无根浮萍似的结盟能靠谱？"

"何止是不靠谱，翻脸如翻书的情况也大有所在。如今冯指挥使与奉安侯走得近，那是因为他去年也遭到了文官的集体弹劾，说他专权横行、滥杀无辜，因此被皇爷贬斥，当时是卫贵妃替他求的情。外戚主动伸手示好，冯指挥使自然也乐得顺杆上爬，在朝中多一份助力。加之卫贵妃即将临盆，倘若生下位皇子，母凭子贵——"

沈柒知道苏晏一点即透，不再继续往下说。

苏晏琢磨片刻，颔首道："我晓得了。那日挨廷杖，冯去恶要对我下杀手，是得了卫浚的授意。但我毕竟是太子的身边人，卫浚不敢明目张胆杀我，故而借刀杀人。眼下无刀可借，所以我的脑袋还能继续长在脖子上。"

如此说来，用来构陷太子的那本春宫画册，十有八九也是出自卫浚——不，这种宫斗中惯用的妇人伎俩，应该是卫贵妃的手笔。她想找个人混进东宫藏件东西，轻而易举。

卫贵妃之所以没有再出后招，一是因为皇帝罚了他这个东宫侍读一顿廷杖，等于变相敲打太子，顺了她的心意；二是因为她临盆在即，精力不济。

等到卫贵妃生产之后，倘若是个皇女，也许还会沮丧消沉一段时间；倘若是皇子……太子今后的日子，恐怕就没那么顺风顺水了。

"放心，卑职看苏大人的脑袋长得还挺牢靠。"沈柒刀鞘上移，拍了拍苏晏的两侧脖颈，"太子尚且年幼，恐撑不住这一侧。豫王殿下风流偶傥，不是还可以撑住另一侧吗？再说，皇爷时不时召你御书房侍驾，苏大人这是金大腿抱了一条又一条，还怕什么掉脑袋！"

沈柒语气淡漠森冷，透着股浓浓的讥讽味儿。

苏晏从不吃嘴亏，便笑眯眯地回道："我倒是想抱千户大人的大腿，可惜你这条腿不够粗长，怕给抱折了。所以呀，与其整天盯着下官，不如自家多修炼修炼，以防日后妖力不济，被哪方大能也给镇到塔底下去。"

他出门前又拱了拱手："多谢千户大人的束带，等下官回家换过新的，再将这条还你。"

沈柒脸色阴鸷地凝视苏晏的背影，怒气从心底张牙舞爪地弥漫出来。

他有八九分虎狼心性，唯剩的一两分温软，都把与了这个同他的罹难幼弟惊人相似的少年。

也有八九分欲望野心，身为小官员家的庶子，仅仅十年，就从小旗、总旗、百户，一路爬到千户的位置，自认为算是爬得快的了。

如今却突然发现，还远远不够快、不够高。

苏晏这一番说者无心的揶揄，仿佛火上浇油，将八九分的野心催发成了十二分，使他陡然生出一种情见势屈的急迫与危机感。

他紧握绣春刀，右手拇指在刀镡上慢慢摩挲，竟不觉将刀锋顶出寸许，割伤了指腹。

刺痛将他从浓重的思虑中唤醒。

沈柒抽出狭长锋锐的绣春刀，一带寒光映照满室心事。他盯着锋刃上滑落的那滴鲜血，如野兽般伸出舌尖，缓缓舔去。

谁也别想再杀小九第二次，冯去恶也不行。

苏晏从殿角钻出，悄悄混进侍驾官员的队伍中，去当沧海一粟。

此时射柳已毕，皇帝赏赐优胜者，太子不出意料地又夺了魁，笑逐颜开地谢过恩，见豫王慢悠悠返回，却不见自家侍读的身影。

"四王叔既已教射回来，为何不见苏晏？"他问豫王。

豫王自出了林子，便已换上平日里的散漫神色，笑道："苏侍读自觉学得差不多了，便告辞离开，臣也不知他拐去了何处。"

太子狐疑地四下张望。

卫贵妃面露几分倦意，对皇帝柔声道："皇爷，臣妾身子乏了，可否起驾回宫？"

景隆帝颔首，亲自搀扶她起身，一同出了凉亭。

凤辇就在一旁的台阶边上候着，卫贵妃扶着贴身宫女的手，正要登辇，一大团黑影霍然从天而降，正正砸在殿侧的台阶上。

鲜血飘飞，溅了卫贵妃一脸。

卫贵妃下意识地去摸脸上的腥热，先是惊愕茫然，随后发出一声凄厉的尖叫："啊——"

"护驾！快护驾！"侍卫亲军大喊，纷纷拔刀冲上前，将台阶团团围住。

卫贵妃尖叫着向后软倒，被一群宫人七手八脚地托住。

台阶上血流汩汩，血泊中躺着一具寂然不动的尸体，面朝下俯趴着，双手压在身下，着青色盘领常服，后背上的白鹇补子被鲜血染透。

一名侍卫上前，用佩刀将尸体翻到正面，赫然看清了死者的长相。

"皇爷，是户部郎中叶东楼。"蓝喜低声禀道。

景隆帝诧然："什么？"

"就是今年的新科榜眼。两个月前，皇爷下旨将他从翰林院调去户部，如今任户部郎中。"

景隆帝顿时回忆起恩荣宴时叶东楼文静腼腆的模样，同时也想起这擢升是豫王亲自来讨的恩典，皱眉道："怎么会是他？着锦衣卫去查查死因。"

蓝喜点头称是。

说话间，卫贵妃悠悠转醒，捧着高高隆起的腹部，惊慌叫道："本宫肚皮绷紧地疼，硬得像石头……太医！快传太医！"

景隆帝忙疾走两步，揽住她的肩膀安抚。

卫贵妃冷汗涔涔，说不出话，只是不断吸气。随侍的太医院院使汪春甫三步并作两步赶来，还未搭上脉，便见卫贵妃裙襕上一团水迹迅速扩散，将藕荷色布料染成了深褐色。

情急之下，汪春甫也顾不得冒犯，半跪着牵起卫贵妃的裙襕嗅了嗅，脸色突变："破水了！娘娘怕是即刻便要生产！"

"回宫……臣妾要回宫……"卫贵妃歪在皇帝怀中，死死拽住龙袖，疼得直哆嗦。

汪春甫禀道："娘娘离产期本还有二十来日，方才受到惊吓，羊水破膜骤出。

看这水量，怕是坚持不到回宫，倘若不及时生产，臣恐……臣恐……"

景隆帝沉声道："照实说。"

"臣恐拖得太久，路途又颠簸，羊水流尽，龙胎有窒息母腹之虞！"

景隆帝闭了闭眼，迅速做出决断："就在此处生产。着宫人立刻布置产房，准备一应热水器具。派一队锦衣卫飞骑回宫，接稳婆过来。在稳婆到来之前，贵妃的生产交与汪院使和两位院判酌情而定，不必有男女避讳，一切以贵妃与龙嗣的安危为先。"

汪春甫叩头领旨，立刻吩咐宫人将快疼晕过去的卫贵妃平放在肩舆之上，抬进龙德殿。

景隆帝深吸口气，没有即刻进殿，而是迈步去看尸体。

蓝喜赶忙劝道："尸体秽恶，有污圣目……"

景隆帝摆摆手，阻止他继续劝谏，走到尸体边上，所过之处，锦衣卫纷纷躬身退避，让出一条通道。

朱贺霖从小胆气远胜常人，除了他父皇，几乎可以说是无所畏惧了。听闻天降尸体，血溅玉阶，吓晕了卫贵妃，他怀着七分好奇、三分幸灾乐祸，当即尾随其后。

刚走几步，他就瞥见人群后方的苏晏正面沉如水地看着豫王。

朱贺霖大步流星走到苏晏面前，一把拉住他的手腕："走，陪我一同去看看尸体。"

苏晏之前还亲眼见叶东楼赶来竹园精舍和豫王闹情绪，最后捏着柄短剑，魂不守舍地离开。这才过了小半个时辰，一个活生生的人就变成血淋淋的尸体，实在令他难以接受。

他第一个怀疑的便是豫王，故而立刻去观察对方脸上神情。

而豫王也一样，将探究的目光投向了他。

两人以眉为针，以眼为镜，察言观色，彼此刺探，无声地交锋了好几个回合。

苏晏被太子拉着走近台阶，看清尸体面目，果然是叶东楼，又在印象中对比生前死后的模样，发现衣着服饰没有任何不同。

叶东楼并未打算下场射柳，今日依然身穿五品文官的白鹇补子常服，冠履配饰俱全，两只血手交叠拢在腹部，仿佛在护着什么东西，满面血污，依稀可以看出死前表情十分痛苦。

苏晏不由仰头望向龙德殿的最高处，但见斗拱飞檐，角兽蹲踞，黄琉璃瓦顶在阳光下熠熠生辉。

龙德殿是东苑主殿之一，高达十数丈，殿两侧辅楼也有三层。看叶东楼落地的位置，应该是从左侧辅楼的最高层，翻过外廊围栏摔下来的。

他听见身后人群中有官员窃窃私语。

"这才刚金榜题名，就死于非命，太惨了……"

"莫不是图登高望远，不慎坠楼？"

"上次恩荣宴，我听这叶榜眼作的诗，便觉得有股不祥之意。'闲愁只在青山外，独倚危楼最上层'，你瞧，这不是就从危楼最上层摔了下来，一诗成谶啊！"

朱贺霖蓦然握紧苏晏的手腕。

苏晏转头看他。

太子盯着尸体的腹部位置，低声道："你看他指间血迹和七窍流出的血。"

苏晏仔细端详，果然发现指间血迹是半凝固的状态，呈现暗褐色，而七窍流出的血则是较为新鲜的黏稠状。如此看来，出血的时间前后不一。

也就是说，叶东楼在摔下来之前，腹部就受了伤，所以他用两只手紧紧捂住，直到指间血迹半干涸了，才坠楼身亡。

太子一双剑眉拧起，目中放出凌厉的怒芒："我要禀告父皇，彻底搜查整座楼，让仵作好好查验叶东楼的尸体，看究竟是失足坠楼，还是遭人谋害。"

苏晏心念百转，沉默不语。

第五章　豫王朱栩竟

一名五品官员于众目睽睽下离奇坠亡。

文武朝臣与皇亲国戚们在射柳场黑压压地站成一片，交头接耳，等待皇帝定夺。

朱贺霖上前，在他父皇耳边低语了几句。

景隆帝点点头，吩咐将叶东楼的尸体抬去另一座殿中，交与仵作当即验尸。又派一队锦衣卫详细搜查左侧辅楼，看有没有留下什么蛛丝马迹。

所有陪驾来东苑的人员，无论地位尊卑，一个都不准离开，着内侍清点人数。

午后变天，刮起了风，碧空逐渐染上阴霾，密云不雨。台阶上浓重的血腥味四下飘散，伴随着卫贵妃生产的惨叫声，依稀从龙德殿深处传出，令人无端生出一丝不祥的寒意。

皇帝命锦衣卫盘问户部官员们，谁见过叶东楼最后的去向。下属的一名主事答，他之前见叶郎中孤身往龙德殿后方的树林去了，大约是在一个时辰前。

这时，搜查辅楼的锦衣卫前来禀告，辅楼上下空无一人，最高层的围栏并未损坏，周围也不见打斗痕迹。但在围栏对面，约一丈远的朱漆槛窗上，发现了几滴线状血迹，像是喷溅上去的，因为颜色与朱漆相类，险些漏过。

"血迹大约在这个高度。"这名擅长现场勘查的锦衣卫在自己的腰腹处比画了一下，"据臣的经验判断，角度是平溅，距离在一丈以内。"

跑腿的内侍也带来件作的初步验尸结果：叶东楼的腹部有一道锐器伤，伤口薄而短，皮瓣平整，应是被匕首、短剑所伤。因为剑锋短，只切到了肠子，并未透体而出。

那名锦衣卫在皇帝的示意下，继续推测道："当时叶郎中背靠围栏，腹部中剑。拔剑时，凶手用布料之类兜住喷血，但仍有几点溅射在槛窗上，未被察觉。叶郎中并未立死，以手紧压伤口止血，约有半刻钟时间，指间血迹半凝固后，才从围栏落下来，摔死在石阶上。"

刑部侍郎唐广源在一旁拈须思索："叶东楼为何没有呼救？若他大声呼救，楼下就是射柳场，多少都有人能听见。"

锦衣卫道："这正是卑职不解之处。倘若叶郎中当时昏迷，无法呼救，那又是如何翻越的围栏？倘若他是清醒的，那半刻钟内，他在做什么？和凶手之间是否有言辞交流？如果有，想必凶手是他认识之人，且不是寻常关系，才能让他受着重伤却无暇自顾。"

唐广源道："还有一个可能性——他的确是昏迷了，但凶手等了半刻钟，算准时机，才将他推下围栏。"

"什么时机？"蓝喜问。

唐广源踌躇不敢答。

景隆帝面沉如水，替他说道："贵妃走到阶前的这一刻。"

倘若真是如此，那就不只是杀害命官了，而是谋害龙嗣的大逆之罪！蓝喜的脸色霎时发白，周围官员中不知谁抽了口冷气，而后阒然无声。

一道不可言说的森冷阴影，沉沉地笼罩在当场每个人的头顶。

景隆帝沉声道："查，查个水落石出！"

他拂袖走向殿内，蓝喜急急跟上。皇帝的脚步略微停滞，吩咐一句，继续往前走。

蓝喜奉了口谕，转身来到豫王身边，客客气气道："豫王殿下，皇爷召见你，请随老奴来。"

朱贺霖在旁听了全程，此刻不自觉还抓着苏晏的手，正想与他再说点什么。蓝喜旋即又转过来，对苏晏道："苏侍读，你也来。皇爷命你在殿外候着，未奉皇命，不得离开半步。"

太子闻言皱眉："大伴，清河脸色不好，想是酒劲未消。让他随我去屋内歇一会儿，等父皇召见了再去，如何？"

蓝喜摇头，态度恭敬："皇命难违，还望小爷恕罪。"

苏晏抽出手："无妨，我之前吐了一场，现在舒服多了。"他朝太子拱了拱手，轻声说了句"少安毋躁"，就随蓝喜上阶。

"世叔，还请提点小侄。"苏晏边走，边向蓝喜低声求问。此番他有种不太好的预感，赶紧与这大太监多攀攀关系。

蓝喜翕动嘴唇，声如蚊蚋："林中有眼。"

苏晏先是悚然一惊，随后又觉得不出意料。

豫王是什么样的风评，难道身为他胞兄的景隆帝心底没数吗？同意他教习自己射箭，在群臣前全了豫王的面子，再暗中安插一两个探子监视，这太是老谋深算的皇帝能干出的事儿了。

精舍里那出狗血剧，估计全落在皇帝眼里了。他当自己是旁观者，可别人若当他是局内人呢？苏晏磨了磨后槽牙。

事情有点麻烦，但又并非全然无解。在殿外候召的时间，刚好可以用来思考对策。

豫王进入殿内，见景隆帝负手站在窗边，行礼道："臣弟奉召而来，皇兄有何训示？"

皇帝背对他，语声平静："二十七人。"

豫王微征，笑道："什么二十七人？皇兄这机锋，叫臣弟摸不着头脑。"

"这些年来，被你结交的'知己'总共二十七人。朕命人逐一登记在册，你可要看看，有无疏漏？"

豫王脸色一僵，忽然勾起唇角，笑意更深："不必了，皇兄胸有沟壑，所言极是。"

皇帝叹气，转身直视他："老四，你也该收敛收敛了！如此放浪形骸，你知道现在朝野内外如何议论你？知道朕每日要按下多少弹劾你的奏本，留中不发？"

"臣弟不知身犯何罪。"

"国之朝堂，所有官员都是选拔出的人才，不是你的后花园！"

"皇兄息怒，臣弟绝无此意。"豫王踱到桌边，倒了杯茶，端给皇帝，"臣弟的确爱结交士子，但也只限于吟风弄月，唱酬来往。这一不用强，二不胁迫，还不时帮他们排忧解难，再怎么说，顶多算私德有亏，也当不得什么大罪吧？"

皇帝不接茶盏："你去外头怎么花天酒地，朕都不管你。但官员不行，无论品阶多低，你都不该。之前朕没有发作，也是看在你没有逼迫他们的分儿上，但今日——"

"今日如何？"豫王端着茶盏，手指稳如磐石，杯中水平如镜，连一点波动都没有。

皇帝盯着他，目光冷凝，慢慢道："苏晏有才，朕要好好琢磨他，历练他，将来或可委以重任。今日你所行之事，朕不希望再有第二次，否则那些弹劾你的奏本，朕就在朝堂之上叫你当众一本一本念出来，让你也享受享受言官们骂人不见血的功力，再从严治你的罪。"

豫王将手中的御制黄釉杯放回桌面："臣弟今日也没做什么出格之事呀。刚巧他在那里，拿来当挡箭牌用一用而已。"

皇帝想把盛满热茶的黄釉杯狠狠砸在他亲弟弟脸上，手指动了动，想到太后，忍住了。他冷冷道："你再违逆朕，就滚去高墙。"

这下豫王终于变了脸色。

"高墙"并非一道墙，而是太祖皇帝专门为王室宗亲打造的监狱。曾有罪王之子从甫出生不久，就被软禁在里面，临老了出来，宛如白痴。被发往这座令人闻风丧胆的监狱时，有郡王在墙外以头撞壁，还有亲王宁可拔剑自刎也不愿被关进去。

豫王忽地大笑，振了振衣摆，朝皇帝并膝一跪："君要臣死，臣不得不死。皇兄若是厌弃我，尽可以将我发往高墙。我今夜拜别母后，明日便上路。"

景隆帝目光沉重，两腮肌肉苦涩地抽动了一下："槿城，你……"

"为避圣讳，我已改名'栩竟'，皇兄忘了么？"豫王抬头，笑得洒脱放荡，"还有封号，将代王改封豫王，臣弟深知皇兄的一片关爱与用心良苦。'豫'者，快乐安逸。皇兄你看，臣弟这些年不是一直都过得快乐安逸，不必守边，不必就藩，可以时刻在母后身边尽孝。臣弟心满意足，感恩不尽。"

皇帝看他，说不出话，只是盯着他前胸。

豫王顺着他的视线低头看了看："旧伤也已痊愈，并未落下病根，皇兄大可以放心。"

景隆帝将手掌覆上他心口处，半晌后收回，长长叹了口气："起身吧。"

"朕知道你心里有怨气，积了很多年。"

"臣弟心中不敢怀怨，只全忠孝，想把自己活成父母与兄长期许的模样——可惜还是偏差了，恶习难改，给皇兄丢脸了。"

皇帝无奈："你也知道丢脸！朝中年轻官员，一半见你都绕道走，就连新登科的进士你也没放过。那个叶东楼，究竟是怎么死的？"

"臣弟委实不知。"豫王神色黯然，"前几日还同舟共饮来着，转眼人却殁了，臣弟也心痛得很，还望皇兄彻查。"

"朕自然会彻查，但不是为了你，而是为了国法纲纪——"景隆帝停顿了一下，又道，"记住朕方才告诫你的，君无戏言。"

豫王问："若是他们主动来找臣弟呢？"

"没人像你这么不要脸！"景隆帝一巴掌扇在他脸上，"滚出去！"

"蓝喜，叫苏晏滚进来！"

苏晏笼袖躬身站在殿外候旨，忽然听见两声厉喝从殿内传出，一声"滚出去"是轰撵豫王，第二声"滚进来"便是传唤他了。

景隆帝素来雅度，不爱高声呵斥，看来这下是气得够呛，苏晏不禁有些心里打鼓。

余光瞥见蟠龙袍角扫过，他不禁抬头一瞄。

豫王的脚步也正好在他面前略做停顿，两人对了个眼。

苏晏朝殿内努努嘴：陛下问了什么，你怎么回答的？

豫王却半点没有与他对口供的意思，眼角藏笑，轻浮地吹了声口哨，径直走了。

苏晏恼火之下，在应对方案中选择了备选方案——他决定铤而走险，大闹一场。

蓝喜匆匆走出殿，在他耳边低声嘱咐"皇爷在气头上，多多顺承，切莫违逆"，将他领进去，又关上殿门退走。

苏晏见殿内一个侍奉的宫人也无，景隆帝坐在窗边桌旁，手里握着个黄釉茶杯，面沉如水，审视他的眼神幽深且冰凉。

苏晏深吸口气，稳稳地走到君前，下跪行礼。

"苏晏。"皇帝冷然开口。

不等他吐出第三个字，苏晏气沉丹田，抢先大声道："臣——有本要奏！"

皇帝微怔。

"臣非科道官，自知并无谏言监察之权，接下来的话也是以下犯上，但即使会被褫职也不得不说。"苏晏不慌不忙取下乌纱帽，放在身旁地面。

皇帝恍惚觉得这一幕极为眼熟，是言官御史们时不时要在朝堂上演的戏码——先把官帽一摘，以示骨头硬，不怕丢官掉脑袋，接下来便是指着某人鼻子骂个狗血淋头。他身为天子还得耐心听着，否则就会被指摘堵塞言路。

这小子，官没当几天，倒是把清流们的花样学得很溜。皇帝暗恼，冷笑道："这副架势，是要弹劾谁？"

不料苏晏道："谁都不弹劾。臣是身为苦主，来告御状。"

皇帝："嗯？"

"豫王殿下欲与臣私下交好，自恩荣宴至今，前后共计三次。他表情猥琐，用词暧昧，还捏我的手，气焰十分嚣张，是可忍孰不可忍，请陛下为臣做主！"苏晏一脸悲愤。

皇帝："……"

"豫王是皇亲贵胄，身份尊贵，但臣也是个清清白白的士子，书香世家。他若要仗势欺辱，臣便一头撞死在御阶前！"

皇帝见苏晏神情苦大仇深，左右顾盼，似乎在找适合一头撞死的柱子，不由以手扶额，叹了口气。

"朕知道你心里憋屈，不过以死明志的戏份就免了吧。"皇帝无奈道。

苏晏不依不饶："陛下这是怀疑臣做戏？那好，臣就一示丹心。"他起身，瞅准了皇帝所坐的圈椅旁，紫檀方桌那胳膊粗细的桌腿，闭眼撞过去。

皇帝眼疾手快，抓起靠枕丢过去。苏晏隔着个靠枕撞在桌腿，脑袋上立时肿起个包，"嗷"的一声叫。

"好了好了，适可而止。豫王也说了，没做什么出格的事。"

"这还不叫出格？"苏晏气愤道，"我从未见过如此厚颜无耻之人！"

"这个……怎么说都是豫王不对，朕会命他向你赔礼道歉，该出多少补偿，你看着要，别便宜了他。另外，朕已经狠狠训诫过，叫他日后离士子们远点。"

苏晏这才叩头谢恩。

皇帝糟心得很，不想再调解这种荒唐事，吩咐道："把官帽戴上，朕有话问你。"

苏晏见好就收，戴上乌纱，规规矩矩等皇帝垂问。

皇帝指了指侧边的圈椅，示意他也坐。

苏晏端正坐下，听得皇帝问道："叶东楼之死，你怎么看？"

对于景隆帝惯问的"你怎么看"，苏晏有点儿条件反射的警惕，总怀疑对方又在下套。

他斟酌后才答："臣对破案并无经验，只是一点愚见，倘若说得不对，还望陛下恕罪。"

皇帝摆摆手指，示意他别说套话、场面话，直接进入正题。

"臣只有两个疑问，第一，叶东楼坠楼前一刻，射柳场上少了谁？"他笑了笑，"不瞒皇爷，臣那时就不在场，按说也有嫌疑。"

那时他还在听奉安侯卫浚的壁脚，以及向锦衣卫千户沈柒了解朝中各股势力的详情，顺道还聊了冯去恶与卫贵妃的八卦。当然，这其中内情绝不能坦白，他打算被人问起时，就推说找腰带去了。

"场上人员众多，来来往往各操其事，当时少了谁，眼下着实难以确认。"景隆帝沉吟着，忽然眼底精光一闪，脱口道，"院画。"

皇宫仁智、武英两殿有不少供奉内廷的画师画士，平日里画一画帝王像、功臣像、花鸟围屏、佛寺壁画什么的，每逢重要节日或者大型活动，按惯例都会将当时场景绘画为记，称为"院画"。

此番端午射柳，也有内廷画师随侍圣驾，还不止一个。

叶东楼坠楼之前，恰逢太子夺魁，向皇帝领赏谢恩，如此重要环节，势必是要当场记录的，取那些画来细看，或许就能发现场中少了谁。

当然，也可能什么都看不出来。

凶手如果打扮成内官、宫女或侍卫，恐怕不会逐一入画，即便发现少了某个下人，也不知道是受谁指使。

但总归是个突破点。

"你这小脑瓜子还挺灵光。"皇帝用手指点了点他的额角。

苏晏拍马屁："是陛下心思敏慧。"

"还有个疑问呢？"

"第二，凶器何在？仵作说，叶郎中腹部有短剑或匕首造成的锐器伤。臣觉得，凶手刺中他后，不太可能还滞留在楼上，因为他要用短短半刻钟时间，逃离作案现场，以免被侍卫包围。这点时间，并不够凶手离开太远，而案发后龙德殿范围内已被封锁，所以凶手可能身怀血衣与凶器，继续混入人群中藏身，更有可能将凶器等证据藏匿在附近偏僻之处。只要以辅楼为中心，彻底搜查四周，就有可能找到凶器。"

景隆帝点头，又问："凶手刺中叶东楼后，若立刻逃离，又是如何计算布置，恰好在半刻钟后让他坠楼？"

苏晏想了想，说："叶东楼重伤昏迷后，凶手将他架在围栏边沿，找个支撑点，用机关连接到计时器……但凶手又怎么预料贵妃娘娘走到阶下的准确时刻？这一点臣想不明白。"

皇帝盯着他："你认为，凶手的真正目标不是叶东楼，而是卫贵妃和她腹中胎儿？"

苏晏摇头："臣不好说。也许并没有机关。叶东楼重伤挂在围栏，半昏迷时肢体抽搐，自行滑坠，意外惊吓到了贵妃娘娘。"

皇帝啜了几口冷茶，沉思不语。

正在这时，有宫人急匆匆赶来传讯。蓝喜一听兹事体大，忙进殿禀报，说卫贵妃顺利产下一位皇子，母子平安。

景隆帝自十六岁大婚以来，只得三女一子。太子朱贺霖是已故章皇后所生，其余三位公主均为庶出。

皇帝并不热衷女色，心思不在后宫，导致有位分的嫔妃屈指可数，没有十分独宠。后位空悬数年，也没有再立继后的意思。朝臣们认为君王子息单薄，非国家社稷之福，屡次劝他多纳妃子，但至今不见什么成效。

故而卫贵妃新入宫才两年，就怀了龙嗣，又颇得圣眷，很是受到朝堂上下的瞩目。而今一举得男，可想而知，那些年年催着皇帝多生儿子的朝臣们，该是如何欣喜若狂。

苏晏忍不住偷看皇帝脸色。

皇帝面上是有喜色，然而也喜得有限而矜持。他搁下茶杯，对苏晏说了句："朕去看看卫贵妃，你退安吧。"

又转头吩咐蓝喜去殿外传旨，继续封锁现场，命锦衣卫以辅楼为中心，彻底搜查四周，寻找凶器。另外，取画师们今日所有的院画，封存入匣，等他探望过贵妃母子，再当众开启。

出了殿门，苏晏觌面便看见掌印太监那张表情复杂的老脸，正注视着他。

两人走远几步后，蓝喜方才叹道："贤侄好手段哪！能在皇爷面前拿腔作样、进退自如的，除了小爷，咱家还是头一回见。不，就连小爷都没这般纯熟火候，佩服佩服。"

苏晏想起方才告御状的情形，后知后觉地难为情起来："小侄稚拙，让世叔见笑了。"

"有什么见笑？只要能哄好皇爷，让他信任你、垂怜你，就是天底下最大的高明。"蓝喜笑眯眯地看他，仿佛在看一件可居的奇货。

苏晏心道：这话说得，我想当权臣，又不是佞臣。转念一想，绝大部分太监也就这点思想觉悟了，不是个个都能成为怀恩、郑和。这蓝喜虽说对我不尽真心，倒像有几分结盟互利的意思，但他毕竟在宫中经营多年，势大根深，目前是友非敌就已经很好了。

两人刚走到殿外，便见朱贺霖大步流星地走来，面色不善，想必也收到了新皇子诞生的消息。

蓝喜是宫内修炼卅年的人精，当即行礼说"老奴去传旨"，一句别的没有就告退了，留下苏晏单独面对太子爷的无明怒火。

虽说太子是个无法无天的小霸王，但苏晏对他的性子摸得有七八分透，每次都能成功灭火，故而也不嫌伺候着麻烦了，反倒看他这一副气鼓鼓的模样，跟狗子夯毛似的，觉得有几分可爱。

朱贺霖几乎是奔到苏晏面前，狠狠喘几口气，铁青的面色缓和了不少。他问："父皇没为难你吧？"

苏晏没想到他第一关心的问题不是新皇子，有点意外，也有点感动，嘴里答："皇爷宽容仁慈，殿下慎言。"

朱贺霖左右看看，拉着他往僻静处的偏殿里带，跟随太子的内官和几名侍卫则立刻把住了殿门。

"卫氏生了个儿子，这事儿你知道了吧？"太子闷声闷气道。

苏晏在他面前心情放松，套话也不说了，直入正题："知道。小爷可是心里不舒服？"

朱贺霖违心摇头，"哼"了一声，又大大方方点头："在你面前，我就不装了——的确，我心里不舒服得很。"

苏晏知道，独生子当久了，对父母的第二胎必然心怀抵触，年龄差距越大，抵触心就越强。更何况朱贺霖身份非凡，牵扯到的局势与利害关系更加复杂。

这其中最要命的，就是储君之争。

一个刚出生的小婴儿与朝夕相处的朱贺霖比，他当然毫不犹豫地选择后者。更何况，卫贵妃本身就不是省油的灯。卫氏一族嚣张跋扈，奉安侯又时刻想捏死他，于公于私，他都不会眼睁睁看着太子陷入困境。

苏晏想：卫贵妃怀疑我是太子党，我还真就是了，怎么着吧！

他拉着朱贺霖坐上殿内一张三面镂空围子的鸡翅木弥勒榻，共同盘了腿，促膝而谈。

"别担心，论长幼，论嫡庶，都是小爷占绝对优势。皇爷对小爷的厚爱，从来就没有削弱过，东宫之位稳着呢。"

"道理我懂，但民间都说，爹娘爱幺儿。何况我母后过世得早，即便与父皇有再大的结发之情，生死两隔，也就慢慢淡了。而那卫氏，天天枕头风这么吹着，我不担心眼下，担心的是将来。"

这话一出，苏晏对太子简直是刮目相看了。他本以为对方只是个半大的小鬼头，满心吃喝玩乐，顶多就是身体强健、脑子活泛，没想到还有未雨绸缪的远见。这是天生的智慧，有些人不点就透，有些人点了十万八千遍，依然是个混沌。

"你知道，当太子最怕的是什么吗？"

"为父皇所厌弃？"

苏晏摇头："这个是结局，不是缘由。"

"愚钝无能？"

"违法乱纪？"

看苏晏连连摇头，朱贺霖蓦然脸红，讷讷道："莫非是贪玩不爱读书……"

苏晏笑了："是草木皆兵。太子自己稳住，东宫地位才稳固。倘若被皇帝批评责骂几句，就惶惶不安、患得患失，听到点风吹草动，就草木皆兵，甚至企图先发制人，那么只要君主还有几分头脑，东宫就是自寻死路！"

朱贺霖没想到苏晏说得如此直白，简直就是逆言犯上。他的脸色并没有改变，却下意识地倾身过去，用掌心堵住了苏晏的嘴："我的清河！这话可不能乱说！"

苏晏却不管不顾，扒拉掉他的手掌，继续道："你看唐太子李承乾，嫡长子出身，取名'承乾'二字，就是有承继皇业、总领乾坤之意，八岁就被册封，储位本无可动摇——无论他在宫中如何玩闹，甚至称病拒不上朝，唐太宗也只是让魏征好好教导，从不曾有过易储的念头。然而他妄自菲薄，嫉妒胞弟李泰受宠，怀疑东宫之位不稳，于是起兵逼宫，结果事情败露，被废为庶人，流放黔州。一个被寄予厚望的太子，何以落得如此下场？还不是因为草木皆兵，自乱阵脚！"

朱贺霖收手捂自己的耳，孩子气地低声嚷嚷："我什么都没听见！你赶紧收回去，收回去。"

"这话也就我敢对你说，而且只对你一人说。"苏晏把太子的双手从耳朵上拉开，"其他人，有些是看不透，有些是看透了也不会告诉你，一来没这胆子，二来没这心意。朝臣也好，皇亲也罢，甚至是一个小小的内侍，人人都各有所图，有的图利益名声，有的图理想信念。而我图什么呢？我本就是宇宙间的漂萍，自从入朝为官，见识过笑脸相迎的，也见识过背后下黑手的。人救过我，我也帮过人，真话假话都说过，可那些都只是我的谋生之道。我就图活个自得其乐，不被人欺凌，也从未想过去欺凌别人。谁对我好，我就对谁好，投我以木瓜，报之以琼琚，还就是这么个朴素真理。"

朱贺霖翻手紧握住他，神情激动："清河，你知道我对你好，所以你也想回报于我，对吧？"

苏晏点头："没错。我是真心为你好，想看你长大成熟，精益求精，日后登基继位，护佑疆土子民，开创盛世，万国来朝。"

顿了顿，苏晏又道："我既然选择登上太子殿下这艘船，就要用我的微薄之力，为你劈波斩浪。当然，也是为了能依靠这艘船的庇佑，不为风雨雷电所苦。"

朱贺霖眼眶泛红。他咬着牙，重重道："清河，你我在此约定，永不相负！"

苏晏又笑了："所谓'约定'，实在是镜花水月。当下赤忱如火，真心如铁，待到日后变数来临，物是人非，徒增叹息。等闲变却故人心，却道故人心易变。"

朱贺霖的情绪被他彻底带动，竟有些焦急与惶然："我与别人不同！我永远不会变，你相信我！我也相信你！"

苏晏紧了紧他的手："我当然相信你，也相信你信我。我也希望，真有所谓的生死契阔。"

殿门忽然被轻轻叩响，成胜的声音在外面道："奴婢有要事禀报，是小爷吩咐过的事。"

朱贺霖转头道："进来。"

成胜躬着身进来，不敢抬头看太子。

"说吧。"

"皇爷刚给新皇子赐了名，叫，叫……奴婢不敢直呼天家名讳。"

"恕你无罪，说。"

"朱贺昭。"

朱贺霖怔住，嘴里喃喃道："昭，昭。"

他脸色煞白，眼眶却红得像要滴血，喉咙发出声音："天日昭……昭……"

苏晏看他神色不对劲，忙示意成胜先出去，关紧殿门。

朱贺霖眼白充血，额角青筋直跳，挺秀英武的五官显出几分扭曲的狰狞，又像是绝望的寒意。

他从弥勒榻上一跃而起，哑声道："你知道宗庙次序吗？始祖居中，二世、四世、六世位于始祖之左方，称'昭'；三世、五世、七世，位于右方，称'穆'。"

"二世称'昭'啊，清河！你说父皇给他取这个名字，是什么意思？！"

"不知道。我只知道一句老话，'司马昭之心，路人皆知'。"苏晏语声平静，"再说，你父皇是始祖吗？不是呀。你非得强行对号入座，也不怕太祖皇帝从皇陵里跳出来，打你个不孝儿孙。"

被他这么一说，朱贺霖的狂烈心绪如沸锅加了瓢凉水，顷刻冷静下来。

苏晏也下了榻，逼近太子，严厉地看他："我刚才说的，你都忘了？不可妄自菲薄，不可草木皆兵，不可自乱阵脚！"

朱贺霖心虚地垂下眼皮："我没忘……"

"没忘就好，打起精神来。你是大铭储君，国之根本！"苏晏负手而立，腰身挺拔，如苍松直立于千仞之壁。

朱贺霖猛地抹了把脸，擦去所有犹疑、担忧、动摇与浮躁，清了清嗓子，铿然答："我知道了。"

苏晏满意地笑了。

"接下来，我该怎么面对父皇，面对卫氏，面对那个新弟弟？"

"勤勉忠孝。不卑不亢。春风拂面。"苏晏分别给了他三个答案。

"春风拂面的意思是，让我对那小东西态度温和，不要心生嫉妒？"

"不，你可以嫉妒，可以不喜欢，这是你的权利和自由。但你不能犯傻，不能让旁人看出你的嫉妒和不喜欢，以免授人以柄，找到攻击你的理由。"

"那我整天装着，该有多累。"朱贺霖抱怨归抱怨，心里打定主意要听苏晏的。

苏晏拍拍他的胳膊，笑道："至少在我面前无须伪装啊，你我可以坦诚相待，忘了吗？"

"我绝不会忘。清河也别忘了你说过的，坦诚相待。"朱贺霖定定地注视他，斩钉截铁。

苏晏颔首，又提醒："后位空悬，这是皇爷对先皇后的情分。你要小心，莫让这情分被人夺了。我估计卫贵妃有母凭子贵、晋升位分的企图，无论如何不能叫她得逞。继后之子，也算嫡子，你不能给你的对手任何翻盘的机会。她若是想用儿子来邀功请赏，那么咱们就要让卫家犯错，犯大错，把她的功劳给对抵了。"

朱贺霖点头："记住了。"

苏晏叹口气："这下我真是铁打金不换的太子党啦，搞不好要替你操一辈子心。你得保我一世荣华富贵，否则这买卖就彻底赔了，我连棺材本都得折进去。"

"你当我是笔买卖！"朱贺霖失笑，佯怒地推了他一把，紧接着，又张开手臂紧紧拥抱他。

"清河，我知道你不图功名利禄。我保证，只要有我在的一天，你就有自得其乐、顺顺心心的日子过。"

谁说我不图功名利禄？给我钱，再多都不嫌多；给我权，多大都不嫌烫手。我的话里有几分真心诚意，几分借势而为，连我自己都说不清楚，你个傻小鬼，别被我忽悠瘸了！

苏晏伸手，抱住了太子开始抽条拔节的少年身躯，最后只吐出一句感慨与许愿：

"你可得长命百岁啊。"

这个肝胆相照的姿势保持得久了些，苏晏有点胸闷气短，扒开太子的胳膊："殿下该走了，回头若被皇爷发现不在场，怕要四处寻你。"

朱贺霖点头，整了整衣襟，走出两步，又回头盯着苏晏的腰身看。

"我才发现，你腰带换了，午前不是这条。"

苏晏："就是这条。"

"不是。"朱贺霖肯定地说，"同样是五品银钑花，早晨你来东宫时，我见是条软布带，只前面一片银质带銙。这下却变成硬革带，镶了一整圈带銙。你什么时候换的腰带？"

这条新腰带是千户沈柒从自己身上扒下来，暂时借给他用的。回到射柳场后，没有一个人发现这不起眼的小细节，如今竟被大大咧咧的太子察觉了，这叫什么，张飞穿针，粗中有细？

"你和我同乘一车来东苑，并未携带备用衣物、配饰，哪里又冒出这一条？"

"就是在林中学射时，被树枝钩落了腰带，寻不回来，这才央宫女随便找了一条暂用。"

朱贺霖瞪眼道："你真当我是小鬼，随意糊弄！宫女哪里去找五品官员腰带？好哇，我知道了，你与同僚私相授受！"

苏晏背上淌下一滴冷汗，面色从容道："什么'私相授受'，那讲的是男女大防。小爷还是好好念书，念正经书，别瞎看那些民间话本，否则被太傅们发现，又要罚抄四书五经了。"

朱贺霖狐疑地看他："要不，就是跟哪个官眷暗通款曲？"

苏晏扶额："'暗通款曲'这词儿你又是从哪学来的？最近又偷着出宫买新话本了？上次《春闺风月》的事还没长记性？真想让我再挨廷杖啊？"

"那本劳什子春宫图真不是我弄来的，是有人陷害我，你明明知道！"朱贺霖涨红了脸嚷嚷，忽然想起拔步床的床尾暗格里偷藏的香艳话本，什么《月明和尚度柳翠》《张舜美灯宵得丽女》，心虚之下，嚷嚷声也弱了，"我只是……只是……"

他上前两步，手指愤愤地拽着苏晏腰带上的银带銙："摘了！用我这条！"

"小爷饶我一命吧！"苏晏叹气，拍掉了他的手。

朱贺霖当然知道擅用皇家器物是逾制的死罪，眼下气也泄去大半，不再理睬他，甩甩袖子，径自大步走了。

回到射柳场，苏晏见日头西斜，再过一个多时辰便要天黑。

恰好御驾从龙德殿内出来，景隆帝面色怡然，想是因为新得了幼子，老怀甚慰。

苏晏忙往人群里一插，将自己低调地藏好。

先前奉命去搜查凶器的锦衣卫，此时也回来禀告，说是在一处偏僻的草丛里，发现个胡乱刨开又掩埋过的浅坑，里面是一柄带血迹的短剑。说着，将剑垫在白布上，呈上来。

此剑长仅九寸，吹毛断发，剑身纹路曲折婉转，凹凸不平，剑锋末端靠近剑镡处，刻着个篆体的"钩"字，昭示此剑是由铸剑大师上官钩所造，因为样式仿的是专诸刺杀吴王僚的鱼肠剑，又名"钩鱼肠"。

皇帝一见这剑，目光一沉。

围观的几位六部重臣，其中一位失口道："这不是豫王殿下的爱剑吗？"

去年豫王做寿，上官钩亲自送上三柄剑作为贺礼，其中之一就是这"钩鱼肠"，在场贺寿之人都见过。豫王喜爱这三柄剑，见鱼肠小巧，便随身携带，除了上殿面君时摘除，其余时候从不离身，朝内众人皆知。

皇帝召豫王近前，指着剑问："这可是你的剑？"

豫王神色自若，答："是臣弟的剑。"

"为何染血，又为何抛埋在土坑中？"

"臣弟已将这柄剑赠与叶东楼，之后如何，委实不知。"

"何时所赠？"

"今日午时。"

也就是说，在叶郎中遇刺坠楼之前，豫王好巧不巧地送了他一柄剑？事后发现剑身染血被弃，又与死者腹部伤口大小吻合？在场官员们窃窃私语，却没一个人敢出言诘问。

刑部尚书王提芮在此刻挺身而出。

这位六旬老臣颈长如鹤，腰身略微佝偻，形容不甚美观，却素以执法严明、刚正不阿而闻名朝野。他拱手道："佩剑染血，疑似凶器，又曾赠予叶郎中，豫王殿下与此事或有勾牵，还望陛下不徇私情，彻查此案！"

景隆帝知道这位老臣执法多年，说话一贯直来直往，对事不对人，倒也没有动气。那厢豫王当即反驳："就算此剑是凶器，也不能证明与孤王有关，就不能是凶手拔了东楼佩在身上的剑，反过来刺伤他？"

"除了凶器，还有动机。殿下与叶郎中关系匪浅，内中隐情自不必说，如何没有勾牵？至少也是个嫌疑。"王提芮梗着仙鹤脖子，针锋相对。

豫王不屑地笑了笑，不跟他争辩，朝皇帝拱手："臣弟对叶东楼之死，十分伤感难过，但问心无愧。皇兄当知臣弟的清白。"

景隆帝淡淡道："无论是巧合，还是勾牵，双方都得拿出确凿的证据，证明对方有罪，或者自己无罪。若是都拿不出证据，那就从长计议。"

这话明着看不偏不倚，但说到底还是偏向了豫王。凶手杳无踪影，豫王一口咬定剑已送人，自己又去哪里找确凿证据？王提芮却迎难而上，铁铮铮道："那么还请豫王殿下举出物证或人证，证明自己与此案无关。"

豫王深吸口气，望向皇帝。

皇帝面色平静地回看他，并不作声。

终归还是不肯替他兜底，是想借此事敲打他一番，好叫他今后别再招惹官员？豫王敛目，心底冷哼一声，道："我有人证。"

王尚书逼问："谁？"

"司经局洗马，太子侍读，苏晏。"

苏晏正低着头，用鞋底蹑地上的蚂蚁，忽然听见提到自己名字，下意识抬头，与豫王投来的眼神对个正着。

这瞬间他仿佛听见了豫王的心声，还带着立体混响效果：苏清河，你可得替孤王做证，否则把你也一并拉下水，看最后谁更倒霉。

碰上你这么个死皮赖脸的王爷，我真是倒了八辈子血霉！苏晏心底大为叹气，无奈出列："臣为豫王殿下做证。午时，殿下奉命教臣射箭，就在龙德殿后的林子里。不久臣酒劲上头，呕吐不止，殿下好心扶我去竹园精舍休息。叶郎中此时来到精舍，与殿下叙谈，殿下当场取出这柄鱼肠剑，赠与叶郎中。臣不想搅扰了他两位，便自行离开，回到射柳场。之后的事，臣就不知道了。"

豫王奉命教苏晏射箭，这事在场的众臣都知道，但是其后的情景，仅靠苏晏的一面之词，并不能完全服众。

而明明在林中安插了探子，知晓内情的皇帝也不开口为豫王澄清，苏晏知道这八成是皇帝在借机敲打豫王，以惩罚他的素行不良。

自己的做证，既应付了豫王，也没得罪皇帝，但只能到此为止，不能再卖力了。

豫王直视王提芮，提高声量："王尚书指谪孤王有杀人嫌疑，可有真凭实据？"

王提芮只好朝他拱手："尚未有其他证据，不敢妄自指谪皇亲。老臣只是说，王爷与此事或有勾牵，如果没有，自然最好，清者自清。"

此时，锦衣卫指挥使冯去恶亲手端着个长长的木盒上前，禀道："皇爷命臣封存的院画在此。"

景隆帝领首道："开盒验画，朕要看看，案发前一刻，这场上究竟都少了谁？"

冯去恶启封开盒，锦衣卫当即将几幅长卷在台阶上一一展开，皇帝领着众臣，俯身细看。

其中一幅，画的正是太子得胜、领赏谢恩的场景。

从画上看，画师所处的位置应在较高处，居高临下，射柳场上众人行止，一览无余。

这是当代颇具盛名的画师商浦商莲洲的手笔，他尤其擅长画人物，笔法劲健，场面浩大，又工致细腻，色彩鲜明亮丽，人物栩栩如生。

苏晏忽然想起苏彦曾在故宫见过这位大师的《铭宣宗游猎图》，真正的国宝啊！没想到竟然能在这里见到大师的真迹，还是新鲜出炉的，不由心潮澎湃。

然后有个大臣一声惊呼，叫他澎湃的心潮猛然倒卷下来，劈头盖脸把自己扑了个四脚朝天。

那人叫道："快看辅楼上，那两人之一，不正是叶郎中吗？！"

众人一听，当即反应到，莫非另一个就是凶手，恰巧正逢其时，意外入画？纷纷探头去看。

只见画上的叶东楼身着文官常服，背倚围栏，正面瞧了个清清楚楚，神情尚算正常。而面朝着他、背对着画外的那人，穿一身竹青色曳撒，衣摆上彤色与橙色的四合如意云纹，以及上身柿蒂窠过肩蟒妆花的图样，既华丽又别致。

苏晏看着这装束，眼熟至极。

忽然发现周围所有人都在盯着他看。

他有些愕然地低头看自己身上，曳撒衣摆上一圈彤色与橙色交织的四合如意云纹……

"画上与叶郎中对立于围栏边之人，就是苏洗马。"王尚书一指苏晏身上的衣物，沉声道，"这便是最确凿的证据。由此可推，方才他为豫王殿下做的证，全然无效。两位一个是凶器原主，一个身在案发现场，若硬说没有嫌疑，叫我等如何信服？还请陛下圣裁！"

苏晏这下可算尝到众人侧目、千夫所指的滋味了。

王尚书这番话，像一只手揭开了被刻意掩扣好的箭匣，暴露出内中淬过毒液的锐刃来。更高妙的是，这只手是全然正直、清白且铁骨铮铮的。

面对众臣投来的质疑、鄙薄甚至幸灾乐祸的目光，苏晏侧过脸看了看另一位难兄难弟，发现同样深陷泥淖的豫王殿下仍然老神在在，甚至还朝他戏谑地挑了挑眉梢。

好吧，这位荒唐放荡的王爷至少还有一个优点——处变不惊，泰山崩于前而面不改色。苏晏心想，也许豫王仗着天子胞弟的身份，只要不犯十恶不赦的重罪，就能全身而退，而他却成了被扣屎盆子的替罪羊……开什么玩笑？

苏晏泛出个淡雅高洁的微笑，长身玉立，将魏晋名士的范儿学了个十足，负手岸然道："尚书大人容禀，这所谓的证据漏洞太多，实在称不上'确凿'二字。下官意欲自辩，不知给不给我澄清真相的机会？"

王提芮道："公堂上的犯人尚且有权自辩，苏洗马只是涉嫌，自然可以。"

他这句话，帮苏晏暂时堵住了其他想要落井下石的嘴。

"下官想请莲洲先生前来询问。"

景隆帝颔首，着人去传唤商浦。

商浦年过五旬，自号"莲洲画痴"，年初刚从民间受征召入宫，一手丹青即使放在人才济济的画院，那也是出类拔萃。

苏晏一见此人，便知道"画痴"两字当之无愧，这位仁兄心里大概只有绘画，对人情世故毫无概念。因为他一来，连御前礼仪都顾不上，扑到台阶吹掸画纸上的浮尘，痛惜地叫道："额的娘咧，哪个把画弄得一团邋遢，这都成撒咧？你看看，你看看，还有个脚印！"

人群中不知哪个官员没忍住，"扑哧"一声笑，又赶紧低头抿嘴。

苏晏轻咳一声，走到商浦身边，拱手问："在下司经局洗马苏晏。这幅《射柳得胜图》，请问莲洲先生作画时身在何处？"

商浦捧着画起身，这才想起面圣要行礼，忙又跪了下去，听得皇帝道："免礼，卿只管回答便是。"

于是，他回答苏晏："那个阁楼。"说着，转身指了指大致的方向。

苏晏略一望，点头："的确是可以看到射柳场和龙德殿的东侧辅楼。请问这个位置，是先生自己挑选的吗？"

商浦道："额原本选了廊桥，看得可广咧，但有个侍卫通知额，去阁楼画，说是桌椅板凳都摆好咧。"

"哪个侍卫，先生可还记得？能否指认？"

商浦想了又想，摇头："都穿一样儿的衣服，莫得印象。"

"多谢莲洲先生。"

苏晏转而对王提芮道："想来尚书大人也发现蹊跷了。莲洲先生之前选好的作画位置是廊桥，从那个角度本看不到叶郎中坠楼之处，却有一名侍卫将其引去阁楼，为的就是让凶手的身影入画。此举意欲何为？倘若那侍卫是凶手一伙，为何要自暴其恶行？倘若不是，事先知道命案将会发生，又为何不上报阻止？"

王提芮沉吟："确有可疑之处，但亦可能是个巧合。"

苏晏又问商浦："莲洲先生会不会看错，或者画错衣饰？毕竟场中人物众多，装束又各不相同。"

商浦被质疑了专业性，明显不悦："额绝对不会画错，几十年看家本事，难道都是白练的？"

"那么第二个漏洞便在此处了。"苏晏取过画卷，指着那个疑凶背影，"诸位大人请看画上背影，腰带是纯色的布带。这腰带的确与下官午前系的相同，是布带前镶一片银带銙。但午时下官在林中学射，腰带不慎遗失，遍寻不见，只得换了条备用的革带，至今仍系在身上。"

众人闻言，纷纷将目光投注到他腰间，见果然是条硬革带，前后镶嵌一整圈银钑花带銙，与画上腰带相差甚远。

"倘若真是下官去那辅楼上刺伤叶郎中，紧接着回到射柳场，短短半刻钟时间，如何来得及回殿更换腰带？由此只能得出一个结论——

"凶手早就预谋好，要栽赃陷害下官，故而在外袍内穿了一件与我衣色纹样相同的曳撒。下官回殿寻找新腰带的同时，凶手把从精舍回来的叶郎中骗上辅楼，脱下外袍，夺剑伤人，又用外袍兜了血迹，与凶器一同带走。他将昏迷的叶郎中挂在围栏，滑坠后惊吓贵妃娘娘，以致娘娘早产，又将凶器故意埋在土坑，让搜查人掘去，陷害豫王殿下。

"与此同时，他又使人伪装成侍卫，诱导莲洲先生无意间记录下凶杀前一幕，妄图靠院画一锤定音，将我嫌疑坐实。

"此人好狠的心肠，好毒的连环计，为了置下官和豫王殿下于死地，罔顾娘娘和龙胎安危，着实可恨！只是人算不如天算，他没料到我因故换了腰带，这才露出破绽。"

一气说完，苏晏走到御前郑重下跪，双手贴地，叩首道："臣蒙冤受屈，请陛下为臣做主！"

他长跪不起，一弯脊梁微微拱着，残月似的凄清。景隆帝垂目而视，沉默片刻，问："王尚书可还有话说？"

王提芮拱手道："老臣以为，这条腰带的确是个极大的破绽。但为了厘清真相，老臣还要请苏洗马最后证明一件事。"

"何事？"

"他说在案发前，去殿里换备用腰带了，可有证人？倘若无人可证，那他的嫌疑依然不能尽洗。"

苏晏心头一跳。

他有证人，却是个不能见光的证人——锦衣卫千户沈柒。

如果曝光了沈柒，势必牵扯到奉安侯卫浚逼奸宫女之事，又牵扯到指挥使冯去恶与卫浚勾结，命人替他的恶行善后之事。

打蛇打七寸，打不中七寸，蛇未死，反遭其噬。逼奸宫女是大罪，却没有实打实的证据，就算将那宫女寻来，当面对质，也难保女孩儿不会因为羞愧或恐惧，不敢指认奉安侯。而卫贵妃新生了皇子，正是烈火烹油的时候，若她出面为卫浚说项，十有八九能替他脱罪。

而沈柒呢，必被视为吃里扒外的叛徒，冯去恶手段何等残酷，哪里会放过他，怕是连死都不得好死！

为了清洗自己这一处嫌疑，便要搭上沈柒一条性命，这种事，苏晏做不出来。更何况，千户还从廷杖下救过他的命。

见苏晏迟迟没有出声，皇帝微皱起远山似的修眉，似乎有些踌躇。

而冯去恶身后的锦衣卫队伍里，沈柒看着长跪不起的苏晏，面无表情。五根攥着刀柄的手指，紧了又松，松了又紧，抻出毫无血色的蜡白。骨节从青薄的皮肤下支棱出去，像只不甘落网的枭鸟，因着求生本能而极力挣扎。

他紧紧闭了一下眼，脚下不由自主地向前迈出一步——

"小爷我替他做这个证！"一道清朗亢亮的少年声音，炸雷似的响起。

众人齐齐缘声望去，只见太子朱贺霖疾步走来，朱红衣袂行云流水地翻卷，身后跟着几个颠颠儿小跑的内侍。

朱贺霖扬声道："清河与孤同乘一车，备用衣物、配饰也放在孤殿中，他丢了腰带后，为免君前失仪，便来找内侍富宝。"

富宝随即接话："禀陛下，禀诸位大人，的确是奴婢招呼的苏大人，也是奴婢替苏大人换上了新腰带。"

"如此，王尚书可还有疑问？在场诸位可还有其他话说？"朱贺霖眼噙厉色，掠过王提芮，又扫视阶下众臣，稚气犹存的脸上竟隐隐显出几分鹰视狼顾之相。

王提芮振了振衣袖，正色道："老臣秉公执法，既与苏洗马无私怨，更无仗势威逼之意，还望陛下与太子殿下明察。既然人证、物证俱全，苏洗马当是清白无罪。"

豫王轻笑："还有孤王。王尚书可不能厚此薄彼。"

王提芮冷哼一声，似乎对这位王爷一副郎君领袖、浪子班头的做派很瞧不上眼。

豫王因为声名狼藉，早看惯了清流们的臭脸，并不以为意，朝皇帝拱了拱手："既然洗清嫌疑，臣弟就告退了。对了，等案子查清，真凶落网，还求皇兄将'钩鱼肠'赐还臣弟。"言罢，迤迤然走了。

景隆帝也不与他计较，只是问蓝喜："人头可都清点好了？"

蓝喜躬身献上名单："清点好了，除去豫王殿下与苏侍读，还有七个人当时不在场。"

此刻暮色降临，旁边宫人忙将提灯点亮，皇帝接过名单一看，卫浚也在其中，嘴角微不可察地往下压了压。

"汪院使，贵妃能否起驾回宫了？"

汪春甫禀道："娘娘产后虚弱，最好先卧床休养两三日再回宫，如此较为妥帖。"

皇帝颔首："那朕就陪贵妃在东苑小住几日。恰逢端午，众臣也不必上朝了，休沐三日。且将名单上这七人安顿在东侧洪庆殿与南侧崇质殿，待明日天亮，再详细调查。豫王也留下，住中路重华殿。其余诸位皇亲大臣，由锦衣卫护送回城。"

蓝喜领旨前去安排。

苏晏未得皇命，还跪在地上，这会儿正琢磨着是不是皇帝把他忘了，自己要不要悄悄起身，混进回城的队伍里去。

却见景隆帝踱到面前，亲手扶起他，淡淡道："你也随他们七人一同住下。"

苏晏微怔，忽觉手臂被皇帝捏了一下，仿佛意有所指，心下恍然："臣遵旨。"

是夜，景隆帝为了迁就不宜移动的卫贵妃，驻跸东苑最西的龙德殿。太子居于西路宁福宫。御林军与锦衣卫将这半个园林围成了个严严实实的铁桶。

中路重华殿作为豫王暂住之处，守卫也极森严。

东路的洪庆殿和南路的崇质殿就调不出那么多人手宿卫了，也只和寻常官邸差不多。

崇质殿又叫小南院，曾经软禁过前代一个倒霉催的皇帝。这皇帝倒霉到什么地步呢——北狩时被蛮子抓去，狠狠糟践了一年，最后蛮子还想要用他换重金与疆土。

结果朝臣们一合计，不划算，还不如另立新君，便把他弟弟推上了皇位。蛮子一看，人质没用了，又想一招——放他回来当搅屎棍。新君骑虎难下，只好将哥哥尊为太上皇，软禁在这冷宫似的小南院。

院深墙高，寒锁重重。本来过气皇帝打算在凄风苦雨中了此残生，结果峰回路转，八年后新君病重，拥护他的老臣们翻墙而入，又命士兵扛着巨木撞门，将他从小南院里劫出来，复辟登基。

枯木逢春的皇帝叹道，能出来真是天意啊，之后便把小南院围墙拆去一段，还下令从此不得修复。于是，这个与皇城南墙相连的豁口就一直留到了今日。

奉安侯嘴上推说不敢住帝王故居，其实心里嫌晦气，便独自霸占了洪庆殿，将其余人等都赶去小南院。

如此一来，六位有头有脸的官员，加上侍从小厮，还要再加个奉命来凑热闹的苏晏，在崇质殿里难免住得局促。

莫说保证不了独灶，晚膳得一起吃食堂大锅饭，连沐浴用的热水都得排队烧，一个个轮流洗。

用晚膳时，今科状元崔锦屏端着饭碗，往苏晏身边一坐，感慨：“我原以为，金榜题名就能青云直上，没料整日埋首笔墨不说，如今还要遭这等无妄之灾。”

苏晏咽下嘴里的溜肉段，不以为意：“这叫什么灾？你看这有荤有素有汤，还有热水大床房，小弟已经很知足。”

崔锦屏没料到苏晏如此洒脱，接着道：“清河兄日里受了大冤屈，眼下还能这般淡定自若，宠辱不惊，实教愚兄佩服。只是不知，陛下为何要命你也留下来？莫非对你的清白还有所怀疑？”

苏晏瞟了他一眼，又飞快扫视大堂，看清有两个熟面孔——同科探花云洗、詹事府少詹事刘韦议，还有个只闻其名，不见其人的都察院右佥都御史贾公济。

苏晏在御书房侍驾时，见识过这位贾御史骂人的功力，那叫一个唇刀舌剑也杀人，弹劾东宫藏秽、有失国体的奏本便是他带头上的。

另外两个面生的没穿官服，苏晏叫不出名字，但看出他们彼此相熟，凑作一处说话，叽叽咕咕发牢骚。

刘韦议与贾公济应是有旧隙，品阶又相当，是势均力敌的正四品，便互相不给台面下，你一言、我一语地打嘴仗。

只云洗一人独自坐在角落，身姿峭拔，像株凌寒独自开的白梅。苏晏朝他笑，他也只是微微点了下头，面色清冷，如覆雪之湖。

崔锦屏见状，对苏晏低声道："探花郎清高得很，谁也看不上，这下肯点一点头，还算是给你面子了。我碰过一鼻子灰，不想再去搭理他。"

苏晏道："天性各异，冷面人未必不善心，屏山兄就担待点吧。"

崔锦屏有点不高兴："咱俩什么交情，你与他一句话没说过，竟然偏袒着他。"

苏晏笑着安抚他："是我错了，我该偏袒着你，说他是个没人情味儿的大冰块。"

崔锦屏这才转怒为喜。

那壁厢，贾御史骂着骂着，矛头逐渐转到太子身上，说詹事府专司训导太子，却形同虚设，而你刘韦议身为侍讲学士，平日里辅助太子学业，不尽其职，将太子教成了个厌学顽童，缺乏储君该有的德行。

苏晏搁下碗筷，走到刘韦议与贾公济面前，笑吟吟道："两位大人消消火。外面可都是锦衣卫，被人听见你们妄议储君，密报往陛下案头一递，谁也讨不了好。"

刘韦议如今看苏晏有点发怵。

全因贡试那日，他听从成胜公公的暗示，以为太子恶了苏晏，便徇私枉法，想将苏晏的名字直接从登记名册中划掉，若不是圣上忽然驾临，这事儿就成了。

谁料太子的心思是六月天、娃娃脸，说变就变，如今把个苏晏看得跟眼珠子似的。刘韦议无所适从，只能感叹天威难测，巴望着这事别被抖搂出去，否则苏晏要借太子的手治他，只怕到时候成胜还要反咬一口。

他心虚且忐忑，被苏晏这么一说，当即拍马屁："还是苏侍读深谋远虑，多谢提点。"

贾御史身为言官，是"嘴炮"中的战斗机，对他这怂样十分看不起，嘲讽道："一个狐假虎威，一个色厉内荏，倒是登对得很，可以搭台唱一出《新杀狗记》了。"

刘韦议自知骂他不过，灵光一闪，另辟蹊径："少耍嘴皮子！我看你这是对苏侍读心怀怨恨啊。当初他挨的五十廷杖全是拜你所赐，莫非叶东楼那案子是你做的，好拿来嫁祸他？"

贾公济怒道："你竟拿人命案诬陷我？我还道是你做的呢！叶东楼顶了户部郎中的肥缺，把你的亲儿子给挤出去了，难道不是你心怀怨恨，下完毒手又嫁祸他人？"

两人互相指斥对方是凶手，吵到气急败坏，袖子一撸动了手。刘韦议打不过，被贾公济摁在地上摩擦。

几名锦衣卫闻声而来，冲上前将两人分开，好说歹说地各自劝回房。

苏晏不认识的那两个官员见势不妙，也相携走了。

崔锦屏摇头："惹谁也别惹御史。难道不知先帝有句金口玉言吗？"

"是什么？"苏晏好奇地问。

"先帝偶尔在宫中唱戏，突闻巡城御史的喝呼声，问谁在此大肆喧哗？先帝赶忙停下，说'我畏御史'！"

苏晏想笑不敢笑，憋得难受，胡乱摆了摆手道："小弟先走一步，告辞。"

"等等，愚兄在后厨寻了壶酒，还想再与你对饮，一醉方休。"崔锦屏见他走得急，伸手想挽留，不料只捉住了衣袖，拉得苏晏一个趔趄，险些栽在从旁路过的云洗身上。

苏晏"啊"了一声，只觉后背被一只手掌托住，方才站稳。

那只手迅速撤回，像被蜂蜇似的。

竟是一脸冰雪凉意的云洗。

"抱歉抱歉，是我太过鲁莽。"崔锦屏连忙致歉。

"无妨。"

苏晏朝云洗拱手："多谢云大人施以援手。"

云洗又微微点头，冷冷地说了句"小心点"，径自走了。

崔锦屏吃惊道："他这么有洁癖之人，居然还肯出手扶你一把！清河兄，你可真是八面见光啊。"

苏晏失笑："哪里的话，我也意想不到。酒改日再喝，先回房沐浴，今日过得可真是跌宕起伏，累出我一身汗。"

第六章　刺客吴名

吴名在奉安侯卫浚回府的必经之路上，埋伏了整整一天。

其间无论烈日暴晒，还是蚊虫叮咬，他都未挪动过分毫，哪怕侯府家丁从路上来回走过好几趟，也不曾发现咫尺之外竟藏着个蓄势待发的刺客。

准备杀人的时候，他比沙漠上的骆驼更坚韧忍耐，比捕猎中的胡狼更狡猾谨慎，如蝎钩蛇牙，蕴含着仇恨的剧毒，只待致命一击。

然而，目标迟迟未出现。

卫浚被禁足两个月，唯恐又遭遇刺杀，只差没把自家府邸修成个兵营，轻易接近不得。吴名自从离开苏晏家，就开始寻找下手的机会，直至今日端午，方才等到卫浚离府前往东苑。

吴名打听过了，东苑射柳是年年的惯例，侍驾官员们卯时出发，大约申时回来，可眼下已至戌时，却仍不见官轿和仪仗。

他潜入卫府，听见随从向管事禀道："侯爷被圣上留宿东苑了，差小的回来报个平安。"

跟到一处偏僻角落，吴名拿捏住那个随从，逼问出卫浚住在洪庆殿，便打算趁夜潜入东苑，血刃仇雠。

皇城高墙挡不住他的飞爪百练索，更何况东苑南墙还豁了个口子。

亥时，吴名一身夜行衣，黑巾蒙面，悄然潜入东苑，没有惊动一个侍卫。

他搜遍洪庆殿，寻找卫浚的寝室，在一扇亮着烛火的隔扇窗外，听见屋内熟悉的声音。

是卫浚老贼！吴名小心地戳破窗纸，向内窥探。

只见卫浚正与一名肤色微黧、面目阴沉的中年男子据桌密谈。

那名男子身穿飞鱼服，腰配绣春刀，应是锦衣卫首领。

不知卫狗贼又与朝廷鹰爪策划什么阴谋诡计，吴名凝神细听。

卫浚皱眉责道："冯大人行事也未免太过轻率。杀人嫁祸本是一招妙棋，却为何连累到娘娘，险些害了龙胎！还好卫家列祖列宗保佑，才顺利产下皇子，否则冯大人你百死难赎！"

冯去恶冷笑："这可真是巧了。下官正想对侯爷说一声'佩服'，所谓非常人行非常事，为了杀一个区区太子侍读，连卫贵妃和龙嗣的安危都能置之度外。"

"你说什么？！这事不是你做的？"

"如此看来，也不是侯爷所为。那真是奇了怪了。"

卫浚急道："当然不是本侯！妇人产子，本就是一脚踏进鬼门关，若是早产难产，危险更大。府中家眷整日烧香拜佛，只求我侄女能顺利生产，怎么可能弄具尸体去惊吓她！"

冯去恶不紧不慢道："贵妃娘娘与我有恩，下官自然也不会做这种事。"

"那又会是谁？目的何在？"

"既然贵妃已平安产子，无论这个案子背后的凶手是谁，出于何种目的，于我们都有益无害。甚至，我们还可以借一借他的东风。"

"你是说……"

冯去恶笑容阴冷："下官以为，凶手夜里还会再次出手，将太子侍读苏晏刺杀于寝室之中，侯爷觉得呢？"

卫浚大喜："对！对！看今后谁还敢羞辱本侯！听说东宫偏爱他，我原本还不信，今日看太子那副包庇纵容的模样，啧啧，若他死于非命，还不知太子会如何痛心！哈哈哈哈……"

冯去恶道："小南院那边，下官早已安排妥当。"

吴名听得心底一惊。

这两人要杀苏晏，恐怕他的恩公正危在旦夕！

他本想等到锦衣卫首领离去，再突入行刺卫浚，十拿九稳。可如此一来，便赶不及去救苏大人。

一面是成功在望的复仇，一面是刻不容缓的报恩，选择哪个？

吴名犹豫了短短一息，便下决断，先救苏晏。

毕竟人死不能复生，而报仇雪恨的机会还有，不过再多等些时日，再多费些功夫。

他当即起身而退，借着黑夜的掩护，疾掠过层层屋脊，像一只灵巧的蝙蝠，飞进小南院高耸的围墙。

香柏木浴桶里注满热水，白雾氤氲，蒸得整个房间都暖润起来。

眼见内侍要把干花香料倒进水中，苏晏连忙阻止："我不用这玩意儿！也不用人服侍。"

小内侍道："哪个士大夫不用香呢。"

苏晏说："我是粗人。"

"您要是粗人，我们这些可不成了泥人。"小内侍笑道，依言收了香料，将装着香圆肥皂的盒子挂在桶沿，"那奴婢就先告退，还有两间热水要烧。"

内侍走后，苏晏插紧门闩，方才脱衣迈进浴桶里。热水一浸，百窍顿开，浑身疲惫丝丝缕缕消散，他舒服地叹口气。

不知哪个门窗缝隙里透进一点凉风，将桌面烛焰吹得忽闪了几下，又重归平静。

后颈枕着桶沿，闭目养神的苏晏没有发现，烛光将房梁上的一道黑影投射在屋顶。

那影子先是寂然的一团，继而从边缘支出手臂的轮廓，连接着越抽越长的锐影……

吴名用剑尖将窗户撬开一条缝时，看不见头顶的影子，却敏锐地感应到——房梁上有人！他瞳孔猛一缩，连人带剑穿牖而入，脚尖在桌面借力一点，倏地凌跃至半空。

他的剑细长如刺，速度极快，一点寒芒如流星飞电，向着潜伏在房梁上的黑影激射而去。

这是杀人剑，剑无名，亦无花哨架势，直击要害，敌方往往尚未回过神，便丢了性命。

房梁上的不速之客突遇骤变，反应却极快，一手钩住梁木，整个人向下荡了半圈避开剑光，另一手拔刀出鞘，刀锋横卷吴名的腰间。

苏晏在浴桶里震愕地仰头。

先是窗户骤然被撞开，飞进来一个黑乎乎的人影，然后房梁上竟还藏了个人，两人在他头顶刀来剑往，打成一团。

什么情况！

苏晏霍然站起，单手撑桶沿，在飞溅的水花中斜跃而出——落地时不幸踩到小球形状的"香圆肥皂"，脚踝一崴，被迫来了个侧身滑铲。

屏风在这记漂亮的滑铲中翻倒，挂在上面的衣物劈头盖脸罩了他一身。

苏晏摔得七荤八素，好容易缓过气，拖着剧痛的脚踝起身，快速裹上外袍。

房梁上的两人已落在地面继续缠斗，一个是持剑的黑衣蒙面人，另一个使刀的则作侍卫打扮。

"你快出去！等我拿住他。"那侍卫抽空转头，朝苏晏低喝。

苏晏觉得声音极耳熟，抬眼端详对方隐在八瓣帽盔下的眉目，吃惊道："沈柒？"

沈柒为何会突然出现在他房间，还偷偷摸摸地潜伏在梁上？那个破窗而入的黑衣蒙面人是刺客吗？如果想杀他，为什么第一时间没有对他下手，反而与沈柒打斗起来？

苏晏满心疑惑，又见两人打得比武侠电影还精彩，没舍得走，便扶着门框探头探脑地观战，打算一旦情势不妙，随时准备夺门而出。

观战片刻后，他看出了些端倪：蒙面剑客身手灵动又诡毒，擅长辗转腾挪，剑尖如附骨之疽追着沈柒不放。沈柒的刀法在窄小空间内有些施展不开，但胜在凌厉，故而一时分不出胜负。

"你奉谁的命来杀苏晏，是卫浚，还是冯去恶？叶东楼可是你所杀？"沈柒边招架，边用言语扰乱对方心神。

黑衣人仿佛被触动思绪，剑尖蓦然一滞。

沈柒趁机出招，刀尖直削他面门。黑衣人后仰避开，蒙面巾被刀风扯落。

苏晏正看得入神，黑衣剑客的真面目陡然曝光，倒把他吓了一跳："吴……吴名？"

"别打了！一场误会……哎哟！"苏晏边叫边试图挨近，险些被刀风剑影扫到。

打斗中的两人同时转头。

"躲远点！"

"苏大人小心！"

然后彼此对了个脸，双双露出戒备的神情，刀锋剑刃再次相接，进射出连串火花。

苏晏扶额："我说别打了！住手住手，都是自己人。"

沈柴狐疑地问："你认识这刺客？别被骗了。"

苏晏道："骗不了，我是他救命恩人，他还在我家住过半个月。"

沈柴脸色沉下来，紧盯着吴名，见这厮虽貌不惊人，但眉峰锐利如扬匕，目光仿佛寒夜星子、雪地剑芒，令寻常人不敢久视。无论什么来路，怀有这般身手，就不容小觑。

"这副眉眼，倒像在哪见过……"沈柴眯着眼，阴阴冷冷道。

吴名也在审视他，忽然眼中寒光一闪："你是那个追捕我的锦衣卫千户！我身上三道刀伤，均是拜你所赐！"

沈柴顿时忆起："嗬，你是暗杀奉安侯失手的那个蒙面刺客！被我追了半个京城，却原来做了缩头乌龟。你是怎么躲进清河家里的，跪地求他救你？"

吴名针锋相对："你不过是冯去恶养的一条狗，有什么脸在这里乱吠！"

眼见两人一言不合又开打，苏晏叫又叫不住，插又插不进，无奈之下，抱着脚踝跌坐于地，呻吟道："可疼死我……哎呀，我骨折了……你们继续打，别管我。"

每出一招，就伴着一声夸张的喊疼，再加一句"你们继续"。这还怎么继续？两人没奈何暂时罢兵，收了刀剑过来查看他伤势。

脚踝又青又紫，肿得老高，看着有些吓人。

沈柴将苏晏扶到榻边坐下，说道："且忍一忍，我去取药。"

"我有药。"吴名做的是刀头舐血的买卖，身上少不得带些外伤药。他从怀中取出一个小铁盒打开，黑褐色膏体散发出冰片与麝香的浓郁气味。

苏晏伸手去接，却被沈柴拦住："小心上当。一个不明来历的刺客身上带的，谁知是伤药还是毒药。"

吴名脸色冷肃。

苏晏推开沈柴的手，接过药盒，边给自己上药边说："我觉得他不是坏人。"

沈柴斜乜着吴名，心想这杀手来路不正，身上不知背了多少人命仇家。卫浚想抓他想得要发狂，若是他行踪暴露，极有可能连累苏晏。

卫家势大，暂时难以拔除，苏晏得罪过卫浚，本就危如累卵，更不能让这个杀手留下来搅和局势。

最好他再去犯险行刺，鹬蚌相争，无论死的是谁，我都乐见其成。

沈千户暗暗盘算着，对苏晏道："今夜你已是侥幸。你可知，冯去恶派手下伪装成杀害叶东楼的凶手前来暗杀你？我得知后，一路跟踪，寻隙将那两人做掉，收拾干净，这才换了侍卫衣服来见你，是想提醒你当心。"

苏晏一想，也有点后怕，明枪易躲，暗箭难防，被本朝最大的锦衣卫头子盯上了，以后怕是连觉都睡不安生。

"又被他们找到了个借刀杀人的机会。"苏晏喟叹，"以后只怕会越来越危险。我得想个法子，尽快扳倒他。"

"这次十有八九又是卫浚的授意。那老狗，阴魂不散，要是早被人刺杀，也就没有这么多事了，再放任他逍遥，还不知要残害多少人命。这些人命，一半要算在力有不逮的废物头上。"沈柒含沙射影地说给吴名听，祸心暗藏。

吴名转身便要离开。

苏晏叫住他："你去做什么？"

"做未竟之事。"

"你别犯傻，卫浚哪有那么容易刺杀。你只见他貌似独处，却见不到周围暗藏刀兵罗网。沈千户这是在故意激你，你听不出来？"

"他激或不激，与我何干。我心中有恨，手里有剑，想做什么，就做什么！"

吴名走出两步，忽然侧过头。他被烛光映亮的半张脸，苏晏看不见，而另一半陷入阴影的脸，坚执冷硬，如箭在弦。

苏晏被这股一往无前的气势击中，忍不住要起身，却被沈柒扣住肩膀，不得动弹。他挣不开，急急说道："吴名！我知道你报仇心切，但也要相信我，我会铲除这颗毒瘤！"

吴名道："想要铲除他，你付出的代价，比我付出的代价要高得多。"

苏晏微愣，方才回味过来——这杀手根本没把自己性命当一回事。都说命如草芥，有的人是这样看待别人，有的人却是这样看待自己。

他用力擂了一下床沿，怒道："你不要你的命，给我！这条命是我救回来的，谁敢随便糟蹋？你自己也不行！"

吴名在瞬间的僵硬后，又恢复了常态，语气枯冷沉寂："假使我能活着回来——"后半句戛然而止。

屋内黑影掠过，窗牖一声轻响后，再没了声息。

"然后呢？"苏晏茫然问面前的空气。

然后呢？

吴名跃上屋脊时，听见了苏大人的疑问，但他没法给出答案。

苏大人救他性命，为他疗伤，好饭好菜精心调养，将向阳透气的屋子让给他居住。哪怕他来历不明，又孤僻无礼，连个像样的武功招式都不愿传授，也丝毫不怪罪，没有半点当官的架子。

他却无一物可回报，甚至因为迟迟解决不了仇家，连累恩公险些遭遇杀身之祸。

忆及幼年父母双亡，家中赤贫如洗，他终日挨饿，是荒地里一棵青黄不接的瘦苗。新开的馒头铺老板可怜他，给了他个馒头，他揣回去塞进姐姐的枕头下，又跑去偷了两个。姐姐知道了，挽起满是补丁的粗布袖子，用竹篾狠狠抽他，哭着骂："背恩忘义，猪狗不如！我们家穷得清清白白，没有你这样的混账！"

他还了馒头，在父母灵牌前跪足一个时辰，方才得到姐姐谅解，从此以后再不敢偷窃。

姐姐出嫁后，忙着操持家务，伺候公婆、丈夫，没空教诲他。他年少叛逆，性子又执拗乖张，失手错杀官绅家的恶仆，就此离家别乡，浪迹江湖，终于还是辜负姐姐教诲，成了个认钱不认人的亡命之徒。

再后来，姐姐遭了卫老贼毒手，连个全尸都收不齐。原以为苦尽甘来，谁料却家破人亡！

如果仇恨是墨，他的五脏六腑、每根骨头都已染作漆黑，拿剑剖开皮肉，便能听见姐姐凄烈绝望的哭声，整日整夜在体内回荡。

他身为生者的意气，就维系在卫浚的死上了。卫浚不死，他就只能活成个行尸走肉，苟且于世。

这是姐姐去世后的头一次，他从无休无止的哭声中，清晰听见了她当年的教诲——

"背恩忘义，猪狗不如！"

言犹在耳，吴名无地自容。

哪儿来的"然后"？沈柴讥诮地扯了扯嘴角。

一个怀有死志的人，就像一柄出鞘无归的利剑，破釜沉舟，方能于绝境中成其事。吴名深谙剑道，如何不知？只拿这半句话来哄苏晏，甚至是哄自己罢了。

苏晏心里一股空荡荡的怅然，沉重又尖锐。

沈柴见他神情失落，嘲道："有人自己轻身犯险，你平白担心；我这里却是代你受过，倒不见你心生感激。"

苏晏回过神看他："什么？"

"以往这种事，冯去恶只放心交给我去做，今夜却不叫我杀你，你知道这意味着什么？"沈柒止不住冷笑，"意味着从廷杖那件事起，他就对我心中生疑，至今未消。他若是将今夜之事交与我办，考验我的忠心，或许还有几分挽回余地。可是他根本不找我，说明在他心中，我已然是个叛徒。"

"背叛之人，只有死路一条。"

苏晏意外道："怎么会这么快！我的确想过，你这么暗中护着我，冯去恶迟早容不得你，但你毕竟跟随他多年，他总归不会那么轻易下定论。"

沈柒道："冯去恶是个铁石心肠的人，哪有什么旧情可念。搞不好，我比那个成事不足的杀手死得还早。吴名若失手被擒，还能一剑了结自己。而我呢，诏狱里那些求生不得、求死不能的手段，我比谁都清楚，只怕到时，也比谁都惨烈。"

苏晏心里又是一阵难受，想这回是自己连累了沈柒。他本可以好端端当他的锦衣卫千户，恶贯满盈，却也风风光光，哪怕最后死于失势，也是杀人头点地，总好过受尽酷刑、生不如死。

沈柒故意把五分惨卖成十二分，窥看苏晏脸色，知道他是心软了。但这份推己及人的同情心，离真正的信任还差得远。

沈柒并不着急。他不仅擅长严刑拷问肉体，也擅长像撬开蚌壳一样，撬开一个人的精神意志。总有一天，对方会将自己深藏的秘密对他和盘托出。

到那时，他就会知道他的九弟是否还活着，或者以什么样的形态活着。

屋外骤然响起敲门声，在这静室中清晰可闻。

"谁？"苏晏警惕地问。

敲门声停顿片刻，又响起，伴随着轻声呼唤："苏大人，苏大人，烦请开个门。"

苏晏听出是先前提热水来的小内侍，问道："有何事？"

"有……要紧事。"

沈柒微声提醒："深夜敲门，必怀歹意，勿要搭理。"

小内侍的声音消失了。片刻后，另一个刻意压低的少年嗓音响起："清河，是我，快开门！"

这声音是……太子朱贺霖！

苏晏错愕之余，对这个天不怕地不怕、行事随心所欲的小太子很有些头疼。

门外面又说："清河，我知道你没睡，烛火还亮着。"

"我正穿衣，烦请殿下稍待片刻。"

苏晏对沈柒低声道："快走，从窗户走。被太子撞见你一个锦衣卫深夜与官员密谈，长八张嘴都解释不清。"

沈柒也不想节外生枝，便点头起身。

苏晏对着他的背影说道："千户大人又救了我一次。冯去恶若是真要杀你，我……"他在短暂的停顿之后，下定决心，"我便与你一同去面君，弹劾他与卫浚的罪行！"

缺乏真凭实据的仓促发难，几乎不可能成功，苏晏很清楚这一点。但无论如何，他也不能眼睁睁看着沈柒因为救他而丢了性命。

沈柒没有回应他，从外面把窗扇无声地闭拢了。

苏晏拖着伤腿走去开门，才开了半身宽，一个内侍打扮的少年游鱼般滑进来，朝外说了句"退下，敢乱说就割了你的舌头"，随即关紧房门。

这颐指气使的语气，不是太子又是谁。

"走得急，渴死我也，来给小爷倒茶，坐下说话。"朱贺霖挽着苏晏胳膊，曳行两步，觉得不对劲，低头看他脚踝，叫道，"你脚踝受伤了？如何肿成这样！"

苏晏忍痛笑道："沐浴时不慎脚底打滑，摔的。没事，上过药了，歇一晚就好。"

"沐浴也能摔跤，笨死你算了！你说你这三天两头受伤，能不能让小爷省点心？赶紧去床上躺着，我自己倒茶。"

苏晏胳膊搭在太子身上，一瘸一拐地走到床边，抱着腿挪上去。

朱贺霖见屋内浴桶还未收拾，一地的水渍，屏风也倒了，不悦道："这些下人是干什么吃的，也不及时给你清理，万一又踩到水呢。回头我就吩咐东苑的管事太监，好好治一治这班偷懒耍滑的东西。"

苏晏安抚他："是我没使唤他们来收拾，想着夜深麻烦，不如等天亮再说。我知道那里有水，会小心的。"

朱贺霖用桌上的提染紫砂大壶倒了杯冷茶，走到床边递给苏晏。

苏晏正好口渴，连喝了两杯后，摆手表示够了。

朱贺霖便对着壶嘴把剩下的茶水一饮而尽，抹抹嘴，吐了口长气。

"殿下黄夜来访，所为何事？"

朱贺霖摘下内官纱帽，擦了擦额际细汗，随手丢在地板上，把皂靴一脱，熟门熟路地盘腿坐上床。

"我想着白日的案子，睡不着，便想来找你说说话。你说父皇究竟是何意，明明你已洗清嫌疑，还叫你和这些个不在场的人住在一起，也不怕凶手真混在里面，又要对你不利。"

苏晏想起皇帝临走前在他胳膊上捏的那一下，说道："我猜，皇爷是想让我查这个案子。"

"查案？"

苏晏点头："这不在当场的几个人都有嫌疑，需要排查。但一个个审问，失了官员面子，又容易砌词狡辩，不若安插个桩子进去，悄悄打探。"

朱贺霖觉得有道理，转念再一想，仍是不高兴："父皇用你当桩子，却不顾及你的安危，好歹也要派些侍卫暗中保护才是。真真聪明一世，糊涂一时。"

苏晏赶忙捂他嘴："为人臣子，怎可对君父有怨言！叫第三人听见，走漏风声，不怕惹得皇爷发怒责罚？"

朱贺霖不服气地掰他手："我从小胡说八道惯了，父皇才不会因为一句话就和我翻脸呢！再说，暗室之内，唯有你我，哪来的第三人？"

"忠言逆耳，殿下听不进就算了。"苏晏抽回手，冷淡道。

朱贺霖最怕他突然冷脸，连声应："听得进听得进！谨言慎行，我知道，太傅们教过。"

苏晏这才笑了笑："小爷英明，知道我是一片好意。我自然是守口如瓶之人，但此处并不隐秘，恐隔墙有耳，不得不防。"

朱贺霖被他一敲又一托，什么火气都没了："好好，你说什么都对。那你说说，小爷我今日替你做伪证，算不算欺天地、昧道义？是不是储君该有的德行？"

这话叫苏晏猝不及防，噎了一下。

他见朱贺霖俊目圆睁，神情端庄，是很诚挚地寻求答案，不禁有些惭愧，觉得自己把好好一个苗子带歪了。

这位小太子，再怎么好逸贪乐，再怎么骄横飞扬，也总有旁人没有的珍贵之处，便是一颗赤子之心。

"殿下自己又是如何想的？"苏晏反问。

朱贺霖犹豫片刻，道："做伪证是错，但不得不做。"

"为何？"

"呃，圣人行事，尚且不拘方圆……对，我行事也不该受条条框框的拘束，只求正义、问本心。做伪证这种方式是错的，但却维护了公理正义，不叫清白者蒙受冤屈，不使犯罪者得以逃脱。也遵从我的本心，保护了清河。故而虽有错，但我不得不做；虽欺人，但我无愧于心。"

苏晏感慨："殿下长大了，有了自己的想法主张，臣着实欣慰。"

"真的？"朱贺霖喜形于色，转眼眉梢又耷拉下来，"你这语气我听着别扭……都说了不准老气横秋！嘴里说我长大了，心里却仍把我当小孩看，哼！"

苏晏早已习惯他的喜怒无常，笑道："是，臣出言无状，不该自恃年长，小觑殿下。"

"还口口声声'殿下'，口是心非，分明瞧不起小爷！"朱贺霖扑过去挠他腰间痒肉。

苏晏很是怕痒，被他挠得笑个不停，扭来扭去，不小心磕到脚踝，忙不迭告饶："不玩了不玩了！我脚疼！"

朱贺霖道："不玩就不玩。我也困了，今夜就歇在此处，你睡相好些，莫要踹我。"

苏晏当即拒绝："这里不安全，你还是回宁福宫去，省得被人发现太子不见，徒生事端。"

"就是因为不安全，我才要住下来。你是不是小瞧我？武师傅私下说过，我这身手，对上五六个大汉都不成问题！"

苏晏扶额叹气，还想再劝几句，登时又是一阵敲门声响起。

这都亥时过半了，还有访客登门？朱贺霖一脸不快："是谁？这么迟了还来，一点礼数都没有。"

苏晏心道你是十分钟前来的，难道就比他有礼数？

门外一道熟悉的低音说道："清河既然未睡，为何不给本王开门？莫非忘了前约？"

朱贺霖当即跳起来，压低嗓音恶狠狠问："前约？什么前约？你们深夜约在一处是要做什么？"

苏晏无奈朝门外扬声道："虽有约，却不在今夜，而是明日早膳后，王爷何意提前而至？夜深将眠，恕下官不便开门。"

"你们还真有约！"朱贺霖使劲拽他，"约什么了？你给我说清楚！"

苏晏摁住太子的手，解释道："就是查案的事。皇爷命豫王也留在东苑，又在散场后找他，不知吩咐了什么。黄昏来崇质殿之前，豫王便来找我，叫我多留意其他几人的言语动向，若有蹊跷之处，及时禀报，不要孤身涉险。"

朱贺霖冷哼："他说得倒好听，怎么不等约定时间再碰面，非要大半夜来房中找你？分明是不怀好意。我可早听说了，这位四王叔就不是什么正经人，你不许搭理他！"

"好好，我不搭理，这就去把他劝走。"

苏晏正要出言婉拒，朱贺霖忽然又拉住他的袖子，改变了主意："不，你放他进来。

小爷我倒要看看，他究竟想做什么。要是举止无礼，我便去父皇面前狠狠告他一状，叫他吃顿排头！"

他说着，左右顾盼，见屋子角落里有个放衣物的黄花梨圆角柜，一人多高。少年身量不甚长大，正好可以装在里面。

朱贺霖二话没说，拉开柜门就钻进去，又探出头，雄赳赳道："你且去开门。放心，有小爷护着，吃不了亏！"

柜门"嘎吱"一声关紧，苏晏瞪着衣柜，心道：这又是什么破事儿！当我这里是走马灯？

那厢豫王又在敲门。苏晏只好慢吞吞走过去，给他开了门，没好脸色地迎进来。

"下官刚要歇下，屋子简陋，连茶水也无，怠慢王爷了。"

豫王并不介意，扫视一圈，笑道："你这满地落花流水，一床枕横衾乱，不像独自歇下，倒像是和别人闹过什么大阵仗。"

苏晏扯动嘴角，皮笑肉不笑："哪里有什么别人，就我一个，王爷说笑了。"

豫王低头看了看他的足踝："伤着了？可要本王命人去请太医？"

"谢王爷好意，不必了，我已上过药，歇息一夜便能好转。"

豫王见他板着脸问一答一，不禁觉得无趣，自拣了张桌旁圆凳坐，示意他也坐下来。

"本王今夜来找你，凶案不过是个托词，实是为了来向你的做证致谢，同时也是道歉。今日皇兄也申饬过本王了，还望你不计前嫌，莫要拒我于千里之外，以后只当个朋友，如何？"

"……"

"清河这是不信本王？"

苏晏心想，你还有信用可言吗？嘴里懒懒答："王爷既然这么说了，下官也只能接受。道歉不必再提，日后莫要再戏弄下官便是。"

豫王笑道："如何才算戏弄？找你下盘棋，喝个酒，同去走马章台，不算戏弄吧？"

屋角衣柜里隐隐几声咯吱轻响，像有人磨牙。

"谁！"豫王当即转头，腰身陡然挺直，衣衫下肌肉绷紧，放在桌面的手攥成凤眼拳，好似一柄随时要振缨而起的长枪。

苏晏忙掩饰道："又在咬木料了。这小南院别的都好，就是常无人住，老鼠多。回头我拿竹竿敲一敲就跑了，不碍事。"

豫王狐疑地看了两眼衣柜，目光从衣柜又移至床前地板上皱巴巴的内侍纱帽，不动声色说道："凶手尚未擒获，你自己多小心。皇兄那般深谋之人，这一点竟也疏忽了，没给你安排个侍卫暗中保护。"

苏晏听他言辞中关心之意颇为真挚，面上方才微微有了笑影："无妨，我自会小心。再说，凶手未必就在这七人之间。"

"怎么说？清河可是发现了什么？"

"奉安侯尚且不论，他独居洪庆殿，我还未见着。另外六人，状元郎粗枝大叶，有魏晋遗风，不似阴谋之人。探花郎飘逸出尘，诸般俗务皆不上心，又有些趋避生人，下官实在难以想象他对叶郎中下毒手时的情景。

"贾御史言语刻薄，曾上折弹劾过东宫与我。刘少詹事的亲儿子本要升任户部郎中，却被叶郎中顶了差事。这两人互相指责对方有杀人动机，可我看他们心思流于外表，也不像是城府深沉的人物。倘若真是凶手，何以当众喧哗，自引人注目？

"还有两位官员，脸生得很，我还叫不出名字。"

豫王提醒他："是主掌外宾之事的鸿胪寺左右少卿，从五品。"

苏晏点头，接着道："这两人互相交好，凑作一处嘀嘀咕咕，我听是在发牢骚，抱怨奉安侯霸占新殿，又抱怨小南院伙食潦草、居室简陋，鸡零狗碎跟市井妇人似的。总之，不是大俗，就是大伪。"

豫王挑眉："你的意思是，这两人也许真就是这么不知所谓，也许是故意装得不知所谓？"

"不好说，可他二人似乎并无作案动机。这些情况，我也是在晚膳期间初有了解，其他还有待进一步调查。"

苏晏说完，起身拱手："目前得到的信息就是这些了，明日若还有新的发现，再告知王爷。下官劳累一天，实是困倦难当，这便要就寝，还请王爷恕下官无礼。"

豫王见他行走不便，也站起身想搀一把。

此举本是好意，可苏晏对豫王避如蛇蝎，连连后退时不慎撞上窗台边一张红漆雕填戗金琴桌，顿时失去平衡。桌面一张百衲琴滑落下来，直往他伤脚砸去。

豫王叫了声"小心"，一手抄住琴身，一手抓住苏晏的衣袖往回一带，避免了他后脑勺着地的厄运。

屋角衣柜的柜门"砰"一下被猛然撞开，太子跳将出来，疾步冲过去，指着豫王骂："住手！小爷就知道你要作妖！"

豫王仿佛早已猜到他在场："太子殿下不作妖，藏在衣柜里是要做老鼠？"

太子怒目而视。

豫王回之以哂笑。

苏晏头疼不已，单脚蹦跶到房门旁，把门一开，咬牙切齿道："下官劳累一天，实是困倦难当！"

该不该滚的都滚了，苏大人终于睡了个安稳觉。

翌日醒来，脚踝的肿胀消去不少，再抹一次药膏，胡乱推揉后塞进鞋袜里。他走了几步，觉得些许疼痛尚可忍受，便整理好衣冠，用小内侍提来的热水洗漱干净，走出房门。

早膳还是在大殿里用。几位留宿的官员，除了那对哥俩好的鸿胪寺少卿，其余各踞一隅。刘少詹事与贾御史每喝一口粥，便要用眼神相互砍杀三回合。

崔状元大马金刀地独占了主桌。他官位不高，傲气不小，觉得一屋子都是不堪为伍的浊物——云探花倒不是浊物，是冰做的奇葩，他也不想热脸去贴人家冷屁股。

见苏晏露面，他才泛出微笑，招手道："清河兄，这边坐。"

苏晏顾及尚未痊愈的腿伤，慢慢走过去，在崔锦屏对面坐下。宫人给他盛粥。他晨起不爱喝粥，便问："有包子吗？煎饼也行。最好再来碗胡辣汤。"

崔锦屏哂笑："你这是吃集市摊子吃上瘾了？可惜这殿中伙食都是统一备的，我之前也问了，不开小灶——"

"有有有！成胜公公交代了，凡是苏大人吩咐的吃穿用具，小的们必须一应奉上，就算没有，也得想法子变出来。还请苏大人稍待片刻。"宫人躬身退下，一路小跑着出了殿门。

崔锦屏当场被打脸，难免尴尬，面色也不太好看了，勉强笑道："这应该是太子的恩典吧。都说清河你颇得东宫青睐，依愚兄看来，这话说得太轻，东宫简直视你如手足腹心，连这些小事都面面俱到。"

他心里乐见苏晏得势，毕竟两人投缘，交情也算不错，苏晏得了势，日后想必也能提携他一把。但又隐隐尝到了嫉妒的滋味，就像一枚未经霜的柿子，酸里带涩，想着苏晏究竟有什么值得东宫如此看重？文字未必绝佳，殿试弹劾一事更像是歪打正着，就连在恩荣宴上做打油诗，都有哗众取宠之嫌。

而自己身为状元，写得一手锦绣文章，上知天文，下知地理，才思敏捷，过目不忘，却至今得不到重视，仍被埋没在翰林院的故纸堆中。要么皓首穷经，要么过几年转任六部或外放为官，又要从底层做起。

储相，储相，说得好听，几百几千个翰林学士，才能出几个内阁辅臣？更别说首辅了！

　　一念至此，崔锦屏不禁有些心灰意冷，暗自长叹：这苏清河，不就是靠上了太子，才能这般惬意吗？原来再多的正经学问，也抵不过陪着小太子玩乐一场。

　　正当他心绪起伏之时，宫人提了个食盒进来，将两屉蟹黄大汤包、一盘炸春饼并一碗胡辣汤、一碗鸭血粉丝汤，逐次取出，最后还有一碟切好的煎灌肠，琳琅满目地摆了半个桌面。

　　荤香扑鼻，可不比清心寡欲的白米小米粥搭配攒馅馒头诱人得多。大殿内其余几人纷纷伸长了脖子，尤其是鸿胪寺两位少卿，眼珠子都要投进鸭血粉丝汤里。

　　苏晏见都是自己早餐爱吃的几味，心想小鬼平日里霸道归霸道，关键时刻还挺贴心，昨晚在柜中偷听到他说起鸿胪寺少卿抱怨伙食潦草，便上了心，这不，早就备好了。

　　他大方地将碗碟往崔锦屏面前推："这么多我也吃不完，来，屏山兄，同吃，同吃。"

　　崔锦屏见他热情，对自己方才生起的妒心很有些羞愧，赶紧给用力摁下去，道完谢，拿了一碗粉丝汤和几卷春饼。

　　"蟹黄汤包要吗？"

　　"不用不用，我吃不得螃蟹，怕发疹子。"

　　苏晏想起恩荣宴上，探花郎似乎是喜欢吃螃蟹的，便端了一屉蟹黄汤包，走到云洗身边，放在他面前的桌上。

　　云洗不为所动地看他一眼，继续呂着粥。

　　苏晏笑道："这是谢礼。谢你昨晚扶了我一把，免我摔个斯文扫地。"

　　云洗这才望向笼屉中。

　　蟹黄大汤包一个便有巴掌大，饱满圆润，雪白晶莹，中央的皱褶细巧均匀，薄如纸的表皮几近透明，有种吹弹欲破的柔嫩，看着就令人食指大动。

　　苏晏见对方并未拒绝，便将吸汤汁用的荻管往他面前一递："先戳破，当心烫嘴。"

　　云洗接过荻管，轻声道："多谢。"

　　苏晏回位后，崔锦屏看着他啧啧称奇："我如今是真信了。"

　　"信什么？"

　　"坊间的闲言碎语呀。说进士游街时，个个都是凡间的好相貌，可独你苏清河是在玉山上行走，光彩照人，还说你是东君转世。你看这不是，连傲雪寒梅都给你催开了。"

什么坊间传闻，普通老百姓哪会说什么"玉山行走"，分明是这崔状元自己编出来调侃他的。苏晏作势拿汤匙敲崔锦屏脑门，笑骂："促狭鬼！"

用完了早膳，几位官员便在殿中等候调查，不料左等右等，枯坐半日，也不见有内侍来传唤他们见驾，就连查案人员也不见出现一个。

心急的贾公济想出小南院看看情况，却被守门的侍卫客气地拦回来，说大人们在殿内尽可以自如行动，就是不能出这道门。

贾公济问，什么时候才能被召见？或者派人来询案？

侍卫答，不知道，等呗。

用完午膳，如此又干坐到傍晚时分，几位官员反应过来了，皇帝不是忘了昨日的凶案，而是根本不想见他们，直接往小南院一关了事。

至于还要软禁多久……谁知道！

两个鸿胪寺少卿急得团团转。刘韦议和贾公济也坐不住了，寻衅又吵了一架后，气冲冲地各自回房。

就连崔锦屏也焦灼起来，私下问苏晏："你说，皇爷该不会抱着'宁可错杀，不可错放'的念头……"

苏晏失笑："你这想法够阴谋论，可皇爷却不是曹阿瞒。"

崔锦屏叹气："我不怕刑部拷问，就怕给这么不明不白地关在这里，关到老死。"

"那你昨日不在场，做什么去了？"苏晏问。

崔锦屏道："喝酒去了。我对射柳又不感兴趣，见席上菖蒲酒好下口，便想着去找备酒的仆役偷偷买几瓶。这些宫内筵席都是光禄寺准备的，他们一贯在采买中抄肥，从上到下都收银子。"

"买到了吗？"

"哪儿啊，钱使了，酒还没到手，就听说场中出事，赶紧回来了。"

苏晏侧头看了一眼在池边树下观鱼的云洗，又道："也不知云探花那时去了哪儿。他这人性子冷清，想是不耐热闹，昨日又穿一身补子常服，估计也没有下场射柳的打算。"

崔锦屏道："这我就不得而知了。你也知道，我与他素无交情，不关注他的去向。"

苏晏点头，不再多问。

掌灯时分，内侍请诸位大人出来用膳。苏晏见众人都在大殿，只吃了两口，便借口中午吃太饱积食，独自离开。

等进了走廊，他没有回房，而是悄悄拐去了刘韦议和贾公济的房间。

叶东楼一案，凶手下手时，如果是用外袍兜住喷出的血迹，事后想必是要处理掉的。但短时间之内，他埋凶器都嫌仓促，哪里还有时间细细处理血衣？如果他随手遗弃血衣，早就被耙地三尺的锦衣卫们搜出来了。

如此推测，为何始终找不到这件血衣？只有一个可能——这外袍是双层的，中间做了隔水处理。

凶手脱下外袍，身着与他花色相同的曳撒作案后，又将外袍翻一面，继续穿回身上，这样就能隐藏血迹和曳撒，毫不引人注目地再回到人群中去。

昨夜所有不在场的官员都在小南院沐浴，换下的衣物统一交由内侍宫女拿去清洗，却并未见到这件染血外袍和曳撒。

崇质殿宫人众多，这些官员们走到哪儿都有人亦步亦趋跟着，如果燃烧或掩埋血衣，不可能不被人发现，所以极有可能是被凶手换下来后藏在自己房间的隐秘处，等待风平浪静再销毁。

故而苏晏决定利用这顿晚膳的工夫，一间一间搜寻。

他先将刘、贾两人的房间搜了个底朝天，没有可疑之处，又潜入两位鸿胪寺少卿的房间，也是一无所获。

只剩下崔锦屏和云洗的房间尚未搜查了，苏晏想了想，决定还是先搜云洗的。毕竟这位仁兄恪守食不言的君子之礼，吃饭快得很，不比崔锦屏爱喝酒，至少要再拖两刻钟才回房。

更何况崔锦屏当时去找光禄寺的仆役买酒，有不在场证明。

云洗的房间收拾得极简洁干净，所有物件都端正摆放在应该在的位置，一丝不苟。房中燃过熏香，但余味并不浓，是清幽冷冽的魏公梅花香，与主人的气质相得益彰。

苏晏不太相信云洗是凶手，但仍认真检查过房间，依然没有任何发现。

他蹙眉想着，莫非是自己推测错了？伸手拉开房门，与一身素衣的云洗撞了个正当面。

云洗怔了怔，问：“你来我房中做什么？”

苏晏心虚地垂着眼皮，见他茶白色衣摆上绣的一枝墨梅，寂寞孤寒，脑海里想起一句词：零落成泥碾作尘，只有香如故。

见他不应声，云洗反手关闭房门，逼近一步，又问：“你明知我在大殿，不是来找人，那便是来找物了。何物？”

苏晏被逼得后退一步，情急之下，鬼使神差地答："我是来找碴的。"

"什么？"

"就是那个……猹，许是从墙角豁口跳进来的，昨夜被我逮住一只。那畜生专爱吃瓜，今日没有瓜喂，它就不知跑哪儿去了。"

云洗冷冷看他："我这里没有瓜可吃。"

苏晏忙拱手："那我去别处找，不好意思，叨扰了。"

他的指尖刚搭上房门，便被身后的人一把攥住手腕。

云洗道："你找的不是猹，是凶手吧？"

苏晏心中暗凛，打了个哈哈："说笑说笑。探花郎秉性高洁，犹如云在青天水在瓶，谁能把你误作凶手？再说，我自己如今这副处境，会被扣在东苑，估摸皇爷那头还疑冰未泮，我还哪有心思找什么凶手？"

"那你倒有心思找猹。"云洗微声道。

"云探花在说什么？"

"未尘。这是我的表字，你可唤之，不必一口一个探花郎。"

苏晏见他不生分，便也从善如流，改口问："未尘兄方才说了句什么，我没听清。"

"我说生出了缉凶的心思，不知清河可愿同行？"

苏晏有点意外，但再一想，倒也合情合理。软禁僻地，不知何时能见天日，云洗面上看着清冷如常，心底未必不着急，与其等人来查案，不如自己把案子破了，那才是釜底抽薪。

他心念数转，问道："未尘兄可是有了什么发现？"

"如今言之尚早。"

意思是有发现，但还不确定？苏晏还在揣测，云洗打开房门，低声招呼："随我来。"

他穿过半截走廊，拐过殿角，闪身进入一扇房门。苏晏紧随其后，意识到这是崔锦屏的房间，也是他唯一还没搜过的房间。

关上房门，苏晏转身见云洗站在屋子中央，左右顾视，从姿态到视线都生疏得很，不由笑道："这种鸡鸣狗盗之事，还是我来做吧。"

他像对之前那些房间那样，有条不紊、毫无疏漏地搜查了一通，并未发现任何蹊跷。

"什么都没找着。未尘兄不妨说说，究竟发现了什么，莫非与屏山有关？"

云洗不吭声，在床榻周围寻找着什么。苏晏走过去，俯身贴近地面，在床底靠墙的幽暗处，隐约看见了一双皂靴的影子。

"嚯，有双鞋。这黑里藏黑的，险些没看出来。"苏晏说着，想找根长物去拨，一下子没找着，干脆袖子一撸，半个身子探进床底。

苏晏用指头钩住靴筒边沿，拽出来，起身拍打外衣上的灰尘，朝云洗赧然一笑："风度尽失，让未尘兄见笑了。"

他正要拎起皂靴检查，云洗道："等等——"说着抬手，用袖口轻轻抹去他鼻尖上的灰尘。

苏晏见云洗的素白袖子上多了一点污渍，虽只是一小点，但因为对方太过洁净，看着就格外突兀和扎眼，心里更是过意不去："未尘兄喜洁，何必为我弄脏了衣袖，只需告知一声，我自己擦便好。"

云洗垂目看袖子上的污渍，嫌恶之色自眼底一闪而过。他沉声道："这是崔状元昨日穿的靴子。"

苏晏前后端详，又看靴底凹凸的纹路，发现积了不少黑泥，其中夹杂了草叶的碎片。指尖轻捻，黑泥尚有些湿意，碎叶也还新鲜。

"这泥是腐泥，林子潮湿处才有。射柳场上青石铺地，宫道与殿内更是沾不到土。再说，昨儿个白天沾的泥，到眼下早该干了才是……昨夜又没下雨，屏山这是去哪儿闲逛了？"

云洗缓缓道："昨夜，夜深人不静，这殿里有些动静。"

苏晏闻言有点心虚。

昨夜他屋里来来去去的，都快成走马灯了，莫不是真被云洗听到了动静？可他们两人的房间隔了老远，应该听不见。

"我夜半偶醒，听见窗外院中小径上行路窸窣之声，一时生疑便起身出门，尾随而去。"

"是崔锦屏？"苏晏问。

云洗点头："我跟随他，进入南墙根附近的林子里，见他用宫人料理花木的铲子挖了个坑，埋进去一包物件，随即将坑匆忙填平，撒了几把落叶，又原路返回。

"那时我就觉得古怪，待他走后，本想挖开那个坑瞧瞧。但一来他把花铲带走了，腐泥烂叶，我不好徒手去挖；二来倘若他只是处理个人秽物，或者有什么怪癖，喜欢到处私藏钱财之类，我去擅动，于礼不合。故而我也折返，回屋就寝，今日一早便把靴子交与宫人拿去清洗了。"

"我明白你为何今日又忽然怀疑起他了。"苏晏将皂靴放回地板，"正是因为这双没有清洗的靴子。若他心里没鬼，今早也该同样将靴子交与宫人，可他却没有，而是藏进床底，又使人去拿一双新靴来穿。"

"因此我不得不怀疑，他昨夜挖坑埋起来的，究竟是什么？"云洗眉间微皱，似乎对心中的猜疑也并不乐见。

苏晏忽然道："崔状元差不多该喝完酒了。"他俯身又将皂靴丢进床底靠墙处，对云洗说，"我们快走，换个地方继续说。"

两人最后环顾一圈，确定物件摆设都恢复原样了，便离开崔锦屏的屋子，关好房门。

半路上，苏晏与云洗商量好，今夜子时一同去南墙根的林子里，挖开那个埋东西的坑，看里面究竟为何物。

眼下戌时才过半，两人便各自回房休息。

苏晏洗沐后给自己的脚踝上药，感觉总体已无大碍，再涂两天药就会痊愈。

捏着药盒，他不由得想起吴名，对方抱着"虽九死其犹未悔"的决心去行刺卫浚，不知如今身在何处，是否安然。

倘若吴名出手行刺，无论卫浚是死是活，洪庆殿必然大乱，小南院这边也不可能一点消息都透不进，宫人和侍卫们总是会闲话几句。

这么看来，只有一个可能，就是他之前的提醒见了效。吴名意识到卫浚身边支着一张看不见的罗网，因此并不急于出手，而是潜伏在暗处，寻找一击必杀的契机。

希望吴名不要轻身犯险，能够耐心等到他扳倒卫浚的那天……苏晏叹口气，又想到千户沈柒。

也不知沈柒处了冯去恶派来杀他的杀手，能不能瞒天过海，回去后会不会被上司责罚，甚至——

"诏狱里那些求生不得、求死不能的手段，我比谁都清楚，只怕到时，也比谁都惨烈。"

言犹在耳，他有点不敢想象。如果沈柒因为救他而遭遇不幸，那么他一辈子都会对此负疚在心，感怀难安。

"吴名，沈柒……你们可千万别出事。"苏晏喃喃自语。

梁上一个声音飘过来："能得苏大人惦念，卑职感动之至。不过卑职不齿与亡命草寇之流相提并论，还望苏大人只惦念我一人就好，其余土鸡瓦狗就不必操心了。"

苏晏吃了一惊，抬头看房梁上，不是沈柒又是谁，仍作着侍卫打扮。

"沈千户这是梁上君子当上瘾了？怎么老爱趴人屋顶。"

沈柒一跃而下，说道："不然你以为锦衣卫夜里都在做什么。"

苏晏越想越觉得毛骨悚然，追问："难道每个朝臣都被锦衣卫监视着？我家里呢，有没有安插耳目？"

其实他也知道，北镇抚司的锦衣卫，日常职能除了巡察缉捕、审讯犯人，估计也少不了监视群臣，但这种刺探阴私的做法真落到了自己头上，想想都要起鸡皮疙瘩。

沈柒要笑不笑地说："就你家那几个小厮、仆妇，一个巴掌就能数清，如何安插？我是紧着你的安全，故而叫两个校尉多在你家附近走动走动，留意点动静，万一有什么意外，好及早援助。"

"说得好听，当真派人趴我家屋顶了是吧？赶紧把人撤走，不然我就往屋顶扔鞭炮了！"

"放心，不窥探你屋内隐私，只是守着门户。"

"要守门户我不会养条狗？"

沈柒顿时脸色一沉，便从阴冷里带出了煞气："这话未免太难听。堂堂锦衣卫，上率亲军，莫非在你眼中还不如狗？"

苏晏不怕他，却也不想得罪他，便回道："谁受得了自己背后总是缀着俩眼珠子啊？想想都瘆得慌。大师你法术高强，赶紧收了神通吧，别再这么夜以继日地保佑我了，实是吃不消。万一真有事，我再去贵寺上香求拜，行不行？"

沈柒面上阴转多云，哂道："旁人求我照拂一二，使了银子还要看我心情，偏你不识好歹。怎么，还用秃驴来讽刺我？"

苏晏立刻否认："在下绝无此意。"

"等出了事再来拜我，可就迟了。"沈柒从怀中摸出一件极轻薄坚韧的软甲，丢在桌面，"这件金丝软甲贴肉穿戴，便可刀枪不入，除非对方身负上乘武功，否则轻易破开不得。"

苏晏拿起软甲用力抻了抻，感觉硬中带韧，触手冰凉。又对着灯光观察，见质地如金如革，泛着淡淡磷光，纹理编织得极为细腻，觉得颇为神奇。只不知究竟有没有防弹……不，防白刃的效果。

"这软甲是哪里来的？"

"抄家抄出来的。"沈柒轻描淡写地说道，并不想告诉苏晏，这是北镇抚司的一个锦衣卫同知查抄武将府时私下扣留的宝物，藏在自家密室里，今日被他悄悄偷了出来，还险些挨了一毒箭。

"你身涉凶案，又无人护卫，为防意外，还是时刻穿着这软甲为好。去穿。"

苏晏绕到屏风后，把软甲贴肉穿了，再穿中单与外衣，感觉活动自如，隔着布料也看不出内有乾坤，挺满意。

他走出来拱手致谢："多谢千户大人。等我出了这小南院，连同腰带一起还你。"

沈柒见他换上了一身鸦青色直裰与皂靴，犀角束发冠戴得齐整，问道："夜里为何要作外出打扮？"

苏晏想了想，觉得此事没有瞒他的必要，便道："发现案件的一处蹊跷，今夜子时与人约好去探一探。"

沈柒皱眉："非得在今夜？改为明日如何？我与你同去。今夜冯去恶召我回北镇抚司，子时怕是赶不回来。"

"无妨，你去忙你的。我就在这小南院内逛逛，且有同年陪伴，安全得很。"苏晏转念一想，不由面色微变，"冯去恶深更半夜召你去做什么？当心他对你下毒手！要不你别回北镇抚司了，先躲去哪里避一避，待我出了小南院，再想办法帮你另谋出路。"

"苏大人不仅担心卑职，还愿意费心帮卑职谋划出路？"

苏晏一听沈柒嘴里改换称呼，就下意识地怀疑对方又揣着什么不干人事的坏点子。

"我不是还欠你人情吗，两次搭救之恩自然是要报的。"他摆手逐客，"你要走就快走吧，事先准备周全，以免猝不及防。"

亥时将尽，苏晏备好花铲与火折子，悄然离开自己的房间，去寻云洗。

两人在约好的殿角碰了面，彼此颔首示意，一前一后地沿院中小径前往南墙根的林子。

说是林子，其实不大，因为小南院偏僻，平时宫人也疏于打理，草木长得过于茂盛。日间竹树迷离摇曳，亭台楼阁时隐时现，还不觉得格外幽深，到了夜里，小径两侧镂空石柱中的灯火未燃，整个林子便显出几分黑黝黝的阴森。

为了不惊动旁人，两人用火折照亮，一脚深一脚浅地走着。云洗照顾苏晏脚伤未愈，刻意放慢脚步，地面湿滑处还不时停下搀他一把。

"便是在那棵樟树下。"

云洗指着靠近围墙的一棵枝叶葳蕤的大树。苏晏走过去，弯腰将手中火折凑近地面，用靴底拨开落叶，果然找到一处被挖开又重新掩埋过的痕迹。

他忙把手中火折递给云洗，抽出掖在腰后的花铲，刨开土层，铲刃扎进软绵绵的物件——是个包袱皮。

莫非染血外袍和那件与他身上纹色相同的曳撒，就裹在这包袱里？

苏晏用力拽出满是污泥的大包袱，发现又湿又沉，还不停往外渗着水，把附近土壤都浸湿了。

他颇费了一番功夫，才解开包袱上湿漉漉的死结。

沈柒离开小南院，来到软禁奉安侯的洪庆殿，走进西厢廊转角的一间庑房。

他脱去身上的侍卫盔甲，穿上锦衣卫千户的麒麟曳撒，将绣春刀重新佩在腰间。

一名心腹总旗叩门而入，对他附耳说了几句。

沈柒瞳孔一缩，问："你确定？"

总旗答："千真万确。那厮手下有个总旗与我交好，今夜喝酒时无意漏嘴，说商莲洲就是被他骗到阁楼上的，还说那老头除了会作画，其余一窍不通，是个半傻子。"

沈柒沉吟："他范同宣一个千户，如何敢擅作主张，指使手下伪装成侍卫，诓骗画师，画下诬陷之作……莫非他与杀害叶东楼的凶手有勾结？"

总旗建议："千户大人，这事咱们要不要禀报指挥使大人？那范同宣平日里仗着祖上荫庇，瞧不起大人的出身，对大人多有出言不逊之处。咱们既然抓到了他的把柄，不如借此机会——"

沈柒一抬手，阻止了他的后半句话，又问："冯指挥使临时召我回北镇抚司，小南院之事由谁来接手，你可打探到消息？"

总旗道："正是范同宣。我方才还在洪庆殿外撞见他，一身普通侍卫打扮，朝小南院方向去了。"

沈柒眉头紧拧，抬手道："你先出去候着，容我想想。"

总旗奉命退出庑房。沈柒在屋内慢慢踱了几步，忽然一巴掌拍在月牙桌的桌面，将花瓶都震到了地板上。

勾结凶手的不是范同宣，而是冯去恶！

范同宣是奉了冯去恶的命令，指使手下总旗伪装成侍卫，诱导商莲洲前往阁楼。

因为叶东楼案惊吓到卫贵妃，致其早产，对妇人而言这是九死一生之事，故而他早就将奉安侯卫浚排除在嫌疑人外。又因为冯去恶素来与卫浚勾结，他便先入为主将两人划作一道，把冯去恶也排除了。

却没有想到另一种情况：冯去恶对卫贵妃的安危其实没那么在乎。他与外戚靠拢，却并未把自己绑在外戚这艘船上，此事也是瞒着卫浚所为。

无论是凶手找上冯去恶与他合谋，还是冯去恶主动借凶手的刀杀人，双方的目标都很明确——叶东楼、苏晏与豫王。

只是沈柒无论如何也想不通，冯去恶这么做为的是什么？

倘若说对付苏晏是为了斩草除根——既然在廷杖行刑中与太子侍读结下死仇，为防日后对方得势清算，干脆在得势之前将其除去——这动机还算充分，且符合冯去恶的行事风格。

但杀害叶东楼、陷害豫王呢？难道这只是凶手的目标，冯去恶事不关己，推波助澜？还是另有什么利害关系？

沈柒发现自己如今越发难以理解这个一脸阴沉的顶头上司——身为天子亲卫的统领，却热衷于鬼蜮伎俩，背着皇帝处处暗动手脚，真以为能瞒过景隆帝的眼睛？

本末倒置，必然得不偿失。

自建朝以来，历任锦衣卫的掌事指挥使鲜有善终。不是被权力腐蚀心智，牵扯进大案要案，站错立场，被皇帝赐死，就是攀附权臣，烈火烹油一时风头无两，待大树倒了，猢狲也难逃厄运；要么就是被更有野心与手段的后来者取代，在权力更迭中黯然退场。

不知冯去恶会属于哪一种？

沈柒摩挲着掌心中的刀柄，平息心头想要一蹴而就的躁动，决定先解燃眉之急——

为了卖惨，他昨夜欺骗苏晏，说冯去恶不再信任他，另派手下两人前来暗杀苏晏，被他处理掉了。

但其实，根本没有这两人。

暗杀之事冯去恶仍交与他来办理，一来对他这个多年培植的心腹颇为看重，二来也是试探和警示，让他将功折罪，用苏晏的死来证明自己的忠心。

然而过了一夜一日，眼下已是第二个晚上，苏晏依然活着。

冯去恶对此十分不满，即使沈柒再怎么用"行刺奉安侯的刺客突然出现""太子忽然驾临"等等借口来为自己开脱，也无法打消对方的怀疑和愠怒。沈柒之前越是精悍能干，眼下的无所作为就越是形迹可疑。故而他才将沈柒临时召回北镇抚司，另派千户范同宣去接手此事。

沈柒知道此时自己若抗命不从，甚至回援苏晏，就彻底暴露了背叛之心，冯去恶定然会毫不手软地将他立刻除去。

可他若听之由之，只怕苏晏即使有金丝软甲护身，也性命难保。

如此骑虎难下的局势，简直是把他架在火堆上烤。如若他不能立刻想出破局之法，就必须在自己和苏晏的性命之间做出抉择。

沈柒将刀柄攥得几乎嵌进了血肉中。

窗外远处，隐约传来更鼓房的内侍打更报时之声，亥时已至。

他猛地推开门，走出庑房。

那名总旗仍在檐下候命，沈柒走到他面前，却又踌躇……此人可不可信？有几分可信？是否堪当大任？

生死攸关之事，即便是心腹手下，他也难以尽信，万一所托非人，后果不堪设想。

他即将出口的话又咽了回去，怀中一张新写的密函灼烫如火中之栗。

"大人？"总旗小心地看他脸色，"可是有事吩咐？"

"不，没什么。"沈柒转身走下台阶。

刚走出殿门，就见七八名缇骑牵马候在道旁，一见到他连忙迎上前，抱拳道："夜路难行，卑职奉命为千户大人前驱掌灯，护送大人返回北镇抚司。"

沈柒看着这几张陌生面孔，心道：冯去恶果然放心不下我，派人监送。原想在回城之前，亲自去一趟龙德殿，如今看来，是去不成了。

他心中焦急，面上却淡淡的，看不出异样神色，腾身上马。

行至东苑中门附近，道路迎面过来几名掌灯内侍，后面跟着一小队侍卫。

沈柒看清被簇拥在中间的那人，身材伟岸，披玄色斗篷，风帽遮了半张脸，眼底蓦然一亮。

他双脚夹镫，暗施内劲，胯下骏马陡然一声悲嘶，流星般朝对方急速冲撞过去。

"当心！马失控了！"沈柒使劲拽着缰绳，厉声大喝。

对面的内侍吓得惊叫，宫灯落地。侍卫们则纷纷抽刀出鞘，挡在斗篷人身前。

斗篷人在铁蹄践身之前，排众而出，一掌重重拍在马颈下。

这一击仿佛有万钧之力，骏马痛苦嘶鸣，冲势被生生遏制。沈柒从马背上翻身摔落，斗篷人却在反震的气浪中岿然不动，只是风帽向后掀起，露出真容。

沈柒落地时连打两个滚，卸去大部分力道，并未受伤。他手撑地面，半跪告罪："卑职驭术不精，险伤贵人，还请豫王殿下治罪。"

豫王眯起眼审视他，面不改色道："是马突然受惊发难，非你之罪，不必惶恐。孤王深谙马性，心中有数。"

沈柒知道他这是看出来了，心下石头落地，再次告罪。

豫王不耐烦地摆摆手，径自走了，侍卫们连忙追上去，后面又追着手忙脚乱捡灯的内侍。

沈柒起身，那几名锦衣卫缇骑这才围拢过来，七嘴八舌，有的关心千户大人可有受伤；有的抱怨失控的马匹险些连累他们，幸亏豫王没有计较；还有的惊叹豫王神力，竟能一掌逼退狂奔的烈马。

一名缇骑道："这有什么！当年豫王还是代王，戍守大潼军镇时，是赫赫有名的猛将。他十二岁初战便率亲军，于逆境中以五十人对敌千余，最后逼得北漠达延首领兵溃败逃，一役成名。区区一匹惊马，还能伤到他？"

另一名缇骑吃惊："真的？我如何完全不知！"

"你才多大，自然不知十几年前的事。我也是听我爹说的——当年先帝北伐，便是将豫王带在身边，亲自教导军略。听说他在庚辰年'边堡之乱'的危急关头，还驰援过身陷险境的今上。"

"立下平乱救驾之功，又是一母同胞，难怪皇爷在诸多亲王中，对他格外亲厚。这些年豫王殿下甚至不用就藩，留在京城享尽荣华，哪怕因行为不端吃了朝臣们那么多弹劾……"旁边人递了个眼色，这缇骑警觉失言，赶忙闭嘴。

沈柒只作未闻，皱眉道："我的马挨了这一掌，想是骑不得了。要么你们匀一匹给我，要么回去再领一匹。"

缇骑们身负命令，要盯着沈柒回到北镇抚司，其间不能让他四处走动，尤其不能与人私会。刚才的惊马事故已经是意外，又怎么会让他再回头横生枝节？当即表示匀一匹最好的给千户大人，他们可以两人共骑。

沈柒二话没说上了马，扬尘而去，其余缇骑紧随其后。一行人很快消失在茫茫夜色中。

豫王停下脚步，伸手入怀，摸到了一个纸团。

他将纸团慢慢展开，在宫灯的亮光中看清，竟是一张揉皱的密函，是锦衣卫内部制式。

方才那个不知名的锦衣卫千户，不知为何要故意使座驾吃痛受惊，在手下缇骑面前演这一出戏？又在翻身落马时，悄悄将本该直递御前的密函弹进他的衣襟？

他飞快扫视，看到其中"苏晏"二字，立刻将密函重新揉成团，揣进袖中，不禁转头望了一眼。

那名千户已策马驰出了东苑中门，看不见背影。

"殿下，可是要回重华殿？"亲卫见他驻足回头，请示道。

豫王沉声道："不，去小南院！给本王就近弄匹马，要快！"

他说着，迈步疾行，竟比寻常人小跑还要快一些，斗篷下摆行云流水地翻卷着，猎猎作响，如夜风吹动战场旌旗。

包袱上的死结终于解开，露出内中一沓湿淋淋的布料，腥臭扑鼻。

苏晏被熏得后退半步，从云洗手中拿回火折，说道："此物腥秽，未尘兄再退远一些，我自己检查就好。"

他屏息把火折移近，用花铲拨弄布料，发现是一件外袍和曳撒。外袍污渍斑斑不辨原色，但曳撒湿透了仍能看出图样，上半身柿蒂窠过肩蟒妆花，下摆四合如意云纹，的确与他射柳那日所穿的毫无二致。

苏晏从衣物间拈起一小片乌青将烂的草叶，嗅了嗅，若有所思。

云洗忍着污臭问他："可是血衣？"

苏晏点头："是。"

"那崔状元……"

"嫌疑很大。即便不是凶手，为其掩埋证据，也算同伙。"

"此事，清河打算如何处置？"

苏晏弹掉草叶，拍了拍手，起身答："我去叫崔屏山来当场对质，先弄清楚事情真相再上报，以免坏他名声。还请未尘兄留在此处，保护现场和证据。"

云洗皱眉："你一个人去找他？万一他见罪行败露，凶性大发，当场袭击你，你如何自保？还是直接上报，让刑司来定夺。"

"我总觉得他并非本性凶残之人……"苏晏叹口气，"再说，毕竟相交一场，我若在尚未盖棺定论之时就把事情做绝，一点活路不留给他，万一此案另有隐情呢？万一他是被凶手胁迫呢？岂不是害他性命！"

云洗沉默片刻，道："清河推己及人，宽容通达，我不及你。"

苏晏失笑："未尘兄谬赞，我这也是人之常情。"

他将火折吹得更亮一些，正打算原路返回，忽然听云洗叫了声"苏清河"。

苏晏闻声回望，见云洗一袭浅色衣裳临墙挺立，玉树皎然，明昧不定的微光映在他脸上，犹如余晖下的冰峰，美而苍凉。这一瞬间他似乎有千言万语要说，但最终只归于一句："你可要看一看，传言中的潜龙遗迹？"

苏晏不解地朝他走近，一同站在朱红宫墙的墙根。云洗指了指不远处："就是那处豁口。"

说是豁口，其实仍有两丈高，十余步宽度，比起三四丈高的城墙顶，像个缓降的壑谷。

这段南墙既是小南院的宫墙，也是内皇城的城墙，墙外便是临河大道与护城河了。

"这都几十年了，怎么就不填上呢？"苏晏说，"平白留着个豁口，看着多难受。"

云洗道："毕竟是先人诏命，后人也不好违背。再说，城墙的豁口犹可砌填，人心的豁口又如何砌填呢？"

苏晏注视他，轻声问："未尘兄可是心中有事？不妨告知一二。我虽能力微薄，也愿尽力为君解忧。"

云洗逼近一步，神情诡异。

苏晏有些不自在，随之退了一步，后背紧贴宫墙，冷硬感从衣物外渗透进来。

"你听——"云洗伸手触摸他身后朱红渐褪的墙面。

苏晏侧过脸，听见耳畔的空穴风声时断时续，宛如海螺里的呜咽潮音。

那是宫墙上镶嵌的透风儿，巴掌大的方形小窗，雕花镂空，为砌在墙体内部的承重木柱通风防霉。

"天下没有不透风的墙"正是由此而来。

若是内外不能正常流通，闭塞久了，便要生霉。墙与人心，或许真的相似。

"你看里面藏着什么？"

苏晏转身，举着火折子往那方镂空小窗里窥探，疑惑道："除了墙里的木柱子，我没看见什么东西……未尘兄？"

云洗抠开旁边另一口已撬松的透风儿，手指捏住钉在木柱上的一物，拔出来。

他的动作轻巧却又凝重，眼底闪着一点凄冷的光，像月夜下的碎冰。最后一刻，他全无犹豫，破釜沉舟似的将手中之物对准苏晏，从后背刺入苏晏的体内。

苏晏猛地转身，左手紧扼住对方手腕，火折落地。

云洗手持一柄尖细的短剑，其样式颇像豫王的"钩鱼肠"。利刃在刺入苏晏背心时，被金丝软甲挡住，不能再进毫厘。

苏晏扼住对方手腕，将关节用力向后翻折，要迫使对方弃剑，右手则死死挡住了对方试图勒他咽喉的小臂。两人各自发力，像一对狭路相逢的困兽，陷入了你死我活的拉锯战中。

"你就是杀害叶东楼的凶手，为什么？"苏晏咬牙问。

云洗不答。

火折已落地，周围林木阴森，云层中月轮隐现，偶尔洒下一地水银。

云洗一双深长的眼睛就在这月光下冷冰冰地看着苏晏，仿佛不屑交出心思答案。他反问："你身穿内甲，早有防备，又对此毫不吃惊，是什么时候看出破绽来的？"

苏晏答："破绽很多。但真正让我怀疑你的，是屏山床下沾泥的鞋。如果我没猜错，那双靴子其实是你的。你与崔锦屏身高相近，鞋码也差不多，但差不多仍然有差。半寸之差，你可能并不在意，我对此却敏感得很，毕竟买短一码，打球就要磨脚。"

他的后半截话有些古里古怪，但云洗听出了破绽出在鞋的尺寸上，眼神中露出遗憾之色。

"还有昨日午后，其他人都在殿内焦急等待询案，我看见你在树下池边观鱼。"

"观鱼也有破绽？"

"你没有，鱼有。你走后，我好奇地过去看了一眼，发现除了散游的锦鲤，还有不少乌鱼、鲶鱼之类，并未见人投喂饵料，却在某处聚集成团，徘徊不去。我当时有点纳闷，但也没多想。直到方才，我从包袱里的衣料上发现一片烂掉的水草叶子，才恍然明白，之前这些血衣并不是埋在土里，而是被丢进水池，才引来肉食鱼类。我想你在观鱼之后，也意识到这个破绽，怕人发觉，于是趁夜将包袱捞回来，埋在林子里。包袱泡水湿透，所以才把附近土壤都浸湿了。"

云洗沉默，而后叹道："一叶落而知天下秋。论见微知著，我亦不及你。"

苏晏与他僵持良久，力竭地喘口气，向外猛一推，从墙根脱身而出，往黑黝黝的林子里跑。

没有火折照亮，苏晏只能凭借忽明忽暗的月光和对来路的一点印象，尽量跑向大殿，再高呼求助，引人来救。

云洗猜到他的意图，迅速扑上来，剑尖在他胳膊后侧划出一道血口。

苏晏身上的金丝软甲只能护住胸腹、后背等要害部位，护不住手脚，这一下疼得火烧火燎，但也没顾得上看伤口，一股脑地往前奔。

脚下青苔湿滑，月光隐没时，他看不清路，踢在树根上摔了一跤。

云洗自后方赶上，举剑刺他头颅，被他用力拽住衣袖，两人在地上滚成一团。

"这下你可全身都脏了。"苏晏扭夺云洗手中兵器，生死关头，居然还有心情说笑，模仿他的话揶揄道，"衣物脏了犹可清洗，人心脏了又如何清洗呢？"

云洗咬牙："人心本就是泥潭，世人皆污浊不堪，洗不洗都是脏的！"

苏晏腿侧又挨了一剑，所幸没有割到动脉，流血不多。但他也连撕带咬地夺下了短剑，紧紧压在云洗颈间，制住了对方。

他揪住云洗的衣领，将人掼在一块平坦的大青石上，喘着气道："我早该想起，恩荣宴那日，在后园假山里发生口角的两个人并非豫王和叶东楼，而是你与叶东楼。"

假山深幽处似有人唧唧私语，因隔得远了听不真切。

听壁脚这种事还是少做为好，苏晏转身欲走，却听到一线陡然拔高的声音："好说歹说，你怎么这般不听劝？"

另一个声音轻柔含糊，隐约道："难道要我以死明志？"

"不必多言，我最见不得人拿死来说事……"

"叶东楼说的以死明志，明的什么志？

"你千方百计想劝他回头，他却不肯承认事实，也不肯听你忠告，反而拿死来说事，所以激怒了你，忍不住在人来人往的后园与他发生了争执，是也不是？

"他以性命发誓，让你暂时相信了他，但没过多久，你就发现这份信任完完全全是个笑话。金榜题名后，叶东楼一夜之间升迁户部，坐实了他的欺骗与堕落，所以你就让他被誓言反噬，设局将他杀死，是不是这样？"

苏晏连连逼问。

云洗冠帽在打斗中掉了，发髻凌乱，目中满是恨意。

苏晏道："我能理解你对豫王的憎恶，故而用他的佩剑作为凶器陷害他，但又为何要牵扯上我？我与叶东楼并无任何瓜葛，自恩荣宴之后，也从未见过面，此事与我何干？"

云洗面露讥诮："你就是下一个叶东楼。"

苏晏微怔，很快理解了他的言下之意，坦然地挑了挑眉："那你可就想岔了。"

云洗严肃地说道："我等读书人，四五岁开始发蒙，十余载寒窗苦读，学了满腹经纶，为的就是立身朝堂，以才华效君报国。万般皆下品，唯有读书高，只有以圣贤之言规范自己，存天理，灭人欲，才是正途，其他一切捷径都是歪门邪道！

"我与叶东楼四年同窗，曾经相互激励，立志要金榜题名，无论官场如何污浊，都要谨守自身，做个清流。我做到了，从不多说一句公务之外的闲话，不多交一个无关正事的狐朋，更别提什么攀附权贵、屈膝谋利。而他呢？！

"他为了升迁，觍颜去当一个襁褓婴孩的西席、一个浪荡王爷的陪客！什么知己？弄臣而已。用刻苦读来的学问去做行酒令、花月曲，对着主家怡颜悦色、曲意逢迎，读书人的礼义廉耻何在？简直自甘堕落！"

苏晏叹道："但你本可以不搭理他，依然活得清清白白。就像我脸上有污渍，你愿意提醒，便提醒一句；懒得说话，转身离开即可，又何必动手去擦，脏了袖子。叶东楼投机取巧，最后落得怎样的下场，都是他的事。他若德行有亏，你可以鄙夷他、斥责他，甚至弃之不理，却不该生出杀心，最后让自己也陷进泥潭里去！"

云洗不吭声，只是急促地呼吸着。

苏晏明白了他的症结所在——一个人的世界可以非黑即白，可以活在象牙塔里不食人间烟火，但不能强行要求别人遵守他的处事准则。

过于强烈的精神洁癖，突破了自我与他人的界线，扭曲成"清扫者"的心态，才酿就了这场悲剧。

"你若只是一味厌恶叶东楼，找个暗室将他直接了断便是，也不至于闹出这么大的动静。可你又不甘心他就这么无声无息地死去。你不仅要用他的死洗刷他的脏污，还要用他的死震慑众人，惩戒豫王，清理我这个'即将步他后尘的堕落者'。

"惊吓到卫贵妃，只是个意外，并不在你的计划之内。而我如果被你成功陷害，百口莫辩地死于冤案，你的杀戮便会终止吗？

"不会的。你会把你的处事准则从叶东楼、从我，扩散到朝堂其他官员的身上。你认为是豫王污染了叶东楼，但天潢贵胄并非你能轻易谋杀的，所以你会阴魂不散地缠着豫王，一次次暗中设局陷害。因为在你体内住着叶东楼的怨念，这是你对他的祭奠与赔偿。"

"东楼临死前，说后悔走错了路，想回到与我同窗共读的时候，重新开始。"云洗缓缓道，"但是怎么可能呢？就像我，也彻底回不去了。"

苏晏惋惜地长了口气，不知是为叶东楼还是为云洗。

"未尘，未尘……心未生尘，澄澈如洗，你终究还是辜负了双亲期望。"

云洗喃喃道："君非青铜镜，何事空照面。莫以衣上尘，不谓心如练……我却正相反，再洁白素净的外衣，也藏不住一颗蒙尘之心。"

他叹口气，闭眼："我不想被弃斩于市，受贩夫走卒唾骂，你给我个痛快吧。"

"我没有资格下手，也不想下手，否则与你又有何两样？"苏晏慢慢松手，将短剑远远扔进林中。

云洗躺在大石上，睁眼望向云遮月暗的夜空："你我相识往来，仅此两日。我虽怀抱恶意，却也有那么一两个瞬间想要放弃取你性命……然而叶东楼的血溅在我手上，灼烫如烙，日夜提醒我，泥足深陷之人，身心早已浸透血污，有什么资格回头是岸？连一瞬间的闪念都不该有。"

"一子错，满盘皆落索。"苏晏憾然起身，捂着流血的伤口，朝崇质殿走去。

他没有回头看云洗，也不愿去多想这位堕入尘泥的探花郎的结局，总归逃不过悲凉收场，如诗所谶——"孤鸿一唳惊寒去，冷月千江照影空"。

苏晏拖着雪上加霜的伤腿，慢慢走出林子，远远见两三个巡逻的侍卫提着灯笼从月洞门走进后园。

"什么人？"侍卫喝道，手按腰刀快步逼近。

苏晏苦笑："我是司经局洗马，太子侍读苏清河。"

"原来是苏大人。"为首那侍卫见他一身泥和血，有些诧然，"大人缘何深更半夜在后园走动？还受了这么重的伤。"

苏晏道："伤倒不重，只是看着吓人。这位侍卫大哥，烦请借我一盏灯笼，我自行回殿。"

侍卫们交换了个眼色，为首的说："那怎么行，还是我等送一送大人吧。"

他话音未落，其余两人便上前，一左一右架住苏晏。

苏晏被他们夹在中间动弹不得，心知不妙，想是撞上冯去恶派来的杀手了，便要扯开嗓子呼救。

挟持他的两名锦衣卫做惯了这种事，早就防着他叫喊，手掌直接捂住他口鼻，将他往僻静的假山内洞里拖拽。

苏晏知道命悬一线，拼死挣扎，踢翻了路旁矮灯柱上的装饰花盆。花盆摔在石板上，一声脆响在静夜中传出甚远。

范同宣拔出腰刀，吩咐两名手下："就在这里解决，省得夜长梦多。按紧了，别让他叫出声儿来。"

眼见刀锋当胸戮来，苏晏绝望闭眼，骤然听见风声呼啸，紧接着是一声痛呼。

他猛地睁眼，只见拔刀要杀他的那个侍卫面朝下扑倒在地，背心插着半根折断的树枝。

树枝有儿臂粗细，端头尖锐，断面参差不齐，显然是临时掰折下来的。这三尺长的树枝，还带点弯曲弧度，如长矛般投掷出去，竟能洞穿人体，这份膂力实在惊人！

苏晏望着出现在月洞门口的人影，是个披着玄色斗篷、戴风帽的男人，看身形有点眼熟。

挟持他的两名侍卫见首领横死，登时急怒红眼，也不管他死活了，拔刀向那人冲去。

这两人训练有素，刀法了得，不像是普通侍卫。苏晏正担心手无寸铁的斗篷人吃亏，下一秒却见对方连刀锋都不避，亲面一拳，打得一名侍卫满脸开花，腰刀脱手飞出，端的是"重剑无锋，大巧不工"。

另一名侍卫与斗篷人交手几个回合，也招架不住，只好拼了命地缠斗。

之前那个脸上开染铺的见势不妙，大约又忆及首领的命令，咬牙朝苏晏扑来。

危急时刻，苏晏灵台乍明，想起吴名传授的一招"叶里藏花鸳鸯腿"，当即施展出来，拦截分拨、掀脚踢击，一气呵成，最后一脚狠狠踹在对方子孙根上。

那侍卫发出一声浑不似人声的破调惨叫，双手紧捂胯下，弓身如虾米，筛糠般抽搐起来。

苏晏看着都觉得疼到极处，不禁庆幸自己没有偷懒，平日里就着家中老树的树干狠练这一招，把树皮都踢秃噜了，如今首次投入实战，出其不意，攻其不备，效果还不错。

斗篷人见他脱困，松了口气，夺下腰刀，将缠斗的侍卫砍翻在地。那侍卫垂死挣扎，拽落了斗篷人的风帽。

苏晏吃惊道："豫王殿下？"

此刻苏晏满身污泥血迹，衣衫被撕裂，发髻也歪了，几缕散落的乌发黏在汗湿的脸颊，显得既狼狈又可怜，风流才子的姿态荡然无存。

豫王疾步上前问道："伤在何处？先止血。"

"左臂，还有右腿。"

豫王从自身干净衣物上撕下布条，挽起他的衣袖，用布条扎紧止血。大腿外侧的伤口，因为苏晏不肯脱裤，只好隔着裤管扎上。

"只是皮外伤，敷点金疮药就好。"苏晏感激道，"多谢王爷搭救。不知王爷今夜这是意外遇上，还是早有防备？"

豫王道："我今夜外出途中，偶遇一名锦衣卫千户，他假托惊马，将这纸团塞给我。我见事态紧急，快马加鞭，所幸及时赶到。"

他掏出怀中揉皱的纸团，交与苏晏。

"锦衣卫千户？莫非是沈柒。"苏晏就着地上的灯笼，打开一看，是一份直奏御前的密函，写了冯去恶临时将沈柒调回北镇抚司，另派千户范同宣暗杀太子侍读。

苏晏危在旦夕，沈柒迫于形势无法再担任护卫之责，求皇帝另派人手，尽快前往小南院。

苏晏微微抽了口气。

这封密函看着只有寥寥数语，透露出的信息量可就大了。

首先，沈柒作为一名小小的千户，手书竟能直奏御前，这联系不知是何时建立的？

想来想去，只有一个可能：沈柒在冯去恶手下十年，从未真正效忠，搞不好还偷偷攒着对方不少把柄。叶东楼被害案发生后，沈柒便决意要背叛冯去恶，于是兵行险着，私下求见皇帝，呈上冯去恶的罪证。

皇帝当时并未降罪，否则沈柒的人头早已落地。或许皇帝对冯去恶早有想法，只是按兵不动，沈柒此举成了瞌睡送枕。

其次，苏晏在皇帝的暗示与安排下，成为桩子住进小南院，看似以身犯险，就连太子和豫王都对此颇有微词，以为皇帝疏忽他的安危，但实际上，皇帝并未放任他置身险境，而是顺水推舟让沈柒潜入小南院，保护他的人身安全。所以，沈柒才做侍卫打扮，不时在他房中出没。

皇帝深谋远虑令人佩服，可真正令苏晏动容的，却是千户沈柒。

双重间谍哪里是那么好当的！一面要应付冯去恶，暗中作梗救人，同时又要降低对方疑心，保全自身性命；一面还要确保与皇帝间的联络不走漏风声。这就像在悬崖上空走钢丝，半步踏错，便是粉身碎骨。

今夜沈柒将这密函交给豫王，大约也是走投无路，迫于无奈之举了。

但凡豫王起了一点私心与恶意，沈柒必死无疑。千户这是在用身家性命，赌豫王对他苏晏不仅仅是戏弄，还有那么些真心实意在里面，愿意连夜赶来相救。

而豫王也没有辜负沈柒的性命之托，及时赶到，这才从范同宣手下将他拉出了鬼门关！

这其中多少刀光剑影、暗流汹涌，他直到此时此刻方才有所明了……苏晏屏息追想，汗透重衣。

他捏着这张密函，仿佛捏着沈柒一颗炽热之心，怔怔坐在路旁岩石上，思绪万千。

豫王见苏晏失神，以为他体力不支，便脱下斗篷覆在他身上："伤势要紧，我送你回房，召太医前来诊治。"

苏晏总觉得漏了什么要事，抓着斗篷叫："等等……容我再想想！"

豫王道："本王在此，你还担心什么？安心疗伤，余事自有本王来处理。"

"我担心……"苏晏终于理清思绪，急声道，"后园里还有个云洗！冯去恶派来的杀手若不止这三个，其他人见了尸体搜索四周，云洗怕是要撞在枪口上。他是杀害叶东楼的真凶，归案之前不能死得不明不白，否则我解释一百遍，也不能堵住所有质疑的嘴。"

豫王吃惊："云洗是真凶？他与东楼有同窗之谊，素来交好，东楼在本王面前还屡次提到，说他生性高洁、不趋俗务，是真正的文人风骨。为何他竟要杀害东楼？"

苏晏心底忍不住怒意涌动："还不是王爷自己做的孽！你要是不去招揽叶东楼，就什么事都没有了。"

豫王忍不住替自己分辩："本王做什么孽了？不过是爱结交些士子——"

苏晏打断了他："王爷可知云洗为何要杀叶东楼？"

夜风微寒，苏晏失血发冷，扯着斗篷裹紧身体，提个灯笼，脚步虚浮地往林子里走去，同时将这个案子的始末和云洗的作案动机一五一十道来。

豫王紧随他身后，听得一张脸白里泛青，难堪到了极点。

什么知己，弄臣而已！一个有所图，借此趋炎附势；一个无所谓，将之聊作消遣，简直玷污了"知己"这个词。苏晏转述的话像无形的鞭子抽打在豫王脸上，若不是夜色掩盖了神情，他恐怕会掉头就走。

沿路走了一圈，不见人影，苏晏在云洗之前躺过的大青石边停下脚步，遗憾道："他怕是已经走了。天网恢恢，他又能逃去哪里呢！"

豫王此时也逐渐冷静下来，怀着自咎，沉声道："我不杀伯仁，伯仁却因我而死……的确是本王的错。是我行事荒唐，以为自在往来与人无碍，却从未想过我是当朝亲王，权位显赫。我要聚，谁敢散？我要散，谁敢留？不过是表面上装作公平的仗势凌人罢了！"

苏晏见他身居高位仍肯低头认错，且言辞诚恳，像是真心反省的模样，心底对他有所改观。又念及今夜的救命之恩，自己也不好再绷着张讨伐脸，于是温声道："书上说'知错能改，善莫大焉'，俗话也道'浪子回头金不换'。王爷若能自省，便是吾等楷模。我今夜说了不少逾矩犯上的话，全因王爷先前说过，与我做朋友交往，既然是朋友，就有互相匡正的责任，焉能见错不谏。"

豫王叹道："实迷途其未远，觉今是而昨非。清河并未犯上，反而令本王受教了。"

说话间，两人离开园中小径，提灯穿过林子。那棵大樟树下，包袱中的衣物证据还在原地，苏晏又往前走到墙边，见那片藏过凶器的透风儿仍要掉不掉地挂在宫墙上，露出个黑黝黝的小洞，如兽瞳似的阴森。

云洗想是真的离开了，这算畏罪潜逃，归案后怕是要罪加一等。

苏晏叹口气，沿着墙根走了一小段路，抬头忽然看见了云洗。

云洗站在宫墙的豁口上，负手看黑沉沉的夜空。月光让他的挺拔身影与悠长宫墙一同入画，如一幅沉郁难舒的写意画。

苏晏走近，仰视上方："你怎么没走？"

云洗如梦呓般答："走去哪里？天下之大，无可容身。"

苏晏劝道："你先下来。叶郎中一案也算事出有因，你认罪后求陛下酌情宽宥，或许还有一线生机，或许……能轻判个徒刑或流刑……"他说着也觉得可能性很低，声音越来越小。

云洗面上毫无动容，似乎连苏晏说了什么都没有听，自顾自呢喃："他身中一剑，脚下是令人胆寒的虚空，仅靠围栏撑住一点生机，那时候，他是什么样的心情？他肯定是恨我的，恨不得这辈子没有遇见过我，恨自己没有看穿我藏在清高冷淡下的狠毒，这才平白断送了性命。"

云洗的话平淡无奇，却又锥心泣血，苏晏听得一阵不忍，再次劝道："未尘兄，事已至此，自恨无益，你下来吧。"

他向云洗伸出一只手。云洗俯身，也向他伸手，问："上面风景不错，你要不要也上来看一看？"

苏晏摇头："我畏高。"

"他也畏高。可我约他在辅楼最高层见面，他还是上来了。"

云洗发出了一声低低的、哽咽似的轻笑，重又站起身，叹道："罢了，上面风景独好，还是我一个人看吧。"

苏晏道："我方才在后园入口遇见几名杀手，险些被害。我怕对方还有后手，搜园时殃及你，这才回头想提醒你小心。"

云洗低头看他，神情隐在夜色中看不分明，只几缕垂落的乱发被风吹动，语声缥缈："该是我提醒你才是。小心冯去恶。"

苏晏诧然道："你知道杀手是他派来的？这个案子……冯去恶是不是也牵涉其中？"

"敌人的敌人未必是朋友，目标看似一致的两个人，往往只能互相利用。为了不暴露自己，将没有利用价值的合作者杀了灭口，不是很容易理解的事吗？"云洗冷冷道，"我不想再提这个人，脏了吹过的风。"

他沿着豁口坡慢慢朝高处走，登上了三四丈高的墙顶。苏晏心说不妙，朝他叫道：

"快下来——"

但云洗已如一只折翼孤鸿，断然向前倾身，跌下城墙。夜风卷起他沾染了污泥的白衣袂和衣袂上那一枝清气绝俗的墨梅，也将他最后一句喟叹送到苏晏耳边——

"早知今日，何必当初……"

苏晏手提昏黄灯笼，望着阒无一人、空荡荡的宫墙顶。风从旷远的苍穹上吹来，把浮世众生吹得空空荡荡。

染血的衣衫贴在身上，他觉得自己冷得像冰块，被风吹得向后一倒，晕了过去。

第七章　惩恶除奸苏十二

沈柒催鞭策马，连夜赶回了北镇抚司。

北镇抚司的大门朱漆铜钉，气派又威严，两侧石狮怒目抬爪，造型狰狞。

沈柒面沉如水，手按绣春刀柄，脚步不停地穿堂过井，直奔内厅。

进入内厅，他单膝下跪，朝高踞首座的中年男人低头行礼："大人，卑职前来复命。"

冯去恶一身御赐的猩红绣金飞鱼纹曳撒，腰系赤金鸾带，华贵煊赫，威势夺人。他左手肘支着八仙椅的扶手，看似轻松惬意地侧着身，右手却始终搭在腰间绣春刀的刀柄上，审视着座下的心腹爱将。

"你可知，我为何要连夜召你回来？"

沈柒把头压得更低："卑职办事不力，理当受罚。"

冯去恶又问："这十年来，你是如何从一个小旗步步高升，成为如今的正五品千户？"

沈柒恭声答："都是大人抬举。大人于我有知遇之恩，沈柒粉身碎骨难报万一。"

冯去恶再问："你可知，我为何要抬举你？"

"因为卑职对大人忠心耿耿，甘为犬马。"

"不错，因为你沈柒会办事、会说话，最重要的是，你对我忠心。忠心才是你的立命之本，一旦丢了忠心，你的命也要跟着丢了。"

沈柒抬眼看他，神情有些激动："大人是怀疑我不忠？我虽愚钝，但也知滴水之恩当涌泉相报的道理。我眼下拥有的一切，官职、权力、钱财，全是大人所赐，甚至连性命都归大人所有。大人一声令下，我便赴汤蹈火，这颗忠心十年如一日，从未变过。大人如若不信，卑职也无从证明，此身是死是活，全凭大人心意。"

冯去恶嗤之以鼻："说得倒动听。你若真对我忠心不改，缘何一个小小的太子侍读，至今取不动他性命？"

沈柒一脸惭愧，道："每每我对他下手，他身上总发生侥幸之事，要么便是外力恰恰来搅扰。我也纳闷了，怎么就是杀不了他。我怀疑……他是不是八字克我？"

冯去恶重重一拍扶手，怒极反笑："八字？！你竟拿这种子虚乌有的托词糊弄我！"

沈柒露出匪夷所思的神情，摇头道："卑职也觉得这种想法太过荒谬，还望大人恕我失言。求大人再给我一次机会，我就是豁出性命，也要取苏晏的首级。卑职愿立军令状，不是他死便是我亡！"

他声音铿然，用词激切，言语中满是杀气，手中刀锋不自觉推出寸许，倒叫冯去恶有些摸不透真假，心道莫非真有八字相克一说？

都说"宁可错杀，不可错信"，再让沈柒去杀苏晏，冯去恶不放心，但如果只是因为在这件事上数次失手，就认定沈柒不忠，将沈柒处置掉，又觉得有些浪费——毕竟像沈柒这样得力的手下，整个北镇抚司也挑不出三五个。

更何况，沈柒若真对苏晏手下留情，又图什么？那小子不过是个五品闲职，人微言轻，即便因能言善道受到东宫青睐，也不过一时新鲜，长久不了。

无利可图之事，沈柒怎么可能会去做？

冯去恶慢慢思忖，越发举棋不定。

沈柒一再失手误事，不可不罚，否则冯去恶这个指挥使威信何在，其他手下也会心中不服。

既然沈柒自称忠心，愿意赴汤蹈火，那就吃个重刑，看他是心甘情愿，还是心生怨恨。

冯去恶终于拿定主意，对沈柒道："你既自知办事不力，理应受罚，那就说说，该怎么罚？"

沈柒道："任凭大人处置，卑职绝无二话。"

冯去恶微笑："我听说，诏狱诸刑中，你偏爱'梳洗'和'弹琵琶'，说是逼供效果最好？"

沈柒低了头，脸色发白，咬牙道："大人是要卑职选一样，还是都领了？"

"都领了吧。"

"是。"

沈柒起身走了两步，冯去恶又改口道："还是选一样吧。你这条命，还要留着替我办事。"

"是。还请大人为我择刑。"

冯去恶摸出一枚铜板，随意丢在地板，正面朝上，于是说道："梳洗。"

沈柒点头，二话没说往诏狱去了。

刑房四壁炬火熊熊，映照出满架刑具，幽幽地闪着寒光。经年血污积在地板缝隙中，刷都刷不掉，与潮气、浊气混成一股令人作呕的冷腥味。人在这里待久了，也就如入鲍鱼之肆，久闻而不知其臭。

沈柒脱了曳撒和中单，只穿一条皂色绉裤，赤着上半身。

火光将他深蜜色肌肤照成古铜色，仿佛泛着健美的油光。他上身肩宽腰细，六块腹肌排列整齐，极为漂亮，后背肌肉线条劲实又不失流畅。

行刑的小旗目露畏避之色："真要上梳洗？千户大人还是去求一求指挥使大人，换个刑吧？"

沈柒趴在刑凳上，淡淡道："不必多言，上刑吧。"

小旗去拿牛皮绳索，要将他手脚紧缚，以免受刑时疼痛难忍而挣扎打挺。

沈柒道："不用绑，我忍得住。"

小旗只好放下绳索，低声道："卑职也不愿如此，但若不实打实地上刑，怕指挥使大人那边饶不了我。"

沈柒道："不怪你。动作利索点，让我少受点罪就行。"

小旗点头，舀了一勺沸水，慢慢浇在他后背上。

沸水浇肉，"嗤嗤"地冒出轻烟，皮肉当即被烫得发白起泡，沈柒闷哼一声，手指如铜箍般紧紧扣住刑凳边缘，额际汗如浆出。

如此又浇了四五勺，整个后背皮肉都烫了个半熟，沈柒牙关紧咬，硬是没有发出半声呻吟惨叫，只是十个指甲生生折断，双腿将铁刑凳绞得"咯吱"作响。

小旗放下木勺，又拿起一把布满棘刺的铁刷，紧张地攥住手柄。沈柒若是叫痛求饶，他心里还舒服些，但此刻的安静却让他胆战心惊，声音微颤："卑职要动手了。"

沈柒喘着气，喝道："快！"

小旗把心一横，铁刷一下一下耙在沈柒后背，烫得半熟的皮肉立刻绽裂，随着棘刺钩挂，被丝丝缕缕地揭下来，红的、粉的，落了一地。行刑中并未流多少血，因为连血也被烫熟了。

沈柒在生不如死的剧痛中咬死了牙关，满嘴都是血腥味。天灵盖仿佛炸开，脑浆似乎随着一下一下的"梳洗"溅射出来，除了疼痛，再也感觉不到任何活着的证明。

他看不见、听不清、触不到，只有无休无止地疼痛。

佛经上说，十恶不赦之人，会堕入阿鼻地狱，应是如此光景。

脑浆仿佛流尽，思绪一片空白，浑浑噩噩只是疼，他忽然从这极致的疼痛中，嗅到了椴花蜜的味道。

幼年生病时，母亲哄他喝完药，总用椴花蜜浓浓地泡一勺水，为他解嘴里苦味。

那么馥郁甘甜的味道！仿佛只要将它一饮而尽，之前吃的所有苦都有了报偿，都是值得的。

可惜，对母亲而言，他这个儿子却不是个值当的报偿，抵不过人间风刀霜剑的苦厄，才使她舍得抛却稚子，半夜一条白绫吊在正室屋前的房梁上，撒手人寰……

他埋葬过八妹，埋葬过娘亲，牵着小九弟的手，打烂那口棺材似的宅院走到了光亮下，最后依然还是落得两手空空地回到地狱里，做了一只人见人怕的修罗夜叉。

沈柒仰起头，脖颈拉出惨烈的曲线，从喉咙深处挤出"嗬嗬"的气音。

行刑的小旗以为沈千户终于忍不住哭痛，再仔细一听，他竟是在笑！

笑声低沉、扭曲而又诡异，伴随着皮开肉绽的酷刑，鬼泣枭啼般回荡在这阴森森的刑房，令人毛骨悚然。

都说沈七郎生了一副夜叉心肠，对人手段极毒狠，谁料他对自己更狠！小旗手一软，铁刷落地。

小旗慌忙弯腰去捡，沈柒却嘶哑地问了句："如何连刑具都拿不稳？"这更是让小旗心惊肉跳，再没有下手的勇气，草草两下，结束了行刑。

沈柒趴在刑凳上，断断续续地喘着气，时不时发出一声狂笑。

小旗战战兢兢地给他稀烂见骨的后背敷上伤药，用纱布一圈圈缠扎，又端来一碗煎好的曼陀罗水。

沈柒不屑道："我不喝这个。"

小旗劝道："喝了能止痛，否则接下来的几日将十分难熬。"

沈柒慢慢坐起身，将药汁泼进火盆，把空碗递给他："我房中有一罐椴花蜜，你去取来泡水。"

小旗应声去了，不多时，端了个小碗回来。

沈柒刚抬手去接，鲜血泉涌而出，将纱布浸得湿透。

小旗忙不迭扶他趴下："可不能动！须得结结实实趴上十天半个月，待新肌生出，创口黏合。否则牵动筋骨脉管，血流不止，恐有性命之危！"

小旗将蜂蜜水送到沈柒唇边，看他吃力地小口啜饮，忍不住抱不平："指挥使大人素来看重千户大人，何以小错见罚，还动用如此酷刑，未免有些刻——"

"闭嘴。"沈柒冷冷道，"指挥使大人行事自有道理，岂容你妄言犯上？谁给你的狗胆！再让我听见，割舌剥皮，也让你吃个教训！"

小旗噤若寒蝉，服侍他喝完蜜水，拿着空碗出去。

在甬道里，小旗卑微地朝冯去恶跪地行礼："小的为了试探沈千户，不得已出言冒犯指挥使大人，求大人责罚。"

冯去恶盯着刑房铁门，满意地扯了扯嘴角，转身离开。

苏晏在崇质殿的房内醒来，发现自己躺在松软床褥上，从头到脚都被清理干净，手臂和大腿上的伤口也被重新消毒、包扎过，敷了上好的金疮药，正热辣辣地钝痛着。

宫人端着清洗后的热水盆，退出殿去。

豫王坐在桌边圆凳，把玩从他身上解下的金丝软甲，见他醒来，随手将软甲搁在桌面，说："这是难得的护身宝物，你收好了，关键时刻提前穿上。"

护身甲虽珍贵，但豫王认为最好的防守就是进攻，故而并不将之放在心上，也没有问苏晏是从哪里得来。

苏晏挪动着坐起来。豫王起身扯来一床厚被垫在他背后，又给他倒了杯热水，问："这个案子你打算如何收场？"

"拟个奏章，据实禀告。崔状元床下的靴子、林子里埋的包袱，都是证物，提交给刑部。至于云洗……"苏晏缓缓吐出口气，"他已自戕谢罪，我会求皇爷从轻发落，不要殃及他的家人。"

豫王苦笑："看来我又免不了挨皇兄一顿训斥了。"

苏晏斜乜他："皇爷的训斥，王爷想必是不怕的，这下还笑得出来。"

"我留在京师这些年，隔三岔五都要被训斥一顿，早就习惯了。"

苏晏摇头，真心实意劝了他两句："寻欢作乐，适可而止，耽溺则伤身伤神，于人于己都没有好处。王爷就算不在乎世人评论，也要顾惜青史上留的名声。"

好事不出门，坏事传千里，"嬉靡好色"的名声传遍朝野内外，苏晏想想都替豫王觉得可惜。明明是如此器宇轩昂的一个人物，怎么就是不干正事呢？

豫王道："清河说得对，本王要改，浪子回头。"

苏晏相信叶东楼一案对豫王有所触动，但今后究竟会不会改，还得看实际行动，故而只是半信不信地"嗯"了一声。

他喝完热水，觉得恢复了些体力，打算起床去写案情奏报。豫王伸手阻止："你身上有伤，还是躺着吧，本王来写，末尾你也落个款。"

豫王把桌面油灯拨亮，研墨提笔，一挥而就，吹了吹未干的墨迹，拿过来给他看。

苏晏见纸上行书铁画银钩，用笔顿挫雄逸，放而不野，端的是一手极有气度的好字，心底又是一阵憾惜：实在不行，你去当个书法家呀，怎么也比花花太岁强吧！

虽说铭代自显祖皇帝之后，格外忌惮宗室，藩王的确是比其他朝代委屈，分封而不赐土，列爵而不临民，食禄而不治事，一辈子锦衣玉食地被圈养着，基本只能吃吃喝喝造小人儿，但还是可以有其他的人生追求嘛，譬如埋头做学问，当个药学家、音律家……

他隐约记得有位藩王，写了本被称为"中世纪最卓越的本草书"的植物专著，对后世医学影响极大。还有一位藩王，因为在音乐、天文、数学等方面成就惊人，对世界科学界做出过杰出贡献。

豫王怎么就不能学学这些不知道是祖辈还是后辈的亲戚呢？这样一来，虽然有生之年未必过得舒畅，但至少流芳百世呀！

苏晏对豫王有些恨铁不成钢，提笔落完款，忍不住问："除了吟风弄月，王爷就没点别的什么兴趣爱好？"

豫王饶有兴味地瞧他："清河这是想多了解本王一些？"

"就当是吧。王爷可有其他喜好？"

豫王踱到窗边，望向夜空。

月朗星稀，北斗不甚分明，只玉衡微闪，其余几颗星子都黯然无光。

西北方来的风吹过耳畔，依稀带着金戈交鸣的余音，铿锵得令人怅然，仿佛热火焚烧后残留下的一抔灰烬。

"没有。"他的声音平静无比。

苏晏宽慰他："没关系，兴趣爱好可以培养。你看你字儿写得这么好，和皇爷的画儿有得一拼，不妨在这方面拓展拓展。"

豫王转头，似笑非笑地看他，说道："好。"

在房内用过早膳后，苏晏随豫王离开小南院，前往龙德殿觐见皇帝，呈上奏报，又将案件内情一一道来。

出于一点报答心理，牵扯到豫王的部分，苏晏并没有着墨太多，而是一语带过。

饶是如此，景隆帝依然面沉如水，对豫王撂下重话："自今日起，再让朕听到一句你与士子有沾扯的风闻，你就去跪太庙，三日三夜不得起身，不得进水米。母后这些年一心礼佛信道，对你疏于管教，朕来管教你。若管不动，还有先帝留下的金铜，还有高墙！"

豫王被迫当着苏晏的面向皇帝伏地乞罪，行了五体投地的大礼："臣弟知错了，今后一定洗心革面，痛改前非。"

皇帝目视苏晏，仿佛在说，朕答应过会命他向你赔礼道歉，这个大礼就是赔给你的，收了吧。

苏晏心底五味杂陈，一方面觉得解气，一方面又替豫王难堪。如果是自己，当着外人的面被亲兄长逼着下跪赔罪，定然羞愤欲绝，要大吵一架。

可皇帝与豫王不仅是兄弟，更是君臣。天子一怒，其余人除了俯首帖耳，还能怎样？别说吵架了，态度上稍有不恭敬，便是大罪。

君臣有别，即使是同胞血脉，仍要分尊卑上下，更何况豫王的确有错在先。如今就算皇帝给他再大的责罚，他也只能受着。

苏晏努力说服自己入乡随俗，要接受时代规则，朝皇帝叩拜谢恩。

皇帝虚虚一扶："你身上有伤，就不必多礼了，坐吧。"

他又对豫王道："这次饶了你，望你真能改过自新，今后多为国家百姓做点实事，替朕分忧。"说完给豫王也赐了座。

气氛稍有缓和，豫王便又露出一副散漫嘴脸，懒洋洋地倚在圈椅上，问："皇兄准备何时起驾回宫？倘要再住一阵子，可否让臣弟先回府，这东苑实是待腻了。"

皇帝道："太医说贵妃已无大碍，今日便可动身。崇质殿里的几名无辜官员，朕已派人传旨放他们出来。至于奉安侯……此案既然与他无关，禁足令也一并撤了吧，望他今后好自为之。"

提到卫浚，苏晏不免想到仍未放弃行刺复仇的吴名，又是一阵担心。他提醒自己——对卫浚和冯去恶的铲除计划要加快进程了。否则，就算吴名能忍住一时，沈柒那边怕也难逃毒手。

他正在盘算间，一串杂沓急促的脚步声由远而近传来，在殿门外霍然停住，似乎有意识要筛一筛其中的躁动，多添几分耐心。

蓝喜进殿禀告："皇爷，小爷求见。"

皇帝颔首。

蓝喜扬声道"宣"，太子朱贺霖方才步入殿中，先朝皇帝问了安，又转向苏晏，连珠炮似的问："听说你遭杀手行刺，受了重伤？伤势如何？可召太医瞧过？用过药没有？"

苏晏失笑，拱手道："多谢太子殿下关怀。臣若真受了重伤，哪里还能坐在这里？不过是几道皮外伤，上过药，已然无恙。"

太子大怒："什么恶徒，吃了熊心豹子胆，竟敢在别宫行刺！查出来历了吗？"

苏晏道："已经在查了。"

他本想直接说是冯去恶派来的人，但又一想，太子还小，性格不够沉稳，万一不管不顾地发作，怕要坏皇帝的事。

之前他将沈柒的密函呈上时，皇帝脸色铁青，可是看完之后只吐出一句"怙恶不悛，必自食恶果"，却并未立时下旨捉拿。苏晏猜测皇帝对冯去恶的容忍已到极限，只缺个一网打尽的契机。

苏晏想，整个锦衣卫，怕是要大洗牌了！

太子犹然发怒："那就让他们彻查，务必要揪住元凶。小爷我倒要看看，这厮有几个脑袋可以砍！"

"谢皇爷和小爷为臣做主。"苏晏看了豫王一眼，又补充，"也谢王爷及时赶到，救了下官的性命。"

太子虽然与豫王当面锣对面鼓地斗过嘴，眼下却也不得不承这个情，说了句："有劳四王叔费心了。"

豫王笑吟吟道："不费心，孤王心里舒坦得很。"

太子被他话里有话地一撩拨，冷哼着给了个漂亮的反击："我若是王叔，却是怎么也舒坦不起来的。都说亡羊补牢，这都只剩个空羊圈了，再怎么补，还能无中生有？"

豫王不以为意："有些东西不仅会无中生有，还会物极必反哩。太子还小，再大一点就明白了。"

太子见他拿自己最介意的年龄说事，忍不住眼底冒火。

皇帝听出蹊跷，觉得叔侄当众斗气，十分不像话，便道："老四，与你侄儿作嘴上计较，丢不丢份？还有贺霖，你身为储君，毫无雅量，日后如何服众？"

豫王起身揖了揖："臣弟气量不足，这便回去修身养性。"

皇帝笑骂："皮里阳秋的，说给谁听呢！朕方才又没说要关你禁闭。叶东楼的案子，你和苏晏办得不错，三天时间便找出真凶破了案，后续事宜也交由你一并处理，休想回王府躲懒。"

豫王走到苏晏身前时，转头问："苏侍读可要随本王同去刑部？"

太子当即道："不去！他还伤着呢，要随小爷回东宫养伤。"

"要养伤也是回自家府邸，一个外臣，三天两头留宿东宫，不成体统！"

皇帝当头一棒，打得太子有些萎靡，又不敢反抗，瘪着嘴不说话。

苏晏自觉好似被三口热锅夹住的烙饼，不只正反两面，连内部都要煎焦了，赶紧借这股东风告退："微臣叩谢圣恩，这便回家养几日伤，案子后续豫王殿下自可定夺。王爷若有事需要下官协理，遣人来知会一声便是。"

"你还是安心歇着吧！"豫王和太子同时说道，又彼此斜视了一眼，目光交汇时仿佛火花四溅。

皇帝觉得头疼病又犯了，挥挥手，示意自己的弟弟和儿子一同滚蛋，召蓝喜上前来为他按摩头顶穴位。

殿内终于清静下来，皇帝一边享受轻重适宜的按摩手法，一边轻叹："朕有时还挺羡慕他们，一个年轻气盛，一个初升朝阳。"

蓝喜凑趣地答："皇爷也正是春秋鼎盛，龙精虎猛呀。这不，临幸了几趟永宁宫，便叫贵妃娘娘怀上龙嗣，诞下个白白胖胖的小皇子。"

皇帝笑骂："你个油嘴滑舌的老阉奴。"

太子随御驾于午后从东苑启程，申时回到端本宫，晚膳也不太用，臭着一张脸生闷气。

小内侍富宝六岁起便服侍他，算是一起长大的玩伴，人生得伶俐，太子的心思也常能捉摸透几分，见状献计道："明日奴婢陪小爷出宫，去苏侍读家？"

太子黑着脸："明日小考，李太傅严厉，我若是逃课，他又要去父皇面前告状。你说，偌大个东宫，多少间殿空着，不就是占一张榻，多大点事，父皇怎么就不同意？整天又是规矩又是体统的，越老越啰唆。"

富宝低叫："小爷，可不敢乱说！皇爷才三十五，正是春秋鼎盛，万一听见了，还不得生小爷的气，到时小爷可没好果子吃！"

太子哼哼两声："父皇若自认为年轻，只当胡话是过耳风，又何必生气？对，他是不老，这不刚又生了个儿子，春风得意，能年轻十岁呢。"

富宝知道太子的心结所在，但这是自己万万不能搭话的，只好岔开话题："要不，奴婢明日悄悄出一趟宫，替小爷去看望苏侍读？小爷有什么要说的话、要送的事物，尽管托付奴婢。"

太子勉强接受："行吧，你先替我去瞧瞧。去御药房里多拿些人参、鹿茸、紫灵芝，紧好的挑，给他补补元气……哦，对了，还有，他喜欢的小点心……算了，直接叫个厨子去他家，要会做药膳的，从内庖选，不要光禄寺的——他们做菜忒难吃。"

富宝笑着连连答应。

太子总觉得他脸上笑意有点揶揄意味，好似自己这个储君还要上赶着巴结谁似的，恼羞成怒地踢了他一脚："还不去置办，笑什么笑！"

这一脚的力度只比玩闹时略大些，富宝行个礼，笑嘻嘻地去了。

苏晏坐上马车，自东苑直接回到家，刚进院门，便见两个望眼欲穿的小厮扑了上来。

苏小北性子稳重些，上前搀扶他。

苏小京眼眶里含着泡泪，带着哭腔道："大人说好只是伴驾去游个园，当天下午就回来，结果一声不响消失了三天三夜，又音讯不通，可把小的吓坏了。都说伴君如伴虎，这万一——"

"大人面前不得胡说。"苏小北出言提醒。

苏晏打趣："你吓什么，怕我被老虎吃了？"

苏小京抹泪："小的家中便是因为牵扯到十几年前的一场大案，才一夜倾覆，那时我还没出生，在娘胎里就签了卖身契。听说当年那案子是圣上亲下的旨，小的是怕极了，大人可千万要平平安安，切莫惹恼圣上……"

苏小北听他越说越不像话，呵斥："大人自然会平安顺遂，可闭上你的乌鸦嘴吧！"

苏晏拍拍小北的胳膊，又伸手摸了摸小京的脑袋："好了，不说了，去烧水吧，我要沐浴更衣。"

苏小北在他身上嗅到药味，惊问："大人受伤了？"

苏晏道："划了两道口子，皮肉伤，不碍事。"

"伤口可不能沾水，天渐热了，得注意着点，还是擦擦身吧。"

最后，苏晏在府上小管家的坚持下没能泡成澡，由两人服侍着，用热水擦身了事。

他昨夜从身体到精神都经历了一波三折，又带着伤，恹恹的没胃口，喝了碗红枣小米粥，倒头便睡。

睡得早，醒得也早，鸡鸣时分便醒了，天尚蒙蒙亮。苏晏觉得整个人清爽不少，下床想呼吸新鲜空气，刚一推窗，被吓了一跳。

窗下蹲着个青衣小帽的男人，年约双十，相貌普通。

苏晏警惕地叫道："什么人！私闯民宅，我要报官了！"

青年见他终于露面，松口气，起身道："苏大人切莫误会，小的是北镇抚司的探子，名唤高朔。"

苏晏扬眉："平时趴我屋顶的那位？"

青年有些尴尬："小的也是奉命行事，还请大人原谅。"

苏晏狐疑看他："今日为何不趴屋顶，改蹲窗下了？"

"奉千户大人之命，将此物交与苏大人。"高朔说着，将个一尺见方的黑漆螺钿木匣捧到苏晏面前。

苏晏接过手，直觉隐隐寒意从匣内渗出，不知是何物。

"还有这个。"高朔又从怀中掏出一个火漆封缄的信封交给他，"千户命小的在此蹲守大人回府，说要尽快转交，但又格外吩咐过，不得打扰大人休息，须得等大人身体爽利时。小的蹲了半夜，自己倒是等得，就怕这墙霜匣子等不得，里面东西要坏。"

墙霜？苏晏打开木匣，发现里面还有个更小的铁匣子，两匣之间灌满了略浑浊的白水，散发出寒气。他恍然明白，墙霜便是硝石，遇水吸热，用来给内匣中物冰镇保鲜。

他拈出小铁匣子，打开，赫然看见一截断舌。

舌头断面稀烂，不像是被利刃割下，糊着凝固的血迹，通体已变色，但尚未腐烂，想必这几日一直都封在冰块中。

苏晏忍着恶心扣上匣盖，嘀咕："沈柒这是发的什么疯？"

他想把匣子还给高朔说，给我丢回你们家沈千户脸上去！但转念一想，沈柒不是爱搞恶作剧之人，此举定有深意。于是又小心地拆开信封上的火漆，抽出内中折叠好的两张纸。

一张是血迹斑斑的认罪状，血迹已成暗褐色，至少是三天前喷溅上去的。苏晏皱着眉，仔细辨认字迹，发现内容大致是供认自己贪污受贿、结党营私，还攀扯了内阁首辅李乘风，末尾画押处没有签名，却盖了个沾血的手印。

苏晏蓦然意识到——这是他那位恩师，卓祭酒的认罪状！

那条断舌，莫非也是卓祭酒的？舌头都咬断了，人还能活？

苏晏忙展开第二张纸，是张便条，上面笔迹潦草地写着：

"五月初四，卓岐死于公堂之上，为嚼舌自尽而亡，遗言'欲问何罪，且看我一腔碧血'。冯去恶力排众议，对上隐瞒此事，卓岐尸身至今仍存于北镇抚司一处密院的冰窖中。若欲除奸，此为最佳契机——七郎。"

苏晏在读信的同时，心中豁然开朗。

他之前就怀疑沈柒手握冯去恶的不少把柄，果不其然，这就将最新鲜、严重的罪行，在最恰当的时刻送到了他面前。

冯去恶炮制冤案，逼死大臣，又欺君罔上，隐瞒不报，这断舌和认罪状以及卓岐的尸身，便是最确凿的证据。

——这是否就是皇帝正在等待的契机？

谁捅破这层窗户纸，做了首告之人，谁便顺应皇帝的心意，立下锄奸之功。沈柒是要把这份偌大的功劳送给他呀！

苏晏心底轻颤，问高朔："如此要事，沈千户为何不亲自来见我？"

高朔迅速答："千户大人有急务，脱身不得，又信得过小的，故而派小的前来。"

回答太快，反倒像是事前编排好的。

苏晏起了疑心，又追问："他有什么急务，是谁派下的？冯去恶深夜急召他回北镇抚司，所为何事？"

高朔仿佛一时没想到答案，支吾了两声："这个……小的也不得而知。"

"你方才说，沈柒信得过你，说明你是他心腹，为何竟连他的现状与去向都不知？"

"或许是密务，等千户大人忙过这阵子，定会亲自拜访……"

"一派胡言！你是不是在骗我，连同这封手书都是伪造的？"

高朔被逼急了，只好躬身抱拳："大人恕罪，是千户大人昏迷前千叮万嘱，叫小的绝不可将他伤重之事告知大人。"

"伤重？昏迷？什么情况，你给我说清楚！"苏晏心底隐隐生出不祥的预感，连带声音也疾厉不少。

高朔叹道："前夜千户大人从东苑一回来，便受了酷刑，生机几绝，好容易才捡回性命。眼下伤势发作，高热不退，延请几位名医都说治不好。小的从他府中出发时，他已近昏迷，不省人事。"

沈柒若是狠心杀了我，也不至于落到如今这个下场，他是因为救我，才把自己的半条命搭进去！苏晏一阵揪心，喃喃自语："我就知道，冯去恶饶不了他……他这是局部感染导致的高烧，须得用抗生素才能有效杀菌，可当下又去哪里弄来？"

即便是随传教士而来的西方医学，如今也不过具有一些浅显的解剖知识，在实际治疗效果上并不优于中医，故而无人问津。别说成品抗生素，哪怕只是最早的提炼抗生素的来源青霉菌，也得在数百年后才会被意外发现。

现下这被郎中称为"疡痈"的病症，毫无疑问是道九死一生的鬼门关，只能靠中草药、自身抵抗力和运气相辅相成，才可能有一线生机。

可这生机实在太渺茫了，可以说是接近于零！

是否还有别的法子可想……自己曾经看过那么多杂书，是否能从中寻得一点线索……苏晏的思绪混乱，脑中充满各种杂音，胸口仿佛填了块磐石，压得心脏一点一点向下沉，要沉入深渊中去。

高朔见他面色苍白，神思不属，不禁担心道："苏大人？"

这一声，犹如惊雷，唤醒了苏晏的神志。

他脑中隐约有了个想法，也许有些粗糙可笑，但确是死马当活马医的无奈之举。他问这高朔："如果发动沈千户的所有手下，在全城搜罗发霉生绿毛之物，无论何物都行，能找到多少？"

"发霉生绿毛？"高朔愣住，茫然问，"如此恶物，拿来做什么用？"

"治病用。"

高朔见苏晏一脸严肃，不像是说胡话或开玩笑，匪夷所思道："那也能治病？"

苏晏答："千真万确，而且治的就是伤口感染之症。"其实他毫无把握，但为了稳定人心，仍说得言之凿凿。

"若是出动所有兄弟，在京城四下张榜求购，几日内应是能寻到一些……"高朔估摸道。

苏晏摇头："我需要更短的时间，更大的数量。劳烦大哥再仔细想想，可还有什么办法？"

高朔搜肠刮肚，听见远处晨钟穆然响起，声声入耳，忽然眼前一亮："我想起来了！出了外城西的广宁门，有个隋时修建的老佛寺——天宁寺，如今已有些破败。

寺中僧人年年都要制作陈芥菜卤，为人治疗肺痈、喉症。我去年冬日犯咳疾，也向他们讨要过一杯卤汁，下痰定嗽，效果绝佳。"

苏晏问："这个什么……菜卤？与我说的发霉之物有关？"

高朔解释道："僧人用大陶缸盛放芥菜，使其自然发霉，当绿毛长到三四寸时，将大缸密封埋入地下，待到数年后挖出，芥菜早已化成水，便是陈芥菜卤。苏大人若需要大量发霉之物，估计这是全京城最多最集中的了。"

苏晏喜上眉梢："对对，就要这绿毛，有多少要多少！能治肺炎，就说明有杀菌效果。走，我们这便前往天宁寺，向僧人购买。他们若是不肯，我便用太子给的腰牌向五城兵马司下令，让他们去讨要，县官不如现管。"

高朔心道他是金榜题名的进士，博览群书，说不定还真知道些神医秘方，不妨随他走一趟。

苏晏和家中小厮交代一声，当即与高朔骑马出发，疾驰前往天宁寺，与住持沟通此事。

僧人听说是作救命用，便同意舍了今年份的陈芥菜卤，当场开缸，取出所有发霉的绿毛，密封好，将罐子交到苏晏手上。

两人又马不停蹄，赶到沈柒家中时，已是日头偏西。

沈柒单门独户地住在个静巷的大院子里，房舍是从一个外放的京官手上盘下来的，三进两院过道厅，共有七十多间房，是四品官的规格。不过锦衣卫身为天子亲军，地位煊赫，所以五品也住得，又养了不少婢女、仆役、账房、护院之流。与之相比，苏晏的小院虽也是三进，面积却不大，仆从又少，相对他的官阶，显得有些局促了。

高朔进了院门，与管事耳语几句，便带着苏晏直奔主院正房。

他在廊下驻足，对苏晏道："千户大人便在里面。我一个外人又是下属，不好入主人家内室，苏大人请自便。"

苏晏心想，我也是外人啊，怎么好自便。但到底牵挂着沈柒的伤势，抱着罐子推门进去。

房内三五婢女捧着水盆、药碗、纱布往来，见个陌生少年闯入也不吃惊，行个礼道声"大人万安"，便自顾自忙去了。

苏晏顾不得奇怪，快步绕过嵌装了书画屏条的黄花梨螭纹十二扇围屏，进入寝室，一眼便见床榻上俯卧的身影。

沈柒赤着上身，趴在卧单上，没有扎纱布，只在背部盖了层用沸水煮过晒干的白纱布，不多时便吸饱血污，守在旁边的婢女便小心翼翼地揭去，再换一层干净的。

苏晏赶到床边，放下罐子，低声问："千户怎么样了？"

"高热两日一夜，灌了不少汤药，热度退下几分又上去，反反复复。大夫方才来看过，只是摇头叹气……"

苏晏俯身，迟疑一下，伸手去揭沈柒背部盖的纱布，下一刻，便被触目惊心的伤势撞得后退半步，狠狠吸了口冷气。

"他这是受了什么刑？如何……"整个后背稀烂不堪，看不到一寸正常皮肉，仿佛猩红色泥淖，两弯蝴蝶骨处依稀透出森白骨色，惨不忍睹。

婢女哽塞答："是梳洗。"

十大酷刑之一的梳洗！浓重的血腥气，透过这两个看似寻常的字眼扑面而来，苏晏手脚冰凉。

他俯下身，用颤抖的手指探了一下沈柒的鼻息。

沈柒头侧在软枕上，脸朝外，双目紧闭，眉头痛楚地锁着，脸颊殷红得不正常，热气从开裂的嘴唇间吐出，一丝一缕，忽轻忽重，仿佛难以为继。

苏晏低声道："非常时刻行非常事，你若是醒了，可别怪我擅作主张……不，宁可你怪我，也要撑过这一关，快点醒啊！"

他转头对婢女道："千户眼下这般光景，药石罔效，我手上有个偏方，姑且一试。"

婢女俯首行礼："千户大人昏迷前交代过，若是苏大人前来探望，无论做什么，下人均不得阻挠，若有吩咐，一应照办。这府中人人都见过苏大人的画像。"

苏晏这才反应过来，进入沈府后为何一路畅通无阻，连下人们见他擅闯内室，也毫无殊色，只是恭敬问安。

沈柒早就料到他会来。或者说，派高朔将扳倒冯去恶的证据交给他，又欲擒故纵地告知他自己伤势严重，就是逼着他前来。

但苏晏对此并无半点不快。他知道沈柒惯耍心计，至死也改不了，高朔失口吐露是假，可这病情却是真的。

沈柒此举，何尝不是想见他最后一面？他何忍以机心见责。

苏晏对婢女道："为了制药，我需要一些器物，你报给管家，让他立刻吩咐下去尽快备齐，救人如救火。"

婢女一听，连忙道："苏大人尽管吩咐，下人们绝不敢有丝毫怠慢。"

苏晏用旁边书案上的笔墨，在纸上写下林林总总的工具和材料：竹条、纱布、棉花做的过滤漏斗，底部带孔的大竹管，菜籽油、蒸馏水、白醋、海草、炭粉……顿了顿，他又备注道，最好用兽金炭或银骨炭，炭粉越纯净越好。

这一大罐绿毛是未提纯的青霉菌，不能直接用在沈柒身上，否则他十有八九会死于霉菌分泌物，而且比不用药死得更快。

苏晏看过不少杂书，有一本唐人闲笔上曾提到过，长安的裁缝被剪刀扎伤手，伤口发炎化脓，便是用长满绿毛的糨糊敷涂，最后治好了。但那只是孤例，万一是因为那个裁缝伤口不大又走了狗屎运呢？万一是作者瞎忽悠呢？

这办法太原生态了，危险性极大，苏晏不敢用，那么就只能试着照本宣科，按照土法自行提炼了。

其实，苏晏对提炼的成功率十分怀疑，首先他没有时间做高产菌株培育，只能寄希望于僧人们几十口芥菜大缸里长满的青霉菌，以量取胜。

过滤漏斗可以现做，材料简单，只是需要注意消毒。

蒸馏水也不困难，去花露作坊就能买到。

酸性水就用白醋。

碱性水，将晒干的海藻烧灰，以热水浸取、滤清后获取。干海藻可以在水产店买到——大铭的商业物流很发达，蛤蜊干、瑶柱、虾米、海草等都能从海边运来。

分离管……这个比较复杂，实在是没法现做，只能用下方带孔的竹管勉强凑合着用。

沈府的管事是沈柒千挑万选的，精明能干，拿到单子后立刻分工派遣仆役，采买的采买，制作的制作，熬煮的熬煮，前后用了一个多时辰，紧赶慢赶，终于将所有器物备齐。

苏晏第一次把书本理论化为实际，操作起来格外小心翼翼，唯恐哪一步行差踏错，导致前功尽弃。

他跳过菌株培育那一步，直接用漏斗过滤那一罐子绿毛水，然后加入菜籽油搅拌静置。液体分为了三层，只有最下层含有青霉素，从竹管下方小孔导出。

这样的溶液还有很多杂质，需要进一步分离和提纯。

他将炭粉加入溶液中搅拌。炭粉会吸收青霉素，接着注入蒸馏水，洗掉不纯物质；注入白醋，洗掉碱性杂质；注入海藻灰滤液，使青霉素从炭粉中脱离。这样，从竹管最下端的导流棉条里流出的，就是较为纯净的青霉素了。

实际上，要想知道这些青霉素是否有效，还需要做药效鉴定，但需要时间。然而眼下沈柒等不了，苏晏便也跳过了这一环节。

最后一步是做皮试，如果过敏……就当他之前所有功夫全都白费，沈千户也只能自求多福。

挑用极少的量，点在伤口皮肤边缘，苏晏几乎是屏息静气地等待。两刻钟后，没有任何异常，他大是松了口气。

缺乏相应的注射器械，他只能学乡村赤脚医生，将青霉素直接敷涂在沈柒后背的创面上，进行消炎杀菌。

到了最后这一步，能做的，苏晏已经竭尽全力做了，剩下的，只有看天意，看沈柒自身的体质和运气。

一句话，尽人事，听天命。

这招如果起效，一两个时辰内便能见分晓。苏晏打算守在沈柒身边，对婢女道："你先退下吧，这里交给我了。"

婢女将换了新水的铜盆、干净纱布等一干物件备齐后，躬身退下。

其时已是黄昏，斜阳透过窗棂射入，余晖绚烂如金。

苏晏在冷水盆里拧了汗巾，擦拭沈柒滚烫的额头，不时更换，又用荻管吸取盐糖水，从沈柒嘴角插入。沈柒昏迷中半流半咽，但好歹也喝进去些许，不至于脱水。苏晏还要及时更换被血水渗透的纱布，忙活个不停。

其间，婢女送晚膳进来，苏晏无心饮食，只匆匆用了碗八宝粥。

戌时将尽，他抚摸沈柒额头，感觉热度终于有所下降，又担心还会反复。

好在高烧的确退了下来，并且稳定了两三个时辰。苏晏心弦一松，疲劳困倦顿时如潮水席卷而来，就这么坐在床前踏板上，靠着床沿迷迷糊糊睡着了。

这一觉苏晏睡得极不安生，浅梦连连，苏晏没过多久忽然惊醒，一睁眼就看见沈柒的脸。

沈柒睁着眼，极安静地看他。

苏晏欣慰："你终于醒了！感觉如何？"

沈柒张了张嘴，一时发不出声音。苏晏忙端来一杯温水，将荻管送到他嘴边。

沈柒吸了几口水，声气渐壮，说："你是来见我最后一面的？"

苏晏拍拍他的手背："别胡说，你死不了。烧既然退了，就说明土制青霉素已然见效，再佐以消炎解毒的汤药，很快便会好起来。对了，我这里有一些滇南密药，去腐生肌，治疗外伤有奇效，回头也给你敷上。"

正是之前挨了廷杖后豫王送的，沉甸甸的一大竹罐，苏晏没用完，如今还剩半罐。

沈柒虽不明何为青霉素，但意识到此番能醒，归功于苏晏。他叹息道："是苏大人救了卑职的命。"

他故意用了谦称，放在眼下的情景中，却不再带有嘲谑意味，反而透出了真切的感激。

"那是因为千户之前也救过我，一报还一报，两清了。"

沈柒目光一寒，眉宇间凌厉的气势，即使再虚弱的气色也掩饰不了。他直视苏晏，慢慢道："我救过苏大人两次，苏大人才还了我一次，怎么叫两清？莫非苏大人自觉还完了人情，以后就不打算再投桃报李了？那可不行，卑职如今遭逢劫难，还指望着苏大人替我另谋出路呢！"

苏晏被这目光刺得瑟缩了一下，讪讪道："哪有人像你这样，时刻把施恩图报挂在嘴边……我就知道你不是个好人。"

沈柒闻言心头一凉，仿佛三九天兜头被泼了盆冰水。

苏晏自己也觉得这句话当面说出来奇怪。可他总不能说"我知道其实你是个好人"，这样不仅怪，还假。

"我知道你不是个好人，但也知道那是情势所逼。身边虎狼环伺，你若不为虎为狼，便要遭人吞噬，但凡有点心软，就是今日这般下场。可你明知会连累自家性命，却仍要冒死救我，如此深恩厚义，我非草木，孰能无情？从今往后，你我便是过命的兄弟。只要你不做伤天害理、丧尽天良之事，我愿为沈千户两肋插刀，此后同患难、共富贵，终生交好，永不离心离德。"

一气说完，苏晏正色望着沈柒，期待他的回答。

沈柒面无表情："沈千户？"

"啊？不对吗？"

"在诏狱正式认识的那天，我是不是说过，你可以叫我沈七郎？"

"哦……"

"不叫七郎，叫七哥也行。"

作为家中独子，苏晏可没有到处拜把子认兄弟的习惯。"七哥""七郎"还好接受些，反正民间市井都这么叫，只要别让他叫"大郎"就行。

"以后打算怎么报答我来着，你再说一遍。"沈柒道。

苏晏总有种自己被人套了的感觉，但还是按他的要求又重复了一遍："从今往后，你我便是过命的兄弟。只要你不做伤天害理、丧尽天良之事，我愿为七郎两肋插刀，此后同患难、共富贵，终生交好，永不离心离德。"

"兄弟……好兄弟……"沈柒嘀嘀低笑，眼底仿佛闪过一抹猩红色，连带笑声都沾染了断刃上寒厉的血腥气。

苏晏听着有些发毛，强作镇定地道："你要静心养伤，快点好起来。冯去恶那边不用操心，我自会料理他，为你报仇。"

这通笑似乎耗尽了沈柒刚攒起来的一点精力，他疲倦地闭上眼。

苏晏忙招呼婢女送白粥进来，将上面一层熬得浓稠的粥油喂给他。

把床前踏板让给喂粥的婢女，苏晏起身时动作急了点，眼前一阵发黑，不禁伸手扶住床架，等待那股眩晕感过去。

沈柒含着粥问："怎么了，身体不适？"

"无妨，这几日来回奔波，有些乏累，睡一觉就好。"

"你不吃不睡守了我一夜，心神损耗太甚。先用些清淡粥菜，我叫人带你去客房歇下。"

苏晏看了看窗外，东方未明，天际一片溟蒙，约是五更初。

今日是常朝，又叫御门听政，在奉天门的玉阶之上设宝座，皇帝亲临听取大臣们奏事。

除了当值侍奉的锦衣卫亲军、官微而言重的御史们，只有三品以上的京官和四品以上的地方官才能参与早朝。他苏晏不过从五品小京官，自然是没有资格上朝的。

但他却偏要抖动一条七尺混天绫，意欲将这等级森严的朝堂搅个江海摇晃、乾坤震撼。

殿试时，他是无心插柳，这一次，他却是有意栽花——栽一株要命的食人花。

苏晏对沈柒说："歇不得，这事须得一鼓作气。我从东苑回来已两日，冯去恶派去暗杀我的几个杀手伏诛，豫王藏匿了尸体，并未惊动他人。但这些杀手没有及时复命，冯去恶也会起疑，再拖下去，怕要打草惊蛇误了大事。我准备这就出发，前往奉天门。"

沈柒道："你要闯奉天门早朝？不怕坏了朝仪规矩，冲撞皇爷，惹得龙颜震怒？"

苏晏淡定地挑眉："且看吧。"

"你决意要去，想必心中有数，我不拦你。"沈柒停顿一下，又补充道，"但你手上罪证，分量还不够重，不足以钉住蛇之七寸。边上那个衣柜，背后墙内有个机关暗盒，我教你开启之法，你去取来。"

苏晏依言推开沉重的花梨木衣柜，开启墙上机关，抱了个两尺见方的暗盒出来，放在床前地板上。

暗盒须得按照相应顺序，将所有机关纹路对齐，方能打开。苏晏在沈柒的指点下，开启盒子，发现里面是厚厚的几叠纸页，图册、账本、手书、密令……一应俱全。

他拈起几页手书，迅速浏览，叹赏道："你果然留了一手！"

沈柒说："我在冯去恶麾下十年，步步惊心，若不如此，关键时刻如何保命？"

苏晏哂笑："你所谓的保命，就是要对方的命。"

沈柒不语，以目视他，眼底微现自得之色。

苏晏顺毛表扬："七郎这是雪中送炭，一举定乾坤呀。"

此番如果能扳倒冯去恶，沈柒理应占首功，他定会在景隆帝面前如实禀告。

"这里物证众多，你要赶今日御门听政，一时半会儿看不完。且附耳过来，我口述个纲要给你。"

苏晏见沈柒话说多了气虚，便俯身床沿，将脸凑近。

沈柒简明扼要地大致说了几条冯去恶所涉罪行。苏晏点头："我记下了。你借我一辆马车，我还有点时间在车上梳理这些物证。"

"可我总觉得时间太紧，不如等明日？"

苏晏摇头："此事如箭在弦，一触即发，不能再拖延，迟则生变。"

沈柒见他神色沉静从容，仿佛胸怀极大的勇气与自信，从眼中透出令人心折的神采，不由心生敬意，低声道："万事多加小心。"

苏晏抱着暗盒起身，想着成败在此一举，心中豪情顿生，朝沈柒哂然一笑，推门离开。

四更将尽，天色尚未亮起，大臣们就已在午门外等候早朝，注籍签到。

五更开宫门，午门城楼上传来钟声，文武大臣列队从左右掖门进入，过金水桥，按品级分列于奉天门前两侧。朝仪制度极严，官员中若有咳嗽、吐痰或步履不稳重的，都会被负责纠察的御史记录下来，以失礼处置。

御门升宝座，鸣响鞭，大臣们行一跪三叩礼。随即九卿六部大臣依次奏事或敬呈奏本，由皇帝下令商议，做出决断，发布谕旨。

就在百官进入奉天门广场，听政已进行了半个多时辰后，一辆马车辚辚地压着青石板，停在午门的下马碑前。

苏晏抱着个黑漆螺钿木匣下了马车，在拂晓天光中，望向午门外竖立的登闻鼓。

这登闻鼓乃是开国皇帝下令设置，一直沿用至今。京城官民、赴京的边远百姓若有要案，便可击鼓鸣冤，也就是俗称的"告御状"。甚至连死刑犯，自认为有冤屈的，也可以由家属代其击鼓讼冤。

但皇帝也规定，此鼓非大冤及机密重情不得击。六科给事中和锦衣卫轮流值守登闻鼓，接待击鼓人，登记鼓状。一旦鼓响，钦定的监察御史将会出巡盘问，决定是否上报天听。

苏晏打的就是这面登闻鼓的主意。

他没有穿官员的补子常服，而是一身素白的缌麻孝服，头戴白色垂缘小冠，抱匣而行。

在手执榜牌的锦衣卫校尉的注视下，苏晏拾级而上，单手抽出架子上的鼓槌，用力敲击鼓面，一下一下，沉稳有力。

他整整敲了十二下，方才住手。

鼓员也是从锦衣卫中抽调而出，是个年近三旬的黑脸汉子，闻声从廊下休息处赶来，大老远就不耐烦地催促："可以了可以了，还要敲多少下，敲破了你赔得起？"

他将手中的登记簿拍在旁边的木桌上："什么人，所告何事，有没有写好的状子？会写字就过来填单子，不会写字的话，你说我填。"

苏晏不与他计较，左手抱匣，右手执笔，在登记簿上的告状人一行，行云流水地写下"司经局洗马兼太子侍读苏晏"。

鼓员见了，脸色微变。来这儿敲登闻鼓的，十个有八个都是平民百姓，或者军余小吏，或者犯官家眷，何曾见过五品京官亲自来敲鼓！这姓苏的还是太子侍读，怎么不走东宫途径，找小爷去诉冤，非要来这里给他添麻烦？

他心中隐隐有不祥预感，再看登记簿上的被告人，眼前一黑，几乎当场晕过去。

那一栏赫然写着：锦衣卫指挥使、掌印管事冯去恶。

一个五品小京官，太子的身边人，要状告天子亲军、正三品锦衣卫掌印首领，还非得用敲登闻鼓这般万人瞩目的方式……怎么看，这里面都有奇情大案，足以搅动朝堂风云变幻的那种，搞不好还要连累他这个微不足道的鼓员掉脑袋……

黑脸汉子越想越觉得胆战心惊。

但他又不能任由这少年官员把这案子捅到御前——无论对方告状成与不成，自己非被指挥使大人抽筋剥皮不可！

锦衣卫不仅是天子的侍卫和仪仗队，北镇抚司还手握侦刺缉捕之权，诏狱十八刑更是令人闻风丧胆。掌印指挥使冯去恶得势多年，根基深厚，哪里是一个年不足弱冠的小文官可以撼动的！

还是赶紧把人轰走，就算要告状，也去找有司衙门，别来祸害他！

"这胡乱写的是什么？我看你是失心疯！"黑脸汉子一把扯掉苏晏正在写的纸页，直接撕碎，当即朝两旁的校尉喝道："你们，将他赶出午门，扔到街口去。再敢回来撒野，就打断他的腿！"

两名锦衣卫校尉二话不说，冲过来叉住苏晏往外拖。

苏晏哪里是两个彪形大汉的对手，真真秀才遇到兵，有理说不清。他左右环视，皱眉想：鼓声响过许久，这负责受理与呈递的监察御史如何还不来！

正焦急间，忽然看见一名身穿獬豸补子常服的言官，正不紧不慢地从掖门走出来。苏晏眼尖，一下就认出个相识的——都察院右佥都御史贾公济。

"贾大人——"他扬声高呼，"下官有奇冤大案！奇——冤——大——案——"

他将最后四个字唱成了响遏行云的男高音，纵然远隔百米，还是被贾御史听见了。

贾御史眼神不济，隔着老远，还没认出击鼓人是小南院里一起蹲过禁闭的苏侍读，但"奇冤大案"四个字仿佛一剂最猛烈的药，灌注进他的血管，使他兴奋得满面红光。

作为言官中出了名的"嘴炮"，贾大人平生最大的愿望就是名垂青史，成为刚正不阿、不畏强权的代言人。虽说"两袖清风"是做不到了，但至少还能"铁面无私"呀！

故而他看谁都不顺眼，逮谁都想弹劾，骂太监柔佞弄权，骂国戚狐假虎威，骂藩王空食俸禄，骂文官尸位素餐。就连东宫藏着小黄书这种与他八竿子打不着边的破事，他收到告密后，都大胆参过一本。

太子年幼又是储君，给点面子轻点骂，而辅导太子读书的詹事府侍讲、侍读们，尤其是日日随侍的苏清河，更是被他在奏本中骂个狗血淋头，这才惹得皇帝发火，赐了苏晏一顿廷杖。

虽说皇帝更深层的心思，还是稳住背后企图动摇东宫的势力，放长线钓大鱼，但由于奉安侯卫浚授意冯去恶横插一杠，导致苏晏险些命丧廷杖。

说来说去，这贾御史也是推手之一。

不过，苏晏如今要用他，自然不会跟他算这笔账。见贾公济快步走近，苏晏叫道："贾大人，下官敲完鼓，尚未填好状单，这鼓员二话没说撕毁单子，要将我叉出午门。下官不知坏了哪条规矩，莫非如今的登闻鼓不让人敲了？"

贾公济这才看清，面前这个被校尉叉住的少年，可不就是他上奏弹劾过还当面嘲讽过的苏清河？

这一身缌麻轻孝的，给谁服丧呢？

看这架势是要搞大事！

此时的贾公济，眼里没有旧过节，只有新战斗，迫不及待地问："苏洗马这是要告谁？"

苏晏大声道："冯去恶！"

如同醍醐灌顶，贾御史打了个激灵，全身毛孔都绽开了。

想到自己的弹劾史又可以添上浓墨重彩的一笔，贾御史激动得手抖。

锦衣卫指挥使又如何？越是专权擅势，越显得他犯颜直谏的可贵，哪怕因此触怒龙颜，也在所不惜。最好再打他一顿廷杖，可不就成其不世之节，美名扬天下了吗？

贾公济一拍大腿："这鼓状我接了！"

他转头呵斥黑脸汉子："你身为鼓员，本该按实登记鼓状，却因为畏惧权势，渎职枉法，乃至殴攘官员，十分可恶！本官必在朝会上向陛下检举你的罪行。"

那鼓员听得腿一软，跌坐在地，连声叫屈："我没殴攘他！只是轻轻叉一下！"

贾公济没理他，又兴致勃勃问苏晏："你手上这个木匣里可是罪证？有点小啊，怕是装不了多少。"

"还有个大的。"苏晏答，"我的马车停在下马碑前，车上有个暗盒，里面装的全是罪证。只是我一个人搬不动两样。"

"本官来帮你搬。"贾公济将两臂袖子一挽，果真去到马车内，抱出一个二尺见方的大盒子，对他说，"走，随我一同进去，先在金水桥边候着。等我禀报过皇爷，再召你御前诉讼，与那冯去恶当堂对质。"

苏晏问："冯去恶也在奉天门？"

贾公济道："皇帝御门听政时，照例有锦衣卫堂上官一员，侍立于御座西侧，负责传旨。今日正是冯去恶当差。怎么，你不敢与他当面对质？"

苏晏面不改色："如何不敢？我手中铁证如山，桩桩件件都是要命的大罪。我还巴不得他砌词抵赖呢！说多错多，真要挑刺，哪句话挑不出来？"

贾公济深有同感地颔首："不错。我看苏洗马伶牙俐齿，胆色过人，又深知弹劾人的要义，很有当言官的潜质，皇爷派你去管理宫中四库图籍，屈才了。"

苏晏笑道："贾大人抬爱。下官对诸位御史的高风亮节亦心存敬佩。科考只要肯读书，人人能上，言官却是极重品行，犹如孔门四科十哲，未必人人可用。"

贾公济被他冠冕堂皇地一阵吹捧，更是自豪身份，道："御史品阶虽不高，职责却重大，纠劾百司，辨明冤枉，提督各道，为天子明耳目、正风纪。我等身怀纠弹权、监试权、司法权，更有临时派遣外地，成为巡抚、提督或总督，整饬抚治地方事务，因事特设。"

他向苏晏很是卖力地推销了一通，最后提议："此案若能成事，不如本官向皇爷举荐，让苏洗马再领一项七品监察御史之职？"

登闻鼓的鼓声沉重激越，能传五里，整整十二响，绵延不绝，江潮般卷进了奉天门。

文武百官面面相觑，心想这鼓多久没响了，如今一响还恰逢早朝，不知有何要案发生？

景隆帝在御座上也听见了鼓声，心底登时浮起个人影，暗想：怕不正是那个小机灵鬼儿，在龙德殿里听到一句"自食恶果"便上了心，这是瞅着朕瞌睡要来送枕头。

右金都御史贾公济纵穿广场，在御阶下引奏："启禀皇爷，击鼓者为一京官，所告之人亦牵涉朝中大员，臣不敢擅专，报请圣上定夺。"

皇帝闻言心中更是有数，不动声色道："既然双方都牵扯到官员，那就把人领过来，当面直诉，也好叫在场众卿一同分断分断。"

贾御史领旨，意气风发地去了。

不多时，便见一个穿缌麻孝服的少年，手中抱个黑匣子，迤逦而来。在两侧文武官员的注目礼下，他行至御阶前，放下匣子，恭谨地一跪三叩。

"苏晏，你可知登闻鼓非大冤及机密重情不得击？"

皇帝的声音从高高的御阶上方传来，带着缥缈之感，仿佛远在天边的神佛说话，令人敬畏而疏离。

苏晏生出一瞬间的怯意，随即稳定心神，沉静地答："臣知道。臣还听闻朝廷虑刑狱有冤，下情不能上达，故设登闻鼓。既如此，这面鼓，臣今日就非敲不可。"

"起身吧。你有何冤情？只管道来。"皇帝说。

苏晏依然跪着："有冤的不是臣，而是这匣中之物的主人。臣并非替自己，而是替人鸣冤！"他说完，开启黑漆木匣，从中又取出个更小的铁匣打开，捧在双掌，呈上头顶。

皇帝原以为他要为小南院遇刺一事告状，却不想只是替人出头，便示意蓝喜下去看。

蓝喜下了御阶走到苏晏面前，往铁匣里定睛看去，认出是一截糊着血污的断舌，吓了一跳，低声责备："如此血腥之物，怎能呈在御前？！"

苏晏扬声说："物虽血腥，却是出自忠良之躯，若不宜示君，请示诸位大人。"

他也不等皇帝恩允，径直起身走向两侧官员队伍，将铁匣戳到诸位公侯、尚书、内阁大学士的眼皮子底下，这下不少人变色掩鼻，甚至皱眉斥责。苏晏却不管不顾，一个一个戳过去，只把这些养尊处优的大人们逼得连连后退。

蓝喜回到皇帝身边，禀道："皇爷，是一截嚼烂的断舌。"

皇帝敛眉，却是等苏晏把铁匣向众臣一一出示完毕，方才问："你所说的这位忠良是谁？"

"臣手中还有份状纸，皇爷一看便知。不过，纸上也沾染了血腥，恐污圣目，不如臣读给皇爷听？"

皇帝这下确定他要唱出大戏，心想不妨配合着演一演，看他能玩出什么花样，便说："你读，大声点，让诸卿也听一听。"

苏晏从怀中掏出叠好的纸页展开，只见血迹斑斑，几乎盖住大半文字，墨迹仅勉强能辨。

他开始字正腔圆地诵读这篇认罪状，但没有读抬头，而是直接从正文开始。

认罪状短短数百字，不仅将收受贿赂、结党营私的所有指控全部认下，还为了将功折罪，检举揭发内阁首辅、吏部尚书李乘风，说都是受他指使，还说他仗着两朝元老的身份，藐视天子，独断专权，将曾经查抄的信王家产中饱私囊，桩桩件件都是大罪。

两侧大臣们听得脸色作变。脾气火爆的李阁老更是勃然大怒，喝道："一派胡言！谁人如此信口雌黄污蔑老夫，竟还有脸称之为忠良？！"

他年逾古稀，身子犹雄健，能与奉安侯在朝堂上比拼拳头，此番三两步冲到苏晏面前，一把扯过认罪状，看向画押处。

但见一个血染的手印，凄恻地盖在上面，却没有亲笔签字。

李乘风微怔，再看抬头，赫然写着"罪人卓岐供认如下"，不禁失声道："卓安行？如何会是他？！"

卓岐是他多年的门生，为人如何他自然心底有数，虽然性子优柔寡断些，却不至于欺师灭道。莫非那条断舌……

苏晏看李乘风脸色惊怆，似已猜到几分，于是万般悲痛地说："卓老师若是屈服酷刑，同意在这认罪状上签字画押，又何至于在公堂之上被逼受辱，咬舌自尽！"

众臣哗然，交头接耳。

皇帝沉着脸，眼中怒意蕴藏，将目光投向御座西侧的锦衣卫指挥使冯去恶："卓岐一案，是你们锦衣卫与大理寺共同审理，缘何会致官员命丧公堂？"

冯去恶自见到匣中断舌，心知不妙，脸色郁晦地在思考对策。只因他平日里就一副阴沉模样，旁人也看不出什么端倪。被皇帝点名问罪，他立即躬身抱拳："回皇爷，那卓岐是自愿认罪之后，羞愧难当，才畏罪自尽的。事发之时，大理寺卿余大人也在公堂上，皇爷不妨垂问。"

皇帝的目光瞥过来，大理寺卿余守庸只得出列，拱手道："冯大人所言属实。"

这案子他和冯去恶是主审官，当初他没能阻止冯去恶，两人便成了一条绳上的蚂蚱，如今再怎么硬着头皮，也得统一口径，咬死卓岐是畏罪自尽，否则他也难辞其咎。

"此事为何不报？"皇帝问。

冯去恶抢在余守庸之前回答："因为那天是五月初四。次日便是端午节，臣等怕坏了皇爷过节的心情，故而想延后一日，等节后再报。结果次日东苑出了血案，锦衣卫要御前守卫，又要搜查凶手，臣一时忙乱便忘记了此事。眼下叶郎中的案子已结，臣方才想起这事，正想向皇爷禀报来着，这姓苏的就来闯早朝兴师问罪了。臣自知忙中出错，愿领责罚，但逼死大臣这等莫须有的罪名，却是万万不敢领受！"

他这么解释，倒也能自圆其说，皇帝沉吟不语。

冯去恶瞪视苏晏，目露凶光："苏侍读如何妄言卓祭酒是被逼而死，莫非你这个不在场的人，倒比我们这些在场的人更了解事情真相？"

苏晏浑然无惧，针锋相对道："在场的人，无论是大理寺的，还是锦衣卫，于此事上都是一根绳上的蚂蚱，彼此做证，能说明什么真相？只怕把你们那些在场的手下全喊来，也统统都是这一句——'冯大人所言属实'。冯大人积威已久，又睚眦必报，他们唯恐得罪你，不实也得说实。"

余守庸闻言恼怒，对苏晏横眉道："你这是暗指本官替冯大人做伪证？区区从五品，也敢信口开河，若不严惩，以后人人都肆意以下犯上，冒渎早朝，敢问天子威仪何在？朝廷纲纪何在？诸位大人的脸面又何在？"

他转头对皇帝跪禀："臣请陛下惩治这个一簧两舌、妄言谬语的小人！"

皇帝尚未开口，苏晏向前逼近一步，微微冷笑："既然我这个不在场的人没有话语权，那就再请一位在场的证人来，如何？"

"你随便请！"余守庸自忖当时在场的不是锦衣卫就是大理寺官员，没人敢乱说话，被他拽来做证又如何？

苏晏朝皇帝拱手："臣请陛下传召国子监祭酒卓大人前来。"

众臣不禁面面相觑——这卓祭酒不是咬舌自尽了吗，如何传召？他究竟是死是活？

皇帝也凝目看他。

苏晏扬声道："诸位大人不必揣度，老师确已含冤遇害，但他的遗体还在，就被冻在北镇抚司私挖的一处冰窖里！"

此言一出，冯去恶神情顿时僵硬。

卓岐尸身所在，只有经手的几名锦衣卫才知道，这小子又如何得知？

他原本打算，等认罪状呈上去，这个案子尘埃落定，就在卓岐尸身上动些手脚，伪装成疫病发作的模样，即便皇帝事后要查问，也没人敢接近细看，最后定一个病亡，一把火烧掉了事。

谁料费尽心思藏起来的尸体，竟被一个不在场的人发现了所在。想来只有一个原因——锦衣卫中出了叛徒，而且还是通晓密情的内圈人物！

冯去恶暗自咬牙，射向苏晏的目光阴狠如豺狼。

景隆帝当即下令，按照苏晏所说的地点，去冰窖里寻找卓岐的遗体，直接带到奉天门来。

奉旨的却不是锦衣卫，而是禁军中的腾骧四卫。

冯去恶隐隐有种预感，皇帝对他的信任已不复存在，却不知是因为今日之事，还是更早……他手按绣春刀柄，死死盯着面前的白玉阶。

玉阶中间雕刻着巨大的金龙腾云驾雾图，那龙既威严又狰狞，仿佛世间万兽包括人类都在它的爪下，除了战栗服从，别无他法。

他恍惚觉得自己从一开始就选错了路，步步行差踏错，才导致如今覆水难收。

不过小半个时辰，腾骧卫的兵卒们就将卓岐的尸首运至奉天门广场上。

尸体刚从冰块中解冻，在晨光照射下，湿漉漉地滴着水。

李乘风心系门生，当即上前验看，见卓岐面色青紫、怒目圆睁，是死不瞑目的神情，不禁露出惨痛之色。

苏晏说："臣请解开老师的衣物，让诸位大人共同听一听死者的证言。"

皇帝俯允了。

两名腾骧卫士兵上前，将卓岐衣物脱光，只留一条犊鼻短裤。

周围纷纷发出抽气和惊呼之声，不少人举袖遮眼，不忍目睹。

卓岐浑身几无完好皮肉，十指被拶，腿臂被烙，最惨烈是两肋，皮肉被削掉，露出两排森白肋骨，上面还有一道道刀尖的划痕，整齐得像琵琶弦。

"这就是你所谓的自愿认罪？"皇帝指着阶下的尸身，厉声问冯去恶，"朕命你查清此案，还特地嘱咐你，须有真凭实据才能定罪，不得屈打成招。而你，非但对朝廷命官私刑拷问，还动用了弹琵琶这等惨无人道的酷刑！朕早听闻北镇抚司诏狱刑尤峻重，如今看来，是魂飞汤火，惨毒难言！你这锦衣卫指挥使，当得好啊！"

冯去恶被皇帝责问得面无人色，甚至从煞白中透出铁一般的灰青。

苏晏身穿孝服，对着卓岐的尸身"扑通"一跪，热泪潸然而下："'欲问何罪，且看我一腔碧血！'恩师，你的遗言陛下听见了，在场这么多大人都听见了！

"恩师，你死不瞑目！你正直的热血洒在暗无天日的诏狱，成为弄权的贼臣罔顾国法、迫害忠良的凿凿铁证！

"恩师，你英灵未远！残破的遗体如今就躺在这肃穆的奉天门朝会上，等待着你所效忠的陛下与共事的同僚替你洗冤雪恨！

"陛下！您看看您的骨鲠之臣，他为国法道义流血牺牲，如果连一点公正与追偿都得不到，九泉之下该是怎样的心情！

"陛下！您得为我恩师做主啊陛下！！！"

他对启蒙老师卓岐，虽然几无印象和感情，但也佩服这位文官的坚韧与风骨，这一跪一哭，倒不是全然做戏，还是有六七分真情实感的。

在场大臣，尤其是文官们，大多沉浸在扼腕叹息与感伤哀恸中，不少人哽咽洒泪，并没有人介意他略显古怪的用词，就连皇帝也举袖掩面，不知是惭愧还是悲痛。

李乘风仰天长哭："粉身碎骨浑不怕，要留清白在人间……安行，你以身践德，可以瞑目矣！"

冯去恶看着广场中文官们这副哭天抢地的架势，只觉兔死狐悲，可笑至极。

卓岐这个案子，眼下算是铁板钉钉，他知道逃不过了，满心希望皇帝能顾念旧情，只是褫职或贬官，或者被贬去南京养老。只要留得青山在，就有卷土重来的机会。

他朝皇帝双膝下跪，谢罪道："卓祭酒一案，是臣立功心切，为求早日结案，擅动私刑，才导致他心灰意冷，自尽身亡。臣知道错了，愿意接受责罚，求皇爷看在臣多年尽心服侍，没有功劳也有苦劳的分儿上，网开一面，容臣有悔过改错的机会。"

大理寺卿余守庸也只好跪地求饶，只说自己当初被冯去恶威胁，没能及时阻止，刚才做了伪证，也是畏惧他的报复，还把冯去恶当日瞒上欺下的原话抖搂出来——"在座诸位，嘴都给我把紧点门，谁要敢擅自奏报，卓岐的今日，便是他的明日！"

锦衣卫指挥使行事之跋扈、气焰之嚣张，叫众臣听得直咋舌。

皇帝不发话，也没让他二人起身。

冯去恶以为皇帝素来宽仁，仍在避重就轻，打感情牌。

苏晏却深知斩草除根的道理，早下定了决心，不打死就不撒手，今天的好戏才刚刚开场。

他一抹泪眼，霍然起身，大步迈至御阶下，铿然道："臣——有本要奏！"

这句听着耳熟，让景隆帝想起龙德殿传召苏晏那次，他也是这么一嗓子，紧接着把豫王给告了。

还有后手啊这是！一茬接一茬，长春花似的开个没完。皇帝在心底忍俊不禁，面上却八风不动，肃然道："准！"

"臣要弹劾锦衣卫指挥使冯去恶，请以其十二大罪为陛下陈之。"

奉安侯卫浚抬头，怨毒地瞪了苏晏一眼。

他方才迟迟未吭声。因为卓岐之事，是他示意冯去恶动的手，为的是削弱李乘风的羽翼，最好把这内阁第一人拉下马。他心中有鬼，唯恐牵扯自身，故而默不作声。

但如今又不得不出头，为冯去恶说话，是因为冯去恶谢罪时并没有供出他。

冯去恶对他的这份掩护，不仅是表明态度，更是一种变相的威胁——我暂不供出你，保不保我，你自己看着办吧。如果你不仁，那就别怪我不义了！

更何况，冯去恶根基不浅，权势也不轻，颇为好用。若是任由其倒台，他还得再寻个同等级的结盟打手，怕是不易。

于是，卫浚出列，不屑地喝道："苏晏！你区区一个洗马，且管你的图籍去，有什么资格弹劾三品大员？"

苏晏的神情比他更不屑："我有没有资格弹劾，皇爷说了算。想用官阶堵住我的嘴？行啊，既然你这么重视上下尊卑，怎么皇爷还没出声，你就先抢着指手画脚？这是藐视君上，你奉安侯莫非想造反？"

卫浚被他一番近乎耍无赖的诛心之言噎得差点倒仰，忙不迭朝皇帝告罪："老臣绝无此意，陛下明鉴啊！"

景隆帝淡淡道："奉安侯，此事与你可有关系？"

"无关，臣并不知情。"

"既不知情，且站在一旁多听多看少发言，虚怀若谷，就知情了。"

卫浚被皇帝奚落得老脸涨红，只得讪讪地退开。他看了冯去恶一眼，默默道：不是本侯不帮你，是皇上明显要拿你开刀，你自求多福。

冯去恶跪在御前，佩刀已被卸去，低头咬着后槽牙。

苏晏清了清嗓子，脑中飞速梳理了一下思路。在来时的路上，他一边推敲沈柒口述的纲要，一边迅速翻阅暗盒中的证据，几乎是一目十行，心底大致有了条陈的轮廓。

冯去恶的罪行，归纳起来不外乎是挟势弄权、贪赃枉法、逼死大臣、铲除异己。可如果就说这么几项，苏晏觉得分量太轻，不足以把他钉在历史的耻辱柱上，永世不得翻身，所以还是得拆分细化，给每一条都立个罪名，先从气势上压倒对方。

苏晏的腹稿打得游刃有余，十二条罪状张口就来——

"锦衣卫之设，掌天子仪仗与直驾侍卫，南北镇抚司职责，原以巡查缉奸为要。此是国家利器，本该忠君体国，为陛下所用。自冯去恶受事，快私仇，行倾陷，不思锦衣卫创立之初衷，将公权作为私器，是窃君上之大权，大罪一也！

"其为人专横跋扈。有官员见之，两股战战，唯恐因失恭入罪。狭路相遇，必先让行，迟一步则批颊以责：'盖不知我是谁？'出京办事，警跸传呼，清尘垫道，犹如圣驾出幸。如此假陛下喜怒以恣威福，久而，人皆以为陛下授意，是损君上之圣名，大罪二也！

"锦衣卫指挥使论官阶，为正三品，较之朝中一二品大员，相差不知凡几，却处处逾制，以公侯待遇自逞。擅扩宅第，建造园池，所住所用无不奢侈，糜耗国家财力，是乱国家之法度，大罪三也！"

这三条，弹劾冯去恶公器私用、狐假虎威、奢侈逾制。

苏晏深谙，在这个时代对皇帝不忠就是最无可饶恕之罪，故而此三点摆在前头，说得极为严重。窃君权、损君名、乱法度，一项顶顶大帽子接连扣下。

又不失细节，对官员"批颊以责"这一幕，将冯去恶的嚣张气焰表现得淋漓尽致。且能勾起那些受辱官员的新仇旧恨，回头怕不应声举证，对他的仗义执言感激在心？一石二鸟，不外如是。

"如此奢靡用度，财物由何而来？他便贪赃枉法，公然索贿。北镇抚司有'三木银'，好叫陛下与诸位大人知道——看准哪家财帛丰厚，胡乱套个罪名抓捕，先枷三木，沉甸甸百斤重，人即变色脱形。如家属设法施救，便索千两白银，但只去一木。去第二木须两千两，去第三木须三千两。六千两换一条人命，出得起的倾家荡产，出不起的人财两失。如此陵轧勒索，是陷民于水火，大罪四也！"

这"三木银"是冯去恶定下的规矩，北镇抚司的锦衣卫们不会对外宣扬，只在下狱后暗示受害者家属。倾家荡产捡回性命的，被枷得不敢吱声；凑不足赎金丢了性命的，说明家业薄，更是没人敢为其打抱不平。如此多年不曾事发。

要不是沈柒透露内幕，苏晏也无法说得如此具体。

此番被他公之于众，朝上大臣们面露愤慨之色，互相议论纷纷，骂冯去恶贪毒。

就连以雅量著称的景隆帝，闻之亦愠容满面。

"他还借侦查缉捕之机，贪昧罪臣府邸查抄的家产，填充私库，并与手下指挥同知、指挥佥事分赃。以国库之财笼络人心，培植党羽，是结奸蠹之党，大罪五也！

"纵容手下，投甋设阱，片语稍违，驾帖立下。若有人弹劾他不法之事，势必寻隙报复，将人下狱折磨。如此睚眦必报，铲除异己，是逐立朝之直臣，大罪六也！

"为显示锦衣卫巡查缉捕之职能的重要性，不惜炮制冤案，冒功领赏，欺上瞒下，是负君上之恩信，大罪七也！

"'诏狱'者，奉天子诏旨治狱，唯天子有权下诏定罪。非同于一般狱讼，所办均为大案要案，或涉朝廷要员。陛下沿袭此制，为的是慎重定罪，纠大奸恶而免伤无辜。冯去恶却大兴刑狱，屈打成招，是视人命如草菅，大罪八也！

"伪造认罪状，攀扯李阁老，逼死卓祭酒，是伐朝廷之栋梁，大罪九也！"

听到第九条，不少文臣已按捺不住，尤其是李乘风门下一系，纷纷出列奏请："冯去恶十恶不赦，臣请陛下杀之！"

"臣请杀冯去恶！"

"不杀冯去恶，不足以立君威、正纲纪、平民愤，臣请杀之！"

"臣附议！"

"臣也附议！"

"……"

皇帝将手一抬，众臣立时肃静无声。皇帝道："还有三条，苏晏，你继续说。"

"剩下的三条，均与微臣有关，臣恐需要避嫌，不知该不该说。"

"既是劾案论罪，当言无不尽，不可因避私嫌而害公义。只管说。"

苏晏有人撑腰，昂首直视御阶上跪着的冯去恶，眼前又浮现出沈柒那惨不忍睹的伤背，更是一口恶气梗在胸口，不狠狠发泄在罪魁祸首身上，如何能平息满腔怒火！

他扬声道："叶东楼遇害案中，冯去恶勾结凶手，矫诏诳骗画师，共同设局陷害豫王殿下，居心险恶，是犯宗室之威德，大罪十也！

"在别宫暗动刀兵，遣人潜入东苑崇质殿暗杀官员。其时陛下与太子均宿东苑，焉知没有刺驾之心？是阴图不轨之事，大罪十一！

"苛害下属，动辄以酷刑见罚。其手下千户沈柒不肯听命枉杀官员，便被他施以梳洗重刑，性命几丧，是蔽天下之忠义，大罪十二！"

这最后三条，一条直接牵扯已结的叶东楼案，在场官员们这才恍然大悟：只凭云洗一个翰林院编修，如何能做到？原来是与冯去恶勾结——指不定还是受他指使。苏晏身受其害，算是此案苦主之一，难怪说要避嫌。

只是不知最后两条，又与苏晏有何关系？

旁人不敢当着皇帝的面追问，李乘风敢，当即问了出来。

苏晏朝他拱手："回阁老，冯去恶遣人暗杀的官员，便是下官。他原本派的是千户沈柒。沈千户被我以情理说动，非但没有下手，还屡次暗中保护下官，因此见疑于他，被他召回北镇抚司，施以梳洗之刑，如今仍徘徊生死，不知性命何存。"

"舍己救人，重道义而轻生死，这沈柒真乃义士也！"李阁老感慨道。

果真是沈柒！这个叛徒……十年知遇之恩，竟然以仇相报，只恨当时心软，合该凌迟了他！冯去恶扭头望向苏晏，眼中恨深如海——这小子究竟给人喂了什么迷魂药，从沈柒到豫王，从小爷到皇爷，一应地偏帮他！

苏晏朝他隔空冷笑：我就是喜欢看你对我咬牙切齿又无能为力的样子，你干不掉我，就轮到我干掉你，看谁更有手段咯！

这个无声的鄙夷嘲讽，如刃刺胸，搅得冯去恶心口绞痛。

他恨得要吐血，起身高叫："我不服！只听黄口小儿几句凭空构陷，毫无实据，就要定我的罪？天底下竟有这样的道理！"

"你凭什么认为，我手上就没有确凿证据？"苏晏目光掠过群臣，与贾御史对上了眼。

贾公济自认为出场的时机到了，抱着两尺见方的大暗盒上呈皇帝，与蓝喜一本一页地挑拣出来，分门别类，整齐铺叠在御案上。

"证据在此，想必内中乾坤，冯大人比我更心中有数。"

皇帝随手拈起一卷密令，方才看一眼，便掷在冯去恶脸上："你自己看！"

冯去恶不用展开，光看样式，便知道是自己前几年寄给异地手下的密令，叫对方凿沉某外放官员乘坐的船只，伪装成江难事故。本该阅后即焚，却不知怎么落到苏晏的手上……又是沈柒！这厮分明早怀异心，此番趁苏晏之事发难，不但洗刷了鹰犬酷吏的恶名，赚得内阁首辅一声"义士"称赞，还能借机邀功上位。

自己终日打雁，不料反被雁啄了眼，真是养虎为患！

冯去恶怒极伤肺，竟咳出一口血沫。他用手背一抹嘴角，如负隅顽抗的困兽，嘶声咆哮："这些都是你勾结沈柒伪造的！我不认罪！不认罪！"

一道雄浑低沉的男子声音却从场边传来——

"这三个人证，莫非也是他勾结本王伪造的？"

豫王在侍卫的簇拥下，也不乘坐肩舆，大步流星赶来。身后的随从抬着两具冻过的尸体，将担架搁在广场上。

冯去恶一眼认出，尸体是千户范同宣与他手下一名总旗。

豫王朝皇帝拱手行礼，而后道："皇兄命臣弟与苏侍读暗查叶东楼案，臣弟夜入小南院，意外撞见三名锦衣卫乔装改扮，要杀苏侍读，被臣弟当场拿住，反杀两人。还有一人负伤，现跪在场下，任凭皇兄发落。"

豫王来得及时，全因为苏晏在出发前，让沈柒手下的锦衣卫探子高朔带着太子腰牌前往豫王府，说明今日打算，请他届时协助。

高朔身怀东宫腰牌，守卫王府的亲兵不敢怠慢，当即上报，节约了不少时间。而豫王那晚杀了行刺者其中的两名，本想一并处理掉尸体，也是苏晏劝他暂且保存着，不日将有大用。

此刻，苏晏看到被侍卫押跪的那人，面如金纸，显然受伤颇重，仔细分辨五官，发现正是那个被他用一招"叶里藏花鸳鸯腿"踢了子孙根的老兄……就算被救回来，也是半个废人了。

他同情了对方三秒钟，转而逼视冯去恶："罪证如山，你自己认或不认，又有何区别？"

尸体与人证摆在眼前，群臣再次哗然如沸，接连跪地，恳求皇帝诛杀奸邪。

就连平日趋炎附势、与冯去恶走得近的一些官员也唯恐受到牵连，赶忙撇清自己，一个比一个请愿得更大声。

贾公济临时炮制了一篇《劾冯去恶众罪疏》，洋洋洒洒开始发挥"嘴炮"特长，指着冯去恶的鼻子，将他骂个狗血淋头，既毒辣刻骨又不带半个脏字。没看到前半场的人，见这番光景，还以为弹劾冯去恶的正主是他贾公济呢！

苏晏对此抢功之举并不以为意，心想：这位贾御史不就是想博个直谏锄奸的名声吗？

他苏清河以官微年少之躯，为替恩师洗冤昭雪，怒敲登闻鼓，勇闯奉天门，面斥权贵奸臣，列其十二大罪，呈其如山铁证，最终替恩师平反，使权奸伏法。如此惊心动魄的一场戏，比起最传奇的话本也有过之而无不及，还担心什么声望值？

他大块吃肉，不妨也给贾御史喝喝汤，说不定将来哪天还需要用到对方，多条路子总是好的嘛。

皇帝顺水推舟，下旨："冯去恶恶贯满盈，朕实难宽宥，着褫其官、革其职，下入诏狱，择日问斩。

"卓岐一案中，大理寺卿余守庸从其恶，事后又为掩饰罪行做伪证，本该一并治罪。念其旧日当职尚勤，贬为狄道典史，终身不得回京。

"锦衣卫中冯党众多，当一一查明各自罪行，按律发落。此事交与……苏晏去办，由司礼监掌印太监蓝喜、都察院右佥都御史贾公济共同监理。查清之后，立即向朕禀报。"

皇帝不愿把清洗锦衣卫之事交给刑部或吏部，就是担心文官插手亲军十二卫，分薄了皇权。

任用苏晏，一来知道他有才能，又不钻营，在朝中没有多少瓜葛，正合做天子之刃；二来他年少新晋，资历不足。锦衣卫素来剽悍嚣张，风气不正，以此来历练苏晏的能力与手段，是个上佳的机会。

佐以言官监理，堵朝堂异议之口。

佐以宦官监理，遇事能直奏御前，即便星夜火急也能出入宫门。

如此都考虑周到，只欠一样——苏晏自身官职太低，不足以支撑他行事的底气。

于是，皇帝接着下旨："另，司经局洗马兼太子侍读苏晏，遏恶有功，忠义双全。免洗马一职，擢升为大理寺右少卿。同时选馆入翰林院，任庶吉士。"

大理寺掌刑狱案件审理，长官为大理寺卿，位九卿之列。余守庸被贬，大理寺卿一职，不出意外将由大理寺左少卿升任。而右少卿因血症缠身，前几日告病还乡，空缺的职位尚未来得及填补。

如此一来，苏晏等于是一跃三阶，年未弱冠，便升为正四品实权官，实属朝中罕见。

而庶吉士虽然是虚职，却比之更为清贵。

所谓庶吉士，是从殿试二甲、三甲中，选择年轻而才华出众者，入翰林院，称为"选馆"。苏晏这个殿试二甲第七名，论资格倒也实至名归。

但庶吉士的重要意义不仅在眼下，更在将来。

须知本朝有惯例——非进士不入翰林，非翰林不入内阁。故此庶吉士号称储相，能成为庶吉士的，将来都有机会平步青云，甚至入阁。

内阁是整个朝廷的行政中枢，阁老们辅助皇帝参决国家大事，话语权在六部之上，有时也兼任六部尚书，权力几乎等同于前朝丞相。

现任的五位内阁大学士，首辅一名、次辅一名、群辅三名，全是庶吉士出身。

皇帝此举隐隐透着一股深意，使得在场众臣不得不再次掂量起这个少年官员的分量，暗暗揣测宸心所在。

苏晏才不管别人怎么想。他立了功，论功行赏，问心无愧。况且皇帝升他的官是要让他办事，又不是享福，有什么可心虚的，于是大大方方地领旨谢恩。

"不在家？"太子朱贺霖把蘸饱了墨的湖笔一丢，皱眉问，"他才刚受的伤，不好好在家休养，瞎跑什么呢！"

富宝答："苏府小厮说，苏大人有要事出门去了，早则当日，迟则翌日方能回来。奴婢等了大半个时辰，也不见人影，又担心宫门下钥，只好先回宫。不过小爷吩咐的东西，奴婢都一一带到，两位私厨也留下了，小爷大可宽心。"

朱贺霖还是有些放心不下："明日寻个机会溜出宫，我去看看他回来了没有。"

结果到了翌日，文华殿授课尚未开始，太子侍读苏晏敲登闻鼓、闯奉天门为师申冤，又弹劾锦衣卫指挥使冯去恶十二条大罪，最后将他扳倒判斩的事迹便传到了东宫。

朱贺霖惊喜地击节赞叹，觉得十分解气，连声说"我们清河就是厉害"。一会儿回过神，又勃然作怒。小南院行刺之事，原来父皇、四王叔，甚至那个叫什么沈柒的千户都知道，唯独瞒着他一个！

就连苏晏也故意瞒着他，说什么"已经在查了"，实际上早就搜罗证据、张网已待，就等着在朝会上一举成擒！

——全都把他当小孩子！

他这个太子当得还有什么意思？！

朱贺霖气得眼眶都红了，恨不得当即冲到苏晏面前，揪住衣襟大声问罪，可转眼又觉得索然无味。问罪又如何，还不是被一通巧舌如簧的鬼话糊弄过去？

他极为沮丧地问富宝："小爷我是不是显得特别傻，特别靠不住？"

富宝吃一惊："哎呀小爷，如何说这等丧气话！从来老师们都称赞小爷聪颖机敏，一点就通，一学就会，只是缺了点儿勤奋劲，就连皇爷都说您颇有几分先帝当年的精气神，可不能妄自菲薄。"

"可清河为什么就是不肯信任我？宁可去求助四王叔那个浪荡子，都不来求助我！"朱贺霖恼恨交加，悻然狠踹了一下花梨木圈椅。

富宝也弄不清楚，不过他知道该如何说话太子听了才会舒心。

"因为苏大人还未知晓，小爷已经是个男人了呀！只要小爷表现出男人的担当和气概，相信苏大人一定会对小爷刮目相看，敬服有加。"

这话还真说到太子的心底去了，叫他怒气消了不少。他昨夜初次梦遗，开了精关，的确可以算是男人了。

朱贺霖坐在罗汉榻上，抱着膝盖陷入沉思，忽然又问："你刚说父皇免了他的洗马一职，擢升为大理寺右少卿？那么太子侍读呢，可还在？"

"在的在的。"富宝忙不迭道，"按理苏大人在授课日还得来文华殿侍读。不过奴婢听说，皇爷似乎有事交办，他向大学士告了假，近期都不会来了。"

朱贺霖一拍榻面："没事，山不来就我，我可以就山。只要还留着这个头衔，小爷使唤他就名正言顺！"

第八章　外科圣手陈实毓

大理寺的官署里，苏晏一身簇新的绯红色云燕补子四品常服，向新上任的大理寺卿关畔见礼，又与新提拔的左少卿闻征音互相一揖。

关畔年约四旬，方脸髭须，在左少卿的位置上熬了七八年。他自知这个主官得来意外，若不是余守庸忽然倒台，他还有一二十年好熬，按理说该感谢苏晏。

然而，余守庸平日里待他不薄，将大理寺打理得井井有条，虽说无甚功绩，但也不犯大错，唯独没抗过冯去恶的威势，栽在了卓岐案里。

他想到这里，又有些替旧主官嗟吁。故而对面前这个摸不清底细的苏清河也只是淡漠，笑不达眼底，面上过得去就行。

左少卿闻征音是个三十出头的白面书生，倒还算热情。堂上见礼完毕，他请苏晏喝茶，笑呵呵道："昨日早朝，我虽无福在场，却也听闻了苏大人的事迹，当真是智勇兼备，仁义无双。苏大人可知，你弹劾冯贼的那'十二陈'，已被刊在今日发行的邸报上，传遍京城大街小巷，人人看了都交口夸赞，说苏大人是清流楷模。"

苏晏听了不免耳热。"花花轿子人人抬"的道理他懂，但当面被同僚猛夸，他还是感觉有些尴尬，便客套地说了不少谦辞。

闻征音又与他闲聊几句，显得很开朗健谈。苏晏自觉与对方气场不太合，托词说奉命调查冯党，时限不宽裕，须得抓紧，作揖告辞。

"苏大人慢走。对了，关大人托我转告，既然圣上有事交办，这阵子苏大人只管用心办案便是，不必来官署点卯，免得来回路上耗时。"

苏晏感谢过他后离开。

闻征音看他消失在门外的背影，面上笑容顿敛。他捏着苏晏用过的茶杯荡了荡，语气凉薄："少年幸进，不知能风光多久。"言罢，将残茶泼在地上。

苏晏不爱坐官轿，觉得速度慢又颠簸，吩咐差役备好马车，前往锦衣亲军都指挥使司的官衙。

这是锦衣卫的总署，如今正因为掌事长官冯去恶的倒台群龙无首，人心惶惶。

见到皇帝钦定查案的大理寺少卿上门，四名指挥同知和指挥佥事十分殷勤地上前迎接，将苏晏迎入内堂首座，上茶上点心，先是嘘寒问暖，紧接着列数冯去恶的罪行，唯恐被划入冯党，一并给清算了。

苏晏见这几个锦衣卫高层都是久混江湖的老油条，明面上又互相保全，嘴里怕是没有半句真话，便虚与委蛇地应付了一下。

转头出了厅堂，他就直取经历司，叫负责人调出冯去恶上任以来的公务文书和百户以上的锦衣卫官员档案，整整装了十个大木箱子，全部贴上封条，命人搬去大理寺。

几个指挥同知和佥事原本欺他年少，阅历不足，还想着对他推八卦打太极、重金行贿，再提供一些"冯党"名单，不伤元气地把此事了了。

谁料这位苏少卿很不好糊弄，直接釜底抽薪，将经历司的文书库房给掏了。他们个个面上发绿，又不敢阻止，只不甘心地站在大门口，脸色难看得很。

苏晏看着箱子装车，笑着拱手："几位大人不必相送，本官认得回去的路。"

他迤迤然上车走了，留下四个人面面相觑。

一名佥事问："怎么办？"

另一名佥事道："近十年公文，百来份档案，且有的工夫查。他短期查不完，我等须抓紧打通关节，将他收买。"

一名同知点头："说得在理。若是任由他一查到底，还不得几十颗人头落地。届时你我四个都逃不脱干系。"

另一名同知冷笑："派人去查他的底细和喜好。看他是好名、好权、好财还是好色——反正我就没见过真正无欲无求的官儿。"

苏晏的确有些头疼。

锦衣卫从上到下七八千人，没办法也没必要全都查，还是得提纲挈领，抓大放小。

仪仗队还好些，这些"大汉将军"们基本就是个彰显天子威仪的摆设，自成一营，冯去恶根本不管。

其他负责管理随驾侍卫的锦衣卫官员，涉及天子出行的安危，个个都要彻查。

北镇抚司传理钦案，权柄最大，同时也是急需清理的重灾区。因为冯去恶掌锦衣卫事又兼揽诏狱，坐镇本卫，从上到下插满了他的亲信。

南镇抚司掌管本卫的法纪、军纪，类似内部的宪兵队，基本上形同虚设。

如此一梳理，还得先从北镇抚司下手。

苏晏命人将文书档案运至大理寺官署，锁进房间里，又马不停蹄前往北镇抚司。

北镇抚司的朱漆铜钉大门依然威严，诏狱依然阴森，但他已不是当初被逼无奈提着食盒来探监的犯官的学生了。

他提出要看冯去恶，镇抚使便点头哈腰地带路，领着他来到诏狱最深处的牢房。

冯去恶被剥除官服，只穿脏兮兮的囚衣，坐在发霉的稻草堆上，脸色阴沉灰暗。看见苏晏露面，他愤恨怨毒的目光从铁栅栏间刺过来，一声不吭。

镇抚使对苏晏说："苏大人可是要亲审犯人？下官这就命人准备刑具。"

苏晏皱眉："我不玩这一套，跟一个将死之人也没话说。你转告他，交出党羽名单，不得胡乱攀咬，我便替他向皇爷求个情，改腰斩为斩首。否则，该死多惨就死多惨。"

镇抚使还没来得及应声，冯去恶往地上吐了口浓痰，表情极尽不屑。

苏晏冷冷一哂，不回应他的挑衅，转身走了。

一个堂上官，一个阶下囚，自己多说一个字都是掉价，苏晏才不在乎失败者的白眼与仇视。

回头他将诏狱中这些年的案件卷宗又打包了几大箱子，同样运回大理寺。

需要调阅的资料太多，他不可能独自完成，便想了一招：叫来手下所有刀笔吏，列队站好，让他们自报姓名和任职时间，挑出了十几个看着踏实能干、经验又丰富的。

苏晏把暗箱里的证据分门别类地交给他们，逐一进行编号，以免丢失或藏匿。然后让他们对照证据与资料，寻找出涉案官员的具体信息，先草拟出一份名单。

另外还有冯去恶下令侦办的那些狱案，亦须一一勘核，看有没有冤假错案，同时也可以作为清查党羽的证据。

光是去大理寺报到、跑两处锦衣卫官署、搬十几个箱子、挑选人手，就耗费了整整一天时间。

更别提接下来浩如烟海的案卷了，没有半个一个月根本查不完。

申时将近，大理寺的官吏们散值回家。苏晏忙活一天，深感疲惫，手臂和大腿上尚未愈合的伤口也隐隐作痛。

他坐着马车，慢吞吞往家走，总觉得似乎遗忘了什么挺重要的事。

沈柒！他险些把这位"性命几丧"的"义士"给忘了。

昨日御门听政结束后，他忙着打理卓岐的遗体送还其家属，又要去詹事府办理职务交接事宜，没空再去探望沈柒，只叫下人传个口讯。

今日又担心不及时搬走锦衣卫相关的文书案卷，被人动手脚，一整天连轴转，这会儿才想起还有个重伤在床的兄弟呢。

苏晏当即吩咐车夫，改道去沈府。

走进寝室时，苏晏见沈柒趴在床上，闭着眼昏睡，便轻手轻脚上前，揭开他背上新换的纱布，查看伤口。

前天他提炼了不少青霉素，算起来大致够七天的使用量，还叮嘱婢女每隔四个时辰须上一次药。

如今过了两天，伤口不再流脓，炎症也好转许多，再涂几天就可以上金疮药，促进去腐生肌、皮肉黏合了。

苏晏松口气，盖上纱布，正要离开床沿，忽然发现沈柒一双漆黑锐利的眼睛正注视着他。

"让我看看这身官袍……不错。平日见你爱穿青色、蓝色，不想绯红也适合。"沈柒慢条斯理地说着，声音还有些沙哑，"新官上任，春风得意，不知这两日是否'看尽长安花'？"

苏晏感觉沈千户有些生气，大概是嫌自己不讲义气，对兄弟关心不够，于是赔了个笑脸："这两日忙，顾不上来看你，真是对不住。今日刚散值就过来了。"

见他老实道歉，沈柒方才缓和了神色，说道："我没怪你忘记来看我。怪的是你不爱惜自己的身体，脸色憔悴了许多。自从东苑回来后，你可吃过一顿正经饭，睡过一场安稳觉？"

苏晏摇头，又笑，笑得挺暖："这不是来你这里打秋风了嘛。"

沈柒道："外面小厅的桌面上已经摆好晚膳，你快去用。"

外间小厅的圆桌上已摆好八菜一汤并主食，荤素搭配，色香味俱全，勾得苏晏饥肠辘辘，这才想起中午忙得顾不上用饭，胡乱填了个街边买的包子了事。

他净完手，风卷残云地吃了一通，一不小心吃太饱，洗漱后不得不在厅中踱步消食。

伺候用膳的婢女见他身上四品常服，比千户大人官阶还高，本有些拘谨畏惧，近身时连头都不敢抬。这会儿忽然发现官袍内套的分明是个玉雪可爱的少年郎，忍不住偷眼看他，低头忍笑，又悄悄红了脸。

"清河，哎呀……清河。"沈柒的声音从内室传出。

苏晏以为沈柒伤势发作，赶忙进去，见对方好端端地趴在枕上，四肢舒展，神色安宁。烛光映照下，像只捕猎归来的休憩的豹子，正在窝中等候舔舐同伴的皮毛。

苏晏蓦然意识到，自己从未在沈柒身上见过如此轻松惬意的模样。

这个锦衣卫千户，之前留给他的印象一直是阴鸷的、狠戾的，手段毒辣，机关算尽，总令他想起沼泽丛林中危险的掠食者，既戒备重重，又充满攻击性。

然而此刻，沈柒在他面前展现出毫不设防的一面，因为极为罕见，就越发显得弥足珍贵。

苏晏慢慢走过去，问："何事叫我？"

沈柒说："无事，就是叫叫。"

苏晏感觉又被他耍了，正准备开口反击。

沈柒唉声叹气："我受伤至今，寸步离不得床，又不想被下人看笑话，常整日不说一个字，你再不与我说几句话，我就要哑了。再说，我也想知道北镇抚司情况如何，冯去恶如今是什么下场。你若要清查他的党羽，我还能帮上忙。"

苏晏听他说得有几分可怜，再加上梳理锦衣卫那个烂摊子的确也需要他帮忙，心想陪他聊会儿天也无妨。

于是，苏晏往床沿一坐："你想和我聊什么？"

"聊聊你今日新官上任，都做了些什么？"

苏晏把今日几处奔波之事，三言两语跟他说了。

"做得不错。经历司储存文书，看似烦牍无谓，却是最容易被忽视的关键之处。冯去恶再怎么小心行事，也总会在累年记录间留下蛛丝马迹。还有你所调的官员档案，如果我没记错，锦衣卫百户以上共计一百六十八人。"

苏晏记得，的确是一百多份档案，是刚清点过的，而沈柒不假思索就能报出具体数目，这记性也太好了吧！

"这些人我十有八九是认识的，其中一大半，我能说出他们近十年来的行事和风评。"沈柒故意顿了顿，等着他来讨教。

苏晏果然面露惊喜："真的？"

沈柒目中微有得色："你以为我当锦衣卫这么多年，只会用刑？刺探、纠察、侦讯，哪项不需要博闻广记？我对整个北镇抚司的熟悉程度，若论第二，谁敢自称第一？"

苏晏这下听明白了。这位沈千户不但是北镇抚司的地头蛇，这些年还怀着不可告人的野心，把上下同僚的情况当作未雨绸缪的情报给收集了，难怪敢夸下海口。他不那么熟稔的情况的一小半，大约都是掌仪仗侍卫和南镇抚司的。

这是什么样的敏锐意识和职业水准！他简直天生就是当锦衣卫的料啊！

专业人才！苏晏两眼放光地看他。

这下沈柒更是得意，还朝苏晏吹了声曲里拐弯的口哨。

苏晏顺杆子往上爬："那等我开始清理档案时，若有需要，便来向你请教。"

沈柒道："清理锦衣卫并非易事，一应疑难之处都可来问我。待我能动弹了，就去北镇抚司帮你。"

"放心，我做得来。你就安心在家养伤，当个运筹帷幄的军师即可。"

沈柒失笑："我这种没读过几本四书五经的，能当军师？"

苏晏调侃："你这种满肚子坏水的，还能当义士呢！"

沈柒忍笑忍得伤口疼。

苏晏惊觉耽搁太久，天都黑透了，赶紧辞别沈柒，出门坐马车。

在沈府大门口，他刚踩上车凳子，又来了变故。一名白发长须的清癯老者带着个眉清目秀的总角小童，拦住了他的去路。

"大人请留步。敢问可是大理寺右少卿苏大人？"

苏晏见这老人虽年逾古稀，却眼神明亮、精气完足，颇有几分道骨仙风，不像寻常人，便收回腿，朝他客气地拱了拱手："正是本官。老人家叫我何事？"

"唉，当不得当不得。"老人连忙躬身还礼，"大人是官，老朽是民，哪有当官的给百姓行礼的。"

苏晏态度谦和："圣上为宣扬尊老，提倡践行孝德，本官年未弱冠，对老人家行个礼，又有何难？"

老人抚须畅笑道："京城近日，人多称赞苏大人智勇兼全、疾恶如仇，虽年少却胸怀大仁大义，如今一看，果然如是！"

苏晏被夸得脸红，连连说过誉了，又问找他有何事。

"老朽陈实毓，是一名外科郎中。这些日子沈千户的伤，便是请老朽来医治的。"

苏晏听他名字，隐隐有些耳熟，仿佛是某个著名的医家，一时想不起来，又把"外科"这个词反复咀嚼了几遍，恍然大悟，失声道："你是著《外科本义》一书的应虚先生？"

这位可是大能啊！

自幼精研外科医术，人称"外科圣手"，所著《外科本义》被称为"列症最详、论治最精"的外科医典，可谓是本朝之前外科医学的最高成就。

陈实毓见苏晏竟然识得自己，意外又欣慰，将来意娓娓道来。

原来，陈实毓给沈千户治伤时，见患者伤口发炎化脓，高热不退，汤药与针石均无济于事，心中便下了十死无生的诊断，不忍心说出口，只道尽力而为。

不料一夜之间，患者退去高热，体温稳定，神志也恢复清醒。而今不过两三日，伤口脓水消失，炎症收敛，伤势好转的速度实属平生罕见。

陈实毓精研外科多年，从未见过如此奇迹，便向沈府下人打听，说是被千户的好友苏晏苏大人以一种名为"青霉素"的奇药所救。他一生别无他求，唯奉杏林之道以济苍生，听闻如此神药，简直百爪挠心，忍不住每日来沈府门口徘徊，终于给他见到了正主。

他向苏晏恳求，借药方一阅，边说边惭愧自责，明明知道借阅人家的秘方是不情之请，却又忍不住想知道神药的秘密，可以研制出来造福苍生。

苏晏听了，心生惭愧。

他知道以如今的医学水平而言，伤口感染有多致命，有时只是一道小小的口子，就硬生生夺去一条人命。如果能把青霉素提前带到世上，说"造福苍生"半点都不为过。

但他有自己的苦衷，如今还不能把提炼方法公之于众。

一来，土法提炼青霉素杂质多、成功率极低，就算按照他的方法一步步去做，最后也未必能救人性命。沈崈能得救，是侥幸。

二来，其他人未必有他幸运，能获得足够分量的青霉菌。想要量产，首先得建立相对成熟的菌株培育室，这个需要其他科学技术的支持，也并非个人之力可以完成。

眼下这个时代，即便倾尽全国之力，也不一定能实现量产。

这种情况下，把配方轻易交出，才是对人命的不负责任。

苏晏尽力将自己的心意和想法，以一种时人能接受的说辞传达给了陈实毓。

老人听了很是失望与沮丧，但仍真心诚意地感谢苏大人，愿意同他解释这么多。

他本做好了冒犯朝廷命官，被呵斥驱逐，甚至捉拿下狱的心理准备，不想苏大人如此平易近人，说话推心置腹，令他十分感动，也因此意识到苏大人所言并非托词，而是这种药制作起来的确有极大的困难。

最后，陈实毓一揖到底，说："但愿有一日，苏大人能将此药量产，普济天下。"

苏晏何尝不希望这一日到来，拱手回道："本官必以苍生为念，竭尽全力。"

他登车离开，陈实毓望着远去的马车，喟叹："身怀治世神方，却囿于世俗之限，无法示人。难道真应了那一句，天机不可泄露？"

身旁药童懵懂地问："莫非这药来自天庭，他泄露了会遭天谴不成？"

陈实毓遗憾地摇摇头，到底心里还放不下，于是说道："童儿，明日一早再陪为师走一遭吧。"

"师父又要去哪儿？"

"寻一位贵人。若他愿鼎力相助，那么方才苏大人所说的，或许还有实现的希望。"

翌日清晨，苏晏来到大理寺，发现昨日安排下去的官吏们并没有偷懒，已经在文房内各据一案，脚边摆着开封后的大木箱，认真比对分工内的证据和资料，将嫌疑人员的信息与所涉事件的重点抄录在案。

他巡视一圈，分别提点几句，倒也没了什么正经事，就等着五七日之后出阶段性成果。

梳理诏狱案件卷宗，至少要十日。最后请沈柒帮忙核对、实地调查问讯、敲定最终名单、撰写详细报告，还得再七八日。如此算来，至少得一个月时间才能把这差事办完。

虽然比预计要慢一些，但也有个好处。这样全面的、系统的排查，已经不仅仅是抓"冯党"这么简单了，否则他只需下令对冯去恶及其心腹严刑拷问，一样能弄到名单。

这其实是对整个锦衣卫百户以上官员的一次大清洗，洗掉那些素有恶行、作威作福的渣滓，留下相对忠义正直、为国为民办实事的种子。

再将这些种子撒播到合适的位置，撑起一个新的框架，最后从底层选拔人才，甄选填补。

让锦衣卫这朵大铭朝血腥黑暗的奇葩重新焕发生机，成为天子手中的治国利器，而非只会党同伐异的毒刃。这才是苏晏想要借清洗"冯党"而达到的目的。

"原来姹紫嫣红开遍，似这般都付与断井颓垣……"

正在演《牡丹亭》的是京城一个赫赫有名的昆腔班子，台上男旦唱腔甜脆圆润，身段袅娜多姿，活脱脱就是个烂漫怀春的杜丽娘。他以手拈花，媚眼如丝地瞟向凉亭。

天气有些炎热，后园凉亭三面垂着薄如烟雾的湖丝帘子，中央放一张极宽大的罗汉榻。

豫王穿了身大襟交领的黑色缎地银龙暗纹直裰，肋下系带半解，未戴冠帽，只以一根兽首银簪固定发髻，懒洋洋地斜倚在软枕上听戏。

庭中侍女打扇的打扇，捏腿的捏腿，斟酒的倾佳酿于琉璃杯，喂冰湃葡萄的仔细剥皮去籽，众星捧月，将他伺候得好似个修合欢道的散仙。

这副纨绔做派，若是被言官们看见，八成又要弹劾他骄奢淫逸。

豫王手持一柄乌木折扇，随着丝竹旋律，在腿上轻打节拍。但见他修眉入鬓，眼帘微合，目光投注在唱昆腔的男旦腰身，又仿佛穿透了那层鲜衣彩衫，投向一片迷离的玄虚之中。

男旦唱完一曲皂罗袍，他用折扇一拍大腿，叫了声"好"。那男旦便以闺中少女的姿态，盈盈地给他道了个万福："谢王爷称赏。"

豫王招招手，示意对方上前，语气随意地问道："叫什么名字？几岁了？"

男旦脆生生地答："小人名唤西燕，今年十七。"

豫王招他再近前几步，坐起身，用扇子挑起他的下颌，端详被胭脂渲染过的眉梢眼角。

"留你在王府几日，给本王唱唱曲，你可愿意？"豫王漫不经心地说。

西燕喜上眉梢，忙屈身行礼："愿意！能为王爷唱曲解闷，小人一百个愿意。"

豫王手中的扇子从他的下颌滑向领口，刚要说句什么，一个守门的亲兵来到亭前，禀道："王爷，应虚先生来了。"

"啪"的一声，豫王将折扇丢在铺了玉簟的榻面上，起身整了整衣襟，撇下西燕，朝园外走去。

西燕见豫王前一刻尚且言笑晏晏，后一刻却将他弃如敝屣，连多看一眼也无，心里有些委屈，面上却不敢显露半分。行礼恭送时，他忍不住提高了声量，用戏腔莺啼燕呖似的说道："王爷慢走。小人日夜焚香以待，敬候王爷召见。"

豫王步履健阔，不待他说完，早已走得不见人影。

陈实毓刚进王府前院，豫王就身着便服亲自出迎，口中朗声道："毓翁许久不来，今日忽然造访，真令本王喜出望外。"

陈实毓拱手笑道："许久未见，四殿下康健如昔。"

豫王与陈实毓把臂同行，来到园中一棵老松树下。

树下石桌、石凳造型古朴，桌上摆着一盘围棋并两个棋奁，隔着条潺潺小溪，对面竹林中隐隐传来古琴鸣音，一派清幽意境。

两人对桌而坐，十分熟稔地各自拣了个棋奁，做了个恭请开局的手势。

豫王将第一颗黑子下在右上角星位，以示尊敬。"毓翁病人众多，百忙之间来找本王，不会只为下盘棋吧？"他笑问。

陈实毓在左下角回了一子，手捋长须："老朽是无事不登三宝殿，此番找殿下，是想求个大助力。"

"你我既是忘年交，又何必用到'求'字。当年若非毓翁妙手回春，本王早被一戟穿心而亡。救命之恩尚无以报答，有何难处，但说无妨。只要本王力所能及，一定鼎力相助。"

"殿下可知，这世上出了种奇药，能治一切外疡内痈，药效如神，简直可以说是生死肉骨，名为青霉素……"陈实毓不疾不徐地将沈柒死里逃生之事——道来。

豫王听他说到苏晏的名字，怔住，问："毓翁说的，是哪个苏清河？"

"'御门击鼓雪师冤，惩恶除奸十二陈'的苏清河，天底下还有第二人吗？"陈实毓感慨道，"只是老朽万万没想到，苏大人不仅儒学有成、德才兼备，还是一位制药大师。此药若能量产，是普济苍生的大善，却受困于条件不足，难以实现。不知四殿下能否与苏大人联手，主持青霉素研制之事？"

豫王沉吟道："若真是神药，毓翁开口，要钱要人，本王绝不推辞。但按照苏清河的说法，要建立起整个研制体系，首先得办格物学堂，广招天下人才。仅此一项，便非单纯的财力、人力能够解决，且集群办学，便有结党之嫌。民间鸿儒办个书院，倒也说得过去。若是本王出面，必有朝臣参我收买人心、意图不轨，皇兄怕也不会同意。"

"殿下何不奏请圣上，陈述利害，再由圣上下旨，将此事交于殿下办理？"陈实毓建议。

豫王沉默了。

陈实毓见他面色沉凝，微叹："老朽知道殿下的心结所在。殿下宁可背负花花太岁的骂名，故意以风月之事自纵、自污，也不愿让皇帝知道你手中长槊未折，胸中热血犹存，还有一颗想要北射天狼的雄心！"

豫王指间黑子碎裂，簌簌地落成了齑粉，撒在棋盘上，被一阵松风拂去。

他紧盯着面前棋盘，黑白交战，杀气纵横，耳畔依稀响起金戈铁马踏破冰河的声音。

"十年了。"他梦呓般说道，"整整十年，我被困在这繁华京师，犹如金笼中的雀鸟，满目琳琅，振翅难飞。"

"四殿下啊……"陈实毓长叹。

"人人都说，皇兄待我格外亲厚，远胜其他亲王、郡王。如何不是呢？他用皇恩浩荡、手足情深织了张网，画了个牢，将我圈养其中，一举一动都置于眼底。从此以后，天下再没有镇边戍土的代王，有的，只是荒唐浪荡的豫王。"

"豫者，快乐安逸。难道皇兄不知，快乐安逸于我而言，是消磨心志的毒药吗？"豫王露出了几乎是惨笑的神情，"他知道！这药便是他亲手炮制……他才是真正的制药大师。"

陈实毓缓缓道："老朽虚度七十余年，方才明白一个道理——人生起起落落，不到下一刻来临，便不知下一刻究竟将会面对什么样的境地。只有未雨绸缪，常备不懈，才能从容应对人生下一刻的转折。殿下如此灰心丧气，简直不像是老朽认识的那位靖北军战神了。"

"所谓战神，造之于时势，也必然消之于时势。早已消失十年的前尘往事，毓翁又何必再提！"

"殿下能忘记自己的战绩功勋，忘记沙场杀敌时的血脉沸腾，难道也能忘记那一个个马革裹尸、捐躯疆场的袍泽兄弟？倘若当年有青霉素这等灵药，或许威将军就不会死于腿上一枪造成的金疮，平将军也不会死于用污物浸泡过的箭矢。那些只因为被刀剑划破了个口子就疮发而亡的将士们，有了青霉素，就能极大提高生还几率，而我方战力与边塞局势也将因此发生天翻地覆的变化。再退一步说，纵然殿下如今再不能领兵征战，可边陲硝烟中，我大铭儿郎依然饱受伤病折磨，他们的性命难道就比不上靖北军战士的性命？纵然殿下自认为忠心见疑、信约被负，难道这个国家就不再是你立誓要守护的社稷了吗？"

陈实毓起身。

风将这位曾任过军医的老大夫的长须吹得如同一丛飞蓬，他老而弥坚的声音，也随着这阵劲风传到豫王耳边："此心不改，此志难夺，遇风为虎，乘云化龙——大丈夫当如是！"

豫王望着他决然离去的背影，久久没有动静。

奉安侯府。

卫浚搂着新宠的一房小妾，调笑着进了卧房。

冯去恶的倒台似乎并未对他产生多大的影响，他依然是高高在上的皇亲国戚。

他的侄女卫贵妃刚为子嗣单薄的皇帝添了一位皇子。太后因为外甥女争气的肚子而心花怒放，前两日还与他这个亲家兄弟商量，要亲自向皇帝开口讨个封赏，让卫贵妃再晋一晋位分。

再往上晋位，可就是皇贵妃了，或者直接立为继后，也并非不可能啊！

他与太后虽有姻亲，但太后毕竟不姓卫。只有让卫贵妃成为名正言顺的一国之母，诞下的皇子成为未来天子，到那时，他们卫家才真正是烈火烹油、鲜花着锦，权势与地位无可动摇。

与之相比，区区冯去恶算什么？一条不幸咬错了人、被人反手宰掉的恶狗而已。竟然栽在一个初入官场的毛头小子手上，真是阴沟里翻船！

卫浚轻鄙地想：锦衣卫毕竟只是皇帝家仆，就和宦官一样，并没有真正的根基，生死尽在皇帝一念之间。死了个冯去恶，他还可以再找陈去恶、李去恶，借这些刀，除去阻碍卫氏振兴的所有障碍。

卫浚得意扬扬地将侍妾推上了床。

床板"嘎吱嘎吱"响个不停，人若躺在床底，就会听得格外明显。

譬如此刻的吴名。

他像只潜伏狩猎的冷血动物，藏身床底。一张床板之上的活春宫于他而言，比鞋底的灰尘更微不足道，甚至不能使他的眼睫多眨一下。

为了杀人，他可以几个时辰纹丝不动，等待时机到来，瞬间出手，一击毙命。

床板上方的声息颓然消失，他知道时机已至，细长的无名剑骤然发难，洞穿床板，刺入猎物的身体。

剑锋入肉的手感告诉他——这一剑，得手了！

他压抑心头激颤，在女子惊恐万状的叫喊中翻出床底，一剑割下仇敌的头颅，提着发髻掠出窗户，纵身跃上屋脊，趁夜色的掩映疾驰而去。

直到他离开侯府大院的高墙，身后才传来卫兵们的喧哗和震天的鸣锣示警声。

吴名一鼓作气地狂奔到京郊平县附近的山上，在一座新建没多久的坟茔前停下脚步，将头颅摆放在供祭品的石台上。

他将滴血长剑插在土中，朝坟茔磕了三个响头，噙着泪的眼眶一片赤红，肩膀禁不住地颤抖，咬牙道："姐姐，我替你报仇了！你看，这是老狗贼的头颅……我知道你不想看，这东西活着、死了都恶心，但我要让他用鲜血与性命向你谢罪，然后拿这头颅去喂野狗。"

吴名拎起头颅，在石台上"嗷嗷嗷"地狠磕三下，把头颅下颌都磕烂了，露出了血肉模糊的腭骨和牙齿。

他长出一口浊气，抓起头颅，在看清下腭两排臼齿的同时，蓦然怔住。

他用力扒开头颅残缺的嘴，查看上腭两排臼齿，发现与下腭一样，磨损得颇为厉害，只有正常牙齿一半的高度，面上发黑，坑坑洼洼。

这不是精米精面养出来的牙齿。只有长期吃糠咽菜，或者吃连骡马都不愿吃的、掺杂着沙砾的豆饼，才能把牙齿磨损成这样。

——这不是奉安侯的头颅！

必是卫浚精心准备的替身，不仅容貌酷似，连举止、步态、声调都经过调教，甚至不惜玷污几个小妾给自己戴绿帽，也要让人信以为真。

百密一疏，致使他再次功亏一篑！吴名愤怒交加，将头颅狠狠掷向漆黑的密林。

奉安侯府内，卫浚看着床上血泊中的无头尸体，手脚冰冷，又惊心又后怕。

幸亏他几个月前在太后宫中遇到一名法号继尧的高僧，在对方的指点下，开始畜养替身。今日又接到对方示警，说以秘术占卜，得知他近日将有血光之灾，于是心生防备，自身藏进密室，让替身在府内自由活动。若非如此，今夜身首分离、命丧黄泉的人就是他！

卫浚几乎可以肯定，今夜前来行刺的杀手就是两个多月前将他刺伤的那一个。锦衣卫满城搜捕，竟然没能抓住，又让这条漏网之鱼钻回来兴风作浪。

冯去恶这废物东西，赶紧早死早了！还有这个阴魂不散的刺客，他一定要亲手逮住，十大酷刑轮番上阵，叫这厮生不如死！

卫浚铁青着脸，怒喝："本侯养的狷犬呢？全给我放出来！一路嗅着血迹找，务必找出行刺者，将他碎尸万段！"

苏小北和苏小京战战兢兢站在院子里，偷眼看向台阶上方。

厅堂里，首座位置的太师椅上，大大咧咧坐着个锦衣少年，黑着脸盯着大门方向，正是白龙鱼服的太子朱贺霖。

小内侍富宝站在他身边，低声劝："小爷，这都等了一个多时辰，苏大人想是公事繁忙晚归，不如咱们先回去，下次打探清楚，等他回府再来？"

朱贺霖恼道："小爷我都来三次了，他次次不在！什么公事能忙到不着家，阁老也不似他这般日理万机！我今日命人去大理寺打听过，申时散值，如今都入夜了，还不回来！"

他扬声问阶下站的小厮："说！你家主人这会子究竟在做什么？"

两个小厮哪里知道主人的行踪，只道近期都在官衙里忙案子，中午不回家，晚上也在外头用膳，多数亥时前能回来，偶尔夜不归宿，便会有个青衣小帽的番子来与他们递信儿，说不必守门了。

此番在太子的逼问下，两人大气不敢出，嗫嚅着说了。

"青衣小帽的番子？"朱贺霖琢磨，"多是锦衣卫的差役作这打扮。"

富宝提醒他："苏大人办的差事，可不就与锦衣卫有关。"

"再怎样，夜里还能睡在北镇抚司不成？"朱贺霖拍案而起，震得桌面那包"带骨鲍螺"一跳。

这"带骨鲍螺"用牛乳和蔗浆霜烤制而成，形似鲍鱼，外表酥脆，内里柔滑，是宫中新来的素州厨子的拿手甜点。他出宫前特意带上一包新出炉的，想给苏晏尝个鲜，谁料又没遇上。

满心期待付诸东流，太子心里又是委屈又是气恼，这才朝下人发作起来。

苏小京吓得要命，唯恐太子要问罪他家主人，急忙说道："小爷息怒！小的虽不知大人去向，却无意中听马车夫说过，每次候着大人时，都在静巷口喝豆花。"

苏小北的手在身后用力扯他外衣，却没拦住这句嘴快，只得暗中瞪他一眼，做口型道：闭嘴！打死你！

苏小京脖子一缩，像个受冻的鹌鹑，只瑟瑟发抖，不再说话。

朱贺霖问富宝："静巷在何处？"

富宝想了想，说："好像在小时雍坊。"

朱贺霖当即起身，将那包"带骨鲍螺"揣进袖中："走，去看看。"

"小爷，宫门要下钥了，要不咱们明日——"

"明日复明日，小爷我可蹉跎不得！"

两人出了苏晏的家门，登上马车，催鞭飞驰而去。

苏小北关好门，回头就扇了苏小京一脑门，兀自不解气，又操起门后的扫帚抽他。

苏小京被打得嗷嗷叫，连连求饶："北哥我不敢了，我也是担心小爷怪罪大人……"

"打的就是你这个惹事精！"苏小北抽到胳膊酸，停手喘气，"脖子上那玩意儿叫脑子，你要是长了没用，拿来给我涮火锅！"

苏小京委屈道："我脑子不能吃！你别是逃荒时人肉吃上瘾了吧？"

苏小北恨不得用斧头给他开开窍："你好好想想，苏大人近来天天散了值都要去静巷，有时夜不归宿，回府时还沐浴过，换了新衣裳，为什么？不是有了倚门的相好，便是养了勾魂的外宅，不欲叫人知晓。你咋咋呼呼捅到小爷跟前，万一小爷赶去撞个正着，那才令大人难堪！"

苏小京傻眼："小爷……还管人养不养外宅？这朝中这么多官员，他管得过来吗？"

苏小北道："咱们大人和其他官员不同，东宫的荣宠是独一份，约束自然也是独一份。只求大人今日别留宿，否则小爷闯进去，发作起来，要处置那浪蹄子，可如何收场？"

苏晏此刻正在浪蹄子千户的闺房内埋首案牍，运笔如飞。

只要报出某卫所某千户、百户的名字，沈柒略一思索，张口便能说出此人是何时任职、手上经办过某某要案、行事作风如何、有什么特点和癖好。

末了再综合点评一句"是个人才，除了生得丑，无甚大毛病""难堪大任，做筷子勉强用，做橼子要塌房""可用，但要看紧点，以防尾大不掉""废物点心，不如回家种红薯"云云。

如果是镇抚使、佥事、同知等官阶较高的，他的点评更加详细，基本将冯去恶亲手提拔的几名心腹官员贬得一文不值。

苏晏失笑："也没那么糟糕吧，至少能办事，否则这几年来锦衣卫如何顺利运转？"

沈柒冷哼："边吃边屙，屙得再多有何用？留下他们，还不如把门口狮子换成貔貅。"

彻底换血，这也是苏晏的想法。这几名同知和佥事毕竟与冯去恶勾结太深，业务再能干也不能留着，按苏晏的话说，就是"政治立场不正确，思想意识有问题"。

他大笔一挥，在这些名字后面写上主理官的批注："其心不正，其性不纯，均为冯党。"

苏晏忽然想到什么，又转头哂笑："说来，沈千户难道不是冯党？不都说知遇之恩，涌泉相报吗？"

这话调侃成分居多，沈柒却一本正经答："大人谬矣，卑职实乃苏党，是救命之恩，以身相许。"

苏晏忍不住大笑，拿手上的毛笔丢他脑袋。

沈柒趴在床沿，躲不开，笔毫"啪"一下戳在脑门上，一大团墨黑。笔杆掉下来，擦过鼻梁、脸颊，又是点点黑斑，整张脸跟个花狸猫似的。

苏晏笑得要打跌。沈柒脸色越冷，他笑得越欢。

好不容易止住笑，苏晏用汗巾沾了热水，往沈柒脸上一盖："动弹不得了还这么贫，自己擦吧！"

掏出新买的西洋珐琅怀表看了看时间，已经是夜里九点出头，苏晏起身整理了一下桌面上的纸张，装入匣子，说："我该回去了，你也早些休息。"

沈柒正把湿汗巾搭在肩头，自力更生地蹭着脸，闻言劝道："不如今夜就歇在客房，我这里离大理寺官署近，省得你来回奔波。"

苏晏摇头："这些日子，我一散值就来叨扰，影响你休息，不利于伤势愈合。好在名单里这些人员已经排查得七七八八，刑狱卷宗也理顺了，估计再有七八日，便能全部梳理完毕，拟奏成书，上报给皇爷定夺。"

沈柒眼底寒意一闪："这是在说，没了我的用处，日后便不来往了？苏大人这是打算鸟尽弓藏？"

苏晏扶额："又来了！都说了是兄弟，我又怎会如此势利，只是想让你安心养伤。伤筋动骨一百天，你这才躺了大半个月，还早着呢。"

沈柒不搭腔，只管冷笑。

苏晏自从见了他受刑后的伤口，对他的容忍度不觉比之前高了许多，耐心哄道："七郎，你讲点道理。我事务繁忙，确实无法久留。你卧床期间，我会尽量多抽空前来探望，待你伤愈，我便去皇爷面前为你请功。"

沈柒装了快一个月人畜无害的弱势，因为违背本性，装得格外辛苦，这会儿妖性发作，很想兴风作浪一番，只可惜眼下还力不从心。

他的背伤只堪堪黏合，表面覆盖着一层凹凸不平的血痂，下方的筋肉日日夜夜都在生长，无时无刻不在抽痛。唯有见到苏晏，这股疼痛才会被更强烈的陈年执念冲淡。

如今，他只要一想到这种受制于人、动弹不得的日子还要再持续两个月，日渐累积的满腔戾气就要爆发。

他眼睁睁看着苏晏步步离开，恍惚间再次身处马车碎裂翻覆的悬崖边缘。沈晏向他伸出的求救的手，从他掌中一寸一寸滑脱，最终他眼睁睁看着那个细小身影跌落万丈深渊……沈柒眼中的阴鸷几乎要凝成实质。

他屈指如爪，用新生出的指甲一下一下抓身下的卧单，仿佛抓当年无力保护幼弟的自己。

那厢，苏晏刚出了沈府大门，便与走下马车的太子殿下迎面遇上。

朱贺霖大步走过来，沉声问："这是谁家宅院？你在这里做甚？"

苏晏在沈柒家门口见到太子，想起两人半个多月未见面，自己身为太子侍读，这都多久没去东宫问安了，难免有些心虚，讪讪道："这是……我一个兄弟的宅邸。他因救我受了重伤，我有空便来探望探望。"

朱贺霖先前听苏府小厮言辞闪烁，还以为苏晏偷偷养了外宅，下值后在温柔冢里乐不思蜀，连他这个理该侍奉的储君都不顾了，如今一听是兄弟，憋了半个月的怒火便削弱许多。

"莫非是你在'十二陈'中提到的千户沈柒？你那兄弟当得真是有情有义，两肋插刀！既然是李太傅亲口称赞的义士，小爷我就更应该见一见了，还要当面褒奖他的义举哩。"

朱贺霖一时兴起，硬拉着他进了沈府大门。

沈府家丁虽奉命让苏晏随意出入，但对于另一位陌生的不速之客，警惕心却很强，上前盘问拦阻。

苏晏见小霸王剑眉扬起，是要发火的前兆，当即作势喝道："太子面前，谁敢无礼，还不速速禀报沈千户！即便他伤重卧床起不了身，也得将府内上上下下喊出来接驾。"

他有意将声势做大，好惊动沈柒，早做心理准备，以免猝然面对储君，失礼受罚。

朱贺霖私下出宫，不愿弄得人尽皆知，一时有些骑虎难下。他对慌忙迎上来的沈府管事说道："不必迎驾。孤来看望有功之臣，顺道而已，不会久留。"

管事恭敬又忐忑地在前方掌灯引路，朱贺霖穿过两进院子，也不在第三进的主厅落座，直接闯入主人房中。

"既然他重伤起不得身，那就躺着吧，孤进屋去看他。"朱贺霖伸手就要推卧房的门。

苏晏伸手一拦，劝道："小爷，沈柒久伤未愈，屋内难免浑浊，过了病气不好。再说，储君进臣子的卧房，这也于礼不合。"

朱贺霖随心所欲惯了，并不觉得一个大男人的卧房有什么进不得的，便道："去年李太傅患病，父皇屈尊去他府上探望，还在他病榻前说了好一会子话呢。父皇说这叫礼贤下士。你既然这么看重这个沈柒，我也想见见究竟是何等人物——能让李太傅夸一声'义士'的，可不多见。"

他正推门，房门蓦地拉开，沈柒穿了一身深色贴里，脸色略显苍白地站在两人面前，眼神极短暂而又尖锐地看了一眼太子，便要下跪行礼。

苏晏嗅到浓郁的药味，忙不迭地托架住他的胳膊："可不能乱动！你伤口刚结痂，万一崩裂，雪上加霜更难将养！"

"不必行礼，起身。"朱贺霖说道。

沈柒扶着苏晏站直，恭敬地道："太子殿下驾临鄙宅，臣因伤在身，仓促未能远迎，失礼了。不知殿下冒夜而来，有何指教？"

朱贺霖身量尚未长成，比沈柒矮了大半个头，不得不视线微仰，仔细打量对方，隐隐感受到了某种难以言喻的威胁。尤其是触到对方的眼神——驯顺的表象下，似乎潜藏着一股野兽般的凶戾本性，让他心生不喜。

"今日孤前来，一是替父皇来探望受伤的功臣，彰显圣德。二是来看看李太傅口中的'义士'，究竟什么模样。"太子用高高在上的倨傲语气说，"这第三嘛……"

他略一停顿，指了指苏晏，说道："清河升任大理寺少卿，但太子侍读的头衔仍在，依然是孤的人。日后除了大理寺当值，还须侍奉东宫，就不在此耽误时间了。你若需要人伺候，孤赐你童子十人、侍女十人，明日遣内侍送到你府上——还不谢恩？"

沈柒暗中咬牙，低头道："谢殿下赏赐。"

太子嘴角泛起笑意："这是你应得的。至于不应得的，多想无益，还是尽快养好伤，继续为君效命、为国尽忠吧。"

言罢，他拉着苏晏，昂首阔步地走了。

沈柒站在房门内，檐下灯光斜斜照来，将他半个身子隐在黑暗中。而他的目光也在这明与暗的交界处，久久不散。

朱贺霖走得又急又快，将苏晏拽了一路，最后拽上了停驻在沈府大门外的马车。

苏晏揉着生疼的手腕，皱眉刚要开口，朱贺霖从袖中摸出那包"带骨鲍螺"，塞进他手里。

"我从宫里特地给你带的点心。"朱贺霖笑嘻嘻地说，见他没反应，又催促，"尝尝看，好不好吃，尝尝看嘛！"

苏晏拈起一粒放进嘴里，外酥里滑，香甜浓醇，口感颇似泡芙，有些怀念。

朱贺霖也爱吃，便从他手里往回打劫，朝自己嘴里也塞了一粒。

马车辚辚地行驶，苏晏边吃点心，边问道："小爷今日怎么出宫来了？"

"来找你玩儿呗。来了三次，次次不见人，这才窝火，亲自出手把你逮回来。自从东苑回宫整整二十二天，我都被关在文华殿读书，连个下西洋棋的伴儿都没有。"

苏晏失笑。这个月他忙得脚不点地，几乎是废寝忘食，连待在自家的时间都很少，在沈柒府上留宿的那两夜也是因为太过疲累，伏案睡着，醒来后发现被下人们挪到了厢房床上，便也就这么接着睡过去了。

但忙里偷闲时，他偶尔也会想起这小鬼，猜测太子此刻在做什么，今日窗课有没有完成，小考结果如何，会受到皇帝的奖赏还是责备。还想着等手上差事忙完，得空就去东宫，带些市集上买的新奇玩意儿，让小鬼高兴高兴。

"皇爷亲口交代的差事，不好好办不行啊。好在如今已是收尾阶段，待尘埃落定了，我向皇爷复命完，再去找小爷。"苏晏安抚道。

"说定了！"太子拍了拍手指间的甜点渣子，探头往车窗外望了望天色，"嚯，都这个时辰了，宫门下钥，我回不了宫，怎么办？"

"叫守门的禁军给小爷开门？"

"不要，他们会找父皇打小报告。"

"那你想如何？"

"我今夜就宿在你府上，明早开宫门再回去。"

"可使不得！太子彻夜不回东宫，被皇爷知道，不仅你挨骂，我更完蛋。"

"你还是不是本太子的侍读？连这点小事都不愿替小爷分忧！"朱贺霖气呼呼地戳他胸口，"你不把主屋让出来给小爷，难道要我去睡客栈？"

马车突然猛地一摆又一刹，太子收势不及，额角撞在窗框，"嗷"的一声痛叫，眼冒金星。

苏晏赶紧把他拉起来查看额头。太子手捂肿包，隔着车窗扬声骂车夫："怎么驾的车！不要你的狗命了？"

车窗外，传来车夫低声告罪的声音："小爷息怒，是五城兵马司的人马，把我们的马车围了，说要抓刺客。"

太子压根没把什么五城兵马司放在眼里，不耐烦地道："你去把他们打发走。"

苏晏补充道："就说车上有贵人不宜惊动，且一路行来也不见什么可疑之人。好声好气地说，他们也是办差事，我们没必要发火。"

两人在车厢内等了片刻，听见车夫再三解释无果，外面那个颐指气使的兵马司指挥非要带人搜车，甚至乘机索贿不成，硬要诬赖他们不立时配合就是包庇刺客。

太子一怒之下，也顾不得暴露身份，掀开车帘喝道："小爷在这里，谁敢搜车！"

吴名赶在内城门关闭之前逃了进来。

供出城的八道外城门紧闭如蚌，整个外城被一队队官兵耙了个遍，不仅道路戒严，在市井间画影图形，张榜悬赏，还逐家逐户搜查，寻找刺客的蛛丝马迹。

外城住的全是平民百姓，官兵搜查起来毫无阻碍，效率很高。

吴名暂时出不了城，只得先进入京师内城。

内城比外城面积大了四倍不止，坊巷纵横，房舍林立，想要一坊一坊搜查彻底，是个极为耗时费力的大工程。更兼遍布许多达官贵人的府邸，园林幽深，适合藏身。吴名打算就在内城躲一阵子，等搜查的势头弱了，再做打算。

夜色中，漆黑身影于屋脊之间一闪而没，像只投林枭鸟，飞入一座格外宏阔的高墙大院。

正门上的匾额黑底鎏金，刻着"豫王府"三个铁画银钩的大字。

临近后园的一处厢房前，西燕正手持烛火，对着廊下的海棠长吁短叹。时值五月尽，海棠花期已入尾声，落红凋零勾起他同病相怜之意，夜不能寐。

他跟着京师里最有名的昆曲班子来献唱，好不容易以歌喉打动贵人，获准暂留王府，镇日里盼望豫王来听他弹琴唱戏，可整整三天，连豫王的一片衣角都没见着。

难道是他什么地方有失规矩，得罪了王爷？西燕惴惴不安，却又不敢主动谒见，鼓起勇气问了王府下人，被不冷不热地回了句"等着吧，王爷想听你唱曲时，自会命人来传唤"，他只好继续空等。

"唯恐夜深花睡去，故烧高烛照红妆……"西燕化了女妆，披上戏装，在廊下咿咿呀呀地唱起来。

吴名此刻正在屋檐上踏瓦而行，被他"呀"的一声尖细高腔，惊得脚底险些打滑，踩落了半片瓦。

西燕猛地仰头看屋顶，颤声问："什么人？"

吴名低头，猝然见一张红红白白的铅粉脸，穿着身不男不女的长褶子，皱眉反问："什么鬼？"

深更半夜，屋檐上方陡然探出个黑巾蒙面的脑袋，一双眼睛锋锐森冷，在昏暗烛光的照射下，仿佛兽瞳般闪着诡异的碧光。

西燕吓得魂飞魄散，"噔噔"后退几步，抱着廊柱尖叫："好汉不要杀我啊！

我只是个唱戏的……我什么都不知道！什么都没看见！"

吴名只是路过，本没想杀人，但这个戏子聒噪得很，他担心惊动王府守卫，故而很想在那条刷得煞白的脖子上划拉一下，瞬间耳根清净。

虽说他向来是拿钱杀人，但也不介意偶尔做笔没钱的买卖。

吴名跃下屋檐，就在出手把这倒霉鬼打晕的前一刻，忽然若有所思。

西燕见他步步逼近，心肝肺都要吓裂了，泪水夺眶而出，将满脸铅粉冲刷得犹如犁过的泥田。

脂粉味扑鼻而来，吴名忍着反胃，问："三月初十，在奉安侯府登台唱戏的那个，是不是你？"

那夜，他第一次潜入侯府行刺，卫浚正大开筵席，宾朋满座，歌舞不休，戏台上还有昆腔男旦在咿咿呀呀。吴名觑机下手，不料席上有个顶尖高手，出手阻挠，他受了内伤，这才马失前蹄，只刺伤仇家，未能取其性命。

先机一失，剑气顿泄，他只好从守卫的围攻中突出重围，紧接着被五城兵马司与锦衣卫缇骑满城追捕，又在交手时被沈柴砍了三刀，躲进桥洞下的水里，险些伤重昏死，最后被苏大人所救。

东苑一别，至今旬月，也不知苏大人近况如何。

前阵子听闻苏大人冒死敲登闻鼓，锄奸惩恶，为师洗冤，他在看邸报上刊载的"十二陈"时，只觉一股热血在枯竭的胸腔里脉动，一贯坚毅的握剑的手也似乎有了片刻的迷惑与动摇。

苏大人所言非虚，真的扳倒了锦衣卫指挥使冯去恶。或许再多给些时间，他也能扳倒奉安侯卫浚。

然而……假手以人的复仇，即便成功，心里也不爽利。江湖儿女，到底还是要斩头沥血，快意恩仇。

待到大仇得报，再去寻苏大人报恩。

或许苏大人看不上一个草寇穷徒，但至少他可以替苏大人除去拦路恶犬，一面继续当刀头舔血的杀手，一面默默守护恩公安全——直至自己终因铤而走险，死于非命为止。

吴名这么想着，将跃然眼前的少年官员的身影，重新沉回心湖深处。

短暂的走神后，他心生一计——既然这男旦常在达官贵人的宴会上唱戏，不如借他所在的昆腔班子，以献唱为名混入奉安侯府，再次寻找刺杀的机会。

西燕只觉黑衣蒙面人看他的眼神，好似在盘算着工具合不合手，冷冰冰全无半点人气，吓得一头冲向台阶下方。

吴名一把揪住他的后领，威胁道："敢再吱一声，削了你的脑袋！"言罢，拎着他纵身跃上屋顶。

西燕紧紧闭眼，咬着嘴唇不敢吭声，不知这歹徒要掳他去哪里、做什么，惊惧到了极点。

吴名担心惊动王府守卫，打算先把人掳走，逼迫对方同意协助他，再带回戏班，替他掩护身份。

他挟持着西燕，正在屋顶纵跃疾走，骤然听见风声破空。

吴名转头，见一道暗光残影带着凛冽的杀气向他射来，如同奔雷掣电，真身未至而声势夺人，眨眼间就要透体而过——

若只他一人，避开这一记突袭并非难事，但手里还提着个累赘，影响身形，不得不将那戏子先一步甩出去，自己错步拧身，生生与那道急电擦肩而过。

这道急电钉在了不远处屋顶正脊的巨大脊檩上，长尾抖动，发出击磬般的嗡嗡回响。

原来是一根丈八马槊，槊杆漆黑如柱，精钢槊锋足足有三尺长，看着既沉重又锋利，是兵器中真正的霸主。

夜行衣上瞬间绽开一道尺把长的裂口，吴名心知这是遇上了劲敌。

马槊本是骑兵使用，临阵对敌，挥刺扫合之下，以一当百，非膂力绝伦者不能施展。而这个袭击他的人，竟能将马槊当作标枪，轻易掷出数十丈，险些将他洞穿，槊锋入木之后，杆尾犹有余威，这武力实是惊人！

吴名心有余悸地望向下方练武场，但见一名穿着玄色束袖曳撒，身材高大的年轻男子，正负手抬头，眯着眼打量屋顶上的自己。

双目交触之下，吴名隐隐感到了某种威胁与压迫感。他知道不击退此人，自己走不了，于是长剑出鞘，鬼魅般的身形几个闪现，便出现在场边，冷冷地盯着对方。

玄衣男子毫不动容地逼视他，沉声道："看你身手，不像是个毛贼，夜探王府有何企图？"

西燕被吴名一甩手无情地扔下了屋顶，幸亏下方是个池塘，他又会凫水，这才捡回一条性命，湿淋淋地爬上岸。

身上红红绿绿的襦裙和褙子绞成了烂糟糟的布帘，淅沥地淌着水，他满脸的铅粉、胭脂都被冲刷干净，露出惨白的一张尖脸，披头散发，像个索命水鬼。

见到玄衣男子，西燕目光乍亮，如蒙大赦地向他跑去，尖叫道："王爷救命！

有刺客——"

豫王正蓄势待发,眼角余光瞥见一团鬼影朝自己扑来,当即条件反射,一掌将对方推飞出去。

西燕被掌风又一次甩入池塘,筋疲力尽地重爬回岸边后,抱着双腿蹲在草地上,痛哭起来。

豫王终于认出这是几日前因他随口一句而留下来的戏子,叫什么什么来着,若不是今夜变故,已全然忘记府内还有这么个人。

此人是豫王?一个玩世不恭、风评极差的浪荡王爷,竟身藏这般武艺!吴名将惊异压在了被强敌激发出的剑气之下。

"原来是刺客。"豫王冷哼一声,一拳击向吴名。拳风呼啸,如猛虎出柙,劲力足以开碑裂石。

吴名二话不说,剑尖抖出一点寒厉的星芒,朝豫王射过去。

两人甫一交手并未用尽全力,都在试探对方的底细。

一个身法诡谲,剑法快而狠厉,一旦缠身便犹如毒蛇狡兽,不死不休。

一个大力破巧、毫无花哨,走的是军中大开大合的路数,杀敌无算。

双方都觉得扎手,不是短时能够分出胜负的,即使拼力一战,想要杀死对方,也须付出相当的代价。

拳来剑往几十个回合,吴名越打越心惊,几乎要怀疑这花花太岁被什么天兵神将附了体。

豫王倒起了几分惜才之意,觉得以这黑衣蒙面人的身手,当个见不得光的刺客可惜了,便又寻隙道:"你来行刺,是受谁的指使?明珠蒙尘,可惜了。不如弃暗投明,本王既往不咎,还会重用你。"

吴名虽不稀罕他招揽,但也不想平白背上行刺亲王的大锅,便道:"我没打算行刺你,只是路过。"

"随手掳人的那种路过?"

"并非随手。这个戏子我见过,想用他向他所在昆曲班子换个助力。待我借用完,再还回来给你。"

豫王挑眉:"还回来给我做甚?又不是本王的东西。你去做什么勾当要借用个戏子,若是打算为非作歹,休想走出我这王府。"

吴名不愿暴露自己的身份与意图,也不愿浪费时间与这个棘手的王爷纠缠,便率先收了剑,说道:"我不害无辜之人,也不伤他性命。只将他带回戏班,好让戏班班主答应帮我一个忙。这个忙涉及我家人冤屈，恕不便告知。"

他朝豫王抱了抱拳："王爷若是愿意信我，我必信守承诺。若是不信，我也只能拼命了！"

豫王盯着吴名蒙面黑巾上方的双眼看，片刻后说道："你的剑里有杀气，却无邪气，说到家人冤屈时，眼中有悲痛，本王因此愿意信你一回。你若滥杀无辜，便是本王看走了眼，回头必亲手擒住你，送去有司正法！"

吴名并未因当朝亲王的鉴许而受宠若惊，只是再次抱拳，简洁地回了两个字："多谢。"

豫王因此又高看了他几分，转头对西燕道："你随他回戏班，不必再来王府了。"

西燕又是惊惶，又是不甘，带着哭腔哀求道："王爷！王爷留下小人罢……小人还有不少新曲子没唱给王爷听……小人不想走……"

豫王觉着这戏子不知自量，更有献媚之嫌，皱眉喝道："怎么，你还想当我府上的入幕之宾不成？"

西燕被他喝得脚底发软，险些一屁股坐地，但此时已是骑虎难下，不得不牙齿打战地回答："小……小人不敢痴心妄……妄想，只求王爷可怜小人衣食无着，赏赐一些财……财物……"

"赏你纹银百两，够不够？"豫王不屑道，"赶紧滚！"

他言出必行，命人取来十张面额一贯的宝钞，装在匣子里交与西燕。

西燕接过匣子紧抱在怀，恐惧地看了一眼吴名，哀求道："小人实不想跟这位好汉走，王爷开恩，另派人送我回戏班罢！"

豫王嗤声道："孤王的恩不是已经装进匣子里给了你吗？如何又来讨要。自求多福罢。"他挥手赶客，吴名当即拎起西燕的后领，依旧翻墙出了王府。

西燕这才意识到，有钱没命花，拿钱也白搭，不禁又悔又怕，啼哭起来。

他唱惯了戏，哭声也带戏腔，一波三折，吴名听得鸡皮疙瘩抖落一地，要不是看在复仇大事上，早将他从半空中扔下，自生自灭去。

掠过几条街，西燕还在哭。

吴名不禁开始怀疑，混入戏班行刺，根本就是个下下策。这戏子胆小如鼠，哪里是个能打掩护的，只怕到时一见卫老贼就露怯，连累自己。

可若是少了这个台柱，谁去献唱，总不好他自己化个妆，披上戏服登台吧？

"小爷在这里，谁敢搜车！"太子一声厉喝，推门迈出车厢。

马车四周团团包围着兵马司的兵卒，为首一人骑在红骝上，正是东城兵马司指挥石乐志。

石乐志今夜奉了奉安侯卫浚之命搜查内城的东城区域，见深夜空荡荡的大街上，只一辆马车肆无忌惮地疾驰，觉得可疑，便带手下将马车拦下，想要搜车。

车夫是东宫的一名内侍，被太子吩咐过不可泄露身份，便好言好语劝说车上有贵人，不宜惊动，请他们让出路来。

石乐志心道：半夜三更在街上驱驰，能是什么贵人。再说，就算车上之人有一官半职，能贵得过当朝太后的姻亲、贵妃的亲叔父奉安侯？

于是铁了心要搜车。又在言语间放出索贿之意，仗势压人，这才惹恼了太子。

车内少年现身，自称"小爷"，把石乐志吓了一大跳。他不过六品武官，哪里见过太子真容，就连东宫的腰牌也不曾见过。

故而他不敢贸然行礼见驾，怕被人诬诈，徒增笑柄；又不敢直接将对方当作骗子，听说当今储君玩乐心重，是个不守规矩的，万一真是太子离宫夜出呢？顿时左右为难。

身边一名副指挥低声提醒："此事紧要，不如让下官去禀报侯爷，看他如何指示。是或不是，侯爷总知道真假。"

石乐志连连点头，叫他快马加鞭。这厢应付着不知真假的太子，把话车轱辘似的来回说，只不肯让路。

奉安侯府离此不远，卫浚听了禀告，心中大喜——这太子若是假冒的，那是欺君罔上的大案，落在他手中，可不是大功绩一件；若真是朱贺霖本人，黉夜私离皇宫，野服游乐，举止荒唐失德，正好明日授意那些攀附他的言官，在朝堂上狠狠弹劾，撼一撼东宫的宝位。

无论是不是，于他而言都是难得的好机会。卫浚一时也顾不得那个神出鬼没的刺客了，点齐家丁守卫，大张旗鼓地护着他赶往现场。

吴名被西燕哭得烦躁蹙眉，忽然听见远处隐约有喧哗声，在幽静的夜色中传得甚远。他耳力过人，仔细一听，怀疑是兵马司巡夜的铺兵。

将西燕随手搁在屋顶，吴名蹿上高高的牌楼，举目望去，见两条街外灯火如炬，官兵们围着一辆马车，攻又不攻，撤又不撤，僵持在那里。

距其不到两条街，又驰来另一队人马，从衣装打扮上看，像是奉安侯府的护卫。中间簇拥着一匹高头大马，马上之人锦衣燕服，虽看不清面目，但吴名一眼就认出体态，正是卫浚老贼。

这是在马车里截住了谁，卫老贼激动得连缩头乌龟也不当了？

莫非出动的又是替身……不，训练替身哪里是那么容易的事，光是寻找容貌天然肖似之人，也得花不少时间。卫老贼刚死了个替身，短时内找不出第二人。

仇人近在眼前，吴名反倒异常冷静，把临机而生的几个刺杀方案在脑中权衡，甄选成功率最高的一个。

他转身几个起落，回到屋顶。

西燕正试图滑下垂脊，战战兢兢地用脚去够屋檐。

吴名一把提起逃跑不成的可怜虫，又掠过两条街。

拐角僻静处，他将西燕往地面一栽，冷冷道："脱衣服。"

西燕下意识地抓紧钱匣，双臂抱胸，语带哭腔："好汉想要做甚……"

吴名不耐烦，上前两三下扒了他的戏装。襦裙和褙子被夜风吹得大半干了，手感还有些潮丝丝，倒也勉强可穿。

西燕一脸悲愤地继续脱裤子。

吴名额角青筋直跳，低骂："我自己没有？谁要你的湿裤子！"也脱去身上的夜行衣，兜头扔给西燕，自己将戏装胡乱穿在身，又扯下蒙面巾，打散发髻，将一头油亮乌发披在背上。

他身形匀称，个头不算太高，这般女装披发，乍一看还颇似落了难的小娘子。

西燕里衣还是湿的，被风一吹直打哆嗦，不得已穿上夜行衣，又被迫蒙上面巾。

他忍不住盯着吴名的脸瞧，第一眼只觉普通，与丰神俊逸的豫王相较，顶多只能算五官端正。但再多看几眼后，视线又从峭薄嘴唇、孤挺鼻梁的上方，蓦地撞进了那双寒星剑芒似的眼睛，整个人好似被破堤的冰河席卷而去，又像被漆黑夜空中一道亮白的闪电击中。

西燕不禁后退两步，怵然想：这是个煞星！

吴名忽然对他露出一个微薄的冷笑："拼尽全力跑吧，自求多福。"

然后，他将西燕推出墙角，朝官兵的方向捏着嗓子喊："抓贼！抓贼！有个黑衣贼进了奴家的院子！"

西燕一身夜行衣，暴露在远远映照而来的火光下，呆住了。

卫浚赶到时，马车里下来的少年正脸色铁青地骂人。石乐志捏着鼻子挨骂，恂然称是，但就是不放人离开。

他定睛端详，这少年的的确确是太子朱贺霖，顿时面上堆笑，在马上拱手行礼："原来真是小爷。这些兵丁有眼无珠，不识泰山，竟敢对小爷无礼，该罚！石指挥，还不快向小爷磕头赔罪？"

石乐志当即"扑通"跪地，不住地磕头："卑职眼瞎，小爷饶命！"

卫浚又道："巡夜缉盗，是兵马司分内所在，不慎冲撞了小爷，还望小爷高抬贵手，放过他们。如此，下人们也会感激小爷的仁德。"

太子不吃他这一套，冷笑道："兵马司巡夜是本职，奉安侯如何就闻声而动，还来得这么快，莫非两下里暗有勾牵？孤竟不知，五城兵马司原来不是隶属兵部，而是任由你奉安侯差遣。"

外戚与武官勾结、染指兵权是大罪，太子觌面一句，便问得极诛心。

卫浚心底暗骂：这小子越发刁钻难对付了！

但他面上强打笑意，解释道："老臣盖因前几日又遭宵小刺杀，幸得无碍，才带领家丁冒夜巡查府邸附近，听见此处有异动，便过来看个究竟。"又反问，"深更半夜，太子殿下何以不在东宫，竟微服现身街头？莫非冶游太久，错过了宫门下钥的时辰？"

这话将太子目前的窘境拿捏个正着，"冶游"一词，隐有质疑他是否眠花宿柳之意。

朱贺霖眼珠一转，扬声道："孤微服私访，自然是有公事在身。怎么，还需要向奉安侯汇报？你想知道自己去问父皇呀！"

他回答得理直气壮，卫浚一时摸不透底细，倒也不好再说什么，心想：本侯不便当面去问皇爷，但至少能指使几个言官，把明日早朝搅得鸡飞狗跳，你小子等着瞧！

朱贺霖搬出皇帝的名号震慑了卫浚。至于回头在父皇面前如何解释，那又是另一回事了，毕竟是亲爹，还能吃了他不成？

他正得意地想要驱车离开，卫浚又开口道："老臣看车身微沉，想是车厢中还有一人。谁敢如此大胆，与太子同乘？"

太子凶狠地瞪他："孤车里没人，怎么，你不信，想搜车？"

卫浚作苦口婆心状："太子殿下千金之躯，不可轻忽安危。万一是贼人躲在车内意图不轨，本侯临场不察，罪过可就大了！"

太子说："小爷的安危自己心里有数，用不着奉安侯操心！"

他越是掩护马车，卫浚越觉得可疑，暗忖车内必藏着个见不得光的人，与太子夜游取乐，怕不是青楼的花娘，我必拿个当场，看他今夜如何收场！

卫浚自觉十拿九稳，陡然喝道："车内有兵器声，是刺客！快护驾！保护小爷去安全处！"

石乐志并未听见车内有任何动静，正在犹豫，被卫浚狠瞪一眼，只得起身命令手下："还不快护驾！拿下车内刺客！"

"谁敢冒犯东宫车驾，叫你们人头落地！一个都别想活！"太子负手站在车门前，语气寒厉，面上怒容涌动，隐隐有乃父之威。

兵丁被他气势震慑，畏缩不敢上前。就连兵马司指挥石乐志，也拿为难的眼神看卫浚，嘴上下令归下令，自家脚下却不动弹。

卫浚气结无奈。

场面正僵持，骤然听见女子尖细的惊呼声，静夜一声雷似的响起："抓贼！抓贼！有个黑衣贼进了奴家的院子！"

官兵们循声望去，见远远街角，火光难以照尽的暗处，似乎站着个穿夜行衣的人影。

石乐志当即叫道："是刺客！快追！"兵马司的人马随着他一拥而上，冲向街尾。

卫浚被黑衣蒙面人的两次行刺吓破了胆，本只想借口搜车，如今见刺客果真就在这条街上，惊得脸色发白，不自觉往太子身边凑去。

太子避开，嫌恶地剜了他一眼："你不是带着家丁巡查宵小吗，现宵小就在眼前，还不去抓捕？"

卫浚讷讷道："兵马司人手多又训练有素，缉贼经验丰富，有他们就够了。"

石乐志带兵赶到街尾拐角，不见了黑衣人的影子，大声问："是谁喊抓贼？贼人去了何处？"

路旁屋舍前一个穿绣花襦裙、外罩长褙子，长发披散的女娘掩面泣道："是奴家喊的……贼人往南去了。"

"南边，快追！"石乐志立即吩咐手下。

"吓死个人了……奴家这就去喊外子回来。"女娘低头说着，脚步急急地往街头方向走，与他擦肩而过。

兵马司的人马一走,马车旁顿显空旷不少,朱贺霖没好声气地对侯府家丁说:"让开!谁敢再阻拦,小爷直接拔剑砍了他!"

家丁们护着如同惊弓之鸟的卫浚退开几步。

朱贺霖正要重新登车,忽然见一队手持火把的锦衣卫缇骑,自北面皇城方向飙驰而来,转瞬近前。为首的锦衣卫翻身下马,跪地行礼:"卑职奉皇爷口谕,接小爷回宫。"

朱贺霖脸色有些发绿,嘀咕:"这么迟了,父皇还没睡……他怎么什么都知道?"

锦衣卫首领再次敦促:"皇爷吩咐,请小爷即刻回宫,不得在外耽搁。"

朱贺霖无奈,又不好当着这么多双眼睛再进入车厢与苏晏道别。尤其是卫浚还在场,他不希望被这老贼逮住苏晏的把柄,回头又要参他煽动太子离宫。只好对驾车的内侍下令:"你不必跟我走,先将借来的马车还回去,要完璧归赵。"

这马车是太子出宫后买的,车夫自然知道太子此话的言下之意,是叫他务必将苏晏安全送回府,当即回答:"奴婢遵旨。"

朱贺霖上马,回头不舍地看了一眼,在锦衣卫的护送下驰向皇城。

车夫扬鞭催马,赶着马车快跑了一小段路。卫浚又带着家丁护卫从后方追赶上来,将马车团团围住。

赶车的中年内侍皱眉问:"侯爷这是何意,莫非没听见太子临走前下的旨令?"

卫浚一脸皮笑肉不笑:"太子旨令是对你这阉奴下的,又不是对本侯。来啊,打开车门,本侯倒要瞧瞧,这'千呼万唤始出来,犹抱琵琶半遮面',究竟是一番怎样的光景。"

外面的动静声声入耳,苏晏坐在车厢中,盘算脱身之计。

太子与卫浚几次言语交锋,连敲带打,犀利到位。苏晏忍不住暗中赞叹:这小鬼真是长大了,什么时候变得如此厉害?

又听见有人喊见到刺客,一群人马涌去抓捕,苏晏顿时想起执意刺杀卫浚的吴名,忧心外头被追捕之人是不是他。

好不容易借机脱身,皇帝派来接太子回宫的人恰好赶到,将朱贺霖带走。

苏晏怀疑今夜多事,不能善了。果不其然,马车刚刚发动,帘子一掀,一条人影从两尺见方的车窗外游鱼飞鸟似的滑进来。

他还没看清对方身形面貌,脖颈就被锋刃抵住。

不速之客将他反剪双手，面朝下按在座位，寒声威胁："别动！别喊！将我送出外城，饶你不死。"

苏晏听这男子声音很是耳熟，一怔过后，失声问："吴名？"

吴名这才发现，车内的年轻官员竟然是苏大人，只因身穿陌生的四品官袍，自己尚未照面，便将人制住，险些伤及对方。

他赶忙松手，收剑回鞘，扶起苏晏坐好，语气内疚："是我。一时不察，险些伤了恩公。"

苏晏见他一身女装，惊讶地睁大了眼。

吴名身为杀手，曾经什么打扮都做过，只当是辅助杀人的工具，并不觉得如何尴尬。可此番在苏晏面前露丑，心底竟生出了赧然之意，低头道："让苏大人见笑了。"

苏晏忍着笑说："无妨，还挺合身，布料花枝招展的，是戏服吧？"

吴名点头，刚要把豫王府里遇见的事告诉他，马车却霍然停住，车厢外传来车夫与卫浚的对话声。

"来啊，打开车门，本侯倒要瞧瞧，这'千呼万唤始出来，犹抱琵琶半遮面'，究竟是一番怎样的光景。"

吴名手握剑柄，就要暴起发难，却被苏晏紧紧按住胳膊。

"时机不对。"苏晏劝他。

吴名反驳："如何不对？仇人只隔一道车门，我一剑可杀之！"

苏晏抓着他袖子不放："卫浚躲在家丁守卫身后，周围都是屏障，一剑未必能中的，反倒暴露自身，引来兵马司的人马追杀。再说，这是太子的车驾，太子刚离开你便出手，势必会牵连到他。万一被人弹劾东宫畜养死士，当街刺杀公侯重臣，就连皇爷也兜不住他！"

他喘了口气，低声道："只当我求你，别在此时此地动手，交由我来处理。"

吴名咬牙盯着车门，神情不甘。最终还是将半截剑锋推入鞘中，饮恨坐了回去。

苏晏伸手揽住他的后脑，将他的脸轻埋在自己的颈窝处。

卫浚一声令下，车门被用力拉开。车厢内一名身着绯红色官服的少年，转头望出来，脸色不悦。

火光中，他雪白的脸庞被红袍映衬，犹如烈火上的一点霜华，于灼热中渗着冷意。

卫浚呆了一呆，失声道："竟然是你！"

苏晏手揽身边女子，冷着脸说："堂堂侯爵，非要窥伺官员内眷，是什么道理？"

"这分明是东宫的车驾，你为何会身在车中，这女子又是谁？"

"侯爷方才是没听清太子殿下的话吗？这车是向下官借的。下官今夜本要带新纳的妾室回府，半途偶遇小爷，说要搭个顺风车，难道我能拒绝？如今小爷回了宫，奉安侯仍不依不饶地追来，不禁令人怀疑朝野上下流言非虚——侯爷有强抢民妇的癖好，就连官眷也不肯放过！"

"放屁！"卫浚气得山羊胡乱翘，"分明是你行为不端，以烟花女勾引得太子夜不归宿，竟还敢胡言乱语诬蔑本侯！"

苏晏冷笑："侯爷为了掠美，还真是无所不用其极！也罢，你非要抢我小妾，下官人单力薄，敌不过这些家丁，也只能任你欺凌。"

他掏出怀表看了看："眼下子时过半，离五更天不过一个多时辰，下官这就动身前往午门，尚能赶得及再敲一回登闻鼓！"

卫浚一听苏晏提到登闻鼓，顿时想起月前在早朝上，冯去恶遭他疯狂弹劾十二条大罪，被唇枪舌剑逼上绝路的惨状。

苏晏因此一战成名，在朝野内外便有了个诨号，叫"苏十二"。

卫浚自知素行不良，心道：莫非他也收集到了我的把柄，又要击鼓闯奉天门，也弹劾我个十二陈、二十四陈……

他越想越心虚，目光闪烁，举棋不定。

"不做亏心事，何惧鬼敲门。侯爷若不做亏心事，下官再敲一回登闻鼓，告的也不一定是你。"苏晏雪上加霜道，"下官这新纳的小妾，侯爷还要不要了？"

"你自己留着慢慢享用吧！"卫浚怒哼一声，拂袖打马而去。家丁护卫们紧赶追着他走了。

苏晏关紧车门，这才松开了手。

吴名从他颈窝抬起头，不知是憋的还是恼的，脸色微微发红。

苏晏朝他不好意思地笑了笑："委屈你当一回小妾了，事急从权，莫要介怀。"

吴名不说话，侧脸看着厢壁，手指在剑柄上无意识地来回摩挲。

苏晏问："今后你有何打算，还要继续行刺卫浚吗？"

吴名答："不是他死，就是我亡！"

苏晏轻轻叹气："我说了，再给我一些时间，我会扳倒他。你不信我？"

"并非不信，而是……不想假手于人。"

"你杀他，是以私怨见诛，顶多只是取走他的性命。而只有揭发他的罪行，公告于天下，受万人唾弃，才能使他得到应有的惩处。"

吴名再次沉默。

苏晏知道他痛失至亲，心结至深，不是三言两语能够消融的，只好暂且作罢，日后再慢慢劝服。

夜路宽敞，车夫快马加鞭，不多时就抵达位于黄华坊的苏府。

苏晏硬拉着吴名下了车，上前敲门。没敲两下，院门立刻打开。

苏小京在门口坐守半宿，见主人回家，一颗心终于放回肚子里，高兴地叫道："大人回来啦！"又转头朝疾步赶来的苏小北说，"北哥，大人回来了，还带回个主母！"

苏小北见主人身边那个衣裙花哨、披头散发的女子，心里有些不满：什么主母，打扮如此风骚不正经，怕不就是那个浪蹄子外宅！

于是，他脚步也慢了，不情不愿地过来迎接，问苏晏："这位是夫人、姨娘，还是大人的侍妾？该行什么礼？"

苏晏瞥见吴名僵冷的脸色，忍不住大笑，促狭道："这位是本官新纳的小妾。"

屋内药香沉郁，沈柒因为之前强撑着起身，应付突然登门的太子，这会儿背上抽疼得厉害，像条被哪吒拔了筋的东海龙，俯卧在床沿，新撕裂的指甲又缠上了纱布。

高朔半跪在屏风外，回禀："递密报的兄弟回来，说皇爷已知晓此事，当即派出御前侍卫，在南薰坊附近的街巷中拦住太子的马车，将太子带回宫去了。"

他犹豫一下，忍不住问："太子虽年幼，毕竟是储君，咱们向皇帝告密，将来若是被太子知晓，会不会……"

沈柒的嗓音仿佛也沾染了苦涩的药香，显得有些嘶哑："锦衣卫只效忠一个主人，那便是当朝皇帝。既然皇帝担心太子顽皮，让锦衣卫捎带看顾，咱们就实话实说，确保太子的安全，算什么告密？即使太子要算账，也得等继位之后。"

"不过，到那个时候……"沈柒低低地笑了一声，"恐怕他比今上还离不开咱们。"

高朔了然点头，正要告退。

沈柒又问："苏大人安全回府了吗？"

高朔道："回府了。卑职看着他进门，身边还带了个女娘，说是新纳的小妾。"

"嗯！"沈柒一时说不出话。

他的九弟才那么点大，怎么就纳妾了？他恍惚了好几息，才意识到，苏晏并非九岁，而是快十七岁了。

半晌后，沈柒的声音幽幽响起："知道了，你回吧，继续盯着。出门前顺道交代管事，天亮后去一趟应虚先生的医庐，就说伤药快用完了，请他再帮忙配一些。把你手边桌面上的竹罐带去，让他辨析里面药膏的成分，最好能照原方调配。"

高朔应了一声，带着竹罐退出房门。

屋内重新陷入寂静，沈柒从床沿探出头与手，端起床边春凳上的一碗椴花蜜水，慢慢喝完。

吴名暂时在苏府住了下来，但这次执意不肯住主屋，而是在前院的倒座房落脚，比起住在二进院西厢房的两个小厮，离主屋要远一些，显然是把自己放在了护院的位置。

苏小北和苏小京对他的识相表示满意，故而态度也有所转好，刚开始还恼他之前不辞而别，但毕竟都只是十三四岁的少年人，很快就释然了，并且觉得这人给啥吃啥，从不提任何条件，除了整天练功、不爱闲聊之外，倒也没什么不好相处的。

日子平静地过去七八天，苏晏把锦衣卫的烂摊子打理得差不多，其间谢绝了几次深夜送上门的巨额贿赂，婉拒了胭脂胡同的老相识花魁阮红蕉的数次邀约，把自己打造成了个铁桶，一点缝都不给苍蝇叮到。

吴名也察觉出他处境微妙，自动接过了车夫的活计，坚持要接送他来往各个官署和府邸。

苏晏本不好意思麻烦吴名，但经历过一次意外，车厢险些被屋顶掉落的竹竿刺穿后，他十分惜命地同意了吴名的护送。

好在意外再没有发生过，苏晏在准备进宫向皇帝复命的当日，接到了一封家书和一包衣物。

信千里迢迢从榕州寄来，是苏晏的父亲榕州知府苏可仁亲手所书，说收到他金榜题名的捷报，全家喜气洋洋，嘱咐他在京为官勤勉尽职，这一两年先不急着告假回家探亲，以免给上司留下因私废公的坏印象云云。

在这封比公文还政治正确的家书后面，还附了母亲林氏的一小段亲笔，嘘寒问暖，关怀备至，比他那便宜高官爹有人情味得多。还说到六月初七是苏晏的生辰，她这个远在千里外的母亲，不能亲自下厨煮一碗长寿面给儿子，只能亲手缝制几套夏装，托信使一并寄来，希望长短合宜。

苏晏看着包裹内精工细作的夏衫，不由叹道"慈母手中线，游子身上衣"，又问一旁伺候的苏小北："今日是六月初一了吧？"

苏小北答："今年是闰五月，大人忘啦，所以今日又是五月初一。"

苏晏说："哦，那我的生辰应在下个月。其实我连生辰都忘了，母亲在信中提醒了才记起来。"

他将家书收入书房抽屉，整理好衣冠仪容，带上厚厚一本奏本和辅证材料，坐马车前往午门，进宫见驾。

景隆帝下了早朝，听蓝喜禀告大理寺右少卿苏晏已候驾多时，便传他御书房见驾。话音方落，皇帝略一沉吟，又改为了养心殿，并吩咐内侍提前备好茶汤、点心。

苏晏在内侍的带领下，来到养心殿内，见周围布置，知道是皇帝常住的地方，在此接受臣子觐见，是一种恩宠的表现。

他在御前规规矩矩行了礼，忍不住偷眼打量皇帝——月余不见，皇帝似乎略有清减，但神采依然，恬淡宁静的面色像一潭深泉，炎炎夏日里见了，令人遍体清澈。

皇帝也在端详他，微皱了眉："怎么又瘦了一些，你家厨子还真想被治罪？彻查冯党之事，朕也知道错综复杂，又不催你，可缓着来。"

苏晏感念皇帝的体贴，笑道："不关厨子的事，公务也忙得过来，只是苦夏而已，胃口稍欠，入秋便好了。"

皇帝给苏晏赐了座，吩咐道："奏本给朕瞧瞧……嚯，这么厚。"

苏晏呈上奏本，垂手静待。

皇帝一页一页认真翻阅完毕，有些意外，抬眼看他："你这何止揪出了冯去恶的党羽，是把锦衣卫上上下下筛了个遍啊！百户以上一百余人，分上、中、下三等做了点评，比考核官员业绩的京察还仔细。怎么，想替朕给锦衣卫换一套新班子？"

苏晏知道这般举一反三的做法，其实正中皇帝下怀，皇帝心底指不定多满意他闻弦歌而知雅意，只是表面功夫还要做足，便恭声禀道："是臣多事了。但冯去恶经营锦衣卫多年，根深蒂固，若不如此彻底梳理，顽瘤难以尽除。臣想着，摘一个是摘，摘一串也是摘，不如借此机会，把虫蛀的坏瓜全部摘干净。至于调查的结果，臣自信尚能做到持论公允，不偏不倚，所有评点皆有据可查，皇爷可以再看看臣带来的辅证。另外，在大理寺内还有十几箱的资料，欢迎任何一位有异议的大人前来调档查底。"

皇帝扬了扬奏本："光看这份奏本，便可知你是花了大心思，下了大力气的。你带来的东西都先留下，朕会命司礼监逐一梳理，列出条目给朕看，该擢升的擢升，该贬斥的贬斥，该问斩的问斩。锦衣卫浑浊多年，是该好好涤清一番了。"

苏晏听皇帝一个字不提朝会和内阁，便知他是想亲自敲定新的锦衣卫官员名单，好将这柄利剑紧握在手。

不知在这场激浊扬清的洗牌运动中，皇帝对沈柒又会有何新安排？应该不会低估了他的功劳吧？苏晏思忖着，该怎么不露声色地替自己的兄弟邀功请赏。

自从见过沈柒的背伤，那幅惨不忍睹的画面时而在眼前晃过。

那样严重的外伤，皮肉尽脱，哪怕治疗得当，豫王送的秘药再灵验，伤势恢复得再好，也会留下极严重的疤痕，弄不好还会一辈子折损他的身手与体质。

每次想起这些，苏晏的心底都涌起负疚和感动，总想在其他方面好好补偿沈柒一番。

但苏晏也知道景隆帝拥有那些城府深沉的帝王的共同点，心思缜密的另一面，就是重虑多疑。所以，这份奖赏他不能明着讨要，以免让皇帝以为他与沈柒之间除了道义之外，还有什么利益牵扯，反而影响了沈柒的前途。

思绪在顷刻间百千转后，苏晏叹道："诏狱刑罚太过酷重，查案时反而容易屈打成招。尤其是剥皮、断脊、油煎、梳洗之流，惨毒难言，有违天道。臣斗胆，请陛下轻之。"

皇帝微怔，似乎参透了他悲天悯人的心境，觉得所言极有道理，颔首道："你说得对。看卓岐那一身伤，便知狱刑之烈。今后诏狱十八刑，只留拶指、夹棍、杖刑等轻刑，其余当废……说到梳洗，那个叫沈柒的锦衣卫千户，眼下如何了？"

苏晏正想回答"他卧床养伤一个月，性命无碍，伤势好转，想来再过一两个月便能起身"，话在喉中，忽然警醒——

沈柒早在东苑便出首上官冯去恶，投诚做了皇帝的内应，想必两人暗中联系不断。沈柒的伤势情况，皇帝可以直接问他，又何必来询问自己？

当即转了话锋，答："臣料理完恩师后事，曾去探望过沈千户，感谢他救命之恩。当时他伤势仍然严重，如今过去月余，也不知将养得如何了。"

皇帝道："他在此案中立了功，又受了罪，朕心中有数，自当赏罚分明。你觉得把锦衣卫交给他来打理，如何？"

苏晏一副吓一跳的模样："这……是不是过于突然了？啊，臣并非质疑皇爷的决定，只是……喀，虽然臣觉得似乎有所不妥，但锦衣卫乃上率亲军，自然是皇爷说了算。"

皇帝颔首："沈柒此人虽然忠心能干，但毕竟资历不足，晋升太快，反而不利大局。这样吧，进为正四品指挥佥事，代掌北镇抚司事务。"

苏晏心中暗喜，面上也只寻常，说："皇恩浩荡，想必他能领会皇爷苦心，日后尽忠职守，报效君国。"

皇帝把奏本放在案上，起身道："说了半天话，你也累了吧。"

苏晏讨好道："和皇爷说话，多久都不累。"

皇帝淡淡一笑："你不累，朕都累了。来，陪朕用些茶点，再详细聊聊这一个月来你都做了什么。"

第九章　死囚冯去恶

　　"今天是……什么日子了？"诏狱深处的大牢内，鹑衣百结、蓬头垢面的重囚手抓牢门栏杆，脸朝外嘶声问。

　　几名狱卒围桌打着叶子牌，嘻嘻哈哈道："是你人头落地的日子。"

　　"不是判了腰斩？该是人胸落地才对呀，哈哈哈！"

　　"怎么，还指望皇爷恻隐心动，赦你无罪，让你官复原职不成？别做白日梦啦，待会儿吃碗断头饭，老老实实上路去吧！"

　　"哎哟，瞪我们！看到没，他还有力气瞪我们！我说冯去恶，你早就不是当初高高在上的指挥使大人了，这锦衣卫，也不再是你只手遮天的一言堂。变天啦！从上到下，全给那铁嘴钢牙的苏十二清洗了一遍，就连你亲手提拔的同知和佥事，也没有一个漏网的。如今的北镇抚司，你知道是谁说了算？是——"

　　狱卒的声音戛然而止，他望着不知何时出现在甬道拐角处的身影，浮现出尴尬而阿谀的笑容："沈大人……"

　　沈柒一身藏蓝色妆花罗曳撒，过肩的织金飞鱼在火光照耀下熠熠生辉，乌纱罩顶，鸾带束腰，峻健中透着贵气，眉宇间那股阴狠的戾气也被新生的威焰掩盖了大半，倒显得比先前更英俊了几分。

他没有搭理狱卒，踱到牢门前，半蹲下身，慢慢歪了头，端详铁栅栏间那一张满是胡须与污渍的脸。

"六月初六。"沈柒开口道，语声平静而暗藏杀机，像淬毒利刃埋于鞘中，"今日是我受刑后的第五十七天。"

冯去恶死死盯着他，咧嘴一笑："你还真活了下来！看着伤势恢复得不错，恭喜恭喜。"

"全是拜你所赐，所以我不得不对冯大人说一声——同喜同喜。"

沈柒站起身，动了动手指。顿时冲过来几个如狼似虎的校尉，打开牢门，将冯去恶拖拽出来，其中一个大声道："刑房已洒扫完毕，就等你梳洗打扮了，走吧冯大人！"

冯去恶眼底露出惧色，咬牙道："皇爷已下令废除诏狱酷刑，你们敢抗旨？"

"身陷囹圄，消息还挺灵通嘛。"那名校尉讥诮道，"只可惜，这消息进得来，出不去，你就别替我们担心了。"

冯去恶犹如落入油锅的活鱼，疯狂挣扎起来，仍被校尉们强行拖进刑房。

沈柒最后走进来，反手关上门，森然一笑："放心，都说了同喜，就不会占你便宜。我当初挨了多少下，一下不多，一下不少，全还给你。"

他吩咐行刑的校尉："手下注意着点轻重，冯大人午时还要上腰斩台呢，要让他走得体面风光。"

冯去恶被绑上铁制刑床，终于深刻地意识到，曾经对无数异己者施加过的酷刑，如今即将降临到自己身上。

望着那些熟悉而又陌生的刑具，他被极度恐惧的洪流淹没，难以抑制地高喊起来："不！不！我不受刑——"

"这可由不得你。"行刑校尉从旁边烧开的大锅里舀出一勺沸水。

冯去恶像一条走投无路的残喘野狗，将哀求的目光投向此刻主宰他命运的人："沈柒！沈柒你放过我！我宁可挨一刀，挨十刀！身首异处！也不受这鸡零狗碎的折磨……我向你赔罪，给你磕头，你放过我！"

"冯大人当时折磨我的时候，可不是这般软弱嘴脸。"沈柒快意地冷笑。

冯去恶见他不为所动，牙一咬心一横，说："只要不上刑，我拿一个天大的秘密与你交换。"

"秘密？嗬，我不稀罕，你带进棺材里陪葬吧！"

"难道你真不想知道，为什么我要陷害豫王，动摇东宫？为什么我好端端的锦衣卫指挥使不去经营，反而背着皇爷暗下活动，最后惹到不该惹的煞星，以致赔上一条性命？"

沈柒不语，目光暗沉。

冯去恶见他心动，又说："这个秘密可以让天地翻覆，或许会带给你巨大的灾祸，但同时也是泼天的机缘，就看你有没有胆子听。"

沈柒沉凝片刻，缓缓扯动嘴角："你不必关心我的胆量，只需知道，比起空口无凭的交易，我宁可相信被酷刑折磨到崩溃后的招供。"

他狞笑道："来吧，冯大人，水要凉了。"

六月初七这日，苏晏因为生辰获准休沐，不必去大理寺当值。他痛痛快快睡到日上三竿，方才慵懒地起身穿衣。

桌上放了套大红圆领衫，是母亲林氏手绣了织金仙鹤的吉服，取仙鹤延年之意，颜色、款式都十分入时，就是腰身有些紧窄。毕竟他离家大半年，少年身量渐长，母亲无法量体裁衣，难免尺寸有些偏差。

苏小京服侍他洗漱更衣完毕，惊喜地说："大人这样穿更好看！平日里官袍都太肥大啦，如今这窄衫子一穿，衬得肩宽腰细腿长，就像北哥念的书里说的什么，风流……对，风流蕴藉！"

苏晏也觉得除了曳撒还算便于行动，其他什么官员的公服、常服，包括日常的道袍、直裰、襕衫，都很宽松，就靠一根腰带圈着，走路都觉得裤裆漏风，如今穿了身紧的，才找回一些安全感。照照镜子，自觉又多了几分帅气。

苏小北敲门进来，端着个漆盘，盘里搁了个盛满的酒杯，笑嘻嘻道："祝大人身体康健，福寿绵延。"

苏晏道了声谢，犹豫地指了指酒杯："要喝？一大早，空腹呢。"

"是呀。今日是大人生辰，早起便要先喝一杯寿酒，临睡前再喝一杯。其间若是有人敬寿酒，大人都得赏脸喝一杯，这才吉庆。"

入乡随俗吧。苏晏端起酒杯咂了一口，觉得酒味挺淡，便一口气喝光。

苏小北说："是淡酒，小的特意掺了水，怕伤了大人的脾胃。"

苏晏捏了捏他的鼻尖："小机灵鬼儿。"

苏小京也凑上来要大人捏，跟只争宠的猫似的。苏小北推挤他，两个少年嬉笑着闹成一团。

用完早膳，苏晏心情愉快地走到院中，遇见在树下练剑的吴名，驻足看了一会儿。

吴名练完一套剑法，收剑归鞘，拎起石桌上的一个小酒葫芦，朝苏晏走来。他有些犹豫不决，但最后还是把葫芦递过来，低声道："祝大人身体康健，福寿绵延。"

苏晏笑着道谢，接过葫芦。

吴名冷毅的脸上，浮起一丝尴尬："这是我自酿的红曲酒，后劲足，有点酸味。乡野味道，怕大人喝不惯。"

"无妨，我喝过红曲，挺喜欢这味道。家乡也常酿这酒，说是有消食活血、健脾暖胃的功效。"

苏晏打开盖子喝了几口，打算回头让小厮收起来，留着慢慢喝。

苏小北从后方赶上来，手里拎着个包袱，说："大人，你说的腰带和软甲都在里面了，真要拿去送人啊？小的看那软甲不是寻常之物，送出去多可惜。"

苏晏解释："不是送，是还。这叫完璧归赵。"

腰带和软甲都是沈柒借给他的，一个应急，一个防身，本来从东苑回来就该归还了，可那时沈柒伤重濒死，根本顾不上。后来他又提起归还一事，沈柒却说不急，冯去恶未死，案子未肃清，软甲你还是留着傍身，以防不测，等尘埃落定了，再与腰带同还不迟。

这么一拖二五六的，就拖到今日，苏晏打算去一趟沈府，把东西还了，顺道向兄弟讨一杯祝寿酒喝。

两人刚打开院门，与举着一条手臂的小内侍富宝打了个照面。

富宝笑道："哟，可巧，奴婢正要叩门，苏大人就恰好开了门，连猜测客好客赖都不必，可不是因为寿星公诸事顺遂吗？"

苏晏与他混得十分熟了，也不打官腔，调侃道："就你这张小嘴最讨喜，会说你就多说点。"

"奴婢哪敢多说，怕耽误了大人的时间。小爷请苏大人来一趟东宫，说是有正经事商量。"

"正经事？"

那小鬼能有什么正经事，要他替写窗课？玩腻了老花样，想要新玩意儿？还是因为搜车那事对奉安侯怀恨在心，想找他商量怎么出口恶气？

无论什么事，他要是去了东宫，太子不拖到宫门下钥是不会放人的，搞不好又要硬拽着他留宿。苏晏蹙眉问:"能等半个一个时辰吗?我先送份东西。"

富宝为难道:"小爷的脾气苏大人是知道的,心血来潮时,说要怎样,就要怎样,任谁都劝不住。除了皇爷,也就苏大人能让小爷转眼雪霁天晴了。奴婢出门前,小爷吩咐了,要尽快见到苏大人,多拖延一刻钟,都要打断奴婢的狗腿。"

苏晏无奈地苦笑,摇摇头:"这个小鬼……算了,我就先去东宫吧。小北,把东西放回去,待我回来再去归还。"

富宝装作没听见那声犯上的"小鬼",请苏晏上了等候在宅邸门外的马车。

"大人晚上回家用膳吗?"苏小北隔着车帘叫。

苏晏撩起车窗帘子,答:"不一定,要是申时过后我还没回来,你们就先吃吧,不用等了。"

沈柒彻夜未眠,坐在卧房内的桌旁,来来回回地擦着绣春刀锃亮的刀锋。

冯去恶吐露的秘密太庞大、太沉重,像一座泰山沉沉地当头压下,要将他凡夫俗子的筋骨碾作齑粉。

更让他生出了后悔。为什么要去听,直接割了冯去恶的舌头,让这个秘密随着对方一同腐朽成泥,埋入黄泉,该多好。

然而,这点后悔之意也只是一闪而过。

无益且无谓的情绪,沈柒从来抛得很快,因为不仅于事无补,反而徒增烦恼。他是一步一个血脚印地走到了今天,也必将坚定地、目标明确地、不择手段地走下去。

他面无表情地擦着刀,耳边仿佛仍回荡着冯去恶沙哑艰涩的声音——

"这个秘密就是……当今的天子……并非真正的天子!他,和他的胞弟豫王,根本不是先帝的血脉!

"你吓到了,你不信……刚听到这个秘密的我,也是你这副表情。然而事实如此。先帝尚未登基时,是戍守边陲的秦王,毗邻北漠瀚海沙漠的珊西一带,曾经便是他的藩地。而如今的太后,也就是当年的秦王妃,在他长年征战、偶尔回府的间隙受孕,先后生下二子。

"早年王府便有流言,说秦王妃与人有私,此二子并非皇室血脉,后传言者被秦王严令处死,不但整个王府血流漂杵,就连市井间也杀了一大批人,流言遂禁绝。

"秦王妃不仅让秦王相信了她的清白,还坚定了他立嫡不立长的决心,在登基之后,册立第二子——也就是今上为太子。

"十五年前，今上继位登基，初几年，还能与兄弟和睦相处。可就在十三年前，信王谋逆案发，今上当机立断，将之铲除，紧接着祭出先帝遗诏，一个一个削去镇边亲王们的兵权，圈禁在藩地。辽王、卫王、谷王、宁王……最后是他的胞弟豫王，也就是当年的代王。

"那个时候，我就是信王的人。"

沈柒知道信王谋逆案。那时他虽是个十二岁的少年，却早已被生活的坎坷催熟，与身为妾室的母亲，还有八妹、九弟一同遭受着正房的苛虐欺凌，知道中风躺床的父亲指望不上，一心想要谋个生计，及早分家。

他听说锦衣卫正在征召骁勇机敏的官宦子弟与民间儿郎，于是去求父亲的故交——一个即将告老的锦衣卫副千户，想要应征。盖因年纪太小，三年之后方才如愿。其间，他格外关注朝堂政事，听闻信王举兵谋反，被皇帝赐死抄家，主理这个案子的正是如今的内阁首辅李乘风。

却不想，冯去恶在十几年前尚且只是个锦衣卫佥事时，就已经与信王有勾连。

"信王死后，我唯恐受牵连，蛰伏了几年，方才竭尽所能地往上爬。直到去年，宁王派来的人找到我，告诉我当年信王案的真相——

"信王手中有秦王府旧人提供的王妃私通的证据，故而心存反志，拥兵谋逆，失败被擒后，又在今上面前戳破了这桩丑闻。今上震怒，撤回发配高墙的前旨，直接将信王赐死。又担心藩王们拥兵自重，威胁帝位，故而将他们内迁、削爵、褫兵权。

"宁王与信王是一母同胞，他找我的目的，是希望我顾念旧主之恩，成为他在朝中的耳目，同时也是拿这段旧事威胁我。若我不从，他便将我余孽的身份公之于众，届时皇帝必饶不了我。反之，我若为他效力，将来他成就大业时，便是从龙之功，权势荣华唾手可得。

"于是，我便投靠了宁王。一边应付着愚蠢短视的卫氏，与外戚临时结盟，互相利用，构陷东宫，动摇国本；一边挑拨豫王与皇帝的关系，利用云洗和叶东楼案陷害他，好叫皇帝责罚他——如此一再逼迫，就能渐渐把豫王逼到绝境，最后不得不反。豫王交出兵权多年，但军中威望犹在，到时天下大乱，宁王才有可乘之机。"

宁王想造反！沈柒心中暗凛，问："这些秘辛，为何要告诉我？"冯去恶恨他入骨，又怎会让他拿了这些消息去向皇帝告发，帮助自己的仇人立功？

冯去恶被剧痛折磨得奄奄一息，却在此刻听到这句问话后，好似回光返照，从眼中放出偏激而狂烈的神采。他像个将执念化作了诅咒的鬼魂一般，凄怨地诡笑："因为你是最合适的人选呀……身为我的仇人，不但要送我上黄泉路，还必须继承我的遗志，听起来，岂不是如宿命般美妙？"

沈柒嘲讽："我出了诏狱，便将你和你白日做梦的主子一同卖个好价钱。"

"你不敢。因为你知道，没有一个帝王能容下知晓他秘密的人。"冯去恶笃定道，"而在你听到这个秘密的那一刻，就已经被我拉下了水。"

"你可以去禀告皇帝，然后提心吊胆地等待他某天将你杀人灭口。你也可以联络宁王，为他效力，将来他若真有腾飞之日，论功行赏，你就是从龙的勋臣，少不得封公封侯。

"你看，我之前没说错吧，这是个巨大的灾祸，也是泼天的机缘。

"当然，你也可以假装什么都不知道，一辈子被这个秘密折磨，惶惶不可终日。

"这岂不是个最好、最久、最庞大的复仇？向你，向皇帝，向覆巢之下焉有完卵的苏小子，向这个把我逼到绝路的家国天下。"冯去恶剧烈咳嗽，后背涌出的血水几乎将刑床铺满，"我用了你十年，也教了你十年，现在要教你的最后一件事就是——

"秘密不能随便听。"

"铿"的一声，沈柒还刀入鞘，将擦刀布丢在桌面。

他朝早已成了奈何桥边鬼的前任上司露出冷笑：你的复仇，与我何干？这天下谁当皇帝，是不是正朔龙种，又与我何干？你真以为我会被一个空穴来风的秘密折磨，惶惶不可终日？笑话！

能力配不上野心，又选错了效忠的对象，才是取死之道，譬如你冯去恶。

而我沈柒，忠心效命的对象只有一个人，那便是我自己。至于我想要的……滔天权势？公侯王爵？富可敌国？也许吧，但那太过遥远缥缈，可望而不可即。我现在最想要的，也只有一个真相——

沈柒将绣春刀重新佩回腰侧，起身推开门，走出屋子，任由逐渐灼热的晨光洒遍全身。

他眯眼看了看日头，忽地问："什么时辰了？"

候在廊下的婢女答："回大人，快到巳时了。"

沈柒蓦地一拍栏杆，懊恼道："今日是六月初七！我蹉跎一夜，竟错过了时辰。"

"是六月初七。大人这是怎么了？"婢女不解，"今天是什么重要日子？"

沈柒吩咐："拿套便服过来，替我更衣。"

身上的飞鱼服才脱到一半，奉命盯着苏府的高朔匆匆来报："东宫派内侍富宝，将苏大人接走了。"

沈柒停下动作，垂目想了想，又将飞鱼服穿了回去，对高朔说道："你陪我去一趟冯去恶的宅子。"

端本宫内，太子等得百无聊赖，发脾气将宫人都撵出殿后，他把双腿架在书桌上，拿了一本自己在市集上买新话本时店家附赠的画册，用蘸墨的湖笔乱涂。

面对画上的男女，他横挑鼻子竖挑眼："什么妆，画得眉如吊梢，两腮好似猴屁股。"直接把女子头脸涂黑了。

他看着胸说："这么肥，画得也太不秀气了。"然后涂黑。

他又看着男子屁股，觉得少点什么，于是用笔锋在中间勾了条猴子尾巴——

"小爷！苏大人到宫门了！"守在宫门口的小内侍气喘吁吁地跑进来，隔着殿门高声叫。

太子笔尖一抖，划出一道长长的墨痕，直抵纸页边缘。

他转头朝殿门骂："瞎嚷嚷什么？"

小内侍趴在地面，委屈道："您不是说，只要一看到人影儿，奴婢就得马上来禀报？"

"哎，清河来了！"太子这才转过弯来，忙丢了笔，将不成样子的春画揉成一团，跳起身左顾右盼，到处没地方藏，最后塞进书桌旁插着孔雀翎的珐华彩大花瓶里。

他低头整了整衣襟，快步冲出，忽觉自己举止不够稳重，于是装模作样清咳一声，放慢脚步，姿态端庄地走了出去。

苏晏行礼道："小爷千岁。"

朱贺霖见他一身织金仙鹤纹样的大红吉服，喜气得很，笑道："小爷才不是千岁，是你今天十七岁啦。"

太子招招手，便有宫人捧着托盘上前。

朱贺霖拿起金杯，递给苏晏，十分认真地说："祝清河身体康健，福寿绵延。"

"多谢殿下。"苏晏笑着接过，本想一口闷了，不料杯底颇深，比看起来还能装，一口没喝完，中间歇了两次气，"这酒辛辣甘洌，甚好下口，就是杯子有些大了。"

"这是御酒，叫寒潭香。取自高山寒潭水酿成，因此喝起来比一般的酒要清凉，但是后劲十足，不可多喝。"

"不能多喝，你还给我斟这么一大杯？想灌醉我？"苏晏斜眼看他，脸颊因为酒气泛起一层薄红。

朱贺霖想捉弄他的小心思被戳破，讪笑道："你的酒量我如何不知，除了端午晕车那次，一顿喝个半斤不成问题。"

那是因为时下的酒蒸馏不足，酒精度低，但也禁不住这么一大杯啊，而且不同的酒混着喝，特别容易醉。苏晏心想，待会儿谁再敬我寿酒，我就抿两口，意思意思好了，以免真的喝醉出丑。

"殿下急召我进宫，说有正经事，就是道声贺，赐杯寿酒？"

朱贺霖说："除了贺寿之外，还有一件事。你年满十七，行过冠礼了没有？"

苏晏回忆一番，答："尚未行过。"

"男子行过冠礼，仪制上才算成年。按周制，二十而冠，然而现今多是十六七岁行冠礼的，我瞧你今日正合适。"

"可是，不是该由家族长辈为我持礼加冠？孤身在京，长辈俱在千里之外……"

朱贺霖把嘴凑到他耳畔，神秘兮兮道："我的长辈借你用呀！"

"哈？"

"我昨天向父皇提及此事，希望他能为你加冠，父皇同意了。一应所需，都已备齐，就差你了。"

苏晏惊道："天子为我加冠？这如何使得！"

"瞧把你吓的！"朱贺霖大笑。

"如何使不得？今日你别当他是皇帝，就当是通家长辈。"

谁敢把皇室做通家，嫌脖子上脑袋太牢靠？苏晏腹诽太子的异想天开，推辞道："我觉得不妥，真的，就算皇爷同意了，这份荣宠也太过，怕引人议论。"

朱贺霖不以为意地挥手："有什么好议论的，加个冠而已，又不是加官晋爵。小爷就是要让那些想害你的人知道，你背后靠山有多大，让他们以后打你的坏主意之前，好好掂量掂量！"

苏晏几乎被他的孩子气逗乐了，连连摇头："不行不行，我还是低调点。有什么好处，暗地里偷偷摸摸给我就好了。"

朱贺霖才不听他的，径自说道："我差钦天监算过，今日未时是吉时，你就在这儿先用午膳，过后我带你去养心殿。本该去斋宫的，但父皇说了，依你的性情，不会喜欢大操大办，还是从简，也显得亲切。"

苏晏被他一一安排好了，只得接受，问："皇爷何时到养心殿？我得早些过去。"

"父皇上午下朝后，左右无事，被卫贵妃拉去看小皇子了。"

朱贺霖撇了撇嘴，嘀咕了句："红皮猴崽似的皱巴巴一团，也不知有什么好看。"看苏晏眼色不对，赶忙笑了笑，"我知道我知道，你劝过的，对待新弟弟要春风拂面嘛。放心，我只在你面前说心里话，在外头虚伪得很。"

苏晏失笑："哪有人说自己虚伪的？"

朱贺霖叹气："本来就是。尤其是面对讨厌的人，不虚伪不行。你看奉安侯，那夜想要搜我的车，我恨不得直接拔剑把他砍了，结果还是强忍脾气和他说话。"

"那次小爷处理得很好，不，应该说是一针见血，游刃有余，超乎我的预料。"苏晏狠狠夸他，"短短几个月，殿下成长了许多。"

朱贺霖得意："那是自然，小爷我是个男人了！"

苏晏一时促狭心起，故意上下打量："哪里是个男人？"

朱贺霖抓住他的手腕，挑衅似的龇牙："哪里都是个男人！要不要见识一下？"

苏晏与小鬼斗嘴没输过，哈哈笑道："哈哈哈哈哈，太子殿下自然是男人，将来一定见识，再等个……三四五六年，也就差不多了。"

朱贺霖气得要命，又要强忍着不发作，表现出成熟男人的风度，悻悻然道："走着瞧！总有一日，让你见识小爷的厉害，叫你五体投地，心服口服。"

慈宁宫。

豫王抬手示意宫女暂不通报，悄悄儿站在殿门外。

太后和卫贵妃聊天的声音从殿内传出，一个雍容，一个酥甜。

"您看昭儿这都两个多月大了，皇爷总共就来看过五回，今日好不容易来，刚用过午膳，又走了。臣妾总觉着自己是不是生完孩子就胖了、老了，不招皇爷疼了。"

"这话说的，你生孩子前，也不见得多招皇帝疼啊。皇帝每个月去你永宁宫的次数，也就比其他宫稍微好些，三次里倒有两次，还是你哭哭闹闹赚来的不是？"

"哎呀，母后！姨娘！您怎么尽埋汰我呀……"

"皇帝毕竟是皇帝，国事繁忙，你要多体谅他。再说，后宫用来做什么，是给皇帝心情舒畅、锦上添花用的，倘若反而给皇帝心里添堵，那还要你们这些妃子何用？朝堂上那些变着法儿蹦跶的臣子还不够他烦的吗？你要是再一哭二闹三上吊的，只会把男人的心越推越远。听母后的，谨守本分，体贴解意，等男人飞累了，自然会回到温柔乡里来歇脚。"

"臣妾体贴呀，这不，还专门备了甘菊冷陶与冰镇酸梅汤给皇爷避暑。结果，皇爷也没赏脸多喝几口。臣妾打听过了，午后也不是什么政事，是应了太子的千托万请，要在养心殿亲自给那个苏晏行冠礼呢！母后您说，这叫什么事？从古至今，哪有皇帝为臣子加冠的，不合规矩礼法……"

"你说哪个苏晏？"太后打断她的话。

"今科的进士，因为怂诱太子玩乐，挨了廷杖的那个太子侍读苏晏，苏清河。端午在东苑，官员坠楼的那个案子，也与他有牵扯，害得臣妾早产，险些伤及小皇子。母后您有印象吧？"

"哦，敲登闻鼓，把冯去恶敲上了断头台的那个。最近这名字啊，老在我耳边晃悠。听说你叔父曾被他在金殿上当面讽刺？看来是个铁骨钢牙，指不定哪天也弹劾奉安侯个十二陈、二十四陈的……"

"哎呀，母后！姨娘！那是我亲叔父，您妹婿的亲弟弟，您就不能盼着他点儿好嘛！"

豫王神色自若，袖了手要走。

慈宁宫的大宫女问："殿下不向太后请安了？"

豫王道："孤王忽然想起一件紧要的事，待料理完毕，再来向太后请安。"

午时将半，苏晏跟随太子来到养心殿。

等了一会儿，便见蓝喜带着两个小内侍进殿，笑道："小爷和苏少卿来得早，须得再等些时候。皇爷从永宁宫回来的半路，正巧有锦衣卫前来禀报要事，于是遣老奴先回来知会一声。"

"无妨，我陪清河等等便是。"太子说着，找了张圈椅，拉着苏晏坐下。

"老奴听说，今日是苏少卿的生辰，故而略备薄酒，给寿星做个喜庆。"蓝喜挥挥手。徒弟多桂儿捧上来一个斗彩瓷杯，盛满橙红色酒液，敬给苏晏，说道："祝苏大人身体康健，福寿绵延。"

苏晏一闻酒味，有些头晕，怀疑是高粱酒。

蓝喜介绍："这是山东的秋露白。甘酽醇纯，却有些性热，当地士族便用莲花露酿之，特有一股清芬，才得以成为贡酒。外面可是尝不到的。来，寿星公满饮。"

苏晏看这口瓷杯，不比太子的金杯小，接过来抿了一口，果然是烈酒，只好推脱："下官酒量浅，这么一大杯喝下去，回头怕是要御前失礼，蓝公公饶了我吧。"

蓝喜笑眯眯地注视他："寿酒哪能推辞不喝？"

太子也过来撺掇："寿酒是必定要喝的，我去年也喝了不少呢。放心，要是不胜酒力，等行完冠礼，我送你回去休息。"

苏晏听他保证包接送，这才稍微放了心，慢慢把酒喝完，打了个酒嗝，说："我差不多就这个量，待会儿谁再来敬，我都不喝了。"

"好，好。"太子应道，"再有来敬酒的，我帮你挡。"

蓝喜又说了几句话后走了，留下多桂儿伺候左右。

苏晏侧倚在圈椅扶手上，酒劲有些上头，大脑仿佛泡在暖流中，浮浮沉沉不随自己。他支起手臂，屈指托颐，忍不住昏昏欲睡。

太子无聊地拈着点心碟里的董糖吃。

等了小半个时辰，仍不见御驾，太子有些不耐烦了，从椅面跃然而起："什么机密要事，要谈这么久！我循路过去，催一催父皇，这都快误过吉时了。"

他对苏晏道："你在殿里继续歇着，我去去就回。"又转头吩咐，"多桂儿，把苏大人伺候好了，给上盘切好的瓜果，还有解暑茶。"

多桂儿连连称是，着手去准备。

苏晏撑起眼皮，打个哈欠说："小爷尽管自去，我在这里等皇爷。冠礼流程我也大致知晓，仪式而已，其实无须作陪。小爷今日窗课写了吗？"

朱贺霖最怕听他问这句，可偏偏他每次来东宫都要问这句，简直比侍讲学士还要敬业。

苏晏一看小鬼心虚的眼神，便知道他没人督促又不做作业了，估计还拖欠了不少，叹口气，觉得自己这个同班同学当得比他家长还操心："小爷还是别浪费时间了，回东宫去写窗课吧，否则明日拿什么交差？"

朱贺霖也知道李太傅严厉又啰唆，明天拿不出窗课，必要去皇帝面前告状，自己到时又要挨罚。可又担心苏晏礼成后径自出宫，拖拖拉拉不肯走。

苏晏看穿他心思，失笑道："礼成后，我再去东宫找你，行了吧？"

朱贺霖等的就是这句，赶紧说："那行，别忘了你说的话。我留个内侍在殿外等你，结束后早些过来，我还有不少新玩意儿要给你瞧呢。"

苏晏正色答应，再三保证自己绝不溜号，太子才满意地走了。

殿内又恢复了宁静。苏晏带着四五分醉意，继续支颐闭目养神，养着养着，迷迷糊糊睡着了。

景隆帝从慈宁宫返驾，半途耽搁了一段时间，回到养心殿便问门外侍立的蓝喜："什么时辰了？"

蓝喜看皇帝目光沉凝，似有不顺心之事，便小心地答："回皇爷，未时三刻了。"

"人呢？"

"苏少卿在午时半来此候驾，等了半个多时辰，现在椅子上睡着了。"

"睡着了？"

"是。大约今日被敬了不少寿酒，酒劲有点上头，奴婢去叫醒他。"

蓝喜进了殿，见苏晏还坐在椅子上打盹，连叫了两声没应答后，凑到他耳旁大声道："皇爷来啦！"

苏晏猛地睁开眼睛，怔怔片刻，蓦地拍了一下桌面："对，冠礼！我是来行冠礼的……景隆皇帝为我加冠！谁有我面子大，以后能吹嘘五百年了……"

蓝喜见他满口醉话，招呼多桂儿赶紧拧一把冷湿棉巾过来。多桂儿有点发慌，手捧铜脸盆，一路"咚咚咚"地小跑。

"这是在战场上吗？鼓擂得这么紧，想必战况危急……那啥，皇帝不必担心，我帮你发掘人才，戚敬塘、李子仰、王安明……还有于彻之……哦，于彻之已经在兵部了。这些都是满腹文韬武略的名将，肯定能帮上你的忙，领兵驱除北虏，捍卫大铭江山……"

"哎哟，可别再满嘴胡话啦，苏少卿！皇爷在殿门口全听见了！"蓝喜急得把湿棉巾往他脸上一扑，前脸后脖子来回擦了好几通，都快擦秃噜皮了。

苏晏这下彻底清醒，见景隆帝沉着脸负手走进内殿，酒气顿时全化成冷汗排出去了。

他不等皇帝开口，赶紧上前请罪："臣醉酒无状，请皇爷宽恕。"

景隆帝没打算惩罚一个喝多了的小寿星公，也不想随意迁怒臣子，便把最后一分愠容收了。他端详了一下苏晏，拉家常似的说道："加冠之后就不再是孩子了，好好干。还有，别把太子带歪了。"

苏晏不仅有些脸红，怀疑皇帝知道前阵子太子偷偷出宫是去找他解闷，连忙道："臣谨遵圣命。好好干公事，好好劝太子。"

景隆帝这才微微颔首，道："开始罢。"

因双方都不喜繁文缛节，冠礼被简化了许多。内侍带苏晏去偏殿换了一身素白的贴里，回到大殿。

苏晏跪在御前，旁边内侍将托盘献上。皇帝取过第一个托盘上的衣物与冠帽，亲手为他戴上冠帽，再将外衣披在他身上。

内侍连忙接手，把衣物给他穿戴整齐。

"一加深衣、加缁布冠，意尚质重古。"皇帝的声音雍雅如常，又似乎多了几许郑重。

内侍为苏晏脱去深衣与缁布冠，换上第二个托盘里的襕服和鹿皮帽。

"二加襕服、加皮弁，行三王之德。"

再脱去襕服与鹿皮帽，换上第三个托盘里的公服与爵弁。

"三加公服、加爵弁，敬事神明。"

如是三回后，内侍将一樽清酒递到苏晏面前。苏晏有些为难地看了一眼皇帝，小声道："可不敢再喝了……"

皇帝嘴角微露笑意："喝了才能礼成。这是金茎露，清而不冽，味厚而不伤人，是酒中才德兼备之君子，不会上头的。"

苏晏这才勉强又喝一杯，跟着皇帝念完最后的醮词："旨酒既清，嘉荐令芳，拜受祭之，以定尔祥，承天之休，寿考不忘。"

他深深伏身，再次拜谢："谢皇爷为臣加冠。臣已不再是少年人，此后当戒骄戒躁，以朝堂政事为重，为皇爷分忧，辅佐太子读书。"

皇帝俯身拍了拍他的肩膀，又说了一遍："好好干，朕拭目以待。"

苏晏谢恩起身后，随内侍去偏殿把仙鹤吉服再换回来。等他走回到大殿门外，却听得殿中传来豫王的声音。

"臣弟今日与毓翁同来面圣，主要是为了一种叫作'青霉素'的不世神药。说起来，此药方的发明者正是朝臣中的一名新锐，苏晏苏清河。还请皇兄入座详谈……"

养心殿内，景隆帝听豫王讲述苏晏制药救人之事，又向陈实毓细细盘问，对这种名为"青霉素"的奇药很是动容。

他在登基前，也随先帝驰骋过疆场，知道疡痈之症的可怕和致死率。两军交战时，若是敌方阴毒，用金汁等秽物浸泡兵器，一道小小的血口便能取走兵卒的性命。

一支军队的战斗力，是靠善于指挥的将领和久经沙场的老兵撑起来的。新兵若未见过血、受过伤，只能算是乌合之众。然而受伤的士兵，十有六七又会死于金疮发作，往往还没磨炼出来，就憾然折损。

倘若青霉素治疗疮痈真有奇效，对一个国家的助力更甚十万雄师，因它能泽惠百世。

"《礼记·大学》有云，'致知在格物，物格而后知至'，可朕听着，又觉得与应虚先生所言的'格物学'有所不同。可否详细说一说？"皇帝问。

陈实毓惭愧道："草民也只依稀听个大概，具体还得请教苏大人。"

"皇兄可要派人去宣苏晏进宫？"豫王含笑问道。

景隆帝看了豫王一眼："不必派人宣，他就在殿门外。苏晏，进来大大方方地听，不要老是听壁脚。"

老是听壁脚？苏晏打了个激灵，不及多想，进殿向皇帝与豫王各自行礼。

"朕问你，何为格物学？"皇帝示意他落座再回话。

苏晏在抛出这个历史上早就有的名词时，就动了在当下时代努力推动自然科学发展的念头。

纵观历史，国人往往将"智慧"一词用在谋略家的身上，虽然也出过不少科学家，可是从整体层面上，对科学发展的重要性并没有更深刻的认识。

而铭之后的那个朝代，更是闭关锁国、愚昧奴性，几乎将之前几百年的科学文明进展毁于一旦。

与之相比，铭朝已经算是颇为胸怀广阔、海纳百川的时代了。

有长逾百米、九桅十二帆、排水量超过万吨的宝船，在西洋、南洋劈波斩浪，所向披靡。

有领先当时世界水平的火器：迅雷铳、五雷神机、抬枪、火炮、火焰喷射器、地雷、水雷……这些火器甚至能组装成一个神机营，堪称火器发展的黄金时期。

民间还有能制造放大镜、显微镜的光学仪器专家；有提出时间和空间不能彼此独立存在的"时空观"的物理学家；有能制作气候变化云图的气象学家；有著书立说的数学家；甚至有制作出了中国历史上第一架天文望远镜的天文学家。

这样一个光辉灿烂的朝代，欠缺的并非人才，而是官方对人才的发掘，对科学技术进行更为系统性、延展性、深入性的研究。

苏晏向皇帝狠狠灌输了一通他对"科技才是第一生产力"的理解，大力宣扬将科技运用在农业、水利、战争等各个领域的巨大好处，最后说道："假定万殊之物界为实在，而分门别类穷其理者，是为格物学之观点。格物不仅是对事物本源的精研细查，还是知识增长的过程，更少不了亲身实践。故而，臣请开天工院，将格物学纳入科考门类，招揽天下格物人才，切磋学习，共谋发展，推陈出新，使我大铭国力更上一层楼！"

景隆帝陷入沉思，半晌方道："此乃国之大事，朕须与内阁诸位大臣商议，再行定夺。老四，你怎么看？"

豫王拱手道："皇兄所言甚是。"

苏晏知道仅凭他只言片语，就要让皇帝立下决心，开创前所未有的新局面，几乎是件不可能的事，对方能虚心纳谏，认真去思索其中道理，就已经是具备了极开明的远见。他只求在这个时代的人们心中埋下一颗向往科学的种子，慢慢看它扎根发芽，逐渐萌出新叶，便已心满意足。

他真心诚意地向皇帝行了个大礼："吾皇英明。"

皇帝说道："你回去拟个奏本，朕好拿来与阁臣们商议。"

苏晏告退时，豫王与陈实毓也一并告了退。三人在阶下互相望了望，很有些合力成事的昂扬之感。陈实毓拈须呵呵一笑："天工院，老朽可真是期待得很呐！"

胸怀壮志地回家写奏本，苏晏再一次忘记了与太子之约。

在东宫辛苦写完窗课，等候玩伴的朱贺霖，又一次被苏晏放了鸽子，直到宫门下钥，才知道他早已出了宫，直气得七窍生烟。

"东宫的旨意就不是旨意了吗？他这分明是恃宠生骄，根本不把小爷我放在眼里！"朱贺霖气红了眼，对富宝大声宣告，"我要狠狠罚他一次，给他个教训！"

富宝知道太子这会儿在气头上，须得顺着话说，但又担心太子真把苏大人给罚重了，回头后悔起来，要迁怒是他火上浇油。想来想去，不敢吭声。

朱贺霖怒冲冲踹了他一脚："连你也不听话了！说，怎么罚他？"

富宝为难道："罚……罚他在殿外站半个时辰？要不就罚他一个月俸禄？"

朱贺霖怒极反笑："要不要罚他自饮三杯？"

富宝心道：我这还不是怕你气消了以后要反悔？不如高举轻落，两边都有台阶下。

朱贺霖冷哼："这次他休想再糊弄我，等着瞧吧！"

苏晏连夜赶制了一份奏本，从民生、经济、军事等各方面阐述格物致知的重要性，申请办新学、开新科，并将铭朝与时下世界各国的科技水平做了对比。

为了引起皇帝和朝堂大佬们的重视，他甚至手绘了一幅世界地图的大致轮廓，点明早在五十年前，西方国家波尔杜葛尔就已组建远洋船队，在海外大陆建立殖民据点，进行黄金和奴隶贸易。三年前，彼国船队绕过大陆南端岬角，发现了新的土地，正式打通通往东方的航线。与此同时，以西把尼亚船队向西航行，发现新大陆。并且估计在二十年后，两国将完成首次人类环球航行。

反观大铭，通过朝贡体系在东南海域诸岛国、西域等地建立了一套以铭廷为核心、四方藩夷拱卫的政治秩序，的确一度在海内外彰显了上国的影响力。

然而郑和之后，再无郑和，宝船也随之逐渐消失于东海鲸波，朝贡体系开始瓦解。

大铭所注重的宗藩关系，以及怀柔远人、厚往薄来的国际秩序主张，如今正被西方所奉行的武力征服、殖民统治与垄断贸易所取代。

西方诸国从殖民扩张行为中，攫取了巨额利润，势必将使世界格局发生翻天覆地的变化，对大铭的上国地位产生巨大威胁。

苏晏在奏本的最后，用未雨绸缪的揣测口吻，如此总结道——

"西方大陆之波尔杜葛尔、以西把尼亚，虽彼蕞尔小国，国力远逊于大铭，然枪炮之利犹在，狼子野心不死，其舰队窥伺我朝东南洋等藩属国，与大铭终有一战。"

翌日，景隆帝在中极殿召见内阁五名辅政大臣兼大学士，抛出了苏晏上呈的这份图文并茂的长奏本。

阁臣们看完，面面相觑，进而议论纷纷。

有质疑苏晏年少识浅，从何得知宇内诸国政事？想必是凭空捏造，耸人听闻。

有自恃天朝上国无奇不有，何必像蛮国番邦一样，去学劳什子格物学。

有心生触动，但又担忧新学激进，将会扰乱科举制度，不利民心稳定。

也有掩卷沉思，半晌不发一言。

皇帝问："李阁老，如何不说话？"

首辅李乘风轻抚苏晏手绘的那张轮廓粗疏的世界地图，反问："敢问陛下，太祖皇帝时，以堪舆大家李泽民的《声教广被图》与引进的地球仪为依据，所绘制的那幅《大铭混一图》，可还在宫中？"

"自然在。如此精细详尽之舆图，决不能流出朝廷以外。"

自古以来，地图因涉及军事机密，为朝廷专有，民间不得染指。更何况《大铭混一图》以大铭版图为中心，绘制了东西南北各个国家的疆域范围，列出了数百个地理名称，包括江河湖海，还有一些异国的风土人情、与大铭的距离和当地的自然状况，重要度远非普通地图能比。

李乘风又问："陛下可曾将此图出示于苏少卿？"

皇帝道："并无。"

"请陛下将此图取出，示于诸位大人。"

皇帝命蓝喜前往库房，取出锁在柜中的《大铭混一图》，小心翼翼地铺展在桌案上。

李乘风将苏晏的手绘地图铺在《大铭混一图》旁边，说道："请诸位大人对比两图，看有何异同？"

阁老们围成一圈，与皇帝一同对比研究后，赫然发现，两幅地图在大铭国土以外的部分，譬如东西南北方向的海洋、陆地形状上颇为吻合，但苏晏那幅图涉及的诸多异国则标明得更为细致。

而在《大铭混一图》所不能及的范围，苏晏的地图还描绘了金帐汗国、新大陆、绝岛等地域。

李乘风的手指沿着东南海域的大铭各个藩属国，一路往南，戳在了孤悬于海中的一片心形大陆的最北端："老臣记得，三保太监的航海图中提到此处地方，说当地亦有从南洋漂洋而去的侨民，男女椎髻，身体黝黑，间有白者，唐人种也。原来这便是绝岛罗娑斯。"

辅臣杨亭震惊道："先帝时期，航海图失遗，莫非竟流传到了苏少卿手上？难怪他能绘出如此精确的地图。"

李乘风颔首道："苏少卿若是得到三保太监真迹，再去寻访传教西僧，打探彼国事务，也许关于波尔杜……杜……"

异邦名字发音绕口，他干脆统称为西夷："关于西夷舰队窥伺我朝藩属国的推测，所言非虚。"

"此子颇有远见卓识，知晓天下大势，并称西夷之崛起是托赖于格物。由此看来，关于格物一学的推广，未必不可行。"皇帝说道。

次辅焦阳仍坚决反对，振振有词道："祖宗规矩礼法，岂可轻易废除更改？如此轻黩祖法，陛下将来如何面对列祖列宗？"

这话便显得咄咄逼人，有失臣礼了。景隆帝目光一凝，正欲开口，惯会看眼色的阁臣谢时燕当即驳斥道："只是办个学院，焦阁老扯什么祖宗礼法，这帽子未免扣得太大。你看那民间，各种流派、书院多如牛毛，朝廷办一个新学院，能是多大的事儿。焦阁老若是觉得科举不宜妄改，可先办学，以观后效，缓缓图之，何以对陛下出言不逊？"

焦阳只好讪讪地伏地乞罪。

皇帝冷淡道："商议政事，各执一词也是常见，朕不会以此见责。然朕将来宾天后，如何面对列祖列宗，却并非焦卿你一人之言可以定论，还是说，届时你要和朕同去面见祖宗，亲眼看一看？"

焦阳因为皇帝绵里藏针的一句话，冷汗湿衣，连连叩首谢罪，口称"吾皇万寿无疆，罪臣万死不敢"。

皇帝等他磕肿了额头，方才赦他起身。

如此一来，其他阁老们也不敢再反对。首辅李乘风本就持赞同之意，当即与皇帝大致确定了思路，以朝廷名义创办天工院，隶属礼部，招揽天下格物人才。

至于办学的具体事宜，并非一两日可以敲定，首先得选出一名主事官员。

李乘风属意苏晏，但也担心他太过年轻，经验不足，最好当个协理，让礼部尚书来主事。

皇帝却另有想法。

"研制青霉素与推广格物学，这两件事关系紧密，最早是由豫王向朕提及，故而朕欲将此事交与豫王主掌。至于苏晏，身为大理寺少卿，协助主官审理重案大案，掌握全国刑狱，也不清闲，就不必协理办学了。"

"豫王？"几名内阁辅臣一脸诧异。

皇帝知道他们在腹诽什么，微露不悦："怎么，朕的弟弟担不起区区办学一事？"

阁老们嘴里连忙否认，心下暗道：让豫王主事，不怕把天工院办成嬉游场？

谢时燕，人送诨号"稀泥阁老"，再次打圆场道："豫王年富力强，才智出众，于文武上均有建树，堪当此任。"只字不提德行，大概也觉得如果夸豫王有德行，完全是睁着眼睛说瞎话，要跌破自己的道德底线。

皇帝为挽救宗室尊严，说："豫王已向朕发誓要洗心革面，这两三个月持身以正，再没有犯过旧毛病，想是真的醒悟了。所谓'浪子回头金不换'，诸卿亦当刮目相看。"

李乘风听了不放心，退而求其次道："苏晏毕竟是提议之人，又对格物理念与天下格局知之甚广，理当协同豫王，但只需他出谋划策，暂不必兼任相关职务，以免分身乏术。"

毕竟李乘风是柱国之臣，所言又有理有据，天子思考再三后应允了。

既然皇帝出言作保，首辅又考虑周到，其他阁臣们也只好点头称是。

事情就这么定了下来。

李乘风向皇帝讨要了苏晏的奏本与地图，说要留在内阁，与几位大学士慢慢参详，言语间颇具赞赏，甚至用了"千里驹"一词来表达对苏晏能力与潜质的看好。

次辅焦阳与另一名阁臣王千禾却不以为然，互相私下吐槽：苏晏少年幸进，不知天高地厚，李乘风如此抬举他，还不是因着他是卓岐的学生，按辈分算，算是李乘风的徒孙。老家伙护犊子而已。

豫王那厢听说了自己的新差事，有些意外。

倒不是意外皇帝把这麻烦事儿丢给他，而是没想到，那几名平日里向他横眉冷对的阁臣们竟然也都同意了。

他琢磨着时局隐隐的新变化，不免生出一股激奋之意，可又很快冷却，觉得再怎么变化，也不会带动到他身上。

人是绝不会放的，便要想方设法地安排他做事，好叫他永绝了出京之念。

豫王举杯遥敬紫禁城，诮笑道："多谢皇兄。"

"小爷，这样……不好吧？"富宝嗫嚅道。

身着便服的太子一抖手中大麻袋，表情阴森："好不好，我说了算！"

他招招手，顿时拥过来七八个少年，都是东宫的小内侍。太子让两个人撑住麻袋口，示意道："就这样，两边撑着，从身后悄悄儿接近，瞅准机会往头上猛一套，往下一拽，扛起人就跑——明白了吗？"

"明白！"少年们齐齐道。

太子满意地弹了弹袋口："不好好给你个教训，真当小爷我是吃素的。"

"可是……"富宝还想再劝，被太子怒瞪一眼，只好闭嘴。

一行人潜伏在黄华坊苏晏家所在街巷的犄角旮旯里，盯着苏府大门。

其时六月十三，距最新一次被放鸽子，已过去五六日，太子依然怨愤难平，一心想着给苏晏一个深刻的教训，好教他日后不敢小瞧自己的厉害。

富宝提议的罚站和罚俸被太子一口否决了，他自己又想了几个，都嫌不够别出心裁。最后忽然想起在市井间听的传闻,说有拍花党,专从背后用迷药迷人,而后拿大麻袋一套扛走。待到事主苏醒,早已在百十里之外,或被勒索,或被卖掉,俱无可奈何。

太子一捶掌心:妙呀!我就套住他,关进小黑屋,狠狠吓唬一回。对了,我还要变个腔调,逼问他对东宫究竟忠心几许,问他倘若皇上和太子同时落水,他会先救哪一个……

朱贺霖越想越兴奋,见苏府大门"嘎吱"开启,苏晏穿着一身松花底樱草色纹样的曳撒走了出来。

小厮牵过来一匹马,苏晏转头吩咐了几句,便翻身上马,独驰而去。

太子愣住:今日并非休沐日,他不是该乘坐马车,去大理寺点卯?

旁边一名内侍问:"小爷,怎么办?麻袋还套么?"

太子如梦初醒,叫道:"快备马!追!"

六月十二日夜里,苏晏收到豫王命人投来的一封手书,说皇帝将办新学之事交给他主掌,他这两日正忙着在京师寻找一处合适的地皮,作为天工院建址。听说城西浅草坡一带颇为适合,正打算明日去实地勘察一番,邀请苏晏同去。

苏晏如今与豫王之间的关系有些微妙——

要说前嫌吧,被对方救过一命,尤其是合作扳倒冯去恶后,已经消释得差不多了;可要说交情,也谈不上有多深。豫王对他倒是颇有几分结交之意,可他总觉得对方并非心口一致之人,背后总藏着什么浓重阴影似的,不愿与之有过多牵扯。

于是,他对送信来的王府侍从说道:"明日我还要去大理寺当值,不便告假,还请敬告王爷,恕下官不能奉陪。"

侍从反应得很快:"大理寺那边,王爷已经帮苏大人告过假了。毕竟是奉旨请苏大人为办学出谋划策,大理寺卿并无异议,还说倘若王爷那厢事务繁忙,苏大人这些日子不去点卯也无妨。"

苏晏对顶头上司关畔关大人实在无语了。

人家主官都恨不得将下属攥在手里,天天督促做事,一个人掰成两个人使,关畔却显得无所谓,从清理锦衣卫到如今的协理办学都由着他去,从不要求他天天到衙,不知该说是逆来顺受的老好人呢,还是实在不待见他这个三心二意的下属,干脆眼不见为净。

上司不给他当挡箭牌，又找不出其他正当理由拒绝，苏晏只好说："那好吧，明日辰时，城西浅草坡见。"

　　侍从道："王爷吩咐了，明日派车来接苏大人。"

　　"不必劳烦，我自己有车。"苏晏谢绝对方好意，想拜托吴名驾车送一程。

　　没料到次日一早，吴名留书一封，人已不见了。

　　苏晏拆开信封，见纸页上写着"虽千万人吾往矣……大恩大德，来世再报"。

　　两句中间一行文字，被墨涂黑了。

　　苏晏见这潦草笔锋中一股诀别之意，不禁凛然一惊。

　　他拈起纸张，对着日光使劲照，怎么也看不清中间被涂掉的字眼，但可以想象出，吴名在落笔时，是如何一气呵成地喷薄出心底话，临了装封时，又犹豫不决，最终出于某种未知心理，涂掉了其中一行。

　　但比起被涂掉的字眼，苏晏更关心的是吴名的去向。

　　他知道吴名被仇恨所束缚，一心只想血刃杀亲仇人，此番不告而别，定然又是为了刺杀奉安侯。"虽千万人"一词，隐隐透出对方有所准备，而吴名对此也心知肚明的意思。

　　这难道是一场自杀式袭击？苏晏捏着信纸直叹气。过刚者易折，他很担心这个杀手因为骨太硬、头太铁，真把自己给折进去了。

　　不值当！苏晏暗骂，一个合该千刀万剐的老王八，也值得拿你的命去换？一千个一万个不值当！太傻了！太傻了！

　　他一边骂，又一边后悔：早知如此，自己就该挟恩相逼，强迫吴名立誓，在他扳倒卫浚前不得出手。吴名虽身为杀手，却有侠气，这种人会信守誓言，哪怕因此对他怀怨在心，也总比为报仇丧了命强。

　　思来想去，为时已晚，除非能赶在吴名出手前找到他，否则苏晏也无计可施。只能先叫来苏小北，嘱咐他明日天一亮就去奉安侯府附近打探，看有何动静。

　　翌日拂晓，苏小北便出发了。剩下小京为苏晏更衣备马，送他出了府门。

　　苏晏对小京吩咐道："吴名若是回来，你得想法子将他死死留在府中，就说这是我的命令。他若不听，你就告诉他，我要与他恩断义绝，从今往后再没有任何关系。"

　　他翻身上马，朝着城西催鞭疾驰而去。

　　外城西侧靠近京郊处，有座不甚高大的山，叫灵光山。山坳密林接着缓坡，被中间一条清溪截成东西两半。

溪畔缓坡绿茵茸茸，野花点缀，被称为浅草坡，取其"浅草才能没马蹄"之意。

豫王下了马，与苏晏并肩信步，踏青而行。脚下草叶绵柔，身旁水流"叮咚"，夏日清爽的晨风拂面如醉，带给人心旷神怡的惬意感。

苏晏爬上一块高峭的大岩石，举目四望，说："三山如抱，一水环腰，此地风水不错，的确是个建学院的好地方。"

豫王道："唯独一点，这块草坡方圆不足，地基若是只限于此，将来校舍广场未免有些局促。若是向东西两侧拓展，便要伐林填溪，孤王又舍不得这几分野趣，想尽量保留下来。"

苏晏颔首认同："王爷有雅趣，不是煮鹤焚琴之人。既然不想破坏此地，那就瞧瞧南北吧。"

"南面卵石滩倒是可以填，但仍嫌不足；北面有座灵光寺，若是能拆除，那就足够了。"豫王指了指山坡上那座香烟袅袅的大寺。

"拆寺庙？"苏晏有些意外，"这灵光寺不是挺出名的吗？据说还有个法名继尧的住持，经常出入宫中。"

豫王是尸山血海里杀出来的，从来不信苍天鬼神，只信雄军长槊，闻言道："京师人口众多，百年前不得不辟拓外城，以安生民。这些年，外城也渐拥挤，道观、寺庙却四方林立，出家人不事生产，又占良田为僧田，民怨颇多。拆一座灵光寺又如何，最好让那些僧侣都去还俗，还能为国增添劳力。"

苏晏不想太后那么礼佛信道，儿子却是个无神论者，不由失笑。

豫王招呼他："看够了就下来，咱们去灵光寺走走。"

两人穿过浅草坡，爬上几十层的青石台阶，混在熙熙攘攘的香客间，进入灵光寺的山门。

太子率领一众内侍少年，驰马赶到城西浅草坡时，隔着溪流，遥遥看见灵光寺的山门台阶上，人群中两个鹤立鸡群的眼熟背影。虽然都穿着便服曳撒，他仍一眼认出是苏晏和豫王。

四王叔？他和苏晏来这里做什么……踏青？览胜？还是烧香拜佛？哼，这两人什么时候关系好到可以把臂同游了！

太子心生好奇与不忿，扬鞭催马，横越溪流来到山麓，急急迈上台阶。内侍们赶不上，在后面直叫："小爷慢点！当心！"

朱贺霖"噔噔噔"一口气冲到灵光寺大门，喘着气左顾右盼，失去了两人的踪影，便举步走向正前方的天王殿。

苏晏与豫王一前一后，步入灵光寺。

他们此行是要考察寺庙的占地方圆与维持情况，并非为了烧香拜佛，故而并没有在诸殿多加停留，进入第一殿天王殿看了一眼，出来在左右钟楼、鼓楼下兜一圈，又走向第二殿大雄宝殿。

"你看，清殿内供奉的佛像模样。"豫王提醒。

苏晏抬头看了看："金灿灿的一尊。怎么了？"

"本王听闻传言说，灵光寺有活佛，极为灵验，信徒只需往佛像脸上、身上抹金，便能心想事成。故而这京师百姓，有不少变卖细软、掏空积蓄，购买黄金熔为金箔，来贴佛像金身。"

苏晏顿时嗅出打着宗教幌子敛财骗钱的味道，忍不住吐槽："什么活佛！拿了金子才肯显灵的，那是嗅嗅吧？"

"嗅嗅？"

"呃，长相如鼹鼠，黑毛扁嘴，专爱偷取金银财宝，也叫嗜金鼠。"苏晏半真半假胡扯一通。

豫王信以为真，笑道："《山海经》里都没有记载的奇兽，你是从何得知的？"

"我杂书看得多。"

两人有一搭没一搭聊了几句，走向大雄宝殿，却见周围香客骤然少了许多。殿门廊外站着七八个和尚，每逢香客要进殿，便劝告一句"宝殿正在修缮，不便开放，施主请移步"，若是香客表示要去贴金身，贴了就走，和尚也不强行阻拦，直接放人进去。

豫王从袖中掏出片金叶子，往功德箱里一塞，与苏晏畅行无阻地迈入殿门。

苏晏一抬头，几乎被金灿灿的大佛闪瞎了眼，忙移开视线，环视四周，却见殿内佛龛前，一个衣着华贵的老头正在敬香。他定睛一看，意外地低声道："那不是奉安侯？"

豫王瞥了一眼，答："是他。不想在此意外撞见这老货，别去搭理。"

苏晏见他毫不给国戚面子，失笑："奉安侯是太后妹夫的弟弟，论辈分，王爷得叫表叔。"

豫王不屑地嗤了声："他也担得起？什么玩意儿。"

苏晏与卫浚有仇，却不想豫王似乎也很不待见对方，不免有些疑惑："王爷何以如此反感奉安侯？我还以为你们是亲戚，又兴趣相投，也许会一同交流交流猎艳心得。"

豫王无意被苏晏往昔日死穴上捅了一刀，恼火又憋屈地咬牙："本王——和那个腌臜老货能一样吗？！"

卫浚敬香的手指在轻颤，偷眼瞟向帷幔后方，心底不由埋怨起出这个馊主意的继尧大师。

说什么"不入虎穴，焉得虎子"，叫他一面埋下天罗地网，一面以身作饵，诱使刺客前来袭击，好斩草除根，永绝后患。

他也是被仿佛时刻悬在头顶的这柄利剑折腾怕了，牙一咬心一横，决定接受提议，故意把自己今日要来灵光寺祈福的消息传出去，好引刺客上钩。

可事到临头，又有些忐忑不安起来，担心重金雇佣来的高手出纰漏，不能确保他的人身安全。

金不叹率领一众兄弟，藏身帷幔后、神龛内、横梁间，将整个大雄宝殿经营成了一个小口大肚的铁桶，只留殿门请君入瓮。

为了缩小目标，他让和尚在殿外先筛了一遍，以修缮为借口把无关人士赶走，若是非要进殿，不是极虔诚迫切的信徒，便是那个锲而不舍的刺客。

等了半个多时辰，他正有些不耐烦，忽见殿门口同时进来两人，一个是俊美的少年书生，行走间下盘虚浮，显然不是练家子。另一名是青年男子，比少年整整高了一个头，身材伟岸雄健，一举一动皆有章法，眉目英俊，顾盼神飞，凛凛有兵家之气。

金不叹目光率先接触到这男子的双手，一见便知这是惯握武器的手，再感受他体内隐藏沉淀的气息，暗自心惊：这般浓得化不开的煞气，必是个杀人如麻的魔头！

这男子不知与少年悄声说了两句什么，满面阴霾，望向卫浚的眼神中满是鄙夷与敌意，甚至还隐着一丝杀气。

这丝杀气，令金不叹认定此人便是那个几乎要了奉安侯性命的杀手，当即暴起发难，将安在手臂上的诸葛连弩瞄准对方，十支精钢箭矢同时激射而出。

这一拨箭矢只是先锋信号，紧接着所有人手臂上的连弩都被发动，百矢齐发。

箭矢细密如雨，带着破空的罡风朝目标射去，五十步内威力极大，饶是金刚下凡也要被射成刺猬。金不叹"万雨穿绿林"的江湖绰号，正是由此而来。

豫王骤闻箭矢脱弦之声，尚未来得及看清情况，战场上多年厮杀磨炼而出的警觉反应便已自发启动。

他毫不犹豫地将苏晏往身后一拨，只手扯出旁边供桌上铺设的吊穗金丝绒桌帏，在半空中挥舞成一轮金色满月，劲风呼啸，将近身的箭矢尽数掸落。

金不叹见点子扎手，咬牙取出一支精心打造的子母箭，装入弩盒，绕到侧方瞄准男子身后的少年，发射出去。

他深谙拳打软肋的道理，对方若是回身救护同伴，身法间必会露出破绽。

子母箭射到半空，蛇信般"嘶嘶"作响，猝然分裂成三股，分别从上、中、下路袭取目标。

豫王抖动桌帏，扫落两支，最后一支子箭已逼近苏晏眼前。千钧一发时，他反手挡于苏晏面前，一抓一拧腕，卸去箭矢上的力道，将之牢牢扣住。

陨铁打造的锋利箭镞在他掌心切出两道深可见骨的伤口，鲜血立刻泉涌而出，滴滴答答洒在地面。

豫王将染血铁箭掷于地上，厉声喝道："哪里来的草寇凶徒，敢袭击朝廷命官！"

卫浚在金不叹动手的同时，便已猫腰钻进神龛前的供桌底下，连滚带爬躲到殿内巨大的金柱后面，一根头发都不敢露出来。这会儿听见厉喝声，忽然觉得这声音辨识度极高，愣怔后大叫一声："住手——"

"统统给我住手！"他声嘶力竭地叫喊着，从柱子后探出半个脑袋，看清被包围住的男子。

可不正是天子胞弟，太后最宠爱的小儿子，当朝豫亲王？眼下正血染左手，面色铁青地怒视着他。

卫浚捶胸顿足地暴骂金不叹等人，又对豫王连连谢罪，骂这班废物连刺客都能认错，不慎误伤了王爷，实在该死！他用人不明，也有错，当竭尽所能赔偿，万望王爷宽宏大量，别把这事闹大。

豫王对他本就没好感，此番莫名其妙遇袭受伤，哪里肯善罢甘休，重话一句接一句地甩出来，砸得卫浚抬不起头，只一味点头哈腰，只差没跪地赔罪。

苏晏受惊过后迅速回神，意识到卫浚张网以待的人是吴名。而吴名可能出于某种原因姗姗来迟，或者正潜伏在灵光寺中寻找出手的机会，导致先一步入殿的豫王被误认为是刺客。

卫浚这算是打草惊蛇了吧。苏晏对此有些幸灾乐祸，这老王八非但如意算盘落了个空，还将自己的底牌全部暴露给了对手。自己或许还有机会拦下吴名，劝他从长计议，不要贸然行事。

只是豫王莫名遭受这场无妄之灾，还伤了手，实在是倒霉透顶。

好歹是因为护着我才受伤的，总不能置之不理，苏晏想着，从怀中抽出一条擦汗用的干净帕子，帮豫王包扎手掌上的伤口。

两道伤口平行横贯手掌，皮肉被利刃划得很深，猩红花瓣似的向两边绽开，隐约可见底下的掌骨。

苏晏一边替他紧扎止血，一边皱起眉头，担心会不会割断肌腱与韧带，导致这只手的抓握力和灵活度都受到影响。

豫王横眉冷目地呵斥完卫浚，又转头安抚苏晏："没事，些许皮肉伤，养几天就好了。"

苏晏道："伤口这么深，切莫不当一回事，以免贻误治疗。回去后，你赶紧去请应虚先生。"

豫王笑着应了，又威胁卫浚："这事没完！回头在我母后那边，你好好想个脱罪的说辞，且看她饶不饶你！"

他在卫浚面前故意牵起苏晏的手腕，扬长而去。

苏晏下意识地想挣脱，豫王附耳道："卫浚横行跋扈，又心胸狭窄。因今日之事，他免不了挨一顿重罚，必怀恨在心。他奈何不了我，却能找你的麻烦，除非让他以为你我关系匪浅，他才会有所顾忌，不敢轻下毒手。"

苏晏闻言犹豫一下，放弃了挣扎，随他走出大殿。

豫王拉着他，走到斋堂旁边的一间客室，坐下喘口气，说："你帮我倒杯水。"

苏晏给他倒了杯茶水，低声说："多谢王爷护我周全，否则那支箭，我是万万避不过去的。"

豫王喝完水，笑了笑："就当是先前冒犯你的赔罪。"

他话音方落，便听外面响起一声惊天惨叫，兽嗥似的凄烈无比。

两人俱是一怔。苏晏道："外面像是出事了。"

卫浚想要布网抓人，不想徒劳无功不说，还把豫王给狠狠得罪了。他把雇来的一干好汉喷了个狗血淋头。

金不叹目露凶光，只看在对方权势和丰厚佣金的分儿上，强自忍耐。

撒完火后，卫浚决定打道回府，今后再不做什么引蛇出洞的蠢事了，还是兵来将挡、水来土掩的好。

他在众人拱卫下出了大雄宝殿，没走多远，便看见一袭高挑的女子背影，穿着桃夭柳艳的袄裙，从眼角余光中一晃而过。

美人儿！卫浚打个激灵，精神霎时抖擞起来。这打扮，这腰身，这步态，光是一个背影，就能让他笃定对方不但貌美，而且风骚。

他的火气刚下去，另一股火气又汹涌地腾烧起来，魂飘神荡地追着那个妖娆背影而去。

一群护卫紧跟在他身后，不解其意地唤道："侯爷？侯爷？"

卫浚边疾步而走，边招呼众仆："前方那个穿粉裙的女子，看见没有？快，拦下她！侯爷我今夜又要当新郎官儿了！"

他走得急，与一名擦肩而过的华服少年剐蹭了一下，眼下也顾不上骂人，一心只想抱得美人归。

朱贺霖正四顾寻人，肩头猝然被撞，又见对方不管不顾，扬长而去，顿时恼火起来，盯着那人背影，越看越觉得像奉安侯。

卫浚这老东西，火烧火燎地做什么呢！会不会是看见了苏晏，新仇旧恨上头，又想找他麻烦？一念及此，朱贺霖当即调转方向，也追了过去。

卫浚气喘吁吁追到斋堂旁的客室前，终于又看见了粉裙女子的身影，大喜过望，吩咐侍从绕到前方堵她去路，自身冲上去，想要从后方将那女子拦腰抱住。

金不叹看清粉裙女子那张浓妆艳抹、虚假如画的脸，被她双目中射出的凛冽寒光夺去心神，慢了一步才叫道："小心——"

与此同时，他使出十成功力，猛地掷出铁檀木打造的臂弩盒，把惊雷流电般的剑锋撞偏了几分。

剑光从卫浚肋下向上挑，扬起漫天血雾。卫浚齐根而断的右臂随之飞起，溅射出的猩红血液被风卷挟，洒了追上来的朱贺霖满头满脸。

"啊——"卫浚捂住血瀑似的伤口，发出一声兽嗥般的凄烈惨叫。

朱贺霖伸手抹了把血淋淋的脸，在扑鼻的血腥味中愕然直立。

富宝从后方追上来，震惊地摔在地上，随即尖着嗓子大叫起来："小爷遇刺啦——来人呀，快护驾！护驾——"

客室的门打开，豫王乍见剑光如电，持剑女子身法诡谲精妙，心底一凛，沉声喝道："贺霖过来！"

太子如梦初醒般，跑到豫王身旁，又见苏晏从房门走出，连忙伸手拦住，不让他出去。

粉裙女子见第一剑只削断卫浚的右臂，第二剑疾刺而出。卫浚身边的护卫团团围上，交锋间拼命粘住刺客的攻势。

几名侯府管事冲上来，将惨号不断的卫浚抬向客室，哀求道："请王爷施以援手，将刺客拿下。"

豫王本不愿管闲事，但太子就在当场，又淋了一头血，如若不管，皇帝追究起来不好解释。

朱贺霖这会儿回过神，兴奋地鼓动他："四王叔，上，上啊！拿住她！我这还是第一次见到刺客呢，拿住她看看究竟是什么人物！"

豫王神情复杂地瞟了他一眼，握拳抢身而上，却在身形将动时，被苏晏死死拽住胳膊。

苏晏一手拽着豫王的胳膊，一手揪住太子的腰带，面无表情地盯着场中的"女"刺客，怀疑自己下一秒就要心梗发作。

豫王诧然看他："怎么？"

苏晏气若游丝道："别管他，让他走吧。"

太子有些不满："那可是刺客！活的！小爷我要把她抓起来拷问。清河你可不要心软。万一她方才一剑把我伤了呢？你就不心疼我？"

"心……疼。"苏晏咬牙，"他要对付的是卫浚，牵扯到你只是个意外，放他走吧。"

"我偏不放！"太子瞪他，"除非你给我个理由。你这么护着这女刺客，怎么着，见色起意？"

豫王好整以暇地道："孤王也想知道理由。"

苏晏胸闷得几乎透不过气，无力地呻吟一声："她是我家小妾……"

太子傻眼了。

豫王的哂笑僵在嘴角。

刺客脚底一个打滑，险些撞上金不叹的飞刀。他挥剑荡出一圈气浪，趁机纵身而起，足尖在檐角墙头几下轻点，像一只极凶猛灵活的枭鸟，飘掠而去。

卫浚的伤口被人七手八脚压着止血，痛入骨髓，哀号不断，神思逐渐模糊。在失去知觉的前一刻，他恶狠狠地想：硬拦着不让人出手救我，刺客不是你指使的又是谁……苏晏，你死定了！

眼见卫浚昏死过去，侯府随从们手足无措。管事忙组织人手送侯爷就医，然而卫浚伤重不宜搬动，即使命人去请大夫，驱马来回也要一个多时辰，到时黄花菜都凉了。

灵光寺住持继尧带着寺中的医僧，闻声赶来。医僧见卫浚伤处切口平整，建议用火燎法，将开锅的油脂烫在伤口，使脉管焦缩，应急止血见效很快，只是过程剧痛无比。

大管事见卫浚人事不省，没奈何只得拍板拿主意，就用火燎法。

治疗时，卫浚从昏迷中被烫醒，惨叫连连，顷刻又痛昏过去，犹如身在地狱。

另一间客室中，朱贺霖在内侍们的服侍下，洗去头脸血污，换了身新衣裳，听见鬼哭狼嚎声，嘀咕道："老王八，死了算了。"

转头看苏晏坐在桌旁沉吟，伸手戳了戳他胸口："苏清河！"

"啊？"

"你何时纳的小妾，怎么之前从未告诉过我？"

小鬼显然很不高兴，绷紧脸皮，嘴角往下撇，下一句仿佛就要脱口"我要治你欺君之罪"。苏晏只好坦白道："一时心急，当下三言两语又说不清，这才谎称是我家小妾，还望小爷与王爷恕罪。"

"不是？"朱贺霖面露疑惑，"那你为何要护着她，不许四王叔出手，也不许我下旨缉拿？"

"他是个苦命人，又与我有些机缘与瓜葛，视我为恩公，我又怎能见死不救？"

豫王在旁，用纱布重新包扎自己的手掌，闻言眼神一虚，回忆起那夜在王府中交过手的黑衣蒙面人——

那人身形轻忽灵诡，剑法迅疾如电，与今日这女刺客俨然有七八分相似，不是同出一门，就是为同一个人。黑衣蒙面人与他交谈过，的确是个男子，也许"女刺客"正是此人男扮女装？

那厢太子听说刺客是苏晏的旧交，当即话风一变："救便救了吧，也没什么打

269

紧。回头卫家闹起来，我们三个就一口咬定概不知情，他能怎样。小爷还要当众骂那老王八坏事做绝，才导致苦主上门寻仇、连累我们哩！四王叔，你说对不对？"

他转头逼视豫王，眼神中满是威胁，大有一副"你若不同我串供，绝不轻饶"的小霸王架势。

豫王似笑非笑，轻飘飘道："对。"

太子一拳打在棉花上，没滋没味地收回来，悻然起身："清河我们走！这里的烂摊子谁爱收拾谁收拾。"

"小爷今日又是偷偷离宫的吧，是不是该回去了？"苏晏提醒，"下午还有骑射和角抵课程。"

太子像个志得意满的皮球被松口泄了气，委屈地瘪了："你怎么比太傅还啰唆……"

从灵光寺回到京师内城，豫王不许苏晏回府，拉着他一同去陈实毓的医庐，理由是："本王是因你而负的伤，你怎能置之不理？"

苏晏对此也有些过意不去，便没有坚拒。

医庐内，陈实毓为豫王诊断后，说所幸未伤及筋骨。因为创口深切，他认为不能只靠敷外伤药，须得先缝合伤口。

苏晏看他用的是弯月形银针和一种润滑如丝的细线，这线刚取出时还有点硬，放在开水铫的口上熏蒸过后，就变得绵软，不由好奇地问："应虚先生，这是什么线？"

"桑皮线。"

"桑树……皮做的？"

"对，剥去头层桑树皮，在内层选择较粗的筋纹，撕下来，仍用原剥下的外皮，把细线包起，从头到尾抹七次，就成了。"

陈实毓见苏晏对外科感兴趣，又想起神乎其神的青霉素，觉得这位苏大人即便不是大夫，也是博学得很，恨不得与他一同植杏林、论医道，便详详细细地解释："此线取用方便，不易折断，桑皮本身药性平和，有清热解毒、收敛生肌之功效，故而颇为适宜作为创口缝线。"

他为豫王的左手清创完毕，使药童端上来一碗煎好的曼陀罗汤。豫王挥挥手，示意端走："毓翁知道的，本王从不用麻药，恐伤神志。当年不用，如今一点小伤，更是不必。"

陈实毓深知豫王的脾性，只好颔首道："曼陀罗虽能麻醉止痛，但也有毒性，殿下若能忍痛，不用也好。"

豫王坐在诊桌对面的条凳上，挽了衣袖，左手背下垫着煮过的厚纱巾，打开手掌。那两道皮开肉绽的伤口被牵动，又流出血来。陈实毓将针线消过毒，动作娴熟地扎进肉里，左右穿梭，打结剪断。

再穿、再缝、再剪。先缝内层肌肉，完了缝外层皮肤，针脚细密均匀，整整缝了七八十针。

全程下来不用麻醉，针线在血肉间穿梭，豫王连眉头都不曾皱一下，甚至还对不忍直视他伤口的苏晏笑着道："你还是转过脸去，别看了。"

即便之前再有成见，苏晏也不得不佩服此人的钢铁意志，他真是条汉子！

他问陈实毓："这桑皮线需要拆线吗，内层缝线该如何拆除？"

陈实毓道："倒是不需要拆，桑皮线可溶于血肉。但也有不尽如人意之处，常与血肉相斥，引发痈痈。"

意思是，桑皮线虽然可吸收，但有较大概率会和人体产生排斥反应，导致伤口炎症？苏晏蹙眉看了一眼豫王的手掌，又问："那羊肠线呢？"

"羊肠线？"陈实毓反问。

苏晏这才意识到，羊肠线虽早已被发明出来，此时却尚未由西方传至大铭。

他便对陈实毓说起西夷用的羊肠线，取羊肠或牛肠最里层的黏膜，用草木灰水浸泡清洗后捻成丝，根据用途不同拧成粗细不一的股线，以烈酒消毒后即可使用。

羊肠线比桑皮线更容易溶于血肉，不易引发痈痈。若想创口反应更小，便要再进一步炮制，至于具体怎么做，他也不清楚，或可以问问西方来的传教士。

陈实毓啧啧称奇，说明日便去寻访西夷大夫，对比看看效果如何。

豫王看苏晏的眼神里充满了探究的深意："朝堂内外流言，有说你上知天文，下知地理，是个全才，也有说你擅作奇技淫巧，不循正道。哪个才是真的？"

苏晏尴尬一笑："都不是。我只是……杂书看得多。"

灵光寺医僧的治疗手法虽然粗暴，但也有效，卫浚最终还是捡回了一条命。

但他毕竟年老体衰，又被酒色掏空了身子，平时全靠壮阳益气的补药堆砌，看着老当益壮，能夜御三女，实际上堤坝早已千疮百孔，被这股洪流猛一冲击，全线崩溃。

如今即使救过来，也元气大伤，缠绵病榻，像个活死人一般。

卫浚涕泪交加地向亲兄长——卫贵妃的父亲咸安侯卫演哭诉，说自己遭了小人毒手，死不瞑目。

他口中的"小人"，不仅指疯狗一样咬着他不放的刺客，更指那个当场阻拦豫王和太子擒拿凶徒，故意放走刺客的苏晏苏清河。

不，刺客八成就是苏晏派来杀他的！从殿试那天起，这个黄口小儿就没安好心，处处针对他，攀附东宫之后，又怀着不可告人的目的，想要扳倒整个卫氏家族，为朱贺霖的继位之路清扫所有可能的障碍……此子乃卫氏心腹大患，不可不除！

卫浚说得颠三倒四，骂到歇斯底里，最后激动得险些背过气去。

卫演平日有些瞧不起这个弟弟的荒淫无度，早年规劝无效后，干脆眼不见为净，随便他折腾。如今见他好端端出门，半条命回来，毕竟血脉连心，禁不住怒气勃勃。同时也对他的推测深以为然，拍案骂道："苏晏小儿，年少幸进，仰仗东宫优宠，戕害公侯重臣。若是任由他嚣张，国法何在！不把他铲除，我卫氏一门将来还有宁日吗？"

他出了奉安侯府，回到咸安侯府，对夫人说："你的夫君和家族受辱，小叔险些被人害死，除了皇爷，还能找谁讨个公道？"

秦夫人刚从下人口中听闻此事，愤愤然道："还有我姐姐，当朝太后！我这便进宫，向太后请安。"

第十章　侍卫荆红追

御书房。

苏晏孤身立在屋子正中，低头敛目，看着绯红衣摆下露出的皂色靴尖，恍惚觉得像是满城烈焰、彤云映天时，极远处一点照不亮的漆黑苍穹。

待到火焰烧尽繁华，逐渐湮灭，那点漆黑便会伸展开暂避的身躯，重新吞没整座城池。只有下一次光华盛放，才能将它再次驱赶。

难怪老话说"福祸两倚，此消彼长"，又说"日中则昃，月满则亏"，苏晏默默地想。他以少年之身金榜题名，为官不到五个月，便两度升迁，连跃三级，破叶东楼案崭露头角，劾冯去恶疏名声大噪，又治理锦衣卫、提议办新学，桩桩件件都是踩人利益的大事，不知让多少人如芒在背。

因为皇帝显露出对他的恩信与支持，这些利益受损者们平日里不敢妄动，只好私下里嚼舌根发牢骚，等待着反扑倒算的机会。如今机会来了，卫氏屠刀一举，他们便群起而攻，连墙头草们也随着劲盛的风头一边倒。

只这两日，朝堂上下弹劾他的奏本就有十余本，在御案上叠了一摞。

朱贺霖还偷偷透露消息给他，说卫浚的亲兄长是咸宁侯卫演，卫演的夫人秦氏是太后的亲妹妹，事发后当即进了慈宁宫面见太后，整整待了半天才出来——肯定是告状去了。也不知道太后是什么反应。

不过，豫王当时也在慈宁宫内，具体内情，苏晏若是想知道，他就厚着脸皮去向四王叔打听。

苏晏有点奇怪，随口问了句："你身为太子，想知道太后的意思，还要通过豫王？"

朱贺霖面露尴尬之色，讷讷不已。

苏晏赶紧道："我随口瞎问的，你只当没听见。我会自己向王爷打听，不必劳烦小爷。"

朱贺霖有些沮丧，说："告诉你也无妨，皇祖母不喜欢我。"

苏晏没有问为什么，只安慰地摸了摸太子的肩膀。

朱贺霖并未对他隐瞒原因："据宫里人说，当年我母后不得皇祖母的青睐，故而厌屋及乌，也不喜欢我。"

前方"啪"的一声闷响，唤回了苏晏的神志。他才发现，因为忽然想起太子，他竟然在御前失神了。

太子分明就坐在旁边，一双眼睛带着少年锐气，滴溜溜地看着他。

景隆帝"啪"地把手上的奏本往案桌上一扔："说吧，究竟怎么回事？一个个说。老四，你先来。"

豫王坐在下首的圈椅，右臂慵懒地支着颐，将裹着纱布的左手随意搁在扶手旁的桌面上。

"的确有刺客行刺奉安侯，却与臣弟无干。"

"没人说与你有干，说的是苏晏。"皇帝用指头敲了敲桌案上的十几本奏本，"看到没有，全是弹劾他的，说他勾结江湖草莽，阴畜死士，暗杀政敌。"

"哼。"豫王不以为然地笑了笑，"臣弟也在当场，怎么没看出他和江湖草莽有什么勾结？他是拦住了臣弟，但事后也解释过，说担心刺客狗急跳墙，伤了奉安侯之后再行刺太子，情急之下没有考虑太多，只希望臣弟先守住太子安全。"

他话音未落，太子也迫不及待说道："没错！他奉安侯光爱惜自家性命，就没考虑到当朝太子的安危？他自己引来的刺客，连累儿臣满身污血不说，更受了大惊吓……对了，他还故意弄伤了四王叔的手！儿臣还没追究他的罪过呢，他倒还有脸恶人先告状！要是比谁骂人骂得厉害，谁就有理，那今儿儿臣也写弹劾奏本骂奉安侯，他要几本，我就写几本！"

"胡闹！身为储君，写什么奏本弹劾臣子？"皇帝申斥道，又无奈地摇摇头，"你念了这么多年书，遇事还只会胡搅蛮缠，一点章法都没有，叫朕日后怎么放心……罢了，从明日起，你的课程增加一项，每晚酉时到戌时，来养心殿跟朕学习如何处理政务。"

如同五雷轰顶，太子愣在当场。上午习文，下午学武，本来就嫌学业重、玩乐时间少，如今又加了晚课，还要不要活了！他欲哭无泪，心底叫苦不迭：清河啊清河，为了你，小爷我可是做了大牺牲！今后你要再放我鸽子，那真是……天理难容！

皇帝看太子脸色，便知道他心里在抱怨什么，不由头疼地揉了揉眉心。

豫王悠然想：鳏夫养娇儿，能不呕心沥血吗？

紧接着又想到，自己膝下也有个刚会走路的幼子，还有个御旨赐婚的王妃。

王妃算准了受孕期来睡他，睡过一次便有了身孕，生完世子大笑三声："尘缘已了！"甫出了月子，就换一身道士衣袍，抛夫弃子说要去修仙，也不知去了哪座山头参悟"金丹大道"，至今杳无音信……

豫王的目光郁郁地沉了下来：离婚男子，名声还不如鳏夫呢！

皇帝瞥了一眼，发现连自家弟弟也开始魂游天外，越发头疼，挥手道："都说完了？说完就告退吧。"

豫王懒洋洋地抬了抬缠着纱布的手，算是行礼告退了。太子巴不得快点从御书房溜走，又舍不得丢下伴读,擦身而过时,迅速附耳叮嘱一声:"完事了来东宫找我！"

苏晏在御前不敢造次，只当没听见太子的命令，眼观鼻、鼻观心，垂手站着。

景隆帝起身从桌案后踱过来，负手站在苏晏面前，问："豫王与太子所言，可属实？"

"属实。"

苏晏用余光窥了窥天子八风不动的脸色，补充一句："基本上。"

皇帝直直注视他："密室之内唯有你我二人，所言天知地知，你知我知，只管放心说真话。杀奉安侯的刺客，是否受你指使？"

"不是。但那名刺客与臣的确有过数面之缘。奉安侯奸杀了他姐姐，害他家破人亡，他要去报血海深仇，也是情理之中。"苏晏到底没忍住，发了一句义愤，"所谓冤有头，债有主，天道好轮回，苍天饶过谁！"

"你是不是觉得朕明知奉安侯欺凌百姓、多行不义，仍因他的国戚身份而包庇他？"皇帝又问。

苏晏不假思索道："不是！"

"你是不是觉得朕玩弄权术,将这些国戚勋贵、文官武将、宦官和锦衣卫放在秤盘之上拨来拨去,好稳固君权,维持朝堂诸般势力的平衡?"

"……"

见苏晏不吭声,皇帝淡淡一笑:"你不敢说。也是,你这么聪明,知道什么可以追根究底,什么要装聋作哑。但是苏晏,朕要告诉你——朕从未把你放在秤盘上称斤论两,也从未将你当作一枚衡量轻重的筹码。"

苏晏蓦然抬眼,直视景隆帝儒雅的面容,脱口道:"皇爷……"

"你不信?"

"不,臣信。"

"苏清河,朕对你寄予厚望。"景隆帝说道,"希望你成为朕的国士——即使不在眼下,也应在不远的将来。"

这是来自开创中兴、名留青史的明君的肯定与期许,由一位从不轻言心声的帝王嘴里吐露出来。苏晏心底有股难以言喻的暗潮在涌动,缓慢而坚定地冲刷着胸壁,发出令人眩晕的回响。

他拱手深深一躬:"皇爷厚爱微臣,即使臣屡次行僭规越矩之事,发惊世骇俗之言,也从未因此见责。反而处处维护臣的尊严,让臣的理想抱负有了得以实现的契机。臣感激不尽,愿以微身末学忠君报国!"

"弹劾的奏本朕可以留中不发,朝会上抨击你的众臣,朕可以逐一驳斥。可太后那边……"皇帝叹了口气,"朕不能一味地保你,那只会将你推入更危险的境地,你应该清楚这一点。"

"臣知道。无论皇爷如何裁决,臣都甘心接受,绝无怨言。"苏晏轻声道。

"卫氏一族锋芒正盛,背后又牵扯到一些……朕目前还不能明说的隐情。但总有一日,会彻底做个了结。在此之前,委屈你先避一避风头。"

"臣听皇爷的,皇爷怎么安排,臣就怎么执行。"

皇帝从桌案边上捡起一本奏本,递给苏晏:"闪锡巡抚魏泉奏请,说北敌屡入抄掠,马遂日耗,如今几无马可牧,不如撤除闪锡行太仆寺,裁革官员。"

苏晏接过奏本,浏览后,皱眉:"自太祖皇帝推行马政,有官牧,有民牧,在各省设行太仆寺管理天下牧马。国库为养马所拨之银两,每岁耗甚,为何会到无马可牧的地步?"

"朕也想这么问问他。战马乃是一国军队极重要的战略物资,没有战马,何来骑兵？近几年来各地马匹数量日益减少，魏泉身为巡抚不想着解决问题，反而只想把这块官署人员一撤了事，难道要我大铭从北漠、西番手里花大价钱买马资敌吗？”

苏晏想了想，说："皇爷给臣看这奏本，是想臣去闪锡？"

皇帝颔首："不错。朕想让你去瞧瞧，这魏泉究竟是真有不得不裁撤的苦衷，还是个惜小费而忘大计的糊涂蛋。"

"臣愿意接下这差事。"苏晏将看完的奏本返给皇帝，"可是臣身为大理寺少卿，去勘核地方巡抚，似乎名不正言不顺……"

皇帝笑了笑："名义朕已经想好了。都察院右佥都御史贾公济曾向朕举荐，想让你再领一项七品监察御史之职。朕当时没有应允，如今看来，倒是个不错的幌子。"

苏晏感叹：我终于还是没能逃过贾御史的推销呀！

"朕打算，暂革你大理寺少卿之职，降为监察御史。加封闪锡巡按御史，抚治地方，整饬吏治，把当地马事给理清了，再禀报于朕。"

从正四品降为七品，可以说是一落千丈。但御史品阶虽低，权力却不小，可以将监察过程中发现的地方行政所存在的弊端直接上奏御前，对地方官员相当有震慑力。

故而被民间称为"钦差""天使"，意为钦命差办、天子使者。在戏文中，还要人手一柄尚方宝剑，先斩后奏。

于是苏晏大着胆子问："这算不算钦差大臣？"

皇帝失笑："要这么说……算是罢。"

"那有没有尚方宝剑？"

皇帝抬起手中奏本，警告似的敲了一下他的额头："怎么，你还敢想朕的尚方剑？"

苏晏连声道"不敢不敢，臣告退"，就想脚底抹油。

快走到殿门处时，皇帝开口叫住了他："回来！"

苏晏只好乖乖回头："皇爷还有何吩咐？"

"你会使剑吗？"皇帝问。

"呃，这个……"苏晏灵机一动，回答道，"倘若不拔出剑刃，只抓着剑鞘挥舞挥舞，还是会的。"

"不拔剑，靠什么战斗？"

"靠这儿，"苏晏笑着点了点自己的太阳穴，"还有这儿，"接着点了点心口，

"这两处地方用好了，仅靠挥舞剑鞘就能震慑群小，何须拔剑？"

他说完，又狡黠地补充了一句："当然，那也得看是什么剑。反正打铁铺里三两一把的普通铁剑是没有这效果的，得是圣人剑、天子剑。"

皇帝用奏本又敲了一下他的脑门，哂笑道："那便借你一柄天子剑！"

苏晏心满意足地告退了。

御书房内重回一片寂静，皇帝坐回圈椅上，仰头枕在椅背，缓缓闭眼。

在这无人的独处时刻，支撑着他在人前姿态端华、无懈可击的那股意气稍泄，眉宇间便透出一股疲惫与痛楚的况味来。

"蓝喜。"他唤道。

蓝喜躬身走进殿内，在旁边小方桌上的水盆里净过手，轻手轻脚地摘去皇帝戴的翼善冠，熟稔地替他按摩头部穴位。

"皇爷头又疼了？"蓝喜柔声问，"这回是左侧，还是右侧？"

"嗯……两侧。"

"奴婢这就命人去请汪院使？"

"不必了，只是思虑过度，休息休息就好。汪春甫一来，又是汤剂又是针灸，也不见得多大见效，尽折腾。"

蓝喜心疼地劝谏："皇爷御极十五年，大小朝会从未有一日懈怠，夜里也要批阅奏本，操劳国事。有如此圣明君主，真乃国之大幸。但还是要多顾及龙体，张弛有度才好。"

景隆帝沉默片刻，道："忧患之来，多藏于隐微，而生于所忽。朕还远远没到可以放松的时候。"

从宫中回到府里，苏晏脱下四品官服，整整齐齐叠好，对两个小厮说："你们老爷我被贬官啦，还要外放。"

苏小京傻眼："啊？为什么呀？大人又勤勉又能干，凭什么贬你的官？"

苏小北抿着嘴，沉声道："就说了伴君如伴虎，贬就贬呗！大人外放去哪里，小的就跟去哪里，鞍前马后绝不怠慢。"

"小的也是！"苏小京唯恐落于人后，大声表心迹。

苏晏笑道："难得你们一片忠心，还愿意跟着我。那就一并出发吧。"

苏小京问："去哪里？"

苏小北则问："大人何时启程，我好收拾细软。需要变卖房产吗？"

"这处院子先不变卖，说不定我还要回来继续住。从下旨到启程，大约还要两三天时间，这期间要辛苦你们跑腿，收拾物什，购买用具了。"

"都交给我们吧，一定给大人办得妥妥帖帖。"

苏晏点点头，忽然又想到什么，一拍大腿叫道："哎呀，这两三日我不能待在家里！"

苏小北不解："为何？是我们侍奉得不够周到么？"

"不，我担心的是卫氏那边。皇爷虽然要贬我的官，但明眼人不难看出，这是让我出京暂避风头，还给了不小的权力。我怕有人对我更加怨恨，气急败坏之下，要走歪门邪道。"

"什么歪门邪道？"苏小京惊问。

"譬如说……雇几个流氓凶徒，半夜闯进来，把我鼻子割啦，耳朵割啦。你们知道我朝律例，残疾者不得为官吗？"

两个小厮一同摇头。

苏晏笑道："这年头，当官也得看脸哩。听说先帝时期，有个状元就是因为容貌丑陋，殿试时被撤换掉了。"

苏小京张大了嘴："啊？那怎么办？"

苏晏思索片刻，拊掌道："去我兄弟那里躲两天！"

午后，苏晏一身轻装便服，带着要归还的金丝软甲与腰带，坐马车来到沈府。

沈柒正在书房里，穿一身宽松的蟹壳青色贴里，斜倚在一张颇为宽敞的罗汉榻上，翻阅诏狱卷宗。见苏晏进屋，他头也不抬，随意拍了拍身旁榻面："上来，坐。吃点水果去暑气。"

窗外夏日阳光热辣，柳树上蝉噪阵阵。罗汉榻前的地板上放着解暑冰桶，桶内用碎冰湃着时令的葡萄、杨梅、无核枇杷与蜜筒甜瓜。

苏晏脱了鞋，拿起旁边的卷草纹三弯腿炕桌上了榻，把小炕桌往两人中间一搁，在桌面上剥冰葡萄吃。

"七郎，我来还东西，另外想在你府上叨扰一两日。"他开门见山地说道。

沈柒从卷宗上抬起眼，瞟了他一下："几多天不曾露面，连句问候也无，如今一来就要借住，苏大人当真不和我这兄弟讲客气，有用来拿，无用便丢。"

苏晏早已习惯了这位兄弟时不时要说点阴阳怪气的话，不能跟他太计较，就得拗过来听、顺着毛捋，便笑道："是我的疏忽。前几日出点事，耽搁了。"

沈柒似乎早有耳闻："灵光寺那事？太子三脚猫功夫也便罢了，豫王在场竟也没拿住那个削断卫浚一臂的刺客，平白叫你吃了卫家的报复。究竟是刺客身手太好，还是豫王太没用？"

苏晏毕竟受了人家两次搭救之恩，不能不替对方正名："却与豫王无关，是我拦着不让他出手。那个刺客其实——"

沈柒冷冷接口："是吴名！几次刺杀至今还没得手，果真是个废物！"

苏晏知道他与吴名不对盘，两人因为追捕与逃亡而结仇，互相瞧不惯对方的身份和做派，见面就要红着眼厮杀。

但毕竟这两人与自己都有渊源，苏晏希望能化干戈为玉帛，便劝道："七郎，你也别老是针对吴名，他是个家破人亡的苦命人，困在执念里出不来，明明身手很好，可一对上仇人，运气就变得很糟糕……"

沈柒面无表情地卖惨："我也是个家破人亡的苦命人，困在执念里出不来。"

苏晏只当沈柒抽风，笑骂："少乌鸦嘴诅咒自己！"

沈柒拍案道："那个草寇说什么你都信，我说的你却一字不信！你知道什么叫亲疏有别？你是我兄弟，还是他兄弟？"

好吧，又跟吴名杠上了，这还隔空呢，真要再碰了面，可不得打得你死我活。苏晏无奈地说道："七郎，你别闹，我还有许多条陈要写。"

他嘴上说别闹，却促狭地把指间的葡萄汁都擦在沈柒手背，起身去往专门留给自己的那间厢房。

出京在即，苏晏的确有不少未竟之事，需要逐一打理。大理寺的公务交接，还有新学的创办。他毕竟是提议者，心里又有些构思，不能把这一大摊子直接丢给豫王，好歹能帮的要帮。

他把自己关在厢房里，花了整整六个时辰，写出一份《天工院创办章程草稿》，其中包括办学理念、校规校训、五年发展规划、学院拟开设科目、初期的招生政策、教师执教规范、学生考核方法……把能想到的都写上去了，但还只是个粗略的纲要，具体怎么拓展与实施，之后就都交给豫王去研究。

厚厚的一大沓，他写得腰酸背痛，手腕都抬不起来。

沈柒亲自来给他送饭、添灯油，还帮他僵硬的手推筋活血，催他早睡别熬夜，公事反正永远做不完，不急于一时。

苏晏这才告诉对方，皇帝有意让他担任监察御史，出京去一趟闪锡，调查巡抚魏泉所奏请的裁撤机构一事，正式旨意估计明后日就会下来。所以，他顶多待一两晚就要动身了。

沈柒听了面寒如霜。

虽然他也知道卫家如今视苏晏为眼中钉，必会不择手段拔除，此时让苏晏离开京城暂避锋芒，的确是最理智的安排。然而，毕竟心底笼着重重阴云，总怀疑自己错失过一次的，会不会在短暂的重逢后再次失之交臂。

这股偏执的暗火把他烧成了个坐立难安的焦虑症患者。

苏晏安慰道："别冷着张脸啦，杀气腾腾，怪吓人的。要不这样，我到了外地就给你写信？"

"此去闪锡，没个半年回不来，每个月至少一封平安信。"沈柒不容商榷地说道，"出门在外，遇事别逞强，要记住我可赶不及插翅来救你。"

苏晏从不近人情的语气中听出了拳拳关怀之意，笑道："七郎放心，我会照顾好自己。"

传旨太监走进苏府洞开的大门，见院中花叶摧折，厅堂内家具、物什皆被打砸推翻，整个宅邸犹如飓风过境，一片狼藉，不由大吃一惊："这是出了什么事？"

苏小京从门房内探出头来，惊魂未定："昨夜来了一拨强盗，把家里都砸啦，幸亏大人不在家，否则鼻子都要被割掉！"

传旨太监尖声道："天子脚下，竟会出这等事！什么强盗猖獗至此，连命官府邸都敢袭击，简直目无王法！你们去兵马司报案了吗？"

"今早我去了东城兵马司，他们听完，在纸上随便涂了几笔，就说已登记在案，让我回来等消息，直到这会儿还毫无音讯呢！"苏小京气呼呼地说。

传旨太监摇头："兵马司这两年是越发懈怠了，这事咱家定要禀报皇爷。既然苏大人不在，来个人把圣旨接了吧。"

"家里现在只剩下我一个。"苏小京指了指自己，"小的身为下人，哪有资格接圣旨呀。"

"无妨，皇爷交代了，苏大人若不在，家眷接也一样。对了，他不是还有个妾室么，皇爷说了，没有正房，妾室也算家眷，叫她出来接旨吧。"

妾室？苏小京顿时想起吴名那张冷脸，多看一眼都跟三九天吃冻梨似的，叫他来接旨，这太监还不得吓晕过去。再说，这几日也不知吴名去哪里浪耍，连大人的马车都不驾了，又一次不辞而别，果然是个养不熟的白眼狼。

苏小京带着怨气答："什么妾，没心没肺的，生得又不好看，被大人休啦！"

他两手拎着衣摆往前一兜："小的不敢碰这圣旨，劳烦公公就搁在这里，我给兜着，打个结挂在身上，等大人回来就交给他。"

"居然连一张放圣旨的桌子都没有，真是闻者伤心，听者落泪。"传旨太监翘起兰花指，作势揩了揩眼角，将圣旨放进苏小京兜起的衣摆里，"得，车马钱也不必给了，咱家这就回宫，向皇爷复命。"

传旨太监刚走，苏小北拎着集市上买的大包小包，从大门外探头进来，对正给衣摆打结的苏小京说："干得好，小京！我第一次发现，你的脑子原来还是有用的，暂时可以不拿来涮火锅了。"

苏小京叫道："北哥你还说呢！昨夜那些凶徒砸门进来，还好我记得大人的吩咐，带着收拾好的细软从侧门跑掉，否则就要和这些桌椅、柜子一样下场。这也太无法无天了，我们还是赶紧和大人一起离开京城吧！"

苏小北走上前，把买来的东西交给他，又用包袱皮裹了黄帛圣旨，揣进自己怀里："你在家好好收拾，我去找苏大人。"

临走前，他又转身叮嘱了一句："多长个心眼儿，遇事用用脑子，否则将来闯了祸，我还是要拿你的脑花涮火锅！"

养心殿。

景隆帝听了传旨太监的禀报，面色铁青，突然抓起桌案上的黄釉茶杯猛掷出去，在金砖地板上摔个粉碎。

殿内所有内侍、宫女都吓得"扑通"跪倒，伏地不起，口称"皇爷息怒"。

景隆帝清姿雅度，朝堂内外，尽人皆知。蓝喜服侍皇帝十数年，鲜少见龙颜震怒，更从未见震怒到砸东西的程度，愕然之下，一时不知该如何劝解。

皇帝摔了茶杯，犹自怒气未消，又将卫贵妃献上的一方品相极佳的赣州石砚扫到地上。

他深吸一口长气，方才逐渐平息了情绪，冷冷道："奉安侯横行不法，咸安侯亦有不教之过，着司礼监太监，每日巳时于两个侯府门口，替朕大声申饬他们的罪错，朕没叫停，就这么一天一天地申饬下去。"

蓝喜闻言暗惊。侯府位于繁华街市，负责申饬的太监声音洪亮，每日厉声怒斥一个时辰，喝骂声传遍市井，有耳皆闻。而被申斥的两位侯爵要在门内依礼跪叩，静默听训。

都说打人不打脸，如此处置，比在午门褪衣打廷杖更令人难堪，更充满羞辱意味。尤其奉安侯，是出了名的爱面子，这么一天天被指着鼻子骂，还不把他剩下的半条残命也给骂没了！

卫家两个侯爵颜面扫地，只怕之后很长一段时间，在朝堂内外都抬不起头来，更别提像从前那般飞扬跋扈。而官员们一旦知道卫家不得圣心，也必然逐渐对其疏离慢待。卫家即使有太后作为靠山，也遏不住这股日中而斜的颓势。

后宫不得干政。皇帝再怎么孝顺，太后再怎么说得上话，毕竟她还是身在后宫。

而皇帝仍不解气，接着说："你去回太后，卫氏晋位分一事，朕以为不妥，不必再提。告诉卫氏，让她安安心心当她的贵妃，好好照顾皇子，至于外朝与娘家之事，还是少操心的好！"

这话对于卫贵妃，已是极严厉的敲打，明白着告诉她，若不是看在小皇子的分儿上，你连贵妃之位都保不住。蓝喜几乎可以想象他去传了这个口谕后贵妃娘娘五雷轰顶的神情，紧接着就是大哭大闹，水漫金山。

然而，蓝喜知道，景隆帝宽仁的心一旦冷硬起来，连磐石也未必比得过，此番卫贵妃再怎么哭闹，恐怕也换不来天子的一个垂顾了。

他深深躬身："奴婢遵旨。"

蓝喜刚退走两步，皇帝又叫住了他："命人传朕口谕，宣锦衣卫指挥佥事沈柒，御书房见驾。"

苏小北气喘吁吁地找到苏晏时，他正在静巷口的小食店里吃芋圆豆花。

一大海碗豆花，用冰镇过的仙草蜜水泡着，拌上芋圆、薏米与西瓜丁，撒上细细的炒花生碎，一勺一口甘甜冰爽，苏晏吃得美滋滋。

苏小北快步走到他身边，附耳道："大人，刚刚有宫里太监来传旨，圣旨如今正在我怀里。"

苏晏不以为意地说："先别管那个，看你跑得满头汗，当心中暑。"

"来，坐这里。"他踢了踢条凳的脚，转头对店家叫，"再来一碗芋圆豆花！"

苏小北抹着热汗坐下，拿着勺子稀里呼噜吃了大半碗，嗝出一口焦热的浊气，觉得整个人都清凉安定了下来，感激地对苏晏说："谢大人关心。这圣旨……"

苏晏喝完碗里最后一口仙草蜜水，笑道："不必看了，就是贬官外放的敕谕，全是官方套话。塞进行李中一并带走就行。"

苏小北又说："大人料事如神，昨夜果然有一伙歹人冒充成盗贼宵小，上门打砸，幸亏大人提前避祸，否则十有八九要遭毒手。今日传旨太监看了也气愤不已，说要向圣上禀明此事呢！"

苏晏说："此事必是奉安侯指使。这老狗贼手段阴损下流得很，只剩半条命了，还这么不积阴德，也不怕恶有恶报，死得难看。"

他掏出二十文钱搁在桌面，起身道："圣旨既然下了，明日我便去吏部领任命文书，启程出京。明日巳时，你们装好行李，驾驶马车，来这里接我。"

"是，大人。"

苏小北边吃剩下的豆花，边看着苏晏挨着路旁的树荫里走，朝静巷深处去了。

他心想：大人连被贬官都不放在心上，真真如书上所说，宠辱不惊，安之若素。如此胸怀风度，我能跟着他，是上辈子修来的福分哩！

苏晏慢悠悠走到沈府门口，看见巷尾一袭飞鱼服在马上飒沓远去，便问门口守卫："沈佥事去哪里？"

守卫答："回苏大人，佥事大人奉旨进宫了。"

沈柒是皇爷的耳目，大概又有什么差事要交办了，苏晏心想。正待举步进门，身后一辆马车辚辚地驶过来，停住，下来一名侍从打扮的少年，恭敬地道："苏大人，豫王殿下有请。"

"请我做什么？"苏晏问。

"殿下知道苏大人很快就要出京赴任，特地命小的来请大人过府一叙，想讨教办学章程。"

苏晏说："你等等。"又吩咐守卫，"你进去禀告管事，叫他去我厢房的书桌上，把那本装订好的青皮册子拿过来。"

须臾，管事亲自捧着册子出门，交给苏晏。

苏晏转手递给侍从："喏，豫王殿下要的章程，都在这里了。我明天便要启程，今日还有些行李未打理，恐无暇一叙。"

侍从接过册子，面露苦笑。

马车车厢的窗帘被一只纱布裹缠的手掀起，探出豫王的一张俊脸。他挑眉直视苏晏，轻笑道："就猜到下人请不动你，还是得本王亲力亲为。上车吧。"

苏晏其实不想与豫王走得太近——既然是君子之交，淡如水就好了。但又不好当众去驳亲王的面子，犹豫了一下。

豫王下了马车，走到他面前，压低了声音说道："难道你不想知道，灵光寺刺杀事件之后，卫家在明里暗里做了什么手脚，太后对此事、对你又是什么看法？你避得了一时，避不了一世，总不能一辈子不回京吧！"

苏晏有些意动。他确实很想知道，在外戚普遍式微的铭朝，卫家哪里来的兴风作浪的底气。而如果要扳倒卫氏一族，这也是他必须要去了解的重要情报。

如今恰好有这个机会，深谙内幕的豫王愿意对他吐露隐情。倘若他因为一些疑备与避嫌就闭目塞听，也未免过于怕事，不是大丈夫所为。

"只是一叙？"

豫王笑道："当然不止。请你喝杯茶，吃些瓜果冰酪，不逾分吧？苏大人赏个脸？"说着，一脸如沐春风地将苏晏拉上了马车。

马车行了一段路，苏晏撩开马车帘子往外瞧去，发现并不是去往豫王府的路线，疑道："这是要去哪里？"

车厢里也放了冰桶，散发出的丝缕寒意驱散了暑热，豫王拈起块碎冰往嘴里一扔，咬得"咔嚓"作响，像猛虎生嚼猎物的骨头一般。

"带你去我消暑的别院——那里可比王府清静多了。"豫王停顿一下，意有所指地道，"也比皇城内任何地方都干净，背后没有眼睛盯着。"

苏晏猜测他指的是锦衣卫探子，想了想，也就不再追问。

又行了小半时辰，马车似乎偏离了大道，越发颠簸。苏晏再次挑帘，见周围老树葳蕤，草木丛生，显然是往外城山野间去。

沿着缓坡行驶到小路尽处，马车停下，豫王说："到了。"

苏晏随他下车，环顾四周，只见一圈苍翠参天的梧桐树林，绿叶遮天蔽日，连成一片碧波，在苍穹之下随风荡漾。夏日烈阳难以穿透树冠，从枝叶罅隙间射下细屑光斑，碎金似的铺洒。

然而只是一片密林，并无殿宇馆舍的痕迹。

"别院呢？"苏晏问。

"跟紧了。"豫王吩咐一声，率先进入梧桐树林。苏晏跟在他身后，左弯右拐，走了快两刻钟，眼前豁然开朗。

密密层层的树林后，藏着一大片碧蓝平静的湖泊。湖水极清澈，犹如绿幕中央镶嵌了一颗蓝色宝珠，令人惊艳。

湖上有座宫殿式的水榭，与岸边以曲折的栈道相连。水榭立石为柱，底座架设于水面上两尺高度，飞檐斗拱青琉璃瓦，木质殿身四面开敞，垂以浅色轻纱，在风中轻拂。

苏晏赞赏地笑道："倒是个曲径通幽的好去处。客人们见了，想必都叹为观止吧。"

"没有其他客人见过。除了固定的洒扫仆从之外，从来只有本王一个人来。"豫王前面带路，走向连岸栈道，"此处名为梧桐水榭。梧桐只堪凤凰栖，其他莺燕雉鸡哪里配落脚。"

苏晏一怔，跟在身后走过木栈道。

水榭里铺设着紫檀木地板，一尘不染，光可鉴人，两人在廊下除去鞋履，步入其中。内部十分宽敞，家具陈设一应俱全，有凉榻、案几、立柜、琴桌等等，布置得颇具古意，的确是个既雅致又闲适的燕居之地。

携带清新水汽的林风拂面而来，满身霜尘仿佛都被涤荡一空。苏晏倚在水榭围廊的美人靠上，欣赏碧波粼粼的湖面，惬意地眯起了眼："水底长林云似雪，栈边平岸草如烟。看来下官前次说对了，王爷爱野趣。"

"偷得浮生半日闲罢了。"豫王用煨在火炉上的沸水泡了壶白毫银针，斟出两杯，放在茶几上，朝苏晏做了个邀请入座的手势。

茶室未设椅凳，苏晏整了整衣摆，在黄琉璃色的精致簟席上跪坐，与豫王隔案相对。

豫王将茶杯递给苏晏："此乃榕州贡茶，本王特意命人提前备好，以慰你乡思。"

苏晏道了谢，接过来慢慢啜饮。他见豫王操作只用单手，不禁问："王爷手伤将养得如何了？"

豫王解开左手上的纱布，给他看掌心。缝线犹在，创口尚未愈合，但周围并无明显红肿的迹象，应该是没有发炎。苏晏松口气，说："天气炎热，伤口更要小心，保持洁净干燥，别沾水。"

"难得清河和颜悦色地关怀一句，本王真是受宠若惊。"豫王调笑道。

苏晏知道他这是习惯性调笑，倒是没邪意，但也受不得这股调调，于是话锋一转："王爷知道卫家底细，莫非除了与太后、卫贵妃的关系，背后还有什么势力？"

豫王收敛笑意，正色道："此事关系天家声誉，出我口，入你耳，不可教第三人得知。"

苏晏说："王爷放心，我是有分寸的人。若是泄露出去，我这颗脑袋就送给王爷了。"

豫王失笑："光一个脑袋送给本王，那身体给谁？"

苏晏捏着茶杯，垂目喝茶，不搭这个腔。

豫王脸皮比他厚多了，若无其事地说道："卫家的事得追溯到三十多年前。先帝还是镇边的秦王时，先纳了出身世家的侧妃莫氏，生下长子，便是后来谋逆被赐死的信王。半年后，我母后嫁进秦王府，诞下今上，是为先帝的第二子。母后娘家并不显赫，能成为正妃，完全是倚靠先帝的宠爱。

"可就在皇兄八九岁时，秦王府闹了一场大风波。本王当时还是蹒跚学步的幼童，并不记得旧事，后来听王府老人说，莫氏欲夺我母后正妃之位，犯下大错，牵连了不少人的性命。先帝也因此下定决心，立我皇兄为秦王世子，幽囚了莫氏，并将她生的两个儿子——即后来的信王与宁王，冷落了很长一段时间。"

"那么卫家是不是在当年的秦王正妃之争中，有功于太后？"苏晏问得一针见血。

豫王颔首："不仅是卫家，还有母后的妹妹，秦夫人。当年她见我母后蒙难，毅然同意卫家的求亲，嫁给平庸无能、比她年长十二岁的卫演，换取了庆州军对秦王的支持。"

苏晏听得有些迷糊："庆州军？跟卫家又有什么关系？庆州……"

豫王细细解释："庆州城在九边之外的草原，毗邻北漠的达延部落，当年并未完全归顺，常随边关战势摇摆不定。庆州卫家当时的家主卫途手握一支私军，是镇边诸王争夺的关塞势力之一。就是因为他的长子卫演娶了秦王妃的妹妹，他才下定决心，投靠秦王。"

苏晏恍然大悟。秦夫人为救姐出嫁，且不说动机是姐妹情深，还是稳固姐姐的王妃地位，保住全家荣华，光是危机之时的这份牺牲，就足以让太后感念至今。因此，太后对她的夫家也格外优待，还让皇帝封了她和卫演的女儿卫氏为贵妃。

"卫途虽然是个人物，他的两个儿子卫演和卫浚却一个比一个不成器，在他死后根本无法撑起家业，军队四散，庆州也被达延部落吞并。卫演和卫浚带家眷逃到京城，向先帝寻求庇佑。先帝念及卫途的功劳，封了卫演为咸安侯。前两年又因为卫贵妃的册封和我母后的授意，皇兄才封卫浚为奉安侯，封卫贵妃的兄长卫阕为长宁伯。如此，卫家才成为我朝数一数二的外戚。"

苏晏叹道："原来是这样。"

难怪皇帝提起卫家内情就语焉不详，是因为涉及秦王府当年的正妃争夺战，出于孝道，他要为尊者讳，为亲者讳。

至于豫王，同样是太后的亲儿子，在他面前倒是毫不避讳，一五一十都交代了……也许因为豫王不在帝位，并没有那么多条条框框的束缚吧。

可这种事，若不是真心信任对方，又怎么会和盘托出呢！苏晏想着，看向豫王的眼神中不免多了几分感动之意。

豫王察言观色，心下暗喜，便继续拿太后做文章："我母后虽因性情使然，平日里对卫家那几个不成气候的侯伯不冷不热，与卫贵妃甚至秦夫人说话时，也总爱嘴上贬损几句，但其实心里护短得很。她自己可以嘲、可以骂，却不许别人说三道四。此番灵光寺之事，她见我伤了手，本对卫浚十分恼火，准备重重惩治他一番。可卫浚又被刺客削断手臂，生不如死，秦夫人在她面前哭诉半日，她便把罪责算在了那刺客头上，而又因为卫浚检举你包庇刺客，自然有一半算在了你头上。"

"……"苏晏觉得自己并不冤，就是点儿背。

扳倒卫浚是他本意，故而他不但没阻止吴名，还屡次出手相助，"包庇刺客"一说，也没大差错。太后记恨他，倒也是人之常情，帮亲不帮理嘛。

苏晏沉重地叹口气："本来打算明日启程去闪锡，这么看来，最好今日就出发，以免夜长梦多。下官这便去吏部看任命文书能否提前出来，劳烦王爷的马车送我下山。"

豫王笑道："何必仓促至此，有本王在你身边，还愁什么安危？"

"多谢王爷，但我职责在身，必须要走。"

"皇兄此番逼你离京，是因为在他看来，区区一个臣子的性命，比起朝局稳定与太后的心意而言，根本不值一提。去闪锡途中，倘若卫家对你暗下毒手，他也管不得那么多。不过我皇兄惯会经营名声，时不时做一些'握发吐哺''礼贤国士'的姿态，倒也使得不少臣子对他感恩戴德，至死还认为得了明君的仁慈呢。"

苏晏越听越觉得不对劲。

之前他见这对君臣兼兄弟相处时，豫王面对景隆帝常常话中有话、皮里阳秋，举止散漫的模样更谈不上什么臣礼。皇帝对豫王的容忍度却很高，一再包容他的不恭，直至出了叶东楼案才忍无可忍地严厉申饬，但到底也没什么实质上的惩罚。

他还以为在"慈兄劣弟"的相处模式下，两人应是颇有兄弟情分的，没承想豫王对景隆帝的不满，已经到了可以向他这个甚至称不上好友的人露骨吐露的程度！

这算什么，交浅言深，还是挑拨离间？

苏晏深吸口气，沉声道："在其位，谋其政，尽其责。皇爷在他力所能及的范围内，已经对我恩顾有加，仁至义尽。我对皇爷只有感激，绝无半点不满之心。"

他这话一方面是发自肺腑，一方面也是提醒豫王，别再对皇帝出言不逊，更不可将怨怼之意轻易告人，以免惹祸上身。不料，却激起对方的阵阵大笑。

"恩顾有加，仁至义尽，哈哈哈哈……"豫王仿佛听到什么极好笑的笑话，左手捶着案几，笑得前仰后合。

他笑着问道："清河是否认为，本王这是在挑拨离间你与我皇兄的君臣之情？"

不然呢？难道是在牵线搭桥？苏晏无声腹诽。

豫王止了笑，定定看他，眼中像有尖锐的箭矢在燃烧："我只是想告诉你——人不能只看自己看到的一面，只听自己耳中听到的声音。"

苏晏蓦然发现，血液正一点点渗出豫王左手裹的纱布，染在他皮肤上，先是粉红，顷刻变得鲜红。方才捶桌的动作，扯开了尚未愈合的伤口，此刻他仍然毫不自惜一般死死攥着桌角。

"王爷松松手劲，当心伤口崩裂。"苏晏忍不住劝道。

豫王恍若未闻，继续道："正如面对我皇兄，你看到的是恩顾有加，仁至义尽；而我看到的，却是帝王心术，天子无情。"

"伤口真要崩线了，再也缝不起来可怎么办？这可是你自己的手……"

"你在乎我的手？我自己都不在乎！"豫王的声音宛如在胸腔里经过千百次撞击，才清楚地传了出来，"我还有什么是属于自己的？他已经拿走了我的所有，我的名字、封号、藩地、军队……只留下这锦衣玉袍下的一具行尸走肉。这十年来我说什么了？拿去就拿去，我又不是非得和他死争！我都做好了一辈子当个闲散王爷的准备，可他呢，又端着君王与兄长的架子时时来规劝，劝我不要游手好闲、不务正业，对着一个一无所有的人说什么'以八尺之身，做有用之事'，不觉得很虚伪、很可笑吗？"

苏晏怔怔地望着面前这个笑得狂放而惨烈的男人，仿佛第一次认识他。

从豫王难以自抑的宣泄话语中，苏晏大概能猜出一些事情，却不知该对此说什么好。

他未曾了解这些事情，自然也不能感同身受这份心情，更无法在这两个对自己有着知遇之恩与救命之恩的兄弟之间评论对错。

沉默良久之后，苏晏起身，真诚地说了句："王爷……保重。"

擦身而过时，豫王低沉地道："我送你回去。"

回城的马车上，苏晏盯着豫王那只猩红尽染的左手，喉咙里似有游丝攒动，逼得他不得不开口："王爷还是去找应虚先生，把伤口再缝一缝吧。"

豫王朝他颔首示意，却没有说话。

车厢内陷入一片寂静，苏晏不自在地挪了挪，觉得气氛有些沉闷，甚至不介意听对方再说几句不着边际的调笑。

但豫王一直沉默到把他送到苏府门口。

马车停稳后，苏晏拱手："多谢王爷将卫氏情况告知，以免我懵懂不知其中厉害与凶险。水榭中与王爷一番倾谈，出你口，入我耳，再无第三人知。我不解内情，无权评断，但也认同王爷说的一句话——人不能只看自己看到的一面，只听自己耳中听到的声音。此去闪锡，一路上我会格外小心，也请王爷在京多多保重。"

"今日一别，不知下次见面又是何时。"遗憾之色在豫王脸上只一闪而过，他潇洒地道，"罢了，'与君离别意，同是宦游人'，做什么儿女惺惺之态。你走吧，多保重，本王等你回京。"

苏晏对这份洒脱欣赏地笑了笑，起身打开车门，径直下车。

在他身后，豫王撩起帘子深深地看了一眼，吩咐车夫："回府。"

车轮碾压石板的声音远去，苏晏敲门叫道："苏小北！苏小京！"

片刻后，院内传来急切的脚步声，苏小京惊喜地开门道："大人回来啦！北哥还说，明日巳时去静巷接你呢！"

沈柒被召进宫，不知何时能回来，既然自己已经与他道过别，也就无所谓早一夜还是迟一夜离开了。苏晏说："左右没事，早些回来收拾，以免仓促。明日我们天一亮就出发。对了，今夜有地方睡吗？"

苏小京道："我和北哥收拾了间厢房，把打烂的床板拼在一起，勉强可以睡两三个人，打算凑合一宿。却不能委屈了大人，我们这便去收拾主屋。"

苏晏摆手："算了，明早就走，何必折腾那么累，我今夜同你们挤挤也无妨。"

他一边往厢房去，一边头也不回地吩咐苏小京："去店里买一碗阳春面进来，要加肉臊葱花，再卧个蛋。大人我饿死了。"

沈柒解下佩刀交与内侍，深吸口气稳住心神，走进南书房。

日光从窗棂射入，照在景隆帝正提笔绘制的丹青上，是一幅枯荷听雨图，用的是泼墨笔法，意境萧疏，秋阴霜意透纸而出。

沈柒低头行至御前，跪叩行礼："微臣奉诏而来，叩见陛下。"

皇帝随意"嗯"了一声，笔锋不停。

沈柒未得上意，不敢起身，只能继续跪着听候。

过了良久，皇帝搁了笔，语气淡薄："六月初七，你除了家宅与北镇抚司，还去了何处？"

沈柒心底一沉，知道该来的总会来，面上倒也不慌不忙，回答："回皇爷，臣在黄昏下值后还去了趟苏少卿家里。那日是他的生辰，臣蒙他赐药救命之恩，便去送一坛祝寿酒，聊表寸心。"

"还有其他地方吗？"

"没有了。"

皇帝停下笔，拿起画对着光线端详，皱了皱眉，似乎不太满意。

沈柒恍然大悟："臣记起来了，还去了一处——冯去恶的宅子。"

"你去他宅子做什么？"

"臣去搜寻他与党羽的往来书信，但那里被查抄一空，找不出什么要紧证据。所以臣没上报此事，后面也就忘了。"

皇帝负手捏着画，踱到他面前，居高临下说道："沈柒，你在东苑出首冯去恶，向朕投诚表忠心时，朕就看出你有手腕，有魄力，也有头脑心思。朕欣赏这一点，故而任用你，希望你好好替朕办事，后又论功行赏，将你擢为金事。可你却犯下欺君之罪，辜负朕的信任。是什么原因让你如此胆大妄为？"

沈柒额上渗出冷汗，强自镇定："臣不知何处欺瞒了皇爷，若有遗忘疏漏之处，求皇爷提点。"

"你还真是不见黄河心不死啊！"皇帝将画揉成一团，掷在沈柒脚下，"六月初六，你在冯去恶上斩首台之前对他严刑逼供，得知了什么重大秘密，一夜之后便匆匆赶去他的宅子翻查证据，你敢不敢告诉朕？"

沈柒脸色发白，下定决心般深吸一口气，直起腰杆回答："禀皇爷，臣那天审问冯去恶，的确得知了一个秘密——他曾是逆臣信王的人！信王伏诛后，他蛰伏于朝堂，慢慢爬到了锦衣卫指挥使的位子。去年，信王的胞弟宁王派来的人找到了他，将之收买。此后，冯去恶便听从宁王的指使，构陷东宫、动摇国本，又利用叶东楼案挑拨皇爷与豫王的关系。

"臣听完大骇，有心禀报皇爷，可又怀疑这是冯去恶临死前设局攀咬，目的是想挑拨皇爷与宁王的关系。倘若臣不查实真相，便匆匆上报，最后证实宁王无辜，那么臣岂不成了诬陷亲王的罪人？故而臣不敢立时上报，便匆匆赶去冯去恶的宅子，寻找他与宁王往来的书信。但最后搜遍全宅，也未寻到任何证据。

"于是臣抱着多一事不如少一事的心态，将此事瞒了下来，后面连自己都几乎忘记了。"

沈柒一五一十交代完，伏身告罪："是臣一时糊涂，但绝非有意欺君，不敢求皇爷恕罪，愿意受罚。"

皇帝垂目盯着他，语气冷淡："你说的这个秘密，似乎并不完整啊。"

"臣言无不尽，绝无一字疏漏！冯去恶当时告诉臣的，就是这些。"沈柒切切顿首，"臣的确没有证人，因为冯去恶招供时，只有臣一人在场。皇爷若还是不信，就只有剖出臣的心肝来看颜色了！"

皇帝冷笑一声："你的心肝，恐怕颜色好看不到哪儿去。不过，朕也不想看。"

看沈柒此番情态，应是没有再隐瞒作假，皇帝心想，也许冯去恶并未告诉沈柒更多，也许连冯去恶也不知道信王自取死路的原因。

尽管心底还有些将信将疑，但皇帝还是决定按下不表，反正沈柒整天在他眼皮子底下做事，若有必要，回头还可以再彻查后处置。

沈柒是个堪用的人才，虽性情与手段不甚讨他喜，但若忠心仍在，倒也不值得为这个不大不小的过错大动干戈。

皇帝拿定主意，判道："此事你有三错：其一隐瞒不报，有欺君之嫌；其二自作主张，行事肆意；其三妄揣圣意，以图趋利避害。朕本欲将你革职，但念你有功在身刚刚擢升，朕也不愿被人说朝令夕改。你这便自己摘了官服、纱帽，披枷带锁，去诏狱牢房蹲上半个月，饮食住用必须等同其他犯人，不得有半点优待，好好长长记性。"

诏狱条件苛刻，空气污浊，虫豸遍地，犯人们仅有的待遇便是窝头、凉水、稻草堆。这个责罚称不上十分严厉，敲打的意味多过惩治，但很是磋磨人。

沈柒恭敬地叩头："臣领旨谢恩。"

"至于宁王暗中收买京官与天子亲军，阴有所图之事，是否属实，朕自会派人调查。你就不必再管了。"皇帝挥挥手示意他走人。

在他退出两步后，皇帝又吩咐道："朕听闻你对北镇抚司了如指掌，天黑之前给朕拟一份名单，要十名……不，二十名锦衣卫好手，忠心、机警、武艺一样不能少，必须要能干。"

沈柒半个字没有多问，领命称诺。

皇帝挥挥手示意他继续走人。

沈柒退出御书房，在炎热的夏日午后抹了把冷汗。方才满额冷汗是假，如今这一把才是真。

他知道，若是今日他的说辞没能圆过来，被皇帝盘问出那个石破天惊的秘密，只怕他就真活不成了！

此番逃过一劫，他想赶着回府去告诉苏晏这个不幸的噩耗——背伤未愈的沈金事又要遭罪了。

诏狱真不是人待的地方，蹲上半个月得脱三层皮。

沈金事连给兄弟送行的权利都被残忍剥夺，内心之怆痛，犹胜躯体。

总而言之，沈金事眼下一片凄风苦雨，亟须来自好兄弟的安慰。

沈柒出了宫，快马加鞭，赶回自家府邸。

谁料苏晏竟然不在，据管事与门口守卫回禀，是被豫王接上马车，还带走了书房桌面上那本青皮册子，至今未归。

沈柒知道那本册子是苏晏亲手写的天工院创办章程，想是要在离京前交予豫王，于是耐心等了一个时辰，却不见苏晏回来。

他又想，那本册子内容颇多，苏晏向豫王一条一条讲解交代，估计还要些时间，于是黑着脸又等了一个时辰，还不见苏晏回来。

沈柒坐在堂前的主位上，拿一块擦刀布来来回回拭着雪亮森冷的刀锋，只言不发，从日斜等到日跌，又等到日落。

派出去打听的探子回报说，苏大人并没有回自家宅邸。

沈柒最受不得生离，因为年少时的经历，使他觉得凡是生离到了他这里，最后都统统成了死别，再怎么奋力抗争也留不住。

他被陈年阴影与无端猜疑长时间地煎熬着，五内俱焚，面上阴沉沉的犹如黑云压城，只手中利刃翻动时掠过令人心悸的寒光，时而投在眉目间，映出眼底暗流涌动的杀气。

待到最后一抹余晖被夜色彻底吞没，沈柒长身暴起，挥刀将厅堂内的桌椅统统砍得四分五裂。

他拄着刀尖，站在满地狼藉中喘粗气，眼眶泛出兽血般的赤红，满喉咙的铁腥味咽不尽，从嘴角沁出一丝血痕。

还给我！把娘、八妹统统还给我！

小九！我的小九在哪里？你们谁杀了他？！

邪火熊熊地灼烧着他，他想将这痛楚千百倍地报复给始作俑者，报复给所有挡路碍眼之人，甚至想要引三灾业火燃尽天地，焚毁万物。

沈柒蓦地把绣春刀一提，快步走出堂前，刚到院门口，见一小队御前侍卫排闼而入，为首的朝他拱手道："佥事大人，卑职奉皇命来取名单。"

仿佛大浪当头拍下，他于水深火热中挣出几分理智，哑声道："稍等，我去书房取来给你。"

他转身走进书房，在桌前挥毫写出二十个名字，继而把笔一扔，转头看了眼屋角的罗汉榻。

榻上隐隐浮现出两人据桌而坐的身影，他的九弟在无忧无虑地剥着冰湃的葡萄。

恍惚间九弟抬眼看他，无奈地说道："七哥，你别闹。"

"我不闹。"沈柒喃喃道，狂乱的表情逐渐收敛，化作眼中一点深藏的寒光，"我得先活着。"

他归刀入鞘，整个人如同被霜雪洗过，越发峻酷，捏着一纸狂墨，回到厅堂，交与侍卫首领。

首领将纸页仔细叠好，收入怀中，又说："佥事大人可是要去北镇抚司？卑职顺路，护送大人一程。"

沈柒知道，这是在催他去诏狱。

受罚，沈柒并不在意，只不甘心没赶在苏晏离京前见一面，对他说一句"万事小心，多多保重"。

"有劳。"沈柒面无表情道，"这便出发。"

苏晏猛地惊醒，坐起身。窗外依稀亮起了靛蓝色天光，约莫五更。

床板上，苏小京手脚并用地把苏小北缠成一团，睡得死沉，两人缩在小半边，大半位置都让给了他。苏晏低头看两个贪睡的小少年，笑了笑，摇醒他们："准备出发了。"

洗漱更衣后，苏晏骑马赶到户部官署。此刻才刚点卯，他向一名哈欠连天的主事领取了任命文书，回程路过皇城正门承天门时，忍不住望向重重宫阙之内，定定看了片刻。

景隆帝答应赐他尚方剑，可至今连根剑穗儿都没见着，搞不好贵人多忘事，也搞不好只是戏弄他，就像之前"榜下捉婿"那样。

天威难测，君臣相知哪有那么容易……苏晏有些惆怅地叹口气。

他又想到太子朱贺霖，近来课业日重，听说连晚上也不得闲，被拘在皇帝身边学习政务处理，再不能到处玩耍。而他这些日子也忙，突发事故又多，确实对太子有所忽略。

他放了太子好几次鸽子，前天从御书房出来，也只去东宫稍坐片刻，便急着回府打理行装，也难怪朱贺霖气愤难平，用他以前送的皮影、鞠球之类的玩意儿砸他，放言要和他绝交，这辈子都不想再见他。

苏晏苦笑着摇摇头，希望等自己办完差事回京，这个骄纵而热烈的小少年能迅速成长，成为景隆帝治国理政的得力臂膀；又矛盾地希望他继续保持这份赤子纯真，别让尚且稚嫩的肩膀过早地扛起江山重担。

马儿打了个响鼻，踏蹄回首，仿佛在催促他动身。

苏晏摸了摸鬃毛，道："走了走了。反正被贬官也不是什么光彩事，还指望人家夹道欢送不成，还是挥一挥衣袖，不带走一片云彩吧。"

他两腿一夹马腹，策动缰绳，朝来路飞驰而去。

晨光熹微，两辆马车骨碌碌地驶出京师外城门。苏小北赶着前头一辆，车厢里坐着他家苏大人，后一辆装着各种用具行李，由苏小京驾车。

苏晏穿着一身宽松的雪青色道袍，懒洋洋倚在座位上，正陷入若有若无的离愁别绪。马车忽然停住，苏小北说道："大人，前面有两排缇骑，气势汹汹挡住去路，莫不是来寻仇！"

苏晏暗暗一惊，又听苏小北在外头叫："大人先别下车，小的去前面问个究竟！"

要真是寻仇的，他怎么可能让一个小少年去打头阵，当即整理衣襟，推门下车。

前方三四丈外，缇骑们见他现身，齐齐下马，抱拳见礼。为首一人年近三旬，生得黝黑如炭，其貌不扬，抱拳道："卑职褚渊，见过苏大人。我等二十名兄弟，今后供大人任意差遣，鞍前马后追随，绝无贰意。"

苏晏原以为这些是沈柒派来的侍卫，匆匆扫视一圈，不见来送行的沈兄弟，又在队尾依稀瞥到个眼熟的，像是探子高朔，难免有些疑惑。

褚渊低声提醒："苏大人回头，往上看。"

他依言转身，仰视城门上方，见高而宏阔的城楼上，一袭绯色身影站立在旁人撑起的伞盖下。定睛看去，发现竟是皇帝本人，微服出了宫。

苏晏心惊肉跳，提着袍角匆匆爬上城楼台阶，跑到皇帝面前，便要行礼。

"朕微服，不必行礼，以免招人耳目。"

"皇爷这是……"

"朕出宫透口气，欣赏这湖光山色，顺便也送送你。"

苏晏心中感动，低声道："陛下深恩如海，臣如何担得起。"

皇帝淡淡一笑，解下腰间佩剑，放在他手上："此乃尚方剑，朕望你永不会用上它。"

苏晏握着沉甸甸的剑身，见剑鞘纹饰一面是腾云金龙，一面是翔舞凤凰，剑锷上七星环绕，一派庄严华贵的天家气象。他抚摸着剑鞘上的龙身，声音微颤："谢陛下隆恩。"

"除了这柄剑，朕还赐你二十名侍从，护你一路平安。闪锡不比京师繁华，你自己多保重。若形势有变，朕允你便宜行事，不必顾虑各种规矩章条，万万以自身安危为要。"

一国之君，为自己考虑得如此周全，不惜折节躬亲以呈心意，苏晏这下终于体会到，历史上那些忠臣名将为什么会死心塌地为认定的君主卖命了。

皇帝以国士待他，他又怎能不以国士报之？披肝沥胆，冰雪相照，说的大概就是此刻两人的心境吧！

苏晏拱手深深一揖，哽咽道："臣走了，皇爷保重龙体。"言罢霍然转身，头也不回地下了城楼。

他走得有些仓促失礼，皇帝却并未在意，盖因低头看见条石地面上多了两点深色水迹。

城楼下，苏晏上了马车，二十名训练有素的缇骑当即分为左右长列，在马车两侧翼护。

城楼上，蓝喜小声提醒："皇爷该回宫了。今日早朝推迟了一个时辰，这会儿百官在午门外，也集合得差不多了。"

景隆帝微微颔首，说："回罢。"

苏晏坐在车厢里，将尚方剑横置于膝，摸着剑鞘纹路，心神摇荡。忽而感念皇帝情意，恨不得身怀张良孙膑之才，倾力以报之；忽而又生出莫名的遗憾与失落，甚至忍不住心生埋怨：上司都来送行了，兄弟怎么就没来呢，一点都不讲义气！

他是被什么急事耽搁了？还是生气他昨天中午不辞而别？

总不会是遇到麻烦了吧！他如今在京城也算是地头蛇级别的人物，又是北镇抚司的主官，寻常人避之唯恐不及，能遇上什么麻烦？

苏晏有些不安地攥紧剑鞘，忍住想要驱车回城去问个究竟的冲动，心想：顶多十个八个月就回来了，又不是十年八载，这么患得患失的算怎么回事，魔怔了我！

他深吸口气，清喝道："出发。"

王府书房内，豫王坐在书桌后的圈椅上，左手裹着厚厚的纱布僵硬不动，右手漫不经心地翻阅桌面上的账簿。

一股烦躁莫名地自心底升起，文字也在纸页上浮动，怎么都入不了眼。他合上账簿，闭眼揉捏眉心。

"在其位，谋其政，尽其责。"

"多谢王爷，但我职责在身，必须要走。"

"以八尺之身，做有用之事。"

耳畔余音回响，豫王陡然恼怒之下将整本书扔出了窗外，砸到了个匆匆走过的仆从的脑袋。

那名仆从忙不迭地进来请罪，又将一本手写的青皮册子递呈上去。

"这是什么？"

"昨日在沈府门前，苏大人说要交给王爷的章程。小人见王爷另有要事，当场没来得及上呈，晚上又给忘了，今早才想起来，求王爷恕罪！"

豫王懒得跟下人计较，挥挥手示意他告退，拿着这本《天工院创办章程草稿》，斜倚在圈椅扶手上翻看。

翻了几页，身体慢慢坐直，待看到苏晏草拟的院训时，他已然是正襟危坐，神情认真。

"吾生有尽，真理无穷。"

"真理烈焰灼手，愿为举火之人。"

"真理……"豫王慢慢琢磨着苏晏笔下这两个字，觉得并非佛家所言"闻僧说真理，烦恼自然轻"的真理，而是另一种更为真实笃定、亘古长存的力量。这是否就是格物学所追求的最终奥义？

一个想要穷尽吾生追求这种力量，而不惜成为举火之人的少年，内心又充溢着多少坚执与勇气？

豫王欣赏着纸页上灵秀逼人的字迹，一页页往下翻阅。

这本章程虽说是草稿，却写得十分详尽，囊括了学院创办初期种种他想到与想不到的内容，显然用心至极。

翻到后半，他发现纸页上染了不少油亮光滑的淡红圆点，用手指抚摩后，发现是蜡烛滴上去的痕迹，后又用刀尖仔细刮干净过。可见这后半本，是苏晏燃烛熬夜，困倦不堪时所写，以至于滚烫烛泪落在了纸页之上。

到最后几页，字迹已变得生硬滞涩，仿佛书写之人提笔时重逾千斤，手指因为长时间保持一个姿势而僵硬麻木。

这就是苏清河在离京前，送给他的临别赠礼。

或许是因为放不下自己提议创建的天工院，也或许是真心想助他一臂之力，于是竭尽所能地写下所知所学，把这份心血毫无保留地交付给了他。今日还要强撑着起身，一路舟车劳顿，奔赴远地。

豫王纹丝不动地端坐了良久，蓦然将册子收入怀中，起身离开书房。

他独自一骑疾驰出府，绝尘而去时，王府侍卫们堪堪翻身上马，急迫地追了过去。

一匹青黑色骐骥在宽阔的正阳门大街，由北向南飙驰。与马车擦身而过时，景隆帝掀起帘子看了一眼马上骑士，眉头微皱，吩咐停车。

蓝喜看皇帝脸色不善，凑到车窗边："皇爷，那好像是豫王殿下。白日闹市纵马，万一踩踏了民众引起骚乱……"

皇帝抬了抬手指，示意他不必再说："朕这位四弟，骑射之术炉火纯青，倒是不必担心这一点。"

蓝喜听出他话中之意，又问："那是该担心哪一点？请皇爷示下，奴婢好去安排。"

皇帝沉默了一下，道："他这是要出外城。那块界碑还在吗？"

"在。"蓝喜忙答，"仍立在五里驿旁，驿丞每年管护，与十年前初立时一般崭新。"

"通知御马监，让腾骧四卫盯着。他若敢越碑一步，就地擒拿，押来见朕。"

"奴婢遵旨。"

马车再次启动，朝常朝听政的承天门驶去。

五里驿位于京畿，是出入京城正南门的必经之途，因其在外城以南约五里地而得名。出京的官员们须在此勘合符契，才能在之后的各地驿站整装换马，补充粮草。

苏晏在驿站外下了马车，见一身练鹊补子绿袍服的驿丞正站在前院大门外，朝他行礼。苏晏拿符契给对方，对方却不马上勘合，而是神色有些古怪地道："苏大人，这边请。"领着他进入后院的一间主屋，随即带上门退走。

屋内一名穿石榴色曳撒的少年正背对他站在窗边，不知怔怔地在想什么。

苏晏乍看背影便认出来，唤道："殿下？"

少年转头，正是太子朱贺霖。

苏晏笑道："我还以为你真要和我绝交，以后一面都不见了呢。"

朱贺霖凶巴巴地绷着脸，冷哼道："父皇说，身为储君要有雅量，能容人。小爷我这是大人有大量，最后饶你一回。你要是再说话不算数，我就真和你绝交了——不止绝交，还要用棍子打你屁股！"

我当初屁股上挨廷杖时，还不知道是谁急得直跳脚，满药库找金疮药呢！苏晏浑不把他的威胁放在心上，嘴里赔罪道："都是臣的不对，以后再不敢怠慢殿下了。"

"以后……"朱贺霖语气陡然低落，"以后至少几个月见不着面，你想怠慢也怠慢不了了。"

苏晏见少年飞扬的神色染上黯然，心里也不太好受，走上前劝解道："时间一眨眼就过去了，快得很……臣初见殿下时，殿下个头才到这儿——"他在自己鼻尖处比画了一下，"还是一副公鸭嗓子。"

朱贺霖忍不住朝他龇牙，做了个"再说咬你"的表情，气鼓鼓道："你再一口一个'臣''殿下'，我可真要发火了！"

苏晏笑了，接着道："如今个头已到我前额，再过半年，说不定就与我一般高了。"

"以后准比你高！"朱贺霖不服地嘟囔。

"是，小爷还小，今后还有得长。"

"怎么还说我小？！我哪儿都不小了！"

"是，哪哪儿都大。"苏晏忍笑，"心胸也宽大，不计前嫌来给我送行，我感激得很。"

朱贺霖暗暗咬牙："你对父皇和四王叔说话时，从不是这种态度！"

"哦？那是什么态度？"

"对父皇，你从来都是毕恭毕敬，看他的眼神就跟瞻仰名人画像似的。对四王叔，你嘴上柔逊，实际没什么好脸色，眼底始终藏着一丝戒备，可这也正说明，你面对他时全力以赴，不敢掉以轻心。唯独对小爷我，从来都是随意糊弄！"朱贺霖愤然拍了一下桌角，"你自己说，是不是这样？！"

苏晏轻叹口气："说糊弄言重了，有些随意倒是真的。我与小爷相处时，不必像面对皇爷时那般如履薄冰，也不必像面对豫王时那般小心防备。只有面对小爷时，我才能心境轻松，秉着本性去说话做事，因为我知道，小爷不仅把我当侍读、玩伴，更当我是可以交心的挚友，所以在东苑，我才对小爷许下'以我微薄之力，为你劈波斩浪'的承诺。莫非小爷以为，我这承诺也是随意糊弄，不是发自肺腑的？！"

朱贺霖被他最后一句中的凛然之意质问得有些心悸，反问道："小爷待你心意如何，难道你还有所质疑？我对你说过永不相负，你却不肯真信，说什么'等闲变却故人心，却道故人心易变'，还不是因为觉得我年少心性未定，不敢以毕生相托付。那你倒是说说看，小爷我究竟要怎么做，才能取信于你？要剖出这颗心，给你看吗？！"

苏晏被他问得哑口无言。

半晌，苏晏方道："是我低估小爷了。总觉得你年纪尚幼，所谓承诺不过是心血来潮，觉得将来之事谁也说不准。更盼着你不要耽于玩乐，跟着皇爷好好学习处理政务，今后能担负起整个江山社稷。我是担心自己过多占用你的时间，误了你的学业，这阵子才刻意少去东宫，还几次三番放你鸽子，却不想真害你难过了……都是我不好。"

朱贺霖眼眶泛红，用力环抱住他的肩背，沉声说："是小爷还不够好，让你不能全心全意信任我……清河，我会长大的，在你离京之后，在你看不到的地方，我会尽快长大，等你回来之后就能看到一个成熟有担当的储君。你再给我一些时间，你再等等我，好不好？"

苏晏此刻心是烫的，血也是烫的，与对方拥抱的臂膀更是炙热得如同少年意气，纯粹又炽烈。

考虑得那么长久复杂做什么呢，谁能保证十年、二十年之后的事情？谁又能保证自己全心全意付出后，将来会被人珍重还是辜负？活在当下不好吗？至少此时此刻，这位未来的天子，这个叫作朱贺霖的少年，对他已然是掏心掏肺，全无保留。

"小爷，你快把我勒死了。"

朱贺霖松开手。两人互相瞪视片刻，不约而同"扑哧"一笑，算是彻底释嫌，重新修好了。

"你去闪锡，要记得给我写信。巡抚御史上递的奏呈，驿站会有专人驰送，你每给父皇写一封奏呈，也得给我写一封信。"

苏晏点头说："好。"

朱贺霖想了想，又说："就算你无事可奏，不给父皇写，也得给我写——写什么内容都行。"

苏晏笑着点头："好。"

朱贺霖还想再交代些什么，苏晏屈指敲了一下他的脑门："再说下去，天都要黑了，我还走不走了？啰唆鬼。"

朱贺霖不服气地也敲了苏晏一记脑崩儿："那我要先走，先回宫去，才不要看你的背影。"

他推门出了屋子，走到前院门口，解开系在石桩上的缰绳翻身上马，扭头道："我走了！你好好看着我，记住我的样子。"随即扬鞭策马，驰出驿站。

苏晏站在原地，看朱贺霖逐渐远去的背影。马蹄在黄土路上扬起烟尘，离愁似的笼罩在两人之间。

那个天之骄子最后远得只剩一个小点，苏晏耳畔却仿佛仍萦绕着对方的请求："你再给我一些时间，你再等等我，好不好？"

苏晏忍不住眼眶发热，喃喃地给出了回答："好。"

驿丞把勘合好的符契交与苏晏。苏晏用袖子抹了把脸，接过来，拖着脚步上了马车，吩咐："出发吧。"

两辆马车在缇骑的护卫下，继续前行。

五里驿外的道路旁，立着一块巨大石碑，碑上龙飞凤舞篆刻着四个大字——"京畿重地"。

豫王在石碑前勒马，望着官道远处遥遥可见的马车与缇骑，脸色沉郁。

王府侍卫从后方追上来，为首的喘气道："赶不上了，王爷……回去吧。"

豫王冷声道："不过一箭之地，策马须臾便至，如何赶不上？"他扬起马鞭，鞭梢却被人紧紧拽住，当即横眉厉喝，"大胆！还不给孤放手！"

侍卫统领翻身滚落，跪拦在他的马头前方，恳求："回去吧，王爷！您忘了十年前，陛下立这块界碑时，说过什么？"

豫王面寒如霜，从齿缝里一字一字挤出："不可越界半步！"

侍卫统领叩头道："王爷万万以自身为重，切莫因一时冲动害了自己啊！"

豫王心中恨极，挥鞭狠狠抽在石碑上。马鞭被灌注了内劲，竟将坚硬的花岗岩抽得崩裂了一角。

他万分不甘地盯着愈行愈远的马车，咬牙道："我没想回边关军镇！没想再领兵！我只想给朋友送个行，见上一面，这都不行吗？！"

"可是王爷，皇上不会管这许多，他只知道您违背当年的誓言，擅自越界离开京畿！"

"那他可还记得对我发下的誓言！"豫王咆哮着，几乎要目眦尽裂，从眼角滚下血泪来，"庚辰年甘州兵变，边堡叛乱我为他挡了一载，险些丧命时，他是怎么发誓的？他求我别死，说只要我能活下来，天下与我共治之！然后呢，他做到了吗？没有！非但没有，他还夺了我的兵权，把我困在京城……整整十年！"

"十年啊韩奔！我从满腔热血的十八岁，到如今将近而立，大好年华，全都锁在这金鸟笼里了！我又做错了什么？仅仅因为我身上流着与他一样的血脉，因为我在军中令人忌惮的声望，就要遭到这样的背叛与羞辱吗？！"

"'豫'王，哈哈哈，'豫'王！"他凄厉的冷笑声令人遍体生寒，"我那九五至尊的皇兄，可知道我有多恨这个封号！每被人叫起一次，就仿佛在胸口那道旧疤上，再狠狠刺上一刀！"

韩奔泪流满面，拦在马前不肯起身，颤声乞求："王爷，回去吧……殿下……靖北将军！"

他说到最后四个字，已是声嘶力竭，仿佛战场上金戈互击，即使锋残刃断，亦要发出最后的悲鸣。他哽咽道："将军，你不为自己，也为靖北军六万名弟兄考虑考虑！军制与旌旗虽不了，可人还在，心还在，倘若让他们知道将军如此不爱惜自己，为了区区一件小事轻身赴难，该是何等难过痛心！你若非要越过这道界碑，就从卑职尸身上踏过去吧！"

豫王仿佛被兜头浇了盆冷水，浑身一震，喃喃道："这不是件小事。你不明白。"

他望着远方已经成为两列小点的马车队伍，逐渐没入旷远苍翠的荒野，仿佛天地间空空荡荡，只剩他一人一马，伫立在无尽寒凉的虚籁之中。

十年了，他以为拘在京城中的，只是一具放浪形骸的行尸走肉，而他的心早已离开躯壳，飞越崇山峻岭，在纵马星驰的边塞，在洒过热血的沙场徘徊不去。

没承想，在这具沉寂许久的躯壳内，竟又有了微弱的心跳，因着那个告诉他"既然是朋友，就有互相匡正的责任"的人，那个奋笔疾书"吾生有尽，真理无穷"的人，而再次生出了对自由意志的缥缈希冀与强烈渴念。

正是因为这缥缈与强烈之间的巨大落差，使得他一度自暴自弃、麻痹内心，更难以彻底摘下浮浪的面具，以真性情示人。

这副面具他已戴了十年之久，不知不觉与皮肉粘在一处，若是骤然撕下，必定是鲜血淋漓的惨痛。

当着那个人的面，他愿意试着忍痛撕下它，告诉对方自己的真实模样，然而……连这一面都见不得。

即使半年之后再见，亦不知是怎样变化，物是人非。此时此刻的心境，就如此时此刻的风，过了就过了。

旷野的风吹动华丽衣袍，猎猎作响，豫王驻马而立的身影，仿佛也同石碑一同凝固了般，岿然不动。

马车中，苏晏忽然心有所动，再次掀开车帘，探头朝道路后方看了一眼，只见苍茫茫一片远山，在碧空下长久地缄默。

马车在压实的土路上颠簸行驶，走了不到两里地，又停了下来。侍卫头目褚渊朝前方喝道："什么人挡在官道正中央，赶紧让出路来！"

那人恍若未闻，仍直挺挺地站在路中。

缇骑们相互对视一眼，纷纷拔刀出鞘。

苏晏掀开车帘朝外一看，出声道："别动手，我认得他。让他过来。"

缇骑收了兵器，逼视着拦路者一步步走近马车，在打开的车门前双膝跪地，叩首行礼。

苏晏忙下车扶他："做什么行这么大的礼！快起来。衣服呢？"

吴名不受他这一扶，赤着上半身，背着一束满是棘刺的荆条，伏地道："我来向恩公请罪。要不是我一意孤行，恩公也不会被贬官离京。救命之恩尚不及报答，反倒一而再地连累恩公，小人心中愧怍至极，不知该如何赎之，只能学古人负荆请罪，任由恩公鞭笞。"

苏晏低头注视他背上细小繁多的渗血划痕，吸气道："哪里有这么严重？我得罪卫家，迟早有这么一天，你只是阴错阳差地与我在这件事上有了交集，却不能把原因都赖给你。"

吴名执拗地不起来："恩公心慈手软，我可以自己动手。"

苏晏无奈地伸腿，朝他胳膊上踢了两脚，说："好啦，罚过你了，起来吧。再不起来我要生气了。跟我说说，你这几日都跑哪儿去了，在做什么？"

吴名一脸羞愧地起身，低头道："灵光寺刺杀未遂后，我被官府通缉，不得不离开京城，去郊县暂避风头。昨夜想潜入内城，又听闻苏大人因为包庇重伤国戚的刺客被贬官，不日便要离京。我想来想去，决定就在五里驿附近的官道上等候大人的马车，所幸被我等到了。"

"我，小人，是想说……"他鲜见地打起了磕巴，嗫嚅道，"倘若恩公不嫌弃，小人愿追随左右，亲眼看见恩公将来有一日扳倒卫氏，以及像卫氏那样欺压百姓的不法权贵。大人尽可以随意使唤小人，赴汤蹈火，绝无怨言。"

苏晏板起脸道："你是小人吗？是的话，我让个小人追随左右，合适？"

吴名更加羞愧了："不是。不合适。"

苏晏嘴角勾起一丝笑意："你啊，还是别被负疚感压趴了，该怎么说话就怎么说，该怎么做就怎么做，就像之前住在我家时那样，我还更习惯。"

吴名不由抬头挺胸，正视他道："大人这是同意让我跟着了？"

苏晏说："我若不同意，你就不跟了？"

吴名诚实地摇头："我会偷偷跟着。"

"那不结了，与其东躲西藏当逃犯，不如与我同行，互相有个照应。"苏晏促狭道，"我的马车虽不大，多个小妾还是坐得下的。"

在这么多人面前被打趣，吴名脸颊红得滴血，尴尬叫道："大人！"

苏晏哈哈大笑："京城都传遍了，说我苏晏被卫浚夺了小妾，一怒为红颜，才指使刺客砍了他一条胳膊。市井间传得有鼻子有眼，你没听见？"

吴名赧然到极点，几乎无颜以对。

"把荆条解了，上车吧，我给你拿件外衫。"

他转身回到车内，吴名也跟着进入车厢，规规矩矩坐在对面座位。

苏晏从包袱里掏出一件自己的曳撒，搭在他肩膀上，笑道："我们差不多高，这件我穿着略显宽松，给你穿应该正好。"

吴名匆忙穿戴整齐，苏晏又寻了个合适的冠帽给他戴在发髻上，这么一看，就很有些正经侍卫的样子了。

苏小北从车辕前面探头进来，问："大人，可以走了吗？"

苏晏答："走吧。"

苏小北挥鞭轻抽马臀，心道：果然人是要比的，与外面那一个个歪瓜裂枣的锦衣卫缇骑比起来，吴名长得还算好看了。

车厢内，苏晏哂笑道："如今可以告诉我真名了吗？"

"原来大人早看出来了……'无名'是我做杀手时的代号，自然不能再用。我本名荆红追，复姓荆红，名追。"

"这个姓倒是少见。你姐姐叫什么？等姓卫的彻底玩儿完，我们给她重新修墓立碑。"

"荆红桃，桃之夭夭的桃。"

"一个追一个逃？令尊、令堂给孩子起名还挺有意思。"

"不是逃之夭夭，是'桃之夭夭，灼灼其华'的'桃'。"

"既然伪装成本官的侍卫，就该自称属下或者卑职，以免被旁人看出蹊跷。"

"并非伪装，我是……属下是真心想要追随大人，并非为了避祸。大人不信？"

"看你表现咯。"苏晏笑吟吟地抛了个甜瓜过去，"先给本大人削个瓜吃——不准削断皮。"

番外　苏大人的一天

　　寅时三刻。苏晏在小厮的叫早声中痛苦地睁开双眼，从枕头下摸出珐琅怀表：这才刚过三点半哪！天都还没亮呢！

　　作为新擢升的大理寺右少卿，一上任就忙于彻查"冯党"，梳理锦衣卫。虽说景隆帝恩准他近期无事可不来早朝，主官关寺卿也免了他每日的衙门点卯，但每逢初二、十二、二十二在文华殿举行的经筵还是要去的。

　　经筵是内阁大学士们为皇帝讲解经史特设的讲席，仪制悠久，很庄重。不仅御驾会携东宫亲至，六部尚书们侍班左右，凡有资格上朝的京官们也须列席听讲，以示从君向学之心。

　　这是苏晏第一次参加经筵，初听闻时很是茫然，不知这早读课要带上什么去，笔墨纸砚还是四书五经？昨夜他问了卧床养伤的沈柒这个问题，沈柒露出不以为意的神色，答："带双耳朵，听天书就好。"

　　苏晏哭笑不得道："沈大人！我可是文官，大学士一讲课我只当听天书，那我……了！"

　　"……正那些经史佶屈聱牙的，搁我这儿就跟天书没差别。"沈柒在他面前并不……的学识不足。

　　……好奇，道："我听说七郎也是官宦人家出身，令尊曾任国子监经历？

直到午时一刻讲课结束，官员们恭恭敬敬地送走了圣驾，然后把袍摆一提，一窝蜂地往奉天门的东庑房冲去。苏晏这才明白了沈柒和太子之前交代的意思——

经筵经筵，经是课，筵是席，皇帝掏国库的钱给官员做学识培训，末了还免费请他们吃顿光禄寺承办的朝廷筵席。不仅本人可以放开肚子吃，还允许携带童仆与提篮提盒，吃完再打包一份带回去……大铭朝廷这福利待遇也太好了！

"帝性宽仁"的评价怎么来的，别忘了在史书里下笔的就是这班文官，典型的吃人嘴短啊。

苏晏看着一堆官员火速抢占席位，拖家带口，边吃边打包，那场面堪比农村流水席，着实又为大铭朝堂的出人意料震惊了一把。

他自己不爱挤流水席，但没忘了家里的两个小厮，刚把小北和小京的座位安排好，就看见太子换了身衣衫，混在一群上菜的小内侍里，朝他挤眉弄眼。

朱贺霖将他拉到一旁，笑嘻嘻地道："光禄寺的筵席不好吃，你别跟他们一起凑合。走，小爷带你回东宫开小灶。"

苏晏倒也不是不想念东宫的私庖班子，但知道太子是醉翁之意不在酒，吃完午膳肯定又要撺掇他变着花样找乐子，于是岔开话题问："光禄寺贵为小九卿之一，以皇室膳食为专职，惯办朝廷酒宴，经验丰富，怎么不好吃？"

朱贺霖撇嘴道："也没什么山珍海味的稀奇东西，不过是大鱼大肉，然后猛烧、猛煮、猛加调料罢了，吃两次就腻了。"

按照这种方法做出来的东西，不就是传说中的食堂菜吗？苏晏顿时明悟。

"别说小爷我了，父皇也不爱吃，平日里都是司礼监的内侍们给他置办膳食。"朱贺霖把眼一转，哂笑道，"你没听市井间怎么传的？说京城有四大不靠谱。"

苏晏被他吊起了好奇心，问道："哪四大不靠谱？"

"翰林院文章，武库司刀枪，光禄寺茶汤，太医院药方。"

苏晏琢磨了一下，失笑道："果然自古民间出人才，这嘴可真损。不只取笑光禄寺做饭难吃，连带把那些空话套话的翰林文章、徒有其表的武库器械、不求有功但求无过的太医都给吐槽光了。不过，小爷知道的这么清楚，想必没少微服出宫吧？是谨慎些好。"

朱贺霖哼了声道："眼皮子底下的一城都不能了解全貌，将来如何治理一国？只能端坐深殿、听大臣奏禀，与庙里泥菩萨有何区别。反正宫里我是待不住的，街头吃个午膳。"

着苏晏从旁边的左掖门出去。苏晏百般努力也浇不灭他的兴头，只好约道："就一顿饭，吃完小爷得回东宫准备午后的课程。"

朱贺霖好动，又兼精力旺盛，下午的骑射与角抵课程较之上午的经史子集更合他心意，便一口答应了。

午时三刻，两人做贼似的溜出午门。太子早让人备好出行的马车，直接把苏晏拽上车，朝京城最热闹的东市去。

即便到了市井间，太子也不爱吃酒楼，就拉着在马车上换了便服的苏晏，从街头吃到街尾，想把诸般风味都尝过一遍。

吃到第四家店时苏晏就已经不行了，连连摆手道："眼大肚小，实在吃不动。"太子笑着道："那我继续吃，你看着。"又尝了三五样，最后两人都撑得不行，马车也不坐了，边溜达边消食。

"知道你最近办案辛苦，冯去恶经营锦衣卫多年，根深蒂固，不是那么好清理的。你若来不及，也不必太过打熬，我去向父皇讨个宽限，多给你些时间。"太子说道。

苏晏颇有些感动，觉得这小鬼平日里看着像是京城的第五大不靠谱，其实在关键处还是很上心的，于是答："多谢小爷体恤，不过臣估摸应该来得及，今日下午还要去大理寺，看看文吏们把诏狱案件的卷宗梳理得如何了。"

太子隐约知道他在搞大动作，不只抓"冯党"那么简单，看这架势是要把锦衣卫从上到下彻底清洗一遍，对此倒是不担心他的能力问题，只担心他的人身安全。

"锦衣卫素来剽悍，向他们动刀子难保不会有人狗急跳墙，你可不要掉以轻心。"

苏晏点头道："我晓得。所以我们还是不要在街头闲逛了，我送小爷回宫？"

太子气鼓鼓地瞪他，道："我替你担心这个担心那个，你倒好，只想着尽快打发掉小爷，好去一门心思办差讨父皇欢心！"

苏晏失笑道："我办案可不是为了讨谁欢心……"见太子犹自生气，便故意打岔，"哎呀，小爷，我把小北、小京丢在奉天门啦！回头官员们吃完筵席各自带着童仆散去，他们二人没有主家跟随，怕不被当作混进去吃白食的给抓起来狠揍一顿。"

这倒是有可能。太子只好悻然道："那就回罢。"

这回轮到苏晏拉着他上了马车，将太子送入午门后方才松了口气，觉得与这位不靠谱的主相处固然开心，可也费心，俨然是揣了颗不定时炸弹。太子临走时还不忘吩咐一句："书局说过几日要上架一批新本子。下次再来听经筵时，可别忘了给小爷带最新的话本，赏银少不了你。忘了，你就死定了。"苏晏苦笑道："哎。"

行吧，新话本他还得抽空先翻阅一遍，以免混入了什么乌七八糟的内容祸害了小太子，自己的屁股可挨不住第二次廷杖了。

　　未时过半，被丢在奉天门的苏府小厮终于找到了自家大人，别说苏小京吓得面色发白，就连性子沉稳的苏小北也有些后怕，觉得大人再迟来一步，他们就要被上前再三盘问身份的皇城禁军抓走。

　　苏晏出面把他们保回来，调侃地问："如何，朝廷的筵席好吃吗？"

　　苏小京连连点头。小北擦了一把冷汗，道："下次大人听课，我俩还是在外头马车里候着好了。宫里筵席是丰盛，可吃着不安心哪，小的还是觉得咱们自家蒸的牛肉粉丝包配上紫菜蛋花汤，吃着最舒服。"

　　苏晏大笑。

　　苏小京打开装满的食盒，道："大人瞧，我俩尽挑口味好的打包，都是上好的食材，大人回去后可以热一热吃。"

　　苏晏一看菜式，又拈了根爆炒肚丝尝了尝，觉得味道尚可，哪有太子说的那么不堪，想是宫里人真吃腻了。他想了想，把食盒盖子扣上，对两个小厮说："一会儿马车先拐去小时雍坊的静巷，你们在巷子口等我一下，再去大理寺。"

　　这两个沉甸甸的大提盒，最后被送到了沈府。沈柒听下人报"苏大人亲自送来的，说是给伤患加餐进补，随后便匆匆离去"，面上虽没什么表情，却吩咐婢女将提盒里的菜肴拿去厨房，安排做他的晚膳与夜宵。

　　申时一刻，苏晏赶到大理寺，一直忙到掌灯时分。其他官员散衙后结伴去赴宴饮酒、听曲赏舞，他仍在灯下翻看卷宗，与文吏们整理出的嫌疑人员信息与所涉案件逐一比对。

　　直到亥时初，他才揉着酸胀的眼睛，收拾好卷宗熄灯，把廨舍锁死后离开大理寺。

　　回到他那个连"府"的规模都称不上的三进小院时，厨房里炊烟正在升腾。苏小京笑迎上来，道："大人回来啦！小北哥今晚揉面做包子，牛肉粉丝馅儿的，还　了紫菜蛋花汤和虾仁豆腐羹，大人趁热吃。"

　　五月天气渐热，苏大人与两个小厮在老桃树下的石桌一同用膳，喝了口豆腐羹　　："还是自家的饭菜最养人，虽然食材普通，口味也不及外头，可怎么都吃

　　　　明日还起早上朝吗？"苏小北问。

　　　　　摆手，道："不上朝，我得好好睡一觉。回头核对完人头，挨个儿调

查审讯，又是一场硬仗要打。"

收拾碗筷时，苏小北忽然想起一事，对苏晏道："大人，今日我与小京在筵席上，听其他官老爷的随从们聊天，说士大夫中举后得做齐四件事，才算是人生得意。"

"哪四件事？"

"嗯……对了，'起他一个号，刻他一部稿，坐他一乘轿，讨他一个小'。"

苏晏微怔后失笑，道："好嘛，我没有一件做到的。轿子哪有马车好坐，不过是为了鸣锣开道炫耀官威而已，至于娶妻讨妾更是没影儿的事。倒是写书刻稿，这个日后有空时可以琢磨琢磨。"

"还有取号呢？大人，这年头朝野上下，从达官贵人到贩夫走卒，谁还没个号啊。"

苏小京插嘴道："北哥这么一说，我想起来了。之前有次衙门审案，允许百姓们在堂外听审，我好奇，也去听了。那官老爷喝问，'窃贼张三，你偷了苦主的牛不知足，隔日又把人家的门窗给拆去卖，要不是被捉拿归案，下次还不得连整座房子都搬走？'那个贼连声说，'守愚不敢'。官老爷莫名其妙，转头问左右，'他在说啥子？守愚是谁？'然后一个师爷答：'老爷，"守愚"就是这厮的号。'"

苏晏笑到捶桌。

苏小北道："大人你看，连小偷都给自己取别号了，大人竟然还没号呢。"

苏晏忍着笑，道："之前没有，如今有了，我自号……忙碌星人。"

"茫路行人？听着怎么感觉有点……别家大人都号什么'墨斋老人''沧溟居士''云阳子'，大人怎不起个更有气势的？"

"哈哈，这个最贴切。就这个了。"

若干年后，当苏晏位极人臣时，不知多少官员明里暗里来抱这位新贵的大腿，更有许多打着同年、同窗的旗号来拉关系，以至门庭若市。还有不少低阶官员与不中举的士子，连"同年""同窗"的边儿都沾不上，就想了个办法，刻印章"苏学士牛马走某某""十二门下走狗某某"——这个某某就是他们自个儿的名字，盖在自己写的字儿、画的画儿上，四处招摇，自诩风流。

一时间，京城满街摇折扇的都是苏十二的"门下走狗"，笔砚店里各种材质的空印柱子都卖脱销了。

街上的文人士子摇扇互相致礼，扇面"唰"地打开，除了通用的"门下走狗""牛马走"，还有较为冷僻的"茫路行人侍者""茫路行人车夫"，便能博得众人"有新意"的喝彩，简直蔚为奇观。

然而此时的苏晏，只是个早出晚归的四品右少卿，在他不甚宽敞的小院里，在忙完一天的差事后，就着豆腐羹啃牛肉粉丝包。

亥时末，洗沐完毕的苏晏躺上床，盘算明日的进度，不知不觉就睡着了。梦中他问众人，你们有号吗？

景隆帝：风荷居士。

太子：当然有，小爷自号逍遥将军。

沈柒：我没给自己取别号，但他们都叫我催命七郎。

苏晏：我也有号，内部工号 9417，不接待投诉。

下期预告：

苏晏千里迢迢赴任，途中遭遇响马贼，又被北漠骑兵追击，幸有荆红追的护卫，全抵达闪锡。借由赛马会立威，苏晏清查当地积弊，推行新政。一个身份神秘的青年阿勒坦进入他的视野，一连串的阴谋随之展开，两国边境风起云涌。与此大铭京城，黑暗中一张大网正扑向太子朱贺霖与锦衣卫沈柒……

明待《海晏河清2》。